LE RETOUR

DU MÊME AUTEUR

Le Chef-d'œuvre, Actes Sud, 1999 ; Babel n° 507.
Le Secret, Actes Sud, 2001 ; Babel n° 578.
Les Porteurs de glace, Actes Sud, 2003 ; Babel n° 740.
La Blessure, Actes Sud, 2005 ; Babel n° 851.
Le Saut, Actes Sud, 2006.
Le Retour, Actes Sud, 2007.

Titre original :
De Thuiskomst
Editeur original :
Uitgeverij De Arbeiderspers, Amsterdam

ISBN 978-2-7427-8349-6

ANNA ENQUIST

LE RETOUR

roman traduit du néerlandais
par Isabelle Rosselin

BABEL

pour Wouter

Bien que j'eusse l'ambition d'aller plus loin que quiconque avant moi, mais également aussi loin qu'il était possible à l'homme d'aller, je ne fus pas fâché de rencontrer cet obstacle, car c'était une délivrance.*

JAMES COOK (1728-1779)

* La traduction de certains passages s'inspire de celle d'extraits des journaux de bord de James Cook dans *Relations de voyages autour du monde*, publiée aux éditions François Maspero, 1980. Dans la collection de poche "La Découverte", 1998. En l'occurrence, p. 222. *(N.d.T.)*

PREMIÈRE PARTIE

1

Il s'attendra à une table vide à son retour, se dit-elle. Il apportera dans la maison des valises et des sacs remplis de journaux, de croquis et de cartes. Il faut qu'il puisse les étaler sur une table nette, cirée, astiquée jusqu'à ce qu'elle luise comme une étendue d'eau. Une table qui invite à y poser des dossiers et à faire des piles de livres et de papiers parfaitement ordonnées. Pas à un dépotoir. Donnant sur le jardin, la pièce où trône la table, qui la remplit presque entièrement – non, il y a suffisamment de place, c'est plutôt que la table est au milieu de la pièce, on ne peut l'éviter, la pièce semble construite autour, un tabernacle pour un autel en bois –, cette table, donc, doit être nettoyée et peut-être blanchie.

Passant lentement le long de la table, Elizabeth s'approcha du bow-window et regarda le jardin à travers les petits carreaux. Les irrégularités du verre donnaient l'impression que les fleurs flottaient au-dessus de l'herbe ; quand elle oscillait à droite ou à gauche, les iris bleu pâle se boursouflaient en des formes monstrueuses et, quand elle faisait oui de la tête, le banc de jardin s'élançait de haut en bas. Elle poussa les battants de la fenêtre pour l'ouvrir ; les cadres de bois peints en blanc qui retenaient les vitres prisonnières paraissaient sales. De l'index, elle essuya une mouche morte.

Une odeur printanière pénétra dans la pièce. Elizabeth posa les mains sur ses hanches et huma l'air du dehors. Aubépines, giroflées et vapeurs douceâtres provenant de la fabrique de gin au coin de la rue. D'ici peu, le tilleul surplombant le banc fleurirait et ferait goutter du miel sur les meubles et le tapis de verdure. D'épais nuages d'insectes bourdonnant furieusement se bousculeraient autour des fleurs vert pâle. Très bientôt.

Elle se tourna vers la pièce sombre. Telle une chaîne de montagnes, le désordre sur la table se dressait devant elle. Il revient, pensa-t-elle, dans un mois, cet été, peut-être seulement à l'automne, mais il arrive. Quelque part dans le monde, il est en route dans cette hourque en bois étroite qu'il appelle si fièrement son bateau. Les découvertes ont été faites, les côtes cartographiées, les peuples étrangers décrits et le voyage du retour a commencé. Ce genre de voyage ne peut durer plus de trois ans. Il est donc grand temps de se mettre à ranger la table. Ce sera comme si je déblayais une décharge où quelqu'un aurait jeté pendant des années ses détritus. Une entreprise archéologique que je pourrais considérer comme un défi.

Le courant d'air lui soufflait un vent glacé dans le dos, la lourde porte de la pièce entra en mouvement et se referma en claquant.

Tout flanquer par terre en faisant de grands moulinets avec les bras. Faire place nette en évacuant les sédiments de ces années solitaires. Plus de dessins d'enfant, de notes, de travaux de raccommodage oubliés, de livres non lus et de journaux jaunis. Tout jeter en tas dans le jardin puis, par temps calme, y mettre le feu. Elle repousserait du bout d'un bâton les papiers égarés, les garçons l'aideraient en se servant de soufflets et de manches à balai, et tout, tout se transformerait sans que personne n'ait pu rien voir en une épaisse fumée et s'envolerait au-dessus des toits vers le fleuve.

Il fallait cependant tout regarder. On ne pouvait jeter quoi que ce soit à moins de savoir de quoi il s'agissait. Chaque feuille de papier devrait passer entre ses mains. Elle resserra les cordons de son tablier et se dirigea vers la table.

Tendre la main pour prendre une lettre, puis vite la retirer. Tourner autour de la table et examiner et évaluer les objets sous tous les angles. Concevoir un système de rangement : poser une corbeille pour tout ce qui pouvait être jeté, un dossier pour les lettres professionnelles à conserver, une pile pour les dessins des enfants, pour les courriers personnels, un tas de livres de façon à les avoir à portée de main et un autre pour ceux qui, une fois rangés, pouvaient attendre leur moment. Faire de la place sur le sol aux larges planches pour que les piles soient constituées à une distance suffisante. Elle avait beau savoir comment elle s'y prendrait, elle continuait à traîner et à tergiverser.

Il était dix heures, un matin de début avril, les garçons étaient à l'école et elle n'attendait pas de visite. Elle avait le temps, pourtant elle n'en profitait pas. Qu'attendait-elle ? Pas de l'aide, elle préférait s'occuper seule de cette tâche. Elle n'alla pas s'asseoir sur la petite causeuse devant la fenêtre, continua à arpenter la pièce comme si elle était à l'affût.

Elle était fatiguée. Tout dans son corps de trente-quatre ans ne demandait qu'à descendre, vers le sol, et à y rester allongé. De préférence dehors, dans l'herbe sous le tilleul. Elle ne s'expliquait pas sa fatigue car elle avait bien dormi cette semaine, elle mangeait suffisamment et elle n'avait aucun effort particulier à fournir. Pourtant, son dos lui donnait l'impression de porter un joug auquel seraient suspendus de lourds seaux de lait.

Parmi les lettres et les journaux, elle piocha les objets qui de toute façon n'avaient pas leur place ici : une coiffe ornée de rubans, un mouchoir, une orange séchée. Quand elle jeta le fruit par terre, les pépins tombèrent en pluie contre la peau qui ressemblait à du cuir. Se baisser. Dans la corbeille. Se redresser d'un seul mouvement de cette position courbée et aussitôt s'attaquer aux papiers. Parfait.

Une lettre de Stephens sur des questions d'argent : *Conformément au souhait de votre époux, l'Amirauté a décidé de vous verser, chaque année, pendant la durée du voyage un montant de deux cents livres.* Conserver. James voudrait la lire. C'était son argent, qu'il avait gagné en naviguant autour du monde. Totalement déraisonnable d'éprouver ce sentiment irritant de gratitude forcée. Ce n'était pas de la charité, ce n'était pas un pourboire. Ce montant, et davantage encore, lui revenait de droit. Mentalement, elle vit les messieurs de l'Amirauté en réunion, excités par le projet de James, remplis de fierté, de patriotisme et de suffisance. “Ah oui, sa femme doit aussi pouvoir vivre, d'ailleurs une belle somme, tu peux faire en sorte qu'elle l'obtienne ?”

Elle haussa les épaules. La lettre suivante, avec l'écriture de Hugh Palliser, parlait des garçons. *J'ai appris, chère Elizabeth, que votre aîné, le solide James junior, entrera à la fin de l'été à l'école navale à Portsmouth. Il doit certainement se réjouir de s'engager sur la même voie que son père. Dans son sillage, devrais-je dire sans doute ! C'est bien pour toi que tu puisses encore garder le petit Nathaniel une année à la maison, sinon tu te sentirais certainement très seule. Nous espérons naturellement que James reviendra sain et sauf cette année, mais tu n'es pas sans connaître les incertitudes qui entourent ce genre d'expéditions. Tu sais aussi que je suis à ta disposition, chaque fois que tu peux avoir besoin de moi.*

Palliser, le trésorier de la marine, qui avait stimulé et recommandé James, qui avait obligé ces messieurs à porter un regard sur lui. Elle sourit et posa la lettre parmi ses propres papiers. Elle allait l'inviter pour une tasse de thé dans le jardin, pour qu'il puisse parler à Jamie et Nat.

Elle rassembla les dessins et jeta les coupures de journaux. La base de la pile à laquelle elle travaillait se dégagea : trois gros livres à couverture sombre sur les explorations dans le Pacifique. Le nom de l'auteur était imprimé en lettres d'or sur le cuir : John Hawkesworth. Elle souleva les volumes et les tapota prudemment pour en retirer la poussière. James serait furieux. Hawkesworth s'était approprié ses journaux et avait décrit le voyage comme s'il l'avait fait lui-même. Elle avait comparé le texte aux journaux de bord originaux et elle avait été agacée par les exagérations et les fautes, par l'auteur, mais aussi par son mari. Quelle bêtise de confier ainsi avec tant de naïveté son histoire. Que James détestât, avec une rancœur rustique, le monde des arrogants amateurs d'art et de littérature, soit, mais il se faisait lui-même du tort en remettant ses écrits entre d'autres mains et en refusant de se mêler de la rédaction. Il disait qu'il était gêné – il faisait des fautes d'orthographe et il ne savait pas construire correctement les phrases. C'était vrai, mais ce qu'il avait à dire en valait la peine. Il faudrait que quelqu'un l'aide. Moi, pensa-t-elle, moi.

A côté des in-folio de Hawkesworth était posé un dessin de bateau, un dessin d'enfant soigneusement travaillé. Jamie. Il avait fait une coupe dans le flanc du navire pour que les cambuses où étaient stockés les tonneaux et les balles de marchandises, la cale et les différentes cabines soient visibles. Dans la cabine du capitaine, il avait aussi dessiné un homme, qui écrivait à une petite table, en tournant le dos à l'observateur. Sur le pont arrière, il y avait une vache et une chèvre.

Pourquoi ne pas aider James à rédiger son prochain livre ? Bientôt, il serait assis à cette table en train de soupirer et de pester, bientôt il gâcherait son texte par des remerciements exagérés et l'expression d'une feinte subordination tandis que son humeur ne ferait que se détériorer. Dommage. Je n'ai qu'à m'en occuper. S'il revenait avant l'automne, les jours commenceraient déjà à raccourcir, annonçant de longues soirées obscures. Travailler ensemble à un projet important serait distrayant, un bon début pour une vie commune.

A son retour, ils seraient mariés depuis plus de douze ans, mais ils n'auraient jamais passé une année entière ensemble dans la même maison. James partait invariablement au printemps pour ne revenir qu'en novembre. Noël. Dessiner des cartes et des paysages côtiers à la table. Il avait deux vies. Elle aussi. Un rythme s'instaurait, ainsi que l'apaisement qui y est associé. Elle n'avait été qu'une seule fois angoissée, quand il était rentré avec une grosse cicatrice à peine guérie à la main droite. Un cornet de poudre avait explosé, avait-il dit, cela aurait pu être pire. La blessure sur la peau saine fit prendre conscience à Elizabeth qu'il travaillait dans la marine de guerre et que les combats et la destruction pouvaient faire partie de ce travail. Au bout d'un jour environ, son anxiété la quitta. L'accident appartenait au passé, James marchait dans la maison, elle entendait sa voix et voyait à quoi il s'occupait. Sa présence détournait son attention de la plaie et de ce qu'elle signifiait.

Il portait depuis un gant, à droite. Avait-il honte de sa blessure ou voulait-il éviter d'effrayer les autres ? La blessure épaisse avait pâli en guérissant, la cicatrice évoluait comme un serpent blanchâtre de la paume de sa main vers son poignet. Elizabeth pouvait la sentir, la nuit, quand il faisait glisser ses mains de ses cuisses vers ses épaules. La cicatrice lui frottait la peau. Elle aurait dû lui agripper la main et lécher lentement la blessure, elle aurait dû intégrer la cicatrice, il fallait qu'elle entre dans la cartographie du corps de son mari, par ses soins.

Il y avait fort à faire. Il fallait réfléchir aux repas, les préparer et les manger ; laver les vêtements des garçons, les réparer, les remplacer. Semer dans le potager, le fumer, le désherber. Elle avait de l'aide, des personnes l'assistaient pour ces tâches et l'incitaient, ou l'obligeaient, fermement à prendre des initiatives. Nat, qui entrait dans la pièce en clopinant de façon ostentatoire dans des chaussures devenues trop petites. La bonne, qui venait s'asseoir à côté d'elle avec un panier à provisions pour discuter du menu du jour. Le jardinier, qui demandait où planter les carottes ou encore les panais et ne pouvait commencer le travail qu'une fois qu'Elizabeth avait pris une décision. Il y avait fort à faire. Cela paraissait plus qu'autrefois, plus que durant les premières années de ce deuxième tour du monde. La préfiguration du retour de James donnait déjà aux tâches quotidiennes un nouvel éclairage. Il aurait lui aussi une opinion sur l'endroit où planter les légumes, une opinion raisonnée avec des considérations rationnelles concernant la position du soleil et l'adduction d'eau. Elle commençait à observer la maison, le jardin et les enfants à travers ses yeux et constatait qu'il faudrait changer, nettoyer et beaucoup jeter. Comme si elle laissait tout se dégrader dès qu'il était parti, mais ce n'était pas le cas. Son rangement était différent. Ou bien se faisait-elle des idées ? Le capitaine critique n'existait-il que dans ses pensées ? Le petit Nat qui venait se glisser chaque matin dans son lit, ce ne serait plus possible, bientôt. Ce ne serait plus jamais possible.

Après ce voyage, il fallait que cela cesse. Après ce voyage, une autre vie commencerait, une vie estivale.

Pendant douze ans, elle avait été seule l'été. Ce n'était pas grave, elle le savait et elle en avait pris la juste mesure quand elle avait décidé d'épouser ce marin, elle supportait bien la situation et elle s'était même réjouie, surtout au début, de la solitude. Il y avait toujours eu les retrouvailles ; le lit était trop grand ou trop petit ; il y avait du mouvement et du changement. Quand Jamie était né, elle savourait encore plus intensément sa solitude, la compagnie de ce petit enfant. Chaque automne, le bateau rentrait en traversant l'océan Atlantique. Les pommes mûrissaient, les feuilles changeaient de couleur et commençaient à tomber des arbres, puis, soudain, une voiture arrivait à grand fracas dans la rue et la porte d'entrée s'ouvrait grande. Le vent s'engouffrait dans la maison et tout se transformait.

Au printemps de 1768, il avait reçu sa mission pour son premier grand voyage. Il allait parcourir le Pacifique, observer la trajectoire des étoiles et des planètes et cartographier de nouveaux continents. Il s'était accommodé merveilleusement bien de son rôle de commandant. Il n'avait manifesté aucun signe de servilité ou d'incertitude quand il avait fait connaître ses exigences pour le bateau, l'équipement et les instruments. Il demandait la meilleure qualité et le plus cher et il l'obtenait ! On ne voulait pourtant pas le promouvoir au rang de capitaine, ce titre était réservé aux personnes de haute lignée. Il restait lieutenant. James ne semblait pas s'en offusquer, du moment qu'il pouvait agir selon ses propres convictions. Accumuler des connaissances, regarder, décrire, voir comment le monde était réellement : voilà ce qu'il voulait.

Le voyage allait certainement durer trois ans. Quand le navire – une barge à charbon disgracieuse – avait appareillé, elle avait trois jeunes enfants et elle en attendait un quatrième. Elle s'était sentie soulagée quand la petite-cousine de James, Frances, était venue habiter chez eux pour lui tenir compagnie. Cette jeune fille de dix-sept ans à l'épaisse chevelure rousse bouclée et aux yeux farouches donnait l'impression qu'elle allait heurter partout ses membres maigres, laisser la vaisselle lui échapper des mains et rentrer droit dans la porte avec un plateau chargé, mais pas du tout. Elle était adroite, voyait le travail qu'il y avait à faire et aimait apporter son aide. Elle emmenait les garçons, qui avaient cinq et quatre ans à l'époque, dans le jardin tandis qu'Elizabeth donnait son bain à la petite Elly. Le lit de Frances était installé dans la chambre des garçons et les enfants s'attachèrent vite à elle.

Quant à Elizabeth, elle avait l'impression d'avoir enfin une sœur. Des femmes dans la maison, une petite fille, une sœur. Elle n'en avait pas l'habitude, il y avait toujours eu des hommes : le beau-père, l'oncle, les cousins. Le mari. Les fils. Le père qu'elle n'avait jamais connu, qui était mort alors qu'elle n'avait que deux ans et qui avait totalement disparu de son souvenir. Que me disait-il, me prenait-il dans ses bras quand il rentrait, dansait-il avec moi à travers la pièce ? Sa mère ne répondait pas. Ce qui s'était passé autrefois n'avait plus d'importance, à présent un homme trapu aux cheveux noirs était assis dans la cuisine et voulait manger des crêpes. Il lui avait appris le calcul et la comptabilité. Il n'y eut pas d'autres enfants. Elle resta fille unique.

Le frère de sa mère avait deux fils, avec lesquels Elizabeth avait grandi. Elle était l'aînée et inventait les jeux, jusqu'à ce que les garçons aillent à l'école et se mettent à détester les histoires de fille. Si elle avait eu une sœur, se disait-elle, elles auraient au moins été deux contre deux. Elle s'était renfermée. Elle savait bien lire et le beau-père qu'elle appelait père possédait une quantité d'ouvrages auxquels elle pouvait accéder librement. Elle savait broder et tricoter. Elle s'en sortait.

Il lui était interdit de se rendre dans la taverne de son beau-père, mais elle consignait les dépenses et les recettes dans de longs livres de caisse reliés. Son écriture était nette et régulière ; elle faisait la fierté de ses parents. Si elle avait eu une sœur, se serait-elle livrée à des activités futiles, infantiles, légères ? Se seraient-elles promenées bras dessus bras dessous le long du fleuve, auraient-elles espionné des garçons à l'abri d'une ombrelle puis vite abordé un sujet sérieux s'ils leur renvoyaient leur regard, se seraient-elles pincé le bras et seraient-elles parties d'un fou rire ?

L'oncle Charles la voyait s'occuper de la comptabilité le soir. "Tu sais faire ça ? demandait-il. Mais comment est-ce possible ? Tu devrais être un gars. Voilà une fille chère à mon cœur !"

Elle redressait le dos et se penchait au-dessus du livre de caisse. D'une main assurée, elle notait les recettes du jour. Elle ne répondait pas, séchait l'encre en tamponnant le papier à l'aide d'un buvard et déplaçait la lampe pour mieux voir son travail. Une petite sœur aurait alors passé sa tête par la fenêtre et l'aurait appelée pour venir un instant dehors, quitter cette pièce basse de plafond, envahie par la puanteur de la fumée du tabac et du feu de bois qui couvait, où des vieilles personnes parlaient d'elle avec fierté et satisfaction comme si elle était aussi âgée qu'elles.

L'oncle Charles avait demandé à sa mère si Elizabeth pouvait venir travailler chez lui. Son entreprise d'outillage de navigation était située au bord du fleuve, la clientèle augmentait, il n'arrivait pas à s'occuper de tout et ses commis étaient loin d'avoir l'esprit clair comme cette nièce intelligente. Elle avait accepté volontiers la proposition, elle était enthousiasmée que son oncle lui fasse confiance et ait d'elle une meilleure opinion que de ses propres collaborateurs. Dans la boutique pleine à craquer où elle se vit attribuer un petit bureau, elle aimait les mystérieuses marchandises : des longues-vues dans des étuis en cuir, des sextants, des baromètres, un assortiment de globes de formats différents et les valises inquiétantes pour les médecins de bord. Elizabeth Batts était assise parmi cette multitude d'objets, répertoriant les coûts de ceux qui arrivaient et de ceux qui partaient. La plupart du temps, elle était plongée dans ses papiers, la tête penchée, écoutant la voix joyeuse de son oncle. Elle essayait de deviner le passé et le caractère des clients d'après leur voix. Parfois, elle levait la tête, intriguée par un terme inhabituel ou un silence prolongé. C'est ainsi que son regard était tombé sur James.

Il voulait un quadrant, un instrument compliqué en cuivre brillant avec des vis et une lunette de visée mobile. L'oncle Charles se rendit dans la réserve et en rapporta une pile de boîtes. Toute la matinée, il examina les instruments avec ce grand gaillard sérieux qui se tenait tout droit devant le comptoir. Il essuyait le cuivre à l'aide d'un tissu de flanelle et remballait les quadrants rejetés. Cachée derrière ses cheveux qui lui tombaient devant le visage, Elizabeth avait observé ce client exigeant jusqu'à ce qu'il quitte la boutique sans décider d'acheter. Les boîtes furent rapportées dans la réserve et la boutique donna l'impression que rien ne s'y était passé. L'oncle Charles sifflait une chanson, Elizabeth écrivait en rougissant ses chiffres, bientôt ils partiraient manger.

Une décision éclair était parfaitement conforme à son caractère. Elle savait aussitôt quelle robe elle voulait, elle était allée travailler sans hésitation dans la boutique de son oncle et elle reconnut son mari quand il entra dans sa vie. Une incapacité à douter ou le don de juger infailliblement de ce qui était bon pour elle ? Elle s'était levée, avait lissé fermement les plis de sa jupe, avait tapoté du bout des doigts les os pointus de ses hanches et était allée écouter ce que son oncle avait à dire sur le client impressionnant qui n'avait rien acheté. Trois mois plus tard, ils se mariaient.

"Il sait exactement ce qu'il veut, dit l'oncle Charles, et si la qualité n'est pas parfaite, il n'achètera pas. Ce n'est pas grave, j'aime bien les clients qui s'y connaissent. Il reviendra, je vais passer sa commande. Tu peux me croire, mon enfant, ce grand gaillard, on va le voir revenir ici."

Cela l'avait flattée, naturellement, qu'elle soit visiblement celle qu'il voulait. Il avait treize ans de plus qu'elle. Peu importe, elle avait l'habitude de passer son temps parmi les adultes, elle se sentait alors plus à son aise qu'en compagnie des gens de son âge. Il était fanatique, il paraissait savoir ce qu'il voulait faire de sa vie, et il remarquerait et examinerait tout ce qui se mettrait en travers de son chemin, mais il finirait par ne pas s'en soucier le moins du monde. C'est ce comportement qui l'avait attirée. Elle ne savait pas hésiter, cela ne lui serait pas venu à l'esprit. Il répondit à toutes ses questions et ne lui donna pas l'impression d'avoir besoin d'elle comme son beau-père et son oncle pour faire des choses dont eux-mêmes n'avaient pas envie.

James l'avait fait participer d'égal à égal à ses projets, qui devinrent vite leurs projets. Leur solidarité lui apparut clairement à l'esprit, mais elle parvenait moins bien à se souvenir de ce qui s'était passé avant. Il l'avait attendue. Il était de l'autre côté de la rue quand elle était sortie de la boutique. Le soir commençait déjà à tomber et elle avait mal au dos à force d'être restée assise. Il la regarda. Elle traversa la rue et vint se tenir à côté de lui. La marée était haute, le fleuve clapotait haut contre le quai. Ils regardèrent ensemble l'eau grise. Elle se rappelait qu'ils avaient marché, mais quant à savoir qui avait commencé, qui avait décidé dans quelle direction ? Que s'étaient-ils dit ? Il l'avait raccompagnée à la maison après un grand détour. Il lui avait demandé si elle serait à nouveau à la boutique le lendemain matin et si le quadrant commandé était déjà arrivé. Elle l'avait regardé tandis qu'il s'éloignait et s'était étonnée de sa démarche décidée mais, d'une certaine manière, élégante.

Le lendemain, il était revenu. Puis suivirent un bombardement de rencontres, une promenade, une visite pour faire la connaissance de sa mère, de son beau-père, elle lui avait montré la salle où l'on servait les consommations, ils s'étaient abrités d'une averse quelque part, sous une galerie aux colonnes comme des troncs de hêtres, le vent avait soufflé un tapis de feuilles sèches sur les dalles, on aurait dit une forêt où un cerf aurait pu soudain débouler, il faisait un froid glacial mais elle transpirait à force d'essayer de marcher au rythme de ses grands pas, il lui avait écarté les cheveux du visage et s'était penché vers elle.

Curieusement, elle n'avait pas eu le sentiment qu'il la harcelait alors que, rétrospectivement, c'était pourtant bien ce qu'il avait fait. Cela ne faisait pas même une semaine qu'il était rentré d'une saison éprouvante de cartographie à Terre-Neuve et il voulait commencer sa prochaine mission en homme marié. Il avait trente-quatre ans. Elle en avait vingt et un. Mais il n'avait pas exercé de pression sur elle.

Il étudiait. Il regardait. Il observait de très près, de si près qu'elle pouvait voir chaque poil de ses épais sourcils, les petits vaisseaux rouges sur ses joues hâves et les dents brillantes derrière ses fines lèvres. Jamais elle ne s'était sentie regardée avec autant de concentration et de bienveillance. Ses doigts, chauds malgré la pluie froide, lui caressaient le pavillon des oreilles. Il prit son visage mouillé entre les paumes de ses mains. Oui, tout s'était passé ainsi. Il avait embrassé ses paupières. Il avait chuchoté son nom. Elle s'était glissée dans ses bras, elle avait appuyé son corps contre le sien, elle avait fait un pas en avant, cela s'était tout simplement passé. On eût dit qu'il se transformait dans cette étreinte, qu'il ne pouvait plus être l'observateur mais qu'il se perdait enfin dans ce qu'apportait le moment présent : elle.

Le baiser. Le baiser qui dura et dura mais ne prit pas de temps réel. Il n'y avait qu'espace. Sans effort, ils figèrent tout le temps en dehors d'eux. Le sablier se bloqua, l'ingénieuse montre de M. Harrison s'interrompit et la terre cessa de tourner.

Plus tard, ils s'aperçurent étonnés qu'ils avaient échoué sous un porche d'église, ils s'étaient embrassés dans une église, comment avaient-ils pu concevoir une chose pareille, mais ils n'avaient rien manigancé, cela s'était bel et bien passé ; cela leur était arrivé irrésistiblement. Essoufflés, enflammés et hilares, ils étaient retournés courir main dans la main sous la pluie. Les rues étaient leur royaume, le fleuve coulait car ils le souhaitaient et le temps avait recommencé à s'écouler.

Elle avait pris encore plus de distance vis-à-vis de sa famille et de ses amies qu'auparavant pour se consacrer à ce projet nouveau et étonnant. Ensemble, ils avaient aménagé leur maison comme on conçoit l'aménagement d'un bateau : solide, fonctionnel, compact. Quand il partit, elle était enceinte.

Les premières années à ce nouveau rythme – les étés solitaires, les hivers avec James – sa mère était venue l'aider à accomplir les tâches de l'été : la récolte, les conserves, le grand nettoyage de la maison et du jardin. James lui manquait-il ? S'il lui manquait une chose, c'était la qualité qu'il ne montrait qu'à elle : sa capacité de se perdre dans son corps. Le fait qu'elle puisse l'amener à cet état la remplissait d'une étrange fierté qu'elle pouvait conserver tout juste six mois avant de se sentir découragée. Alors l'automne arrivait et il revenait.

Il se mettait au travail fanatiquement. Elle l'avait vu soupirer au-dessus de traités de mathématiques, faire des calculs dans la marge, jurer ou fermer triomphalement les livres à la fin de la journée ; elle avait regardé avec admiration ses cartes et ses dessins de ces côtes inconnues, glaciales : quelle précision, quel amour du détail, quelle capacité de se concentrer et d'intégrer une page après l'autre remplie de détails infinis dans le grand ensemble qu'il avait toujours en tête. Il aimait passionnément le monde, pas pour en faire partie, mais pour l'observer et le décrire. A cette table, qu'elle devait maintenant débarrasser. Pour lui.

Elle l'avait écouté attentivement parler de son travail. Des tempêtes, du brouillard, des matelots buveurs et indisciplinés, du cruel châtiment au fouet ou à la cravache. Mais aussi d'un officier qui lui avait appris comment on peut mesurer la côte et avec lequel il avait dessiné des cartes soir après soir dans la cabine. Et de Hugh Palliser, le capitaine qui lui avait confié des tâches allant bien au-delà de celles qui correspondaient à sa fonction. James, qui avait pour père un rustre, incitait pourtant ses enseignants, ses patrons et ses commandants à adopter une attitude paternelle, encourageante. C'était un don, cette capacité d'obtenir ailleurs ce qui n'était pas accessible chez lui. Dans cette chaumière crasseuse du Yorkshire, il n'y avait rien d'intéressant pour lui et une autorité admirative après l'autre l'en avait éloigné jusqu'à ce qu'il commence à travailler sur un chantier naval à Whitby. De là, il s'était élancé vers la mer, la voie qu'empruntaient tous les habitants de la côte, la seule voie. Cela ne lui avait cependant pas suffi, ces aller et retour vers Dantzig et Medemblik, Oslo et Ostende. Un océan s'étendait de l'autre côté de l'Angleterre, et un autre continent de l'autre côté de l'océan. Il s'était engagé dans la marine.

Dix ans plus tard, durant l'hiver qui avait suivi son premier voyage autour du monde, ils étaient partis ensemble dans le Nord pour rendre visite au père et à la sœur de James, ainsi qu'aux hommes qu'il appelait ses amis d'autrefois. Elle avait éprouvé une étrange consternation. Le voyage dans la voiture puante, froide était insupportable et elle s'était sentie mal à l'aise dans la maison oppressante de Margaret, la sœur de James. Le vieux était resté dans son fauteuil près du feu et l'avait regardée fixement sans interruption. Il ne réagissait pas quand elle lui parlait et continuait de la regarder. Elle ne savait pas comment l'appeler. M. Cook ? Père ? Elle se tut.

James avait emprunté un cheval pour se rendre à Whitby. Elle était seule. Les enfants lui manquaient. Frances les gardait, elle n'aurait pu compter sur une aide plus familière, plus sûre, mais ils lui manquaient. Margaret avait traversé la pièce à grands pas, elle avait apporté au vieux un verre qu'elle avait posé bruyamment sur son accoudoir et elle était ensuite restée debout. Pourquoi ne s'assied-elle pas, avait pensé Elizabeth, elle et le vieil homme ne font que me regarder fixement, c'est paralysant, je n'aime pas cela, je veux m'en aller. Mais la femme solidement bâtie – James en robe, James portant une coiffe plissée – maintenait sa position et continuait d'observer Elizabeth.

"Londres, hein", avait-elle dit. Elizabeth devait faire un effort pour comprendre son dialecte. "Les enfants ne vous ont pas accompagnée, ce n'est pas gentil pour nous. Ils ont tout de même un grand-père, non ? Oui, James sait ce qu'il fait. Depuis toujours déjà. Il fait sombre ici, hein ? Nous n'allumons pas la lumière, nous n'en avons pas besoin. Sûrement froid dans cette robe ? Et froid au lit ? C'est comme ça, ici. Londres, c'est un océan de lumière, paraît-il. Est-ce que papa aura l'occasion d'y aller ? Ou moi ? James a-t-il un réverbère devant sa maison ?"

Elle n'avait pas su quelle contenance adopter. Fallait-il inviter ces gens pour une visite ? Devait-elle tenir un discours sur la vie en ville ? Vanter les mérites de cette campagne sauvage ? Répondre par une question. Montrer son intérêt. Feindre l'ignorance. Elle demanda à sa belle-sœur quel avait été le parcours scolaire de James et reçut une réponse condescendante. Il avait été le favori du maître d'école, il avait obtenu des cours supplémentaires, sa bourse d'études était payée par le propriétaire foncier qui venait aussi chaque trimestre s'informer de ses progrès. Elle et sa sœur avaient été chassées dans la cuisine dès que leur tête avait dépassé le plan de travail, pour elles on ne versait pas de bourse, d'ailleurs, ce n'étaient que des histoires car James était déjà parti quand elle était née. Des histoires qu'on n'avait cessé de lui répéter. Et aujourd'hui encore !

Elle est plus jeune que moi, s'était dit Elizabeth, même si elle a un visage marqué et des mains rugueuses, elle est encore jeune. La femme avait croisé les bras et écarté les pieds. Sa voix rauque retentissait au-dessus d'Elizabeth, sans qu'elle puisse percevoir clairement le contenu du message. C'était un ton de reproche et d'envie. Mais Margaret n'a jamais connu James, c'est un personnage de conte de fées qui par hasard fait partie de sa famille, un prince qui ne veut rien connaître d'elle et qui a quitté ce village boueux. A présent, il séjourne avec sa femme de la ville pendant dix jours dans sa maison, elle devrait se réjouir, mais elle ressent autre chose.

Nous aurions mieux fait de rester à la maison, estima Elizabeth. Elle avait froid aux pieds, mais n'osait surtout pas demander une chaufferette ou rapprocher son siège de la cheminée. Si seulement James était revenu. Le vieil homme crachait dans le feu, mais tournait aussitôt son visage à nouveau dans sa direction, sans rien dire.

Soudain, elle en eut plus qu'assez, de ces personnes maussades qui imaginaient tout d'elle et de sa vie sans s'intéresser un seul instant à sa véritable situation. Cet homme renfrogné avait-il la moindre idée de la combativité dont son fils devait faire preuve dans ce fameux Londres face à la puissance de la noblesse, la moindre idée de l'humilité, des courbettes auxquelles il devait se livrer pour obtenir ce qu'il voulait ? Cette femme jalouse savait-elle ce que signifiait d'être seule responsable, pendant des années, de ses enfants et de sa maison ? D'accoucher quand son mari est en mer ? De faire ses adieux continuellement sans savoir si l'on va jamais se revoir ? De devoir dire à son mari, qui rentrait content et excité au bout de trois ans, ce qui s'était entre-temps passé à la maison ? Elle avait dit bonne nuit à sa belle-famille et elle était montée à l'étage, le dos droit.

Deux jours plus tard, James était rentré, les joues rouges et froides après son voyage à cheval. Il était enjoué et parlait avec enthousiasme de John Walker, l'homme auprès de qui il avait fait sa formation, qui lui avait appris comment se construit un navire et comment s'en occuper, l'homme qui l'avait accueilli chez lui quand il avait opté pour la mer.

"Il faut que tu fasses sa connaissance ! Nous irons le voir demain. Lui et ses amis m'attendaient quand je suis arrivé en traversant la lande. Mary, la vieille gouvernante, était là elle aussi, elle m'a sauté au cou quand je suis descendu de cheval, elle était si heureuse de me revoir !

— Je n'irai pas, lui avait-elle dit. J'ai peur des chevaux."

Qu'importe, ils pouvaient commander une voiture, il fallait que sa femme soit en bons termes avec ses amis, à Londres il n'avait aucun ami comme ceux-ci, ceux d'autrefois qui le connaissaient tel qu'il était, qui se réjouissaient de son succès et qui ne se laissaient pas guider par leurs propres intérêts ou la jalousie.

Elle n'avait pas l'habitude de ce genre de situation. James n'avait jamais besoin de la convaincre, chaque fois qu'il lui demandait et lui expliquait quelque chose, elle était de son avis et l'approuvait. C'est ce qui s'était produit lorsque, le premier dimanche après leur mariage, elle s'était préparée pour aller à l'église. Il n'allait pas l'accompagner, lui avait-il dit, en s'approchant en chaussettes de la table sur laquelle sa carte la plus récente était étalée. Le temps qu'il passait à la maison était pour lui trop précieux pour qu'il le consacre à des conventions et des rituels sociaux dont il ne voyait pas l'utilité. Il comprenait qu'ils aient dû se marier à l'église, car l'administration a des exigences qu'il faut respecter. Mais en ce qui le concernait, cela s'arrêtait là. La foi était pour lui incompréhensible et il ne pouvait la concilier avec son amour de la vérité.

Elle l'avait écouté attentivement, elle avait réfléchi sérieusement pendant sa promenade solitaire vers l'église et elle avait essayé d'écouter le prêche comme un observateur sans préjugés. Il faut bien regarder, disait toujours James, puis seulement après essayer d'expliquer ce que l'on a vu. Elle voyait un homme sur un exhaussement se démener avec véhémence contre une quarantaine de personnes dociles, fatiguées, assises sur des bancs, qui s'agenouillaient à ses ordres, puis se relevaient et se mettaient toutes brusquement à chanter.

Ils écoutaient parce qu'ils voulaient entendre, s'était-elle dit en rentrant chez elle. Ils ont besoin que quelqu'un leur dise ce qu'ils doivent faire. Et ils veulent se retrouver entre eux, se regarder, faire quelque chose ensemble. Depuis, elle n'était plus allée à l'église en hiver. Quand James était en mer, elle s'y rendait de temps à autre.

Pour faire quelque chose avec les autres. Pour être ensemble.

Il ne parvint pas à la convaincre de se rendre à Whitby. Bien qu'elle comprît son souhait, elle n'en avait pas envie. La nuit, ensemble dans le lit qui sentait le moisi, elle lui avait dit tout simplement non. Etait-elle à nouveau enceinte et cherchait-elle, pour cette raison, à éviter tout autre voyage que le strict nécessaire ? Elle ne voulait plus être examinée et jaugée. Elle n'en dit rien.

"Tout le monde ne supporte pas le Yorkshire", avait dit James quand il comprit qu'elle était sérieuse. Peut-être était-elle devenue enceinte cette nuit-là entre les draps humides de la maison parentale de James.

C'était possible, son ventre était gonflé quand James commença en plein été son deuxième voyage autour du monde.

Malgré son dégoût des voyages, elle était allée avec les garçons, ils étaient encore petits à l'époque, huit et six ans, à Sheerness pour voir partir le bateau. Je dois faire davantage d'activités avec eux, s'était-elle dit, je dois les mêler à l'œuvre de la vie de leur père, je dois leur montrer cette mer fascinante, je dois semer les germes d'où naîtront leurs désirs. Jamie avait été stupéfait de l'aspect des bateaux. Il s'était hissé sur la pointe des pieds pour toucher les bras de levier fraîchement peints du cabestan et il s'était agenouillé avec ravissement devant un rouleau de câble. Puis, surexcité, il s'était remis à courir sur le pont en direction de la chèvre, qui, déboussolée, tapait ses sabots contre les planches. Le petit Nathaniel n'avait d'yeux que pour les musiciens. Un homme portait une cornemuse, un autre un tambour. Des fusiliers marins aux uniformes éclatants. Le joueur de tambour se tourna et sortit un violon d'un étui en bois posé derrière ses pieds. Il vissa son archet et accorda l'instrument. Puis il se mit à jouer.

Le souffle coupé, le garçon l'écoutait. Presque indistinctement, son petit corps se berçait au rythme de la danse. Le joueur de cornemuse se joignit au violon et vint soutenir solidement, de sa sonorité pénétrante, les cabrioles de la mélodie. L'air se prolongeait et Nat écoutait. Elizabeth avait observé la scène à une certaine distance, inquiète et emplie d'une vague tristesse. Son mari recevait des hôtes importants dans la cabine du capitaine, ses fils tombaient amoureux de différents aspects du monde et elle sentait sous sa peau bouger un nouvel enfant. Elle s'était dirigée vers Nathaniel et, main dans la main, ils avaient regardé le violoniste.

Soudain, les visiteurs durent descendre du bateau. Retentissement de la corne, craquement de cordes, voix tonitruantes et roulement de tambour. "Je t'écrirai une dernière fois du Cap", promit James, enjoué, décidé. Il avait serré les garçons contre lui et tout le monde avait marmonné les petites phrases attendues : occupez-vous bien de maman, soyez sages, tu nous ramèneras des cadeaux, une flûte, un petit singe, tu prendras bien soin de toi, je t'écrirai tant que ce sera possible, depuis Le Cap.

Au-delà du Cap, il n'y avait plus de services postaux. Au-delà du Cap, il n'y avait à vrai dire rien. Pendant des années, il errerait dans ce rien et s'assurerait qu'il soit cartographié, qu'il reçoive un nom. Elle le regarda. Elle remarquait à la tension dans ses bras qu'il commençait à s'impatienter. Avec ce navire rempli de viande salée, de barils d'eau, de boulets de canon, de fûts à choucroute, de ballots de farine, de graines pour la culture maraîchère, où il y avait aussi une forge, une bibliothèque et un four de boulanger, il voulait partir naviguer sur ce rien mouillé. Maintenant.

Il n'avait pas dit : Tu es ma balise, je naviguerai vers toi jusqu'à ce que j'arrive chez moi. Elle ne s'y attendait pas, d'ailleurs. Il était prêt à l'appareillage. Elle se débrouillerait elle-même pour qu'une maison continue d'exister, quoi qu'il arrive, pour qu'il puisse y retourner. Elle avait pris sa main, la droite, et avait embrassé la cicatrice blanchâtre. Il était resté un instant devant elle calmement, puis il avait souri et il lui avait caressé prudemment le ventre.

Ils s'étaient regardés dans les yeux et n'avaient plus rien dit. Jamie et Nat s'appuyaient contre ses jambes. Elle avait pris les garçons par la main et était descendue à terre.

Avant d'atteindre la passerelle, ils furent retenus par un grand jeune homme aux boucles brunes. “Ah, Isaac, dit-elle, j'avais l'intention de te chercher, puis j'ai oublié. Il s'est passé tant de choses.” Elle ne savait plus quoi dire, en proie à une curieuse timidité. Le jeune homme, son cousin, avait dix-neuf ans et il s'était enrôlé avec entrain quand il avait appris qu'un deuxième voyage se préparait. Il ressentait pour James une admiration sans borne depuis qu'il avait participé en tant que mousse au premier tour du monde et, avec la main de James dans son dos, avait été le premier à poser le pied à terre en Nouvelle-Hollande. Soir après soir, il avait parlé, chez James et Elizabeth, des aventures à venir. Elle en avait souri, elle le considérait comme un enfant et son enthousiasme la touchait.

A présent, il semblait soudain avoir grandi, un jeune homme dans des vêtements de marin, enrôlé dans l'armée de fidèles autour de son mari. Un partant volontaire. Il verrait des paysages qu'elle n'aurait jamais l'occasion de voir, ce qu'il allait vivre ne parviendrait à Elizabeth que par fragments et elle ne comprenait pas le feu qui animait le jeune homme alors qu'il prenait congé de tous. Elle l'embrassa. “Fais attention à James, si tu le peux”, avait-elle dit. Isaac avait acquiescé de la tête et agité la main à l'intention des enfants.

Les garçons auraient bien entendu voulu attendre que le bateau ait quitté le port, mais le vent capricieux avait de nouveau tourné et les matelots reprirent le travail qu'ils avaient abandonné à cause du départ imminent. “Cela va durer trop longtemps, avait-elle dit. Cela va peut-être durer jusqu'à demain.” Elle avait soudain redouté ce spectacle, la vision du vrai départ. Les voiles hissées péniblement, les amarres larguées depuis le quai et traînant encore un instant dans l'eau avant d'être tirées à bord par un matelot, ce moment d'hésitation avant que le vent n'ait de prise sur le gréement – non, elle ne voulait pas le voir.

Chez elle, tandis que les garçons dormaient, elle avait réfléchi à l'absence de correspondance. “Tu peux rédiger un journal de la maison, avait dit James, comme moi je tiens un journal de bord. Tu écris tellement mieux que moi. Je pourrais le lire à mon retour. Tu pourras ainsi tout me raconter. Tu liras aussi mon journal. Nous saurons alors exactement ce qui s'est passé, mais à quelques années de distance. Il n'y aura que le temps qui se sera écoulé.”

Elle s'était sentie humiliée et n'avait pas compris pourquoi. Des mois plus tard, elle avait reçu du Cap sa lettre, qu'il avait confiée à la hâte à un navire de la marine marchande. Elle venait d'accoucher et elle était au lit. Elle voyait la petite tête ronde de l'enfant dans son berceau. Il s'appelait George, ils en étaient convenus et elle s'y était tenue. Elle se redressa pour lire la lettre.

Cela fait des jours que je t'écris dans la précipitation. Je vais remettre des lettres pour Banks, pour l'Amirauté, pour Walker. J'ose espérer que tu vas bien et les garçons aussi et que l'accouchement s'est passé sans problèmes. Tu sais que l'Amirauté a prévu de l'argent pour toi. Si tu as besoin de plus, il faut écrire à Stephens. N'hésite pas ! Le poisson que Banks a fait livrer pour moi à bord s'est révélé avarié ! J'ai acheté à Madère des milliers de bottes d'oignons et ici une dizaine d'oies. Isaac te passe le bonjour, il devient un marin attentif.

Elle s'était laissée retomber dans les oreillers. Effectivement, le temps s'était écoulé.

Je dois tout vivre très intensément, s'était-elle dit, ainsi je n'oublierai pas et je pourrai lui raconter quand il sera de retour. Les garçons qui grandissent, ce qu'ils me racontent pendant les repas. La naissance de ce nouvel enfant, maintenant qu'il dort, épuisé, abruti – je dois faire l'expérience et me souvenir de tout.

Sa remarque sur le cadeau d'adieu de Banks la fit pouffer de rire. Ce botaniste issu de la noblesse avait exaspéré son mari au plus haut point et s'était débrouillé pour retarder le voyage pendant des mois. Se servant de tout le poids de l'Académie des sciences qui l'appuyait, il avait à l'époque acheté une place pour le premier voyage, il était monté à bord avec une foule de savants à sa suite, de domestiques et de lévriers. James s'était montré réservé mais ne voyait pas comment lui refuser l'accès à l'*Endeavour*. Après un certain temps, sa rancœur s'était transformée en admiration. Banks s'était avéré, une fois remis du mal de mer des débutants, un chercheur infatigable et enthousiaste. Il sautait le premier à terre quand le bateau accostait et entraînait son collègue, le gros Suédois Solander, dans des pillages botaniques. Les plantes et les semences découvertes étaient dessinées, décrites et rangées. James aimait cette énergie. Banks s'était tout permis, il avait couché ouvertement avec des femmes indigènes et avait fait monter à bord un ingénieux Tahitien en vue de l'emmener en Angleterre. Le malheureux avait succombé à Batavia de la fièvre chaude, mais tout de même. Bien que Banks parût saper par ses actes l'autorité de Cook, ce dernier ne lui en voulait pas car le botaniste agissait avec beaucoup de naturel et sans animosité.

Les hommes se retrouvaient aussi à table. Ils avaient plaisir à manger les animaux les plus exotiques et les plus répugnants : cormorans, kangourous, chiens. S'ils avaient dû renoncer à manger du singe, c'est que Banks, au dernier moment, avait libéré la bête, attachée à des bâtons et poussant des cris anxieux. James l'avait vu se diriger vers le singe, le couteau prêt à servir et pensait qu'il allait tuer l'animal. C'est alors qu'il avait entendu les cordes craquer et vu le singe partir en sautant. Même durant son combat contre le scorbut, Joseph Banks, qui savait trouver partout de la cochléaire et du céleri sauvage, lui avait prêté main-forte. De plus, Banks n'avait pas rechigné à pomper à côté des matelots quand le besoin s'en était fait sentir. Vers la fin du voyage, ils étaient devenus amis.

Quand ils furent rentrés à Londres, leurs vies se séparèrent. Banks fêta ses succès et montra ses animaux empaillés, ses vêtements exotiques et ses armes à des ducs et des comtesses. Il rendit visite au roi, il tint des conférences et ne protesta pas lorsqu'on parla du "voyage de Banks". James se débattait avec ses cartes et le journal de bord qu'il devait récrire et ne participa pas aux hommages.

Quand le deuxième voyage fut projeté, Banks se présenta avec d'autres exigences encore plus exagérées. Une vingtaine de personnes, parmi lesquelles naturellement le jovial Solander, mais aussi deux joueurs de clairon, devaient se voir accorder une place à bord du *Resolution*, un navire qui était certes plus grand que l'*Endeavour*, mais qui n'était pas prévu pour une telle invasion. Il obligea les autorités de la marine à faire aménager le bateau. Un étage supplémentaire fut construit et James perdit la cabine du capitaine au profit de savants et d'artistes. Le voyage expérimental menaçait de faire chavirer le navire et tout le monde se ressaisit. Le pont supérieur principal flambant neuf fut démoli, Banks fut pris d'un violent accès de colère sur le chantier de Sheerness et fit chercher toutes ses possessions à bord. Correspondance désagréable entre Banks, lord Sandwich et Hugh Palliser. James partit avec pour cadeau d'adieu huit caisses de poisson salé qui s'était donc révélé pourri, mais il parvint tout de même à écrire à Banks une lettre de réconciliation. Quand le danger s'écarte, s'était dit Elizabeth en regardant le crâne chauve de son nouveau fils, il en est capable. Dès qu'il sait qu'il n'a pas à se courber devant un personnage si haut placé, il peut à nouveau se souvenir de l'admiration et du plaisir qu'il a éprouvés.

Impressionné par le zèle dont James faisait preuve dans sa correspondance, elle avait malgré tout commencé un journal de la maison. Il était sûrement posé là, quelque part sur la table, dans la couche inférieure des papiers. Elle accéléra son rangement en faisant basculer des piles entières de brochures et de journaux non lus dans la corbeille. La surface de la table se dégageait ici et là. Terne, crasseuse.

Elle trouva son journal sous un catalogue d'instruments de navigation. Elle s'était mise à écrire dans un livre de caisse inutilisé de son beau-père ; l'habitude de se pencher au-dessus de ce genre de livre l'aiderait, avait-elle pensé. Elle laissa le livre s'ouvrir au hasard entre ses mains, les feuilles défilèrent sous son pouce. Elle n'avait pas persévéré longtemps, les pages étaient d'un blanc immaculé à quelques exceptions près au début. Elle s'assit et posa le livre sur la table sale.

L'idée qu'il lirait ce qu'elle avait écrit l'avait incitée à faire des efforts. Après tout, ne voulait-elle pas qu'il sache ce qui s'était passé ici ? Qu'il puisse suivre l'évolution de ses enfants, imaginer comment fonctionnait la maisonnée quand il n'était pas là, apprendre qui venait leur rendre visite ? Mais si, bien sûr. Pourtant, quand les enfants dormaient et qu'elle s'installait à côté de la lampe avec une plume et de l'encre, elle s'était sentie mal à l'aise et bloquée. Une contrainte pesait sur elle, il fallait qu'elle s'exécute, elle avait l'impression d'être une écolière à qui l'on a donné une punition. Elle avait remarqué qu'elle essayait d'écrire de belles phrases et de présenter les événements afin de paraître adulte et responsable. Pour qui est-ce que je me donne autant de mal, de quoi ai-je peur, pourquoi est-ce que je n'écris pas simplement ce que je pense ? Pour moi ? Je n'ai tout de même pas besoin de faire lire ces pages ? Ces pensées l'avaient déconcertée.

Elle ouvrit le cahier. Des faits dans une écriture soignée.

Ce matin, nous sommes allés au marché. Nat a porté le panier, qui était extrêmement lourd : des pommes, des scorsonères et du céleri. Nous avons vu de la belle morue au marché au poisson.

Des jours ennuyeux, fades, à en croire cette lecture. Au bout de quelques pages, l'écriture changeait, elle devenait irrégulière, des ratures et des points d'exclamation apparaissaient et parfois une demi-page restait vide.

A cinq heures de l'après-midi, Jamie a été chargé d'aller chercher la sage-femme. Je redoute VRAIMENT cette nuit qui arrive. Que j'ai mal !! Je n'arrive pratiquement pas à me maîtriser. Les garçons ne doivent pas m'entendre, il faut qu'ils partent. Je dois garder mon calme.

Après la naissance, quelques phrases courtes : *Très fatiguée, mais heureuse. L'enfant a l'air en bonne santé, solide. Jamie et Nat main dans la main avec la voisine. N'osent pas s'approcher. Y a-t-il une odeur bizarre ? Pourtant les draps du lit ont été changés. Je n'arrive pas du tout à dormir.*

Puis suivent deux pages vierges. Ensuite, dans de petites lettres rigides, une date : 30 octobre 1773.

James, il y a trois jours, tu as eu quarante-quatre ans. Je t'écris une lettre d'anniversaire tardive. Tu as sans doute accordé à ton équipage une ration supplémentaire de rhum, ils t'ont sûrement chanté une chanson et vous avez passé une journée festive. En dansant sur le pont arrière au son du violon et de la cornemuse, voilà comment je m'imagine la scène. Quand j'y pense, j'arrive presque à respirer les effluves d'alcool et à sentir la chaleur de la baie tropicale où vous passez l'hiver.

L'imagination peut jouer des tours, on voit ce que l'on a envie de voir. Tu as sûrement pensé à nous, autour de la table de la cuisine, les flammes sont hautes dans la cheminée et nous mangeons un repas de fête en ton honneur. C'est bien cela ? Non, justement. C'est différent. Nous n'avons aucun appétit ici, aucune force pour faire du feu. Nathaniel, tout pâle, s'accroche à mes genoux et Jamie passe toute la journée dans les rues. Je ne sais pas ce qu'il y fait. Le soir, maman apporte une casserole. Tu sais comme elle fait mal la cuisine, la plupart du temps, elle repart avec la moitié du contenu.

Comment te le dire. Il faut que je te le dise. Il faut que je l'écrive : Georgie est mort.

Il est mort le 1er octobre. Je n'y étais pas préparée. Il y a quatre ans, quand le petit Joseph est mort, je savais que cela allait se passer. J'ai vu en le regardant, tout de suite après l'accouchement, qu'il allait dépérir et s'éteindre. C'est d'ailleurs ce qui est arrivé. Il n'avait pas ce qu'il faut pour rester en vie. C'était horrible que je ne puisse pas le réchauffer et qu'il ne puisse pas boire mon lait, mais je le savais.

Georgie était différent. Costaud, tonique, les joues rouges. Il buvait si avidement qu'il s'étouffait et qu'il tambourinait, furieux, contre ma poitrine.

Je le posais sur cette peau de mouton qui vient du Yorkshire devant la cheminée et il regardait les flammes. Il agitait ses jambes potelées et il gazouillait en s'adressant au feu. Les garçons s'asseyaient à côté de lui par terre dès qu'ils rentraient de l'école. Ils étaient très attachés à lui. Georgie poussait des petits cris de plaisir quand il entendait leurs voix. Je le prenais sur mes genoux quand nous mangions, les dernières semaines, je lui donnais déjà un peu de légumes écrasés ou de la compote de pommes. Je pensais à toi.

Il faut que je l'écrive. Fin septembre, il a eu de la fièvre. Il faut que je te le dise. Mais vite alors : le médecin, des saignées, des applications de pommades, encore plus de fièvre, des convulsions, mort. Il était allongé dans mon lit. A l'aube, il était mort. L'oncle Charles a fabriqué un petit cercueil. J'ai monté le berceau dans le grenier. Et les petits vêtements. Et la peau de mouton.

Chaque fois qu'il me voyait, il riait et il tendait ses petits bras vers moi. Il nous donnait tant de joie.

Un mois s'est écoulé. Elles se demandent, les femmes de la rue, pourquoi je ne sors pas encore. Mais je veux rester ici à l'intérieur. On dirait que, tant que tu ne seras pas au courant, ce n'est pas vrai. Tu penses à un bébé en bonne santé, un George ou une Georgina. Dans ton esprit, il est encore là. En te confiant ces mots, je le tue.

Tu me dirais : Sois forte pour les garçons, ils ont besoin de toi. C'est ce que j'essaie de faire, cher James, mais le courage me manque pour l'instant. C'est cruel que nos enfants meurent. Je ne peux me plaindre à personne. Mes protestations tombent comme du plomb en bas de mes jambes et m'immobilisent.

Je ne pense pas qu'après cela je vais continuer d'écrire le journal de la maison. Je ne pense pas que je vais te faire lire ce que j'ai écrit sur ces pages aujourd'hui.

Elle referma le livre de compte et se dirigea vers la corbeille. Le brûler, c'était la meilleure chose à faire, personne ne pouvait trouver d'intérêt à une telle lecture. Mais ses doigts ne lâchaient pas le livre, il plana un moment au-dessus des journaux chiffonnés, sans toutefois tomber. Elle posa le livre précautionneusement sur la petite pile de documents personnels. Bientôt le mettre dans une boîte, se dit-elle, et le ranger hors de portée, en haut dans une armoire.

Elle parcourut du regard le plateau de la table. Presque prête. Bientôt, les garçons rentreraient et il faudrait déjeuner, parler et écouter. Accélérer le mouvement, aller plus vite, pour que la corvée soit terminée et s'inscrive dans la journée, afin qu'elle puisse dire : Ce matin, j'ai déblayé la table.

Il restait une pile de lettres. Certaines encore cachetées, adressées à James mais arrivées alors qu'il était déjà parti. Et une pour elle, de la part de Frances.

Chère Elizabeth – j'ai appris – oui, il leur arrive encore de m'écrire parfois, les dames de la rue, quand il y a une nouvelle à raconter – j'ai appris que James est reparti en voyage, avec deux navires cette fois, et que, quant à toi, tout comme il y a quatre ans, tu es enceinte sans qu'il soit à tes côtés ! Oh, Elizabeth, si seulement je pouvais être auprès de vous. J'en ai une telle envie que je ne peux la décrire. Ne va pas mal interpréter mes propos ! Je suis ravie d'être mariée et de m'appeler

Mme McAllister ! C'est si différent ici par rapport à chez nous. Tu te souviens quand nous sortions, par les matins silencieux, la brume s'étendait au-dessus des champs et on aurait dit que les vaches flottaient dessus, les pattes perdues dans le blanc. Cette odeur. C'est l'Angleterre. Notre maison ici est grande et bien bâtie. Elle est entourée d'immenses étendues de terre, j'ai un verger et un potager. Il y a souvent du vent ici. Les voisins vivent à une grande distance. Des personnes âgées sans enfant. Tout le monde ici n'arrête pas de construire et de fabriquer. Hier, j'ai aidé à fixer des volets pour nous protéger de la tempête car un ouragan arrive. Ce qui n'est pas solidement attaché sera arraché, le vent soulève tout, les animaux, les arbres, des hangars entiers !

Mais je bavarde, Elizabeth. Ecris-moi pour me dire si tu as déjà accouché et comment vont les garçons. En me mariant et en partant pour l'Amérique, je ne vous ai pas été fidèle. Mais comment faire autrement ? Nous sommes des bateaux en plein vent. J'en pleurerais, puis soudain je me sens de nouveau joyeuse et je pars blanchir la cuisine. Est-ce que je suis enceinte ? Je pense souvent à toi, je me demande si tu es inquiète, oui, bien sûr que tu l'es. Tu sais que j'ai reçu une lettre de la sœur de James ? Adorable ! Tu y comprends quelque chose, toi ? Oh, j'espère tant que ces années ne sont pas aussi tumultueuses et tristes que les années que nous avons passées ensemble ! Peut-être auras-tu déjà accouché, quand tu recevras cette lettre, d'une fille en bonne santé. C'est tout de même ce qu'il y a de mieux. Les fils sont engloutis par la mer. Mais qu'est-ce que je dis ! Je ne peux pratiquement pas avoir de personnel ici et je fais presque tout moi-même. Finalement, cela ne me gêne pas trop, c'est agréable d'avoir quelque chose à faire.

Je tourne autour du pot, Elizabeth. Je me fais du souci. Je te souhaite d'avoir un enfant en bonne santé et solide. Si ce n'est pas le cas, mon cœur se tord de regret à l'idée de ne pas être près de toi. Ecris-moi vite ! Embrasse les garçons pour moi et laisse-moi te serrer dans mes bras,

Ton amie

FRANCES

Elle jeta la lettre dans la corbeille et se pencha très bas pour la soulever et la traîner jusqu'à la cuisine. Le poêle allait mugir. La table ressemblait à un étang calme.

2

Elle ouvrit la porte de la cuisine et sortit pieds nus dans le jardin. La rosée se fixait par petites gouttes sur ses chevilles et au liseré de sa jupe. L'herbe avait poussé trop haut, les arbres et les buissons se pavanaient presque fièrement dans leur magnificence de verdure non taillée. Il était tôt, la lumière du soleil éclairait encore faiblement les branches, il n'y avait pas un souffle de vent et elle sentait le fleuve quand elle restait un instant immobile, les yeux fermés. Une journée de plus. Bientôt, les garçons allaient se réveiller, il faudrait faire chauffer du porridge et préparer du thé, la cuisine vibrerait de leurs voix d'enfant aiguës.

Maintenant, ici, dans le silence presque oppressant, elle était seule face à elle-même dans le jardin qu'elle considérait comme sa maison. Lentement, elle fit un tour sur elle-même. Le cognassier avec ses fleurs blanc-rose, on ne pouvait rien concevoir de plus fragile et pourtant les fleurs se transformeraient en fruits durs comme de la pierre et de la taille d'un poing ; les groseilles à maquereau avec leurs épines perfides extrêmement piquantes, le mûrier et le néflier pleins de promesses. Ici et là des plantes exotiques levaient la tête, hôtes étrangers dans la terre londonienne. Un petit ananas sur une tige, les feuilles fanfaronnes du bananier, un palmier et un agave dans le coin le plus chaud, contre le mur. Au fond du jardin, sur un bout de terrain chaotique, à moitié retourné, s'étendaient des plantes flétries qui ressemblaient à des fanes de pommes de terre, mais qui n'en étaient pas, parmi des tubercules étranges, foncés, dans les sillons irréguliers.

James emportait des semences et des souches quand il partait en voyage. Partout où il descendait à terre, il semait des champs de pommes de terre et plantait des graines de moutarde. Il apportait des carottes, des melons et des petits pois aux indigènes. Il bêchait la terre, posait les semences précautionneusement dans leurs plates-bandes, les recouvrait et les arrosait. Il s'était réjoui à l'idée de revoir ces potagers expérimentaux : les sauvages avaient-ils tout arraché sur les tiges avant que les fruits soient mûrs ou avaient-ils compris, faisaient-ils des récoltes et avaient-ils replanté ? Il rapportait des plantes de ces îles, de préférence comestibles. La plupart allaient dans les jardins botaniques de Banks à Kew, mais il avait fait porter ici certains spécimens excédentaires et les avait soigneusement plantés dans de la terre humide. Parfois, une plante mourait et elle l'enlevait subrepticement, se demandant ce qui avait causé ce dépérissement. Le climat, le sol ou les vapeurs de la fabrique de gin voisine qui retombaient ? Elle l'ignorait.

Il y avait un pommier et un sureau à côté de l'arrière-cuisine. Indestructibles, chaque année le renouveau.

Depuis le jour du rangement de la table, cela faisait maintenant un mois ou deux, elle s'était aperçue qu'elle regardait la maison, le jardin et les enfants d'un double regard. James s'était introduit par anticipation dans sa façon de voir, elle n'était déjà plus complètement seule. Il serait enchanté de l'ananas. Il serait contrarié qu'elle n'ait pas fait tailler le sureau, il ne dirait rien pour ne pas rompre l'harmonie fragile du retour, mais elle verrait ses sourcils se froncer un instant. Derrière les feuilles pennées du sureau vivait un couple de merles. La femelle fonça dans le jardin et atterrit sur l'herbe avec son gros corps brunâtre. L'oiseau, sans faire de manière, sans geste superflu, ramassa vite un ver dans la terre mouillée et s'envola pour retourner droit vers son nid. Gazouillement, bruissement de feuilles, piaillements très faibles. Les œufs avaient éclos.

Quand les garçons partirent pour l'école, elle se retrouva seule devant la casserole dont le contenu avait attaché et devant les assiettes de porridge. Ne pas traîner, tout de suite pomper de l'eau, rincer, frotter. Rageusement, elle sécha la vaisselle et la rangea. Les assiettes dans le placard, la casserole sur l'étagère, les cuillères dans le tiroir. Elle n'avait pas besoin de tout nettoyer aussitôt, se dit-elle, pourquoi est-ce que je m'oblige à le faire, il est encore loin d'être arrivé. Ses épaules lui faisaient mal tant elles étaient tendues et, quand elle s'assit à la table de la cuisine, elle s'aperçut qu'elle avait les larmes aux yeux.

Entre l'absence et le retour, il existait une zone intermédiaire. Elle s'y trouvait à présent. Les murs de la cuisine devraient être blanchis, les chaises où les garçons ne cessaient de se balancer, réparées. Il faudrait qu'elle fasse confectionner une nouvelle robe.

On frappa à la porte. Quand la porte s'ouvrit, elle était encore plongée dans ses pensées. Un homme grand en uniforme de capitaine se tenait dans l'ombre à côté de la cuisinière. Elle sursauta.

"Je te prends au dépourvu, je suis désolé !" Il tendit le bras pour déposer quelques lettres sur la table. Une manche avec des surpiqûres dorées.

"Hugh ! Tu m'apportes des nouvelles ?"

Palliser posa sa canne contre une chaise et vint s'asseoir à côté d'elle. Comment pouvait-elle le confondre avec James, il avait une aisance, une cordialité naturelles que James n'avait pas. Quelques semaines plus tôt, elle était restée assise avec lui dans le jardin ; les garçons étaient rentrés et une joyeuse conversation s'était engagée sur la vie à bord. Les questions et les réponses ricochaient rapidement d'un côté et de l'autre – les vagues étaient-elles hautes, les poissons étaient-ils gros, la nourriture était-elle infecte ?

Elle avait écouté, pas ce que les enfants demandaient et ce que Hugh répondait, mais la musique qui sortait de la gorge des garçons enthousiastes et le contrepoint de la basse profonde de Palliser.

"Tu as des garçons épatants, avait-il dit au moment de se séparer. Tu es une bonne mère pour eux, mais j'espère que leur père ne sera plus trop longtemps absent. Ils ont besoin de lui aussi. Des garçons épatants, Elizabeth."

Il lui remit une lettre non ouverte. Le nom d'Elizabeth était noté sur l'enveloppe dans l'écriture de James. Elle courba la tête.

"Ils sont sur le chemin du retour. James a confié au cap de Bonne-Espérance une caisse de cartes, de lettres et de journaux de bord au *Dutton*. Marine marchande, un bateau rapide. D'après la lettre de Stephens, j'ai cru comprendre que le *Resolution* pourrait arriver ici dans un bon mois. Il a fait un voyage incroyable, mais il voudra naturellement te le raconter lui-même. Un équipage en parfaite santé, des cartes impeccables, un journal très intéressant, l'ensemble conforme au style de James. Comme si c'était tout naturel."

Il se tut. Un mois. La maison paraîtrait soudain trop petite, comme inadaptée. Un grand corps serait allongé contre elle dans le lit, la nuit serait remplie de craquements inattendus et de ronflements. Elle serait assise en face de lui. Hésitants, ils commenceraient à se raconter leurs histoires, toi d'abord, non, vas-y, toi. Ici à table. Il s'apercevrait, reniflerait, sentirait qu'il n'y a pas de petit enfant dès qu'il franchirait le seuil. Je dois éprouver de la joie, se dit-elle, il le faut. Elle chiffonna la lettre entre ses mains crispées. Palliser posa sa main sur la sienne et libéra précautionneusement la feuille de papier. Il lui toucha un instant l'épaule.

"Ecoute, chère enfant, dit-il doucement, je vais t'aider. Après cela, il ne sera plus jamais obligé de partir, je vais m'en assurer."

Oui, pensa-t-elle, oui. Un objectif pour lequel se battre, une promesse. Un homme à la fin de son éblouissante carrière, deux fois le tour du monde, un joyau pour la science et la cartographie, on peut lui concéder, malgré sa célébrité, de rester désormais chez lui satisfait. Il y a suffisamment à faire. Cette fois, il pourrait lui-même travailler sur le récit de son voyage, veiller à sa publication et ne pas laisser un quelconque gratte-papier gâcher ses efforts. Il pourrait apprendre à connaître ses fils sans l'excitation d'un départ en perspective. Il verrait sa femme.

Il compte sur moi pour préserver la vie ordinaire, je dois être la gardienne du port d'attache, je dois montrer tous les jours aux enfants l'image de leur père pour qu'ils ne soient pas surpris quand soudain il entrera vraiment dans la maison. Je dois mettre les groseilles à maquereau en conserve, je dois m'assurer que rien ne se dégrade dans le jardin. C'est parce que je m'occupe de tout cela qu'il peut partir. C'est parce que j'en suis capable qu'il peut revenir. Il est poussé vers les bancs de glace du pôle Sud, mais dans sa tête il existe un jardin fleurissant dans une rue à Londres, un jardin avec des enfants qui jouent joyeusement et une femme qui sait se réjouir.

Une femme qui peut être heureuse pour lui, avec lui. Une femme qui le soutient dans son combat contre les comtes et les barons, une femme tenace qui sait ce qu'elle veut et qui se débrouille pour l'obtenir.

Elle avait été ce genre de femme et elle l'était encore sans aucun doute dans les pensées de son mari. Dans un mois, il la reverrait. Elle sentit toute la force qu'elle possédait encore la quitter. Je dois rester assise, se dit-elle, ne pas tomber, pas par terre.

La personne à côté d'elle, le messager compréhensif, avait posé son bras autour de ses épaules. Il savait ce qu'il en était, il savait que maison et bateau allaient chacun leur chemin et qu'au bout d'un certain temps la convergence des deux trajets pouvait aboutir à un choc. Il le comprenait, elle pensait en tout cas qu'il le comprenait, et cela fit fondre ce qui lui restait de calme. Elle se confondit avec le chaos qu'elle ressentait à l'intérieur. Une respiration incontrôlée, ressentie comme un déchirement, des larmes telle une averse printanière, un corps agité sans vergogne de secousses et de tremblements.

L'homme à côté d'elle déboutonna sa manchette, remonta la manche bleu pâle de sa veste et retroussa sa chemise jusqu'au-dessus de son coude. Sans réfléchir, elle posa sa joue contre la peau chaude, ses lèvres sentirent les muscles puissants en dessous, elle frotta son visage sur l'avant-bras poilu, pleura et renifla. De son autre main, il lui caressait les cheveux. Il lui tint la tête pour qu'elle puisse rester aussi longtemps qu'il le fallait sur ce bras réconfortant. Un visage mouillé. Un bras nu.

Comme si elle recevait un océan d'air frais. Ses épaules se détendirent, les sanglots devinrent réguliers et, finalement, elle s'apaisa. Elle restait, silencieuse, contre son bras.

Elle avait ainsi calmé autrefois son enfant, un petit bébé qui était dans tous ses états et n'en comprenait pas la raison – elle avait posé l'enfant contre sa peau nue pour le tranquilliser. On s'y prenait ainsi, naturellement, sans réfléchir. Cela se produisait, un point c'est tout. Elle sourit et sentit les poils de Palliser lui chatouiller la bouche. Toute notion de temps avait disparu, comme si elle avait été soulevée un instant par son consolateur en dehors de cette matinée. Elle se sécha les joues – avec le torchon ? Son mouchoir ? – et elle entendit des pas précipités retentir dans l'arrière-cuisine.

"Maman ! Tu es là ?" Son fils aîné fit irruption dans la cuisine et s'immobilisa brutalement quand il vit le capitaine Palliser assis à la table. James était trapu, robuste, il n'était pas maigre et élancé comme son père. Une épaisse chevelure qui lui tombait en boucles sur le crâne, des yeux joyeux, de petits mouvements vifs. Nat était sur le point de le dépasser en taille. Pour elle, il était incompréhensible que leurs corps de jeunes garçons puissent avoir un quelconque rapport entre eux. Les fils tiennent de leur père, se dit-elle, James se retrouve par différents aspects dans ses fils. Le cadet a sa morphologie et l'aîné son énergie, sa volonté d'entreprendre.

Bientôt, Jamie partirait à l'école navale à Portsmouth. Devant la fenêtre, la lettre non lue dans les mains, elle écoutait la conversation détendue entre l'homme et le garçon. L'excitation à propos du retour du *Resolution*, Jamie serait-il encore à la maison quand le bateau arriverait ou bien déjà à l'école, peut-être Portsmouth serait-il le port d'escale, cela allait de soi, il serait alors le premier à voir son père, ils attendraient avec toute la classe le bateau, lui dans son nouvel uniforme avec ses bottes. Ainsi il rencontrerait son père même avant son frère et sa mère.

Tandis que Palliser abreuvait son fils d'anecdotes sur l'expédition, Elizabeth se retira dans le jardin. Elle avait glissé la lettre dans l'échancrure de sa robe. Le soleil avait pris des forces. Il faut que je m'abandonne à cette chaleur, s'était-elle dit, à ce qui se passe maintenant : un fils qui suit avec enthousiasme les projets de son père, un ami qui me console. Il faut que j'écarte ce qui est difficile, ce qui est pénible, et que je profite simplement de la vie, maintenant. Elle essuya le banc du jardin, s'assit et ouvrit la lettre. Il est rassasié de découvertes, se dit-elle, il est en route vers chez lui.

Hugh Palliser t'a sûrement raconté où je suis allé et ce que j'y ai trouvé. C'est étrange de se retrouver ici au Cap dans notre propre monde. Je participe à des banquets et à des dîners, j'échange des histoires avec mes collègues. J'ai rencontré un Français digne de confiance, Crozet, qui a aussi navigué sur l'océan Pacifique. J'aimerais recouper ses données avec les miennes pour que le filet se referme. Toutes ces connaissances que nous avons accumulées ! Il n'y avait que du vide, rempli de vues de l'esprit stupides et fausses, et maintenant il y a des certitudes. Des localisations exactes, des descriptions d'îles et de peuples. J'ai entendu des récits qui te surprendraient, sur des tactiques guerrières et des habitudes alimentaires, et je peux les confirmer pour en avoir fait moi-même l'expérience. Je ne peux pas poursuivre pour le moment. Dans un mois je serai auprès de toi, on est encore en train de réparer le gouvernail. J'étais persuadé de trouver ici une lettre de toi et je me suis fait du souci quand j'ai constaté que rien ne m'attendait de Mile End. Se serait-elle perdue ? Je compte sur toi et je ne peux pas croire que tu as des ennuis. Je pars du principe que le transport a mal fonctionné. Nous allons devoir travailler dur cet hiver, j'ai une montagne de données qui peuvent servir à faire un livre. Je suis d'ailleurs tombé sur un exemplaire du livre de Hawkesworth et j'ai quasiment explosé de colère. Plus jamais ça ! Ces prétendus intellectuels te vident de tout ton contenu et vont se pavaner en exhibant des choses auxquelles ils n'ont jamais participé et ne comprennent rien ! C'est une honte. Et dire que cela lui a rapporté une fortune ! Il faut que je m'en remette, il n'y a plus rien à faire. Cela ne m'arrivera plus.

Chère Elizabeth, bientôt je serai auprès de toi et nous pourrons parler de tout. Demande à Palliser le trajet que je vais parcourir. Je vais cacheter des lettres et je vais les faire porter. Embrasse les enfants !

Des eaux d'infiltration. Son chagrin ressemblait à de l'eau qui s'est infiltrée sous une digue et jaillit tant bien que mal, sous haute pression. Elle ne devait plus rien se demander, elle devait se retourner et affronter le fleuve dans toute son ampleur. De la cuisine parvenaient les voix de Hugh et de Jamie.

“Mais ils ont pourtant assez à manger, disait son fils, ils ont des cochons et des oiseaux, pourquoi le font-ils alors ? C'est interdit !

— C'est à l'autre bout du monde, mon garçon. Il y a beaucoup de choses que nous ne comprenons pas. Ils parlent une autre langue. Peut-être sont-ils convaincus de s'emparer ainsi de la force de leurs ennemis. A leurs yeux, ils ne font rien de mal, c'est leur manière de combattre. Ton père estime que nous ne pouvons pas les juger selon nos propres règles. C'est si différent, là-bas, tu peux difficilement t'en faire une idée. C'est effrayant, pas vrai ?

— Moi, je les punirais, dit Jamie avec passion. Si j'étais le capitaine, je leur tirerais dessus. Pour leur apprendre à vivre. Je crois que mon père est reparti dans son bateau et les a tous tués en leur tirant dessus.”

Ils ont besoin d'un père, se dit-elle. La ville bourdonne d'histoires, ils entendent évidemment toutes sortes de choses qui font travailler leur imagination, ils ont peur, ils posent des questions et je fais comme s'ils étaient encore petits et que je pouvais les protéger par mon silence.

Le bateau jumeau de l'expédition de James était revenu l'année précédente, seul. Dans le brouillard inimaginable près du pôle Sud, les navires s'étaient perdus et n'avaient pu se rendre au point de rendez-vous. Quand le bateau était entré dans Londres, il y avait un passager supplémentaire à bord : le capitaine avait emmené un indigène pour le montrer au peuple anglais. Il s'appelait Omaï et fut aussitôt adopté par Banks. Des personnes manquaient aussi : l'équipage complet d'une chaloupe avait été dévoré par des sauvages sur une lointaine côte sud. Elle avait lu les nouvelles dans les journaux et avait préféré se taire devant les enfants.

"Je ne pense pas, Jamie, entendit-elle Palliser lui dire. Je pense que ton père essaie de comprendre ces gens. Ce n'est pas lâche, c'est sensé.

— Peut-être qu'ils vont le manger, lui aussi !"

Elle entra dans la cuisine et vit Palliser secouer la tête d'un air rassurant. "Ton père est un homme avisé, il ne laissera pas la situation en arriver là. De plus : il est déjà presque rentré et tous ses hommes sont encore en vie." Il se leva pour prendre congé.

Frances. Elle allait écrire une lettre à Frances pour avoir l'impression de parler avec son amie. Tant d'hommes, sur des bateaux, dans des cuisines, avec des anecdotes et des opinions. Ce soir, quand les garçons seraient couchés, elle se confierait à son amie d'Amérique. Elle lui raconterait les phrases écrites à la va-vite dans la lettre de James, l'évidence avec laquelle ses fils étaient appelés à naviguer, les conversations avec Palliser – évoquerait-elle la curieuse scène avec le bras nu de cet homme ? Peut-être cela ne s'était-il même pas produit, c'était quasi impossible, même si elle aurait pu dessiner la disposition de ses poils sur son bras. Même si elle sentait encore la chaleur contre sa joue.

Elle lui raconterait en tout cas que la table dans la pièce, la surface vide, dépouillée, brillait tant elle l'avait frottée et astiquée.

Tu dois reprendre une aide à la maison, avait dit James avant son départ. De la compagnie, comme Frances. Elle avait rejeté la proposition. Que pouvait-elle bien faire d'une étrangère chez elle, une nouvelle voix dont elle ne pourrait savoir, avant un certain temps, si elle allait se mélanger à la sienne ? Elle avait préféré rester seule cette fois. D'ailleurs, à présent, plus aucune catastrophe ne pouvait se produire, le petit George était mort depuis déjà deux ans et demi, elle s'était ressaisie, elle se tiendrait devant son mari qui rentrerait comme un rocher dans le ressac. A la fin d'un tel voyage, rien ne devait survenir qui soit déstabilisant, c'était une épreuve de tout remettre au pas, les plantes, les meubles, les gens. Pas de perturbations s'il vous plaît.

Ce matin, elle avait échappé un instant à elle-même. Cela ne pouvait plus continuer, il fallait que cela cesse. Il faudrait aussi mettre un terme à ce rapport flou avec le temps ; elle n'avait en fait aucune idée du stade où en était la journée et se sentait encore plongée dans cet étrange moment à la table de la cuisine. Elle se frotta le visage et secoua la tête comme un animal qui cherche à se débarrasser d'une mouche agaçante.

Jamie sortit un seau à la main et se mit à pomper. Nat, elle allait chercher Nat. Bien sûr qu'il y avait un programme dans la journée. Une promenade, une conversation, un repas. Un schéma où l'on pouvait entrer comme dans un bateau.

Derrière elle, la grille du jardin se referma. Elle traversa la rue et emprunta le chemin qui, entre deux rangées de jardins, partait vers le fleuve. L'eau brillait au loin. Elle en avait envie, elle ne pouvait nier que la présence de l'eau là-bas lui faisait plaisir. Pourtant, c'était James l'amateur d'eau, et pas elle. De l'eau délimitée, se dit-elle, de l'eau dans des fossés, dans un fleuve aux digues visibles, dans un étang entouré de saules – voilà ce que j'aime. Elle n'avait jamais vraiment pu partager l'amour de James pour la mer ; quand elle essayait d'y penser, elle redoutait la somptuosité et la masse d'une étendue inconcevable de cette eau, à l'échelle du monde. Pas de balises, pas de routes, pas de délimitations. Pour James, chaque partie du monde était dans l'eau et, pour elle, toute eau était liée à la terre.

Elle s'appuya contre le mur du quai et regarda les vaguelettes venir frapper les briques. Les ridules approchaient joyeusement, comme des enfants sautillant ; elles étaient repoussées avec indifférence et repartaient de bonne humeur en bondissant dans l'autre direction. Incompréhensible.

James ne savait pas nager. A vrai dire, elle n'avait jamais entendu dire d'un marin qu'il en était capable. Cela vaut mieux, disait-il, on est perdu quand on se retrouve dans l'eau, qu'on sache nager ou non. Une mort rapide est alors préférable à une lutte prolongée dont l'issue est malgré tout fatale. Cela non plus, elle ne le comprenait pas vraiment. Si j'aimais l'eau, j'aimerais m'y sentir comme chez moi, se disait-elle, j'aimerais m'y immerger, nager dans mon élément comme un poisson heureux. Comment peut-on organiser sa vie de sorte qu'une peau de bois vous sépare de votre plus grand amour ?

De l'autre côté du fleuve se dressaient sur les collines les palais blanc crème de Greenwich ;

elle vit de petits personnages aller et venir et un bateau accoster devant l'appontement. Dans ces bâtisses battait le cœur de l'Amirauté, là-bas on décidait de leurs vies. De sa vie. Dans quelques semaines, James arriverait là-bas à toute allure en carrosse, il monterait les marches en courant et se dépêcherait de rejoindre ses supérieurs hiérarchiques pour rendre compte de son voyage. Après seulement, il ferait la traversée dans une embarcation et, à pied, il viendrait saluer sa famille. Il entrerait chez lui. Il serrerait sa femme dans ses bras.

On eût dit cependant que des retrouvailles antérieures tentaient de supplanter celles qui s'annonçaient bientôt, qu'une jeune femme désemparée était prisonnière de sa propre cage thoracique. A l'époque, après son premier voyage autour du monde, il était entré à grands pas dans la maison, le chapeau à la main, bronzé, musclé. Abattue, elle se tenait contre le poêle tiède. Les garçons à ses côtés, Frances s'était exilée dans le couloir. Il s'était immobilisé à un mètre et demi d'elle, ses yeux filaient vite le long des murs et du sol – pas de poupée, pas de chaise d'enfant, pas de bavoir chiffonné couvert de taches de bouillie. Elle vit ses joues virer au gris.

Oui, elle avait dû s'approcher pour qu'il l'étreigne, naturellement, cela faisait des années qu'il était parti et il revenait, il l'avait serrée dans ses bras, mais elle ne s'était pas sentie fondre, elle était restée consciente de sa propre peau, qui délimitait l'histoire qu'elle devait encore raconter. Raide comme un bout de bois, elle était étendue à côté de lui cette nuit-là. Il était désespéré, inconsolable, mais elle avait, quant à elle, dépassé ce désespoir. Les événements devaient être exposés à James dans leur triste enchaînement. Elle s'était redressée dans le lit et, les yeux fixés devant elle sur le mur pâle, elle avait prononcé les mots d'une voix tendue, à un rythme bien trop rapide.

Jamais malade, l'enfant, la petite fille, sa petite fille, leur petite fille. Contente de chaque matin, de chaque occasion de s'amuser à des broutilles dans la cuisine et la chambre, de citer les fleurs du jardin par leur nom et d'aider avec gravité à choisir les légumes au marché. Elle adorait ses frères, elle pouvait passer des heures à regarder Jamie faire des dessins. Ses yeux brillaient de plaisir quand Nat lui apprenait une chanson. Quand la voisine venait leur rendre visite avec un cornet de berlingots, elle les partageait en trois petits tas sur la table : pour Jamie, pour Nathaniel, pour elle-même.

Allez. Il ne faut pas s'égarer. Ce sera toujours possible plus tard.

Frances était allée chercher le petit cheval au grenier, tu sais, le cheval sur la planche à roulettes, avec lequel les garçons jouaient, il avait une vraie crinière et un bout de vieux cordage pour le faire avancer. Elle était enchantée, ravie. Elle traînait l'animal derrière elle dans tout le jardin, elle lui donnait de l'herbe et des pommes et du pain. Nous n'avons pas fait attention. Je n'ai pas fait attention. Frances et moi, nous lavions des draps dans l'arrière-cuisine. Soudain, plus aucun bruit ne nous est parvenu du jardin. Nous n'entendions plus sa voix et nous nous sommes regardées au-dessus du drap essoré entre nos mains. C'était juste avant le choc. Dans le silence, nous avons entendu les sabots des chevaux. Quelqu'un a crié. Craquements, grondement précipité du bois sur les pavés. C'est ma faute. Je ne faisais pas attention.

Dehors, un cheval soufflait sans discontinuer. Des gens sont entrés dans le jardin en courant et en criant, mais j'étais déjà dans la rue, j'ai d'abord vu le jouet en forme de cheval intact au milieu de la rue, puis j'ai regardé à mes pieds, j'étais nu-pieds, j'avais sûrement retiré mes sabots d'un coup de pied, je n'avais pas de coiffe, non –

"Vas-y, dis-moi ce qui s'est passé", dit James. Il s'était retourné. Elle s'adressait à son dos. "Les faits", dit-il. Les faits.

Elly était étendue par terre. Sans la moindre blessure, inaltérée. Elle s'était sentie soulagée l'espace d'un instant : nous l'avons échappé belle, il n'y a rien ! Mais l'enfant était pâle et immobile. Elle s'était agenouillée les genoux nus dans la boue, elle avait attiré l'enfant dans son giron, elle tenait sa fille fermement. Au-dessus de sa tête, des gens criaient, elle reconnut la voix de Frances, aiguë et tendue parmi les voix d'hommes. Quelqu'un détela le cheval. Pendant très longtemps, rien ne se produisit. Curieusement, pendant tout ce temps, le soleil continuait de briller, il continuait de faire jour, un matin à Londres.

Frances envoya un garçon chercher Palliser de l'autre côté. Il traversa à toute allure le fleuve en projetant des gerbes d'eau. Heureusement, Palliser était à Greenwich et pas au chantier. Il était venu aussitôt. Comme c'était étrange qu'elle puisse encore se remémorer précisément tous les petits détails. Ses chaussures et les jambes de sa culotte étaient mouillées car il avait ramé à toute force. Des souliers aux boucles mates.

"Les faits, disait l'homme à côté d'elle. Où étaient les garçons ?"

Le médecin était venu. C'était plus tard, quand Elly était déjà allongée dans la chambre. C'était bien que James pose une question, un signe qu'il écoutait. La voisine était peut-être allée chercher Jamie et Nat à l'école. Pas Frances, elle était restée auprès d'elle, elle en était certaine. Frances avait tant tremblé et grelotté qu'elle n'avait pratiquement pas pu aider à passer la chemise à Elly, le linceul. Elizabeth avait eu la main sûre, elle avait lavé la petite fille, elle l'avait arrangée, habillée. C'était le 9 avril 1771.

Hugh Palliser s'était occupé de tout. Il était assis dans la cuisine et mangeait la soupe que Frances avait préparée. Il avait accueilli le menuisier, le fossoyeur, le prêtre. Il avait obligé Elizabeth à s'allonger, mais elle en était incapable. L'angoisse l'étouffait comme une couverture dès qu'elle posait sa tête sur l'oreiller. Elle restait assise à côté d'Elly. Elle essayait de chasser les bruits provenant de la cuisine et d'écouter la voix de son enfant qui devait encore être présente dans sa tête, quelque part, introuvable. Elle attendait.

Frances était venue se glisser à côté d'elle dans le grand lit cette nuit-là, et les nuits suivantes. Trop peu de femmes dans la maison. En un éclair, elle avait pris conscience que sa fille avait été la femme de l'avenir et que cet avenir était maintenant lui aussi perdu irrémédiablement. "Les faits", disait James.

L'enterrement. C'était une affaire d'hommes. Les femmes restaient à la maison pour préparer la collation pour le retour de ceux qui s'étaient rendus au cimetière. Palliser irait au nom de James. Mais quand, le matin de la cérémonie, Elizabeth était sortie de son lit – dès que le jour s'était levé, délivrance colorant le ciel d'une lueur pâle, et qu'au lieu d'être insomniaque elle était simplement réveillée – elle sut qu'elle s'y rendrait elle-même. Frances ne fit rien pour la retenir, elle l'aida au contraire à enfiler le jupon noir et alla chercher quelque part un voile qu'Elizabeth pouvait plisser devant son visage. Palliser apparut avec les porteurs. Il la vit debout à côté du petit cercueil et acquiesça. Elle lui prit le bras – oui, ce même bras, à l'époque déjà, oui déjà –, et ils suivirent ensemble Elly sur le chemin du cimetière. A côté des pavés enfoncés dans l'herbe fleurissaient des primevères blanches, les rosettes feuillues se détachant nettement sous la lumière du soleil rasant, un tapis de fleurs jusqu'à perte de vue. Voilà ce qu'elle avait vu. Quant aux visages entre les bancs quand ils étaient entrés dans la petite église, elle les avait oubliés. Hugh la fit asseoir au premier rang. Il ne quitta pas sa main. Derrière le voile noir transparent, elle fixait le cercueil juste devant elle. Elle ne réfléchissait pas, elle regardait seulement.

Des faits, chuchotait James. Il n'y avait pas de faits. Quels psaumes, quel texte, quelles prières – elle avait oublié. Avait-elle pu déjà à ce moment-là penser aux cheveux, à la bouche, aux os de l'enfant, à son souhait de se glisser elle-même dans la terre pour tenir ce squelette délicat ? Non, cela ne s'est produit que plus tard.

Les gens étaient agenouillés et maintenaient les yeux fermés. Pas elle. Elle regardait l'orgue en haut et voyait M. Hartland assis derrière le double clavier. Ses grandes mains blanches étaient posées sur ses cuisses et, penché en avant, il fixait la partition sur son pupitre. Puis il tourna la tête vers elle, comme s'il sentait son regard. Non, elle n'avait pas eu honte, elle avait levé les yeux presque avidement vers le vieil homme, ses joues fripées et son crâne chauve sous les rares mèches de cheveux étaient gravés dans sa mémoire, elle avait longtemps regardé son visage, sans cligner des yeux. Ils ne s'étaient pas souri.

Leurs regards ne s'étaient détachés que lorsque le prêtre avait prononcé "amen" et qu'elle avait regardé les pierres à ses pieds. La pierre, s'était-elle dit, la pierre, le bois, la terre. Le moment où le cercueil serait transporté dehors s'annonçait. Elle s'était efforcée de respirer calmement. Bien qu'elle fût entourée d'un océan de personnes vêtues de noir, elle se sentait totalement seule. Se lever. Voir les porteurs s'approcher. Se tourner doucement pour suivre la lente avancée du cortège. Un arbre isolé inaccessible dans un champ, voilà ce qu'elle était. C'est alors que M. Hartland s'était mis à jouer. Elle fut surprise par le son puissant de l'orgue, d'autant qu'une musique rythmée et joyeuse retentit qui ne semblait pas adaptée à ce qui se déroulait sur le sol de la petite église. Elle remarqua que le prêtre avait l'air irrité ; Palliser à côté d'elle retint sa respiration. Puis il lui serra la main et lui sourit. La *Water Music* de Haendel, se souvint-elle soudain. Elle reconnaissait la mélodie. Le vieil organiste appelait la mer, il lui rappelait que James existait, que son mari là-bas, très loin, naviguait sur l'eau et qu'il lui reviendrait, qu'elle n'avait pas tout perdu. Le petit cercueil avait avancé jusqu'à la moitié de l'allée centrale. Au bras de Palliser, elle le suivit, baignée de musique. Le son plein disparut pour faire place au chant pur des bois. Le trio fragile semblait interprété par des hautbois, des flûtes et des bassons jouant en parfaite harmonie. A la première écoute, l'air paraissait joyeux, mais elle était plus avisée et M. Hartland aussi. Sa façon de conclure toujours les courtes phrases suppliantes brisa le cœur d'Elizabeth. Voilà ce qu'il en était. Une fillette sautillant sur la route. Sous le soleil. Sous le lourd carrosse.

"Des faits, demanda James. Qui conduisait les voitures ?"

Naturellement. Oui. Le cocher n'avait pas osé venir lui rendre visite. Il avait envoyé sa femme avec un demi-cochon de lait comme sacrifice expiatoire. Frances l'avait reçue tandis qu'Elizabeth, à l'étage, dans la chambre à coucher, restait plantée devant la fenêtre.

James se tourna sur le dos. "Qu'as-tu fait du cochon ?"

Elle revoyait la carcasse coupée en deux, elle était restée posée sur un sac de jute à côté du poêle, rose, avec des esquilles blanches, de la taille d'un enfant.

"Frances s'en est occupée. Elle l'a donné. Enterré. Jeté dans le fleuve. Je n'en sais rien, nous n'en avons plus jamais reparlé."

Je suis allongée avec mon mari que je n'ai pas vu depuis trois ans à parler d'un cochon, s'était-elle dit. Notre fille est morte brutalement et il me demande ce que nous avons fait du cochon. Je lui réponds, mais derrière cette conversation se cache une question que nous ne pouvons pas affronter. Elle lança un regard de côté et s'aperçut qu'il pleurait. C'est ma faute. J'aurais dû la préserver. J'étais la mère. Je barrais l'escalier avec une planche et je mettais les couteaux à viande hors de sa portée. Je n'ai pas fermé la grille du jardin. Je l'ai protégée jusqu'à cette unique fois, la mission était presque accomplie, tu étais déjà sur le chemin du retour, presque –

James se moucha et prit la parole. Au début, elle ne comprit pas de quoi il parlait et elle laissa les phrases la submerger comme des vagues. Une barrière de corail, l'obscurité, un choc, un craquement. Le bateau était totalement prisonnier et se remplissait d'eau. Mû par l'angoisse de la mort, tout le monde était venu actionner les pompes, même les officiers et les savants. Ils avaient jeté les canons par-dessus bord, les réserves d'eau, les barils de viande. Au bout de vingt-quatre heures, ils étaient parvenus comme par miracle à se remettre à flot et ils dérivaient le long de la barrière de corail à bord du bateau endommagé. Il avait demandé conseil à son équipage, à l'aube, sous un vent glacial, ils avaient formé un cercle sur le pont tandis qu'à quelques mètres sous eux l'eau jaillissait à travers un gros trou dans la cale. Le frère du chirurgien avait trouvé une solution. Sur ses instructions, ils avaient fixé une voile, enduite de fumier et de cordes effilochées, autour de la paroi endommagée du bateau, une pagaille colossale avec des câbles et des poulies ; tout le monde avait exécuté les ordres en silence, le visage tendu.

Cela a marché. La voile collait aux bordages du bateau et avait donné exactement le répit nécessaire pour atteindre la grève. Ils étaient restés un mois et demi sur place pour réparer le bateau.

"J'ai pris un grand risque, dit-il, et je me demande encore si j'aurais pu agir autrement."

Elizabeth se taisait. L'odeur du fleuve s'engouffrait par la fenêtre ouverte. Où est-elle, où est-elle

– elle est au cimetière, elle est seule. Du calme, chasse ces pensées, écoute.

Le bateau provisoirement réparé continuait cependant de faire eau. Le gréement était en lambeaux et les cordes s'effilochaient. Ils étaient descendus à terre dans le port de Batavia. Ils y étaient bien obligés.

"Pas de scorbut sur mon bateau, disait James. Pendant trois ans, j'ai navigué dans les circonstances les plus rudes et je n'ai pas perdu un seul membre de l'équipage des suites de la maladie du marin. Pas un. Nous sommes arrivés à Batavia en parfaite santé. Les Hollandais n'en revenaient pas. L'état du navire témoignait de ce que nous venions de traverser, mais le physique solide et les joues pleines des hommes ne concordaient pas. C'était ma fierté. Dans ma cabine, j'ai écrit à Londres : pas un homme n'a été perdu !

C'est une question de volonté. De discipline. Je menaçais de les fouetter s'ils ne se lavaient pas. Cela dit, je n'ai jamais eu à appliquer cette menace. Aérer la literie, nettoyer les vêtements dès que le temps le permettait. Dans l'eau de mer, les chemises craquaient tant elles étaient imprégnées de sel, mais tout de même. Je ne distribuais pas la ration d'alcool s'ils salissaient la cale. Au début, cela déclenchait une certaine résistance, parce qu'ils n'en avaient pas l'habitude. Un marin se trouve viril de porter pendant trois ans la même chemise. Ils ne remarquent plus la puanteur, ou bien ils s'y attachent."

Il n'est pas encore rentré, s'était-elle dit. Il n'a pas su garder la même vitesse que le bateau et il tente tant bien que mal de le rattraper. Il ne peut pas encore pleurer la mort de l'enfant dans son propre lit, il est encore sur le pont à crier et à distribuer les seaux de toile pour hisser de l'eau à bord. Il est étendu ici, certes, mais il n'est pas encore arrivé.

C'était la nourriture qui comptait le plus. S'il parvenait à trouver un remède contre la maladie, cela représenterait un pas de géant dans l'histoire de la navigation. Le régime alimentaire devait être la clé du problème. Immanquablement, les gencives se mettaient à enfler au bout d'environ six semaines en mer. Les dents se déchaussaient et tombaient. Des hématomes d'un bleu noirâtre apparaissaient sous la peau, les veines ne parvenant plus à retenir le sang. Cela suintait dans les muscles et les articulations jusqu'à ce que tout mouvement devienne impossible. La douleur était insupportable, elle obligeait le malade à rester immobile jusqu'à ce que la mort survienne. Ils trouvaient le phénomène normal, ces messieurs de la marine, une loi naturelle ! Ils en tenaient compte lors de l'enrôlement ; toujours prendre plus de gens que le nécessaire, car la moitié mourrait immanquablement. C'était raisonnable. Pour sa part, il trouvait cela idiot. Pourquoi une personne tombait-elle malade en mer et pas à terre ? Quelle était la différence ? Il devait y avoir une raison. Il fallait faire attention. Réfléchir. Expérimenter. Ne pas se résoudre à des faits incompris mais essayer de percer le mystère.

Elizabeth se souvint qu'elle avait ressenti une bouffée de jalousie quand le rythme de son récit s'était accéléré et que sa voix était devenue plus grave. Il y avait quelque chose qui le tracassait, qui le passionnait, qui lui faisait envie. Et elle, que voulait-elle ? Une tempête, elle souhaitait qu'une tempête glaciale fasse gicler les vagues de la Tamise contre le quai. Elle serrerait un bonnet sur sa tête, elle prendrait son châle épais et elle irait se promener. Sans but, contre le vent, un pas après l'autre. Mais le fleuve n'était cependant qu'un miroir tranquille et l'air était tiède.

A terre les hommes recevaient des aliments frais, on n'entamait pas les provisions tant qu'il y avait du gibier à chasser et des fruits à cueillir. C'est là que se cachait la solution. En mer, ils mangeaient de la viande salée qui dégageait une impressionnante puanteur et des biscuits de mer durs comme de la pierre où les vers avaient creusé des trous. Le bateau devait se transformer en terre ferme, devenir une île où animaux et plantes pouvaient vivre. Des poulets ! Des potagers dans des caisses derrière le mât. Mais le vent chassait les oiseaux du navire et la pluie charriait la terre. Pourtant, il avait cherché son salut en imitant autant que possible les conditions à terre. Il avait commencé par renvoyer le cuisinier, un idiot paresseux qui ne manifestait aucun intérêt pour le problème de l'alimentation. Le remplaçant qui se présenta sur ordre de la marine était un grand gaillard avec lequel il était possible de discuter de façon positive et productive. Il ne voyait pas d'inconvénient à intégrer des petits pois écrasés, du jus de carotte et de l'extrait de bouillon dans ses plats et évoqua de lui-même les figues et les raisins secs. Son bras gauche avait été malheureusement arraché par un câble qui s'était brusquement détaché, mais avec le droit il avait acquis une habileté stupéfiante.

Ecoutait-elle encore ? Elle l'entendait, en tout cas, les mots tanguaient dans la chambre et elle sentait les côtes, la cage thoracique de James, vibrer en même temps. Elle trouvait étrange de ne plus être seule ; curieux que quelqu'un vienne forer dans ses pensées, s'y insinue avec des images et des conceptions qu'il n'était pour elle pas question d'aborder pour l'instant. C'est ton mari, s'était-elle dit, écoute, concentre ton attention.

Le projet de potager avait été un échec mais le désir de légumes était resté le fil conducteur des modifications apportées au menu dans le navire. Quiconque allait à terre devait, en plus de sa mission ordinaire – le remplissage des tonneaux d'eau, l'installation du télescope –, ouvrir l'œil pour tout ce qui était vert et ne pouvait rentrer qu'avec une botte de feuillage dans sa chemise, de l'herbe aux goutteux, de la mauve, de la consoude et tout ce qui, d'une façon ou d'une autre, y ressemblait. L'aide-cuisinier recueillait ces dons et les apportait à son chef, qui découpait le tout en petits morceaux sur le billot avec son unique bras. Le lendemain matin, il mélangeait la mousse amère dans de la bouillie d'orge. Le petit-déjeuner.

Et à défaut de terre ? Il y avait alors la choucroute. Tout le monde l'avait déclaré fou quand il avait fait transporter les fûts puants à bord. Les lamelles de chou coupées fin fermentaient dans le sel, de lourdes pierres étaient posées sur les couvercles pour éviter les explosions. Qui parviendrait à avaler cette pourriture acide ? Les matelots traversaient la réserve en proie à des haut-le-cœur. James s'était demandé si la menace de coups de bâton aurait en l'occurrence l'effet escompté.

"Je n'ai pu m'empêcher de penser aux garçons", a-t-il dit. Il s'était tourné vers elle. La peau hâlée de son cou passait brutalement au blanc pâle à l'emplacement du col de son uniforme. Quand Jamie et Nat voyaient leurs parents manger une chose qui ne leur était pas destinée, ils se précipitaient dessus et ils insistaient jusqu'à ce qu'ils aient le droit d'y goûter. Il avait chargé le cuisinier de ne servir la choucroute qu'aux officiers et ceux-ci reçurent l'instruction d'en remplir leur assiette et de vanter haut et fort le goût du plat. L'équipage protesta contre cette inégalité. Il réclama de la choucroute.

De quoi est-il question, avait-elle pensé. Comme paralysée, elle avait croisé les mains sur son ventre. Elle voyait au loin un renflement de la couverture là où devaient se situer ses pieds, mais elle ne sentait rien. Ses pensées paraissaient elles aussi dénuées d'éclat.

L'enfant était morte parce qu'elle n'avait pas fait attention.

Des mots étaient prononcés, mais ils n'avaient aucun sens. Culpabilité. Catastrophe. Choucroute.

La voix de James : "Voilà ce qui s'est passé. Tout le monde est resté en bonne santé. Pas de molaires qui bougent, pas d'articulation du genou comme des boulets bleus de canon. Nous sommes arrivés vigoureux et en parfaite santé à Batavia. Je voulais que les charpentiers qui étaient membres de mon équipe s'occupent eux-mêmes des réparations. Les Hollandais ont refusé par cupidité, ils voulaient naturellement se faire de l'argent. Disputes, reports. Finalement, j'ai gagné, mais il était déjà trop tard et la fièvre des marais avait frappé. Quel que soit le remède que je prescrivais – désinfection, soufrage – cela ne servait plus à rien. Mes hommes déliraient de fièvre et ne pouvaient plus retenir aucun aliment. Les Hollandais purent gagner leur argent en rafistolant le bateau, mais je n'ai pas payé l'addition ! Un homme après l'autre mourait. Nous avons même dû enterrer le médecin. Je suis parti sans l'autorisation du capitaine du port. En mer, ils ont continué de mourir, nous devions jeter chaque jour dans la mer des membres de l'équipage. Des hommes avec qui nous avions partagé pendant trois ans toutes les aventures. Je n'y réfléchissais quasiment pas, tu sais ? J'étais simplement furieux contre les Hollandais et leurs canaux infects et puants. Entre-temps, ma lettre triomphale était en route pour Londres."

Elle avait essayé de se représenter le bateau funèbre, les corps cousus dans la voile qu'alourdie de pierres on faisait glisser le long d'une planche par-dessus le bastingage. Quelqu'un lirait dans les Ecritures et un autre jouerait le signal à la trompette. Les survivants se tiendraient, anxieux ou découragés, en un demi-cercle sur le pont. Pendant que je lavais les draps dans l'arrière-cuisine, se disait-elle. Pendant que je ne faisais pas attention. Comment pouvons-nous réunir ces deux mondes ? C'est sans espoir, irréalisable. Au loin, près du fleuve, des oies se mirent soudain à crier. Le bruit inquiétant s'amplifia, puis s'atténua. Qui lisait les textes de la Bible à bord ? La tâche en revenait au médecin, parce que James ne voulait pas emmener un prêtre inutile, mais le médecin était mort. Quand il n'y avait plus personne en vie qui sache jouer du bugle, la cérémonie se déroulait-elle en silence ? Le craquement des cordes, le choc de la planche contre le bastingage, le plouf du cadavre fendant la surface de l'eau.

"Elizabeth, dit James, j'ai perdu une trentaine d'hommes en quelques semaines. Une trentaine.

Tu pourrais dire que c'est ma faute. J'étais le commandant. J'ai décidé de m'arrêter à Batavia. J'ai donné à l'équipage mon autorisation de descendre à terre. J'aurais dû m'occuper de mes hommes pour qu'ils arrivent sains et saufs à la maison. C'était mon devoir et j'y ai manqué. J'ai pris des risques. Si nous nous sommes échoués sur ce récif, c'est la conséquence d'un tel risque. Tout s'est déroulé merveilleusement bien, mais les choses auraient pu mal tourner. Batavia était aussi un risque. Là, ça s'est mal passé. Sous mon commandement. J'y ai beaucoup réfléchi, cela m'a tenu éveillé pendant tout le trajet du retour. Ai-je précipité une trentaine d'hommes vers la mort ? Les ai-je tués ? Je n'en sais rien. J'étais consumé par le regret, je le suis encore, le regret d'avoir fondé mes espoirs sur les Hollandais et leur répugnante colonie. Le remords, la culpabilité. Mais aussi la colère, je ne pouvais pas rester allongé dans mon lit tant j'étais furieux. Ce qui se produisait venait contrecarrer mes projets. Je ne voulais pas voir mes hommes dépérir, je n'ai pas laissé cette maladie s'abattre sur nous, j'ai –"

Il se tut. Elle entendait sa respiration exaltée devenir peu à peu régulière, calme. La chambre se teinta de gris, le jour se levait.

"Cela arrive. Une catastrophe peut arriver. On ne peut pas la prévoir, pas toujours. En un certain sens, tu es livré aux circonstances. Tu es tenu de faire attention le mieux possible. Tu n'es pas infaillible. Ton pouvoir s'étend là où il s'étend. Et pas au-delà. Il reste toujours un domaine où tu es impuissant. Je ne peux à vrai dire pas l'accepter, mais je me suis dit que les choses étaient ainsi. Tu comprends ?"

Le ciel était jaune pâle derrière la fenêtre. Elizabeth eut l'impression que cela s'éclairait aussi à l'intérieur de sa tête. Elle avait relevé ses jambes et étiré ses muscles engourdis. Elle sentit la chaleur de l'homme allongé à côté d'elle. Cela arrive, avait-elle pensé, on négocie avec son angoisse et sa raison et on prend une décision qui la plupart du temps tourne bien et parfois, assez fatalement, mal. La culpabilité reste, car on est lié à sa décision. Pourtant, nous sommes livrés à ce qui se passe. Moi. Lui.

Toute raideur avait quitté son corps. Elle s'était étendue contre James. Il faisait déjà jour quand ils s'endormirent, épuisés.

Combien de temps avait-elle encore ? Un mois, six semaines ? Elle frissonna et renifla l'odeur métallique, sucrée, de l'eau du fleuve. Ce retour serait différent. La perspective d'une existence solide avec un homme à la maison lui donnerait de la force. Elle s'écarta du mur du quai et fut consciente de la force dans ses mollets. Sa coiffe était défaite, elle la retira pour sentir le vent à travers ses cheveux. Je suis debout devant le fleuve, se dit-elle, une nouvelle vie va arriver et je vais m'y engouffrer, sans réserves. Elle tourna le dos à l'eau. Le soleil avait enfin fait évaporer les nuages gris et chauffait le tissu foncé de sa robe. Rien de grave, je dois laisser mes sens me guider, même la lumière du soleil me soutient.

Elle regarda le long du quai et vit au loin une mince silhouette marcher en portant à la main un lourd étui.

Un certain temps après l'enterrement d'Elly, elle avait croisé dans la rue, par une journée ventée, l'organiste. Tout d'abord, elle ne l'avait pas reconnu, elle regardait d'ailleurs à peine autour d'elle lors de ces promenades quotidiennes désespérées, elle devait avancer, une jambe devant l'autre, les minutes devaient s'écouler, les heures être remplies d'actions qui n'étaient pas tournées vers un avenir de toute façon insupportable. Il fallait qu'elle marche ; elle ne tolérait pas les regards des gens dans la rue et faisait semblant d'être seule dans la ville peuplée. Elle s'était sentie difforme, visiblement abîmée et humiliée. Il fallait qu'elle se cache, mais elle étouffait dans la maison sombre. Alors elle marchait.

"Madame Cook ?" avait dit une voix douce à côté de son visage. Surprise, elle avait levé la tête, cligné des yeux pour obtenir une image claire et vu le visage amical de Hartland. Il ne souriait pas, mais l'observait d'un regard pénétrant. Elle se souvint de leur étrange contact pendant la prière et de la façon dont il avait ensuite voulu la consoler par son choix musical.

Elle était la bienvenue, avait-il dit à l'occasion de cette âpre rencontre. Il pensait souvent à elle, il aurait aimé l'accueillir si, fatiguée de ses promenades, elle voulait se rasséréner chez quelqu'un. A son propre étonnement, elle l'avait fait plusieurs fois. La bonne avait apporté du thé, ou de la bière lorsque la journée était chaude, et Elizabeth s'était assise sans rien dire dans la pièce extrêmement désordonnée où travaillait l'organiste. Il feuilletait dans ses partitions et parlait de la force de la musique. Au mur étaient suspendus des instruments : des flûtes, un hautbois, un violon.

Qu'est-ce que je fais ici, s'était-elle demandé, qu'est-ce que je peux bien chercher ici ? Je ne connais rien à la musique, qu'est-ce que j'attends de cet homme, cela ne rime à rien. Peu à peu, elle avait compris le sens de sa présence. Hartland était un paria, un étranger comme elle, à l'époque. De même qu'il luttait pendant le service religieux afin de préserver une place et de l'attention pour la musique, elle se battait pour le souvenir de sa fillette.

Quand le petit Nathaniel avait entendu le violoniste sur le pont du *Resolution*, il n'avait pas pu s'en détacher. Chaque jour il avait insisté auprès d'elle, il avait lui aussi envie d'y arriver, de savoir jouer des chansons, il deviendrait violoniste, il voulait un violon.

Elle demanda conseil à Hartland et Nat reçut des cours de violon. Au début, chaque fois qu'il voulait s'entraîner, le garçon courait chez l'organiste pour faire accorder l'instrument. Bientôt il sut le faire lui-même. Quand il jouait, elle s'asseyait à la table de la cuisine pour écouter. Il lui racontait des histoires sans paroles. Elle était heureuse de constater qu'il pouvait aimer passionnément une chose qu'il avait découverte entièrement par lui-même.

Il marchait là-bas, son fils cadet. L'étui du violon se balançait au bout de son long bras maigre et le vent soufflait ses fins cheveux blonds dans ses yeux. Il l'aperçut et fit un grand geste de sa main libre. Dans un an, il partirait lui aussi pour l'école navale, que pouvaient faire d'autre les enfants d'un capitaine, cela allait de soi, il n'en avait pas envie, mais il n'avait pas d'autre idée – mais maintenant, ici, il marchait avec son violon et souriait à sa mère qui l'attendait.

Tout allait bien se passer, fut-elle soudain certaine. Les garçons auraient un père qui ne partirait plus, qui leur parlerait de navigation et de ciel étoilé et de science, qui serait satisfait de ce qu'il avait accompli et consacrerait toute son attention à la carrière de ses enfants. Nous étions une famille. Tout se passerait bien.

En un éclair, elle vit le visage acéré de Hugh Palliser devant elle. Quelque chose s'était passé ce matin dans sa cuisine à quoi elle ne pouvait pas repenser. Elle sentait encore la peau de son bras contre ses lèvres et, surprise, elle gémit malgré elle. Ce n'est rien, pensa-t-elle, une faiblesse, inexplicable et temporaire – ce n'est rien. De toutes ses forces, elle chassa le souvenir de l'homme qui avait dénudé son bras pour elle. Nathaniel approchait. Il courait vers elle et elle l'accueillit dans ses bras.

3

Le dernier jour du long mois de juillet était un lundi, un début et une fin à la fois. Elizabeth s'était réveillée avec une certaine détermination et avait consacré sa matinée à préparer la malle de Jamie. Son père arriverait-il à temps pour le voir avant qu'il parte à Portsmouth ? Aurait-elle le droit de garder son fils aîné à la maison jusqu'au retour de James ? Elle n'avait plus la patience de se préoccuper de ce genre de questions. L'école allait commencer, Jamie était accepté et inscrit comme élève, il fallait préparer ses affaires. James était certain que son enfant irait naviguer, jamais une conversation n'avait été possible à ce sujet. Quand il avait choisi l'équipage pour son premier voyage autour du monde, il avait ajouté les noms de ses fils sur la liste. Les garçons avaient cinq et six ans à l'époque, ils restaient à la maison avec elle et Frances, mais ils étaient sur le rôle d'équipage en tant qu'"ordonnance du troisième lieutenant" et "aide-charpentier". Elizabeth avait exprimé une objection, ajouter les gamins en tant que futurs matelots était un mensonge et mettait la propre carrière de James en danger. Si quelqu'un s'apercevait de la supercherie et la signalait, James serait définitivement renvoyé de la marine. Elle ne disait rien de l'agacement que suscitait en elle le choix évident et prématuré de la profession de ses enfants. Quand James n'était pas là, elle pouvait y réfléchir, quand il était assis en face d'elle, de telles considérations étaient hors de sa portée.

"Il faut qu'ils acquièrent de l'expérience, avait-il expliqué. Plus ils auront d'années de service, plus ils obtiendront rapidement leurs promotions. Pour ma part, j'ai commencé bien trop tard ; si Palliser ne m'avait pas toujours recommandé et porté à l'attention de tout le monde, je serais encore aujourd'hui un simple capitaine en second. La carrière des garçons ne doit pas être entravée par ce genre de hasard. Je voudrais qu'ils démarrent mieux que moi dans leur métier."

Elle avait compris ; quand Jamie et Nat avaient été inscrits pour le deuxième voyage sur le rôle d'équipage, elle s'était tue.

Malgré ses nombreux voyages sur le papier, son fils aîné devait encore commencer sa formation. Elle avait lavé et repassé les chemises blanches à col ouvert. Maintenant elle les pliait et les disposait sur le dessus du contenu de la malle. Des voix d'enfants. Pourquoi le départ de Jamie la perturbait-il tant, elle n'en savait trop rien. Oui, il allait lui manquer, naturellement, ce serait horrible de ne plus entendre sa voix tous les jours, de ne plus savoir que son corps vigoureux était à la maison, de ne plus pouvoir rire de ses histoires. Derrière l'absence prochaine se cachait autre chose, une inquiétude, une contrariété qu'elle n'arrivait pas à saisir.

Jamie se réjouissait pour sa part depuis déjà plusieurs mois. Il était impatient de faire la connaissance de ses camarades de classe et, chaussé de ses nouvelles bottes, il paradait dans la chambre. Elle n'avait pas à éprouver de chagrin, il partait suivre les traces de son père sans crainte et rempli d'attentes enfantines. Elle baissa les épaules et referma la malle.

Le sécateur à la main, elle sortit. A vrai dire, il aurait fallu qu'elle s'agenouille pour arracher les cotylédons de l'herbe aux goutteux qui était indéracinable, mais elle coupa un bouquet rose dans la mauve démesurément fleurie. Sa main était déjà posée sur la grille du jardin, elle voulait vite se rendre au cimetière pour une courte visite à sa fille, quand elle entendit quelqu'un frapper à grands coups sur la porte d'entrée. Elle alla ouvrir, les fleurs posées sur son bras.

Un garçon se tenait sur le seuil, il avait sans doute un ou deux ans de plus que Jamie, un apprenti matelot essoufflé, excité, les joues rouges. Il tenait sa casquette à la main et la regardait droit dans les yeux.

“Le capitaine ! cria-t-il. Le capitaine est de retour ! On m'a dit de venir vous le dire. Il est de l'autre côté. Il rentrera ensuite à la maison. Pour que vous soyez au courant. Il est arrivé en voiture, avec d'autres messieurs. Ils avaient la montre avec eux. Elle marchait encore ! M. Solander m'a demandé de venir vous voir pour vous prévenir. Mile End, a-t-il dit. Lui aussi était allé là-bas pour attendre le capitaine, tout le monde marchait de long en large. J'attendais aussi, parce que je voulais le voir. J'avais fini mon service, mais je suis resté. Il a sauté du carrosse et il a grimpé l'escalier en courant ! Je l'ai vu !”

Elle emmena le garçon dans la cuisine et lui servit à boire. Il était si excité qu'il ne put rester assis ; il bondit de sa chaise et tourna autour d'Elizabeth tandis qu'elle mettait les fleurs dans l'eau. Elle arrangea les tiges dans le vase en écoutant la voix aiguë et forte. Etait-ce l'assiette du capitaine, était-ce sa chaise ? Comme la culotte du capitaine était d'un blanc éclatant quand il avait monté l'escalier baigné de soleil du bâtiment de l'Amirauté, comme les galons dorés brillaient, comme la perruque grise était distinguée ! Elle fouilla dans la poche de son tablier pour trouver une pièce et se débrouilla pour mettre le garçon à la porte. Sur le seuil, il resta à la regarder, stupéfait, tenant l'argent serré dans son poing. Puis il se retourna et partit dans la rue en courant.

Les fleurs, soudain devenues un bouquet de bienvenue, resplendissaient au milieu de la table dans des teintes de rose et de vert délicat. Elle secoua la tête et s'assit. Les bras croisés sur l'estomac, elle se balançait lentement d'avant en arrière. A un kilomètre de distance, James était à présent lui aussi assis à une table et rendait compte de son voyage à lord Sandwich, à Stephens et à Palliser peut-être – un récit sommaire, car il serait pressé et aurait envie de retrouver sa maison. De la retrouver. Plus elle imaginait des déplacements et du mouvement autour d'elle, plus le calme prenait possession d'elle. La cocotte, elle devait faire revenir de la viande, découper des légumes, mettre des draps propres sur le lit, entasser le désordre des enfants quelque part hors du champ de vision, enfiler une autre robe, c'était encore possible, elle avait encore une heure devant elle, une demi-heure, un tout petit moment –

Il arriva par l'arrière. Une ombre passa le long de la fenêtre de la cuisine, elle leva les yeux et le vit dans le jardin. Il arracha la perruque de sa tête et la jeta sur la table du jardin. Des deux mains, il se massa le crâne entre ses cheveux raides brun foncé. Les jambes écartées, il regardait, dans le jardin, le cognassier, l'agave, le palmier. Maintenant, se dit-elle, maintenant. Voilà des années que j'attends ce moment. Il traîne dans le jardin, il faut qu'il ait la tête au vent. Il va d'abord voir les responsables de sa mission, puis moi. Pourquoi mes jambes se sentent-elles si lourdes, je devrais sauter aussi légère qu'une plume dans ses bras, car, voyez, il est là ! Ces idées traversèrent rapidement son esprit sans s'y installer, tant bien que mal elle pensait, elle s'occupait. Elle glissa la main dans les fleurs roses, comme elles étaient douces, douces et solides à la fois, allez, va vers la porte, ouvre-la et sors, il n'y a pas d'autre voie que celle du jardin.

Elle tira sa veste vers le bas et se frotta le cou. Dix pas. Il marcha, soudain rapidement, dans sa direction. Elle leva le visage vers lui. Tous deux s'interrompirent dans leur mouvement. Un fossé de cinquante centimètres séparait encore leurs corps. Il leva les bras, elle vit la main à la cicatrice pâle qui flottait devant son visage et, pendant un instant, elle fut totalement paralysée. Puis elle lui embrassa les doigts et fit un pas en avant jusqu'à se retrouver dans ses bras.

Il traversa la maison comme s'il inspectait un bateau. Quand il franchit le seuil, il baissa la tête, exactement comme lorsqu'il entrait dans la cabine au plafond bas. Dans la cuisine et la chambre, il regarda autour de lui et elle vit les dimensions se rétrécir sous son regard.

Il était impossible qu'il n'ait pas enregistré l'absence de jouet, de manteau d'enfant, de bavoir taché. Sur ses grandes jambes, il marchait le long des murs et mesurait en quelques pas la longueur pitoyable des pièces. Il prenait parfois un instant des objets – une coupe, un crayon à dessin ; il caressa le fond convexe d'une casserole en cuivre et il posa sa main un moment sur la table débarrassée. Dans la cuisine, il se pencha au-dessus du bouquet et huma les fleurs roses. Enfin, ils s'assirent l'un en face de l'autre.

Elle appuya ses pieds contre les barreaux de sa chaise pour pouvoir serrer ses bras autour de ses genoux. Il n'y a qu'une seule mort, se dit-elle, et toutes les morts par la suite réveillent le désespoir glacial de la première. Pleurait-il pour George, un enfant qu'il n'avait jamais tenu dans ses bras, un enfant sorti d'une histoire ? Pour l'anéantissement des attentes qu'il avait entretenues autour de son ventre rond ? Pour l'image de la femme de marin qui doit enterrer seule son enfant ? Elle ne put en tirer qu'une seule conclusion : toutes ces larmes avaient une source unique. Sans pouvoir ou oser le dire, il pleurait la perte de la fille qui était déjà depuis quatre ans en terre. Bien qu'elle essayât à toute force de se maîtriser, elle sentait la force d'attraction de cette perte agir sur son corps et la rendre impuissante. Cela l'empêchait d'entrer en mouvement, d'attirer la tête de son mari vers sa poitrine, de prendre la main de James, de se contenter, à la rigueur, de lui tendre un mouchoir. Elle restait assise, raide comme un piquet, à attendre que son chagrin s'apaise. Elle étudiait le tissu de sa jupe, pas l'homme qui était rentré, pas son mari.

L'arrivée des enfants interrompit cette paralysie oppressante par une cavalcade, des cris étonnés et des embrassades. Soudain, la cuisine rétrécie parut reprendre sa forme familière et Elizabeth put se lever, sortir des assiettes et des verres d'un placard, préparer à manger tout en s'adressant aux enfants par des petites phrases sans aucune signification – laisse ton père tranquille sur sa chaise, plus tard vous allez recevoir des cadeaux, on aura tout le temps de se raconter des histoires, d'abord à table – qui la rassuraient par leur banalité.

Ce ne fut que lorsqu'elle eut retrouvé sa voix qu'elle put à nouveau regarder. Jamie était debout, les jambes écartées, devant son père et parlait avec enthousiasme de l'école navale où il commencerait les cours la semaine suivante. Le petit Nathaniel, qui avait d'abord rejoint Elizabeth, observait James depuis l'autre côté de la table. Elle sentit sa petite main se glisser dans la sienne et passa son bras autour de lui. Le garçon la regardait, ses cheveux raides lui tombaient devant les yeux, j'ai tout de même oublié de lui couper les cheveux, se dit-elle, et elle sourit. Au bout d'un quart d'heure, il était assis sur les genoux de James et parlait en bégayant de M. Hartland et du violon pour ensuite submerger son père de questions sans lui laisser le temps de répondre. Jamie l'interrogea sur le froid qu'il faisait au pôle Sud, la vitesse du bateau quand toutes les voiles étaient hissées, l'âge qu'il fallait avoir pour pouvoir partir en mer avec lui. Nat pensa aux animaux et voulut savoir s'ils avaient mangé les poulets et qui avait osé tuer les cochons.

Il était là, discutant avec les seuls enfants qui lui restaient. Il était là, et il répondait à leurs questions avec la même gravité et le même sérieux qu'à celles de Stephens et de Sandwich quelques heures plus tôt. Il avait pris du poids, constata-t-elle. Le gilet blanc crème était tendu autour de son ventre et, à la hauteur de son estomac, il avait défait deux boutons. Il avait les joues pleines. Son visage était tanné par le soleil.

Le temps s'écoula à toute allure ; avant même de s'en apercevoir, les garçons étaient partis se coucher et la nuit tombait dans le jardin. Le soir, et bientôt la nuit. Penchée au-dessus de la vaisselle, elle ressentait avec gêne la présence de l'homme qui était assis à table derrière son dos. Un invité chez elle qu'elle devait accueillir et qu'elle devait servir. Mais ce n'était pas le cas, il habitait ici et il continuerait à habiter ici. Elle devait lui faire de la place dans son lieu de vie. Elle sentit de la transpiration lui picoter le cou et elle pensa à sa peau sous la robe d'été, à la peau salée devenue inconnue de l'autre sous son uniforme. Elle avait envie de trépigner de rage parce qu'elle ne parvenait pas à faire naître un désir pour lui. Où était le feu de toutes ces nuits d'été solitaires, pourquoi ne ressentait-elle aucune joie, mais seulement un malaise déplaisant ? Il restait là, assis, ses longues jambes étendues sous la table, il restait là à regarder. Bientôt, ils monteraient à l'étage. Au lit.

"Toi aussi tu en veux un autre ?" demanda-t-il. Elle se retourna et acquiesça. Il remplit les deux verres. "Viens t'asseoir un instant, laisse donc ces assiettes."

Elle poussa les fleurs de côté et posa les mains sur la table. C'était irréalisable, se dit-elle soudain avec une étrange lucidité. Il avait le monde entier dans sa tête, il avait vécu des choses qu'elle ne pouvait pas imaginer, il avait dû s'occuper d'une centaine d'hommes dans des circonstances qui lui étaient totalement étrangères. Comment pouvait-il à présent se limiter à cette cuisine, comment pouvait-il d'une heure à l'autre redevenir un père, un mari ? C'était impossible de rattraper maintenant, dans le court laps de temps entre le crépuscule et l'obscurité, trois années entières. Ils devraient sauter par-dessus ce fossé en étant convaincus qu'ils combleraient cette lacune dans les semaines et dans les mois à venir. Cela devait se passer ainsi. C'est toujours ainsi que cela s'était passé.

Il buvait. Elle l'entendit avaler et vit bouger sa pomme d'Adam. Il reposa le verre sur la table avec un bruit sec. Il se bat pour réintégrer sa maison, se dit-elle, il marque tout de son empreinte, tout doit à nouveau lui appartenir. Moi aussi. Mais je suis pourtant bien à lui ? Il a pourtant libre accès à tout ce que je pense ?

Elle se sentit rougir. Il ne savait absolument pas ce qu'elle pensait ; il ignorait qu'elle comptait fermement qu'il ne reparte plus jamais en voyage, qu'elle avait pleuré à cette même table contre le bras nu d'un homme, qu'elle bannissait convulsivement la pensée du lit là-haut.

Il se leva et vint en silence se poster derrière sa chaise. Il posa ses mains dans son cou, il écarta son col et massa de ses doigts ses vertèbres, en remontant vers ses cheveux, en descendant le long de son dos. Elle entendait les semelles de ses bottes couiner contre le sol, elle sentait la chaleur de son corps massif, elle voyait à travers la fenêtre le noir de la nuit.

Se lever. Se tourner lentement pour se retrouver dans ces bras chauds. Humer le gilet, l'odeur étrange de vêtements qui avaient fait le tour du monde. Poser la tête contre sa poitrine et écouter les battements d'un cœur solide, ressentir. Puis regarder et poser prudemment une main sur sa joue. Toucher son visage, ses sourcils broussailleux, ses paupières d'une délicatesse inattendue, les lèvres minces.

Il mordit doucement le doigt d'Elizabeth, il lui lécha la paume de la main. Il éteignit la lampe. Ils montèrent, enlacés.

Avec précaution, elle porta l'uniforme dehors pour l'aérer dans le jardin. Avec sur l'avant-bras l'essence même du rang de capitaine de James, elle se dirigea vers le tas d'ordures. Il faut jeter tout cela, se dit-elle, le brûler, que ce soit à jamais inutilisable. Elle suspendit les vêtements à l'ombre du cognassier pour que le soleil ne blanchisse pas le bleu de la veste. Dans ses habits civils, que son corps remplissait davantage que dans son souvenir, James était assis sur une chaise contre le mur. Il avait le visage détendu et reposé. Elle s'approcha de lui ; l'herbe était douce sous la plante de ses pieds.

Il ne resterait pas longtemps assis, bientôt il bondirait pour entrer en action. C'était dans sa nature. Dès que la fatigue de la nuit se dissiperait, il voudrait s'occuper, faire des plans et parler à des gens. Pas encore, pour l'instant ils partageaient un moment paisible dans leur jardin.

Elle ne connaissait rien à la navigation ni au vent, elle ne voulait d'ailleurs rien en savoir, pourtant l'image d'une accalmie entre deux tempêtes lui vint à l'esprit. Quand le vent tombait, le rythme à bord changeait. Entre les voiles lâches, les matelots s'attaquaient aux corvées en retard. Nettoyer, réparer. Peut-être que quelqu'un racontait des histoires ou que le musicien du bord jouait du violon. Certains se penchaient au-dessus du bastingage pour attraper des poissons, d'autres lavaient leur chemise. James restait sans doute dans sa cabine pour mettre à jour son journal.

Il ne pouvait pas faire grand-chose. Le *Resolution* voguait de Portsmouth à Londres et arriverait dans plus d'une semaine seulement au dock de Deptford avec tous les trésors accumulés. Les cartes et les journaux de bord étaient en face à Greenwich, sur des tables et des bureaux dans le bâtiment de l'Amirauté. Sandwich et Stephens se pencheraient dessus avec attention et remplis d'admiration, dévorant des yeux une page après l'autre. Tant qu'ils n'auraient pas fini leur lecture, cette accalmie perdurerait et le monde ne serait guère plus grand qu'un jardin. James se pencha et caressa son cou-de-pied nu. Puis il se leva. Qu'allait-elle faire ? Ecosser des fèves pour le repas, tout à l'heure. Cueillir les cassis. Finir de préparer la malle de Jamie.

Elle était assise sur un tabouret parmi les buissons de cassis et laissait les lourdes grappes, encore tiédies par le soleil, reposer dans la paume de sa main avant de les faire glisser dans le plat sur ses genoux. Elle entendait James parler avec les garçons. Il était allé chercher le petit globe dans la pièce et l'avait posé sur la table du jardin pour montrer aux enfants où il avait navigué. Dans l'océan vide, immense, il montra les endroits où il avait trouvé des terres. Les garçons étaient ébahis et fiers, c'était un triomphe que leur père en sache davantage que ce qui était indiqué sur le globe terrestre.

“Quand tu découvres un pays, demanda Nat, comment peux-tu connaître son nom ?

— Mais tu le demandes aux sauvages, dit Jamie impatient. C’est leur pays, ils en connaissent le nom bien sûr !

— Mais s’il n’y a personne ? Ou s’ils ne te comprennent pas ? Ils ne parlent pas du tout comme nous, tu sais !

— Quand tu découvres un pays, tu lui donnes un nom, dit James. Tu mesures précisément son emplacement, tu le dessines sur la carte et tu inventes un nom. Puis tu l’écris à côté.”

Mais alors comment cela se passait-il, voulaient-ils savoir, et James parlait des baies auxquelles il avait donné le nom de ce qu’ils trouvaient sur place : la baie de l’Abondance et la baie de la Pauvreté ; des caps et des récifs qu’il avait appelés du nom de ses amis et de ses supérieurs. Parfois, il donnait à une île le nom du matelot qui l’avait vue le premier.

Le soleil lui brûlait les épaules. Elle retira son châle et le posa à côté d’elle sur l’herbe. Du plat montait l’odeur des cassis, encore délicieuse mais si forte qu’elle en devenait presque écœurante. Il n’y a pas de terre du Sud, entendit-elle James expliquer, le continent méridional n’existe pas. Il devait sûrement exister, pensaient les prétendus savants, les masses de terres au nord devaient tout de même être contrebalancées par des masses correspondantes de l’autre côté de la Terre. Elle entendait le globe tourner entre ses mains. Mais il n’y a rien ! Rien qu’une mer glaciale avec de gigantesques îles flottantes de glace. Les tempêtes vous gelaient le visage, l’eau gelait sous vos yeux. Les voiles cliquetaient comme des plaques de métal et les cordes se transformaient en bâtons de glace. Si des terres existaient là-bas, derrière les icebergs, personne ne pourrait y vivre et rien ne pourrait y pousser. Un désert blanc qu'il fallait quitter le plus vite possible avant que le bateau ne soit pulvérisé.

Elle essaya de se le représenter et pensa aux matelots qui, avec leurs moufles malcommodes et leurs bonnets tricotés, dérapaient sur le pont gelé, les câbles cassants leur échappant des mains. Ils pestaient, juraient certainement, attendant avec impatience l'ordre de mettre le cap vers le nord où ils savaient que se trouvaient des îles chaudes, couvertes de palmiers et de buissons en fleurs, bordées de baies agréables aux plages de sable chaud. James ne s'était sûrement pas si vite avoué vaincu. Elle savait qu'il avait dû se concentrer, planté devant le bastingage, cherchant à déceler les indices cachés dans un déferlement de vagues ou un changement de couleur de l'eau. Chaque fois, il avait changé de cap en direction du Sud glacé, contre la volonté de tout le monde, il voulait naviguer plus loin que quiconque avant lui, rien ne le retiendrait, sinon l'impossible. Il devait être de bonne humeur, contrairement à ses matelots. Cela lui faisait sans doute plaisir de devancer les savants en chambre qui dessinaient des continents au hasard sur la carte du monde, sans jamais avoir vu ou mesuré ce qu'ils traçaient à l'aide de leurs burins.

La conversation derrière son dos s'était tue. Elle s'étira et porta le récipient de cassis dans la cuisine.

Ils sortirent ensemble de la maison ; il ouvrit la grille et la laissa passer devant. Rien ne s'était passé ce jour-là, pas de messagers, pas de lettres, pas de visiteurs. L'accalmie indolente se poursuivait, encore un peu. En silence, ils se promenèrent en direction du fleuve. Elle remarqua qu'elle ne parvenait pas à marcher au même rythme que lui, qui faisait de grands pas. Ils s'immobilisèrent devant la berge. James montra le bâtiment de l'Amirauté de l'autre côté. "Ils sont en réunion, ces messieurs, dit-il. Je vais avoir une promotion. Ils ne peuvent pas faire autrement."

Elle acquiesça. Naturellement, ils lui accorderaient le plus haut rang de capitaine. Ils feraient aussi grimper dans la hiérarchie navale les membres de l'équipage sur lesquels James avait écrit un avis favorable. Il n'avait plus à se battre pour sa position, il était devenu une enseigne flamboyante pour l'Amirauté. Ils feraient ses quatre volontés.

Ne rien dire, maintenant. Il faut laisser les choses suivre leur cours et rester confiante. Palliser l'aiderait. Une haute fonction à terre ? Une mise à la retraite avec les honneurs et une rente généreuse ? Elle se gardait de parler. James se tourna vers elle et lui saisit la main. Lentement, ils marchèrent le long de l'eau, en parfaite cadence.

Bientôt, ils eurent les palais de Greenwich derrière eux et poursuivirent leur promenade, entourés de champs.

Ce matin-là, pour la première fois, Nat n'était pas venu dans la chambre comme il l'avait fait ces dernières années. Elle était restée allongée, éveillée, à côté du grand corps chaud de James qui, dans un profond sommeil, respirait bruyamment, et elle avait entendu les pieds nus d'enfant glisser sur les marches de l'escalier. Elle était sortie doucement du lit.

Dans la cuisine, son fils cadet était assis à table en chemise de nuit et il la regardait sous ses mèches filasse. Elle s'était approchée de lui et avait caressé ses cheveux blonds, elle avait posé sa main contre son occiput galbé.

"Il va rester ici, maintenant ?

— Je l'espère, avait-elle dit. Je pense qu'il a assez voyagé.

— Mais qui le dit ? Qui décide ?"

Il n'avait envie ni de manger ni de boire et il attendait, tendu, sa réponse. Elle lui avait expliqué que Stephens était chargé de l'administration quotidienne et que lord Sandwich était au sommet de la hiérarchie.

"C'est pour cela que papa a donné son nom à tant d'îles, avait dit le garçon. Je croyais que le capitaine qui est venu ici récemment était le chef. C'est quoi son nom, déjà ?

— Hugh Palliser." Elle s'était sentie rougir et s'était tournée vers le plan de travail, elle devait prendre des assiettes, des cuillères, un couteau – non, elle devait avoir une conversation avec son fils.

"Palliser est le chef des navires, des choses dont ils ont besoin, de l'équipage, de qui travaille sur tel ou tel bateau. Je pense que ce sont Sandwich, Stephens et lui qui vont décider ensemble de ce qui va se passer. Et ton père a lui aussi son mot à dire. S'il y a une chose dont il n'a pas envie, cela ne se produit pas."

Le chemin qui traversait les champs était bordé de talus fleuris : elle vit des marguerites, du persil sauvage et les touches rouges des coquelicots disséminés ici et là. Elle se demanda si cela avait manqué à James, ce paysage fertile, humide, cette forte odeur d'herbe et de fumier de mouton, les haies aux branches ingénieusement tressées et les dos arrondis des moutons là-bas derrière. Ils s'arrêtèrent devant une barrière. Il se tourna vers elle, la laissa s'appuyer contre les planches et commença lentement à la caresser en remontant des hanches vers les côtes. Avec insistance et vigueur, il lui massa le thorax, les parois cannelées à l'intérieur desquelles son cœur battait à se rompre, la grille qui renfermait ses poumons avides.

"C'est moi, dit-elle, tiens, voilà, c'est moi."

Elle avait l'impression d'avoir oublié tous les étés solitaires, le désespoir, l'inquiétude, la colère. Il lui chuchota des mots à l'oreille qu'elle ne comprit pas, peu importait, ils étaient tout comme autrefois sur la terre ferme parcourue de cours d'eau et ils avaient la vie devant eux, ensemble. Il est revenu, se dit-elle. Il est vraiment revenu et il est descendu à terre.

Une lettre au papier épais arriva, scellée d'une cire rouge sang, portant la marque d'une couronne.

"Je suis attendu par le roi, dit James. La semaine prochaine. Il faut que tu m'accompagnes."

Il posa la lettre sur l'armoire. Elle allait brosser son uniforme. Avait-elle une robe à se mettre pour se présenter au palais ? De toute façon, elle irait. S'il restait sur la terre ferme, elle voulait participer à cette vie. Elle pourrait observer en silence ce qui se passait quand il parlait avec les messieurs haut placés et, plus tard, une fois rentrés chez eux, ils auraient toutes sortes d'idées sur la question et ils en parleraient ensemble.

Ils étaient quatre autour de la table. Elle n'avait pas faim et les odeurs de nourriture lui soulevaient un peu le cœur. Les bras croisés, elle s'appuyait sur le dos de sa chaise et regardait manger son mari et ses fils. Elle aurait été assise à côté de moi, pensa-t-elle, une fillette de huit ans. Comme c'est curieux que les petits garçons morts aient vraiment disparu, alors qu'elle est encore là, elle grandit avec moi et elle marche toujours à mes côtés. Je ne le dis à personne. C'est impensable. Ce n'est pas bien. Mais pourtant c'est le cas.

"Quand vous irez chez le roi, je serai parti !" s'écria Jamie. Sa malle était dans le couloir. Dans quelques jours, ils iraient dire au revoir à leur fils aîné ; il serait assis, trapu, robuste, derrière la vitre de la chaise de poste, indifférent et impassible. Ils lui feraient encore de grands gestes avant que la chaise de poste ne parte dans un grand fracas et ne disparaisse, son chargement ficelé sur le toit.

"Le roi George s'intéresse à la navigation, dit James. Il finance nos expéditions et il exige d'être informé dans le détail. J'ai entendu dire que lui aussi est sous le charme d'Omaï. Banks et mon cher collègue Furneaux se sont naturellement aussitôt rendus avec leur butin au palais."

Sa voix devint morne et se durcit sous l'effet de son exaspération. Il n'avait guère éprouvé de sympathie pour le capitaine du bateau jumeau, l'homme était négligent et ne s'était pas intéressé à la découverte et à la cartographie précise de nouvelles terres. Qui plus est, il ne tenait pas compte des instructions de James, il était laxiste pour l'aération de la cale et n'obligeait pas ses matelots à manger des aliments frais et à se laver quotidiennement. Il ne le faisait pas non plus lui-même d'ailleurs, supposait James. Pour ce qui était d'entraîner un joyeux indigène en Angleterre, il s'en chargeait sans problème. De son côté, Omaï se croyait au paradis. Il s'était lancé corps et âme dans la vie londonienne. Tout le monde voulait le voir et l'entendre dire bonjour comme les matelots le lui avaient appris à bord. Un miracle, ce langage abâtardi sortant de la bouche d'une personne qui vivait à l'autre bout du monde ! On l'avait accueilli avec enthousiasme dans les bals et les banquets, on lui avait enseigné en vain à monter à cheval et appris avec succès à faire du patin à glace. Il avait un costume de chasse et un fusil. Il savait marcher élégamment dans des chaussures. Sandwich et Solander l'avaient présenté au roi, qu'il avait salué avec enthousiasme et spontanément.

Déjà pendant son séjour au Cap, James avait entendu parler de la vie sociale de ce charmant sauvage. Cela l'avait mis hors de lui. Quel était l'intérêt d'extraire un indigène de son propre environnement ? Les Londoniens se pâmaient devant cet homme vaniteux comme s'il était un rhinocéros ou un kangourou et ils le laisseraient tomber sans ménagement la saison suivante. Puis que se passerait-il ? De plus, il trouvait Omaï idiot et puéril, tant qu'à emmener une personne du Pacifique en Angleterre, il fallait en choisir une qui avait quelque chose à raconter, pour qu'on puisse faire un dictionnaire de sa langue et une description de l'histoire de son île. Du patin à glace ! Il faudrait ramener cet homme. Ensuite, il serait sans aucun doute dépouillé et exclu par les membres de sa tribu, forcément jaloux.

“Que vas-tu dire au roi ? demanda Nat.

— Je vais proposer au roi que l'on ramène Omaï chez lui. Sa place n'est pas ici. Il sera malheureux.”

Le jeune garçon sursauta. “Tu vas le ramener toi-même ?”

James se tut. Soudain, un silence tendu resta suspendu au-dessus de la table. Les couverts tombèrent bruyamment.

“Nous allons d’abord en parler. Nous verrons ce qui va se passer.”

Les deux enfants se penchèrent au-dessus de leur assiette. Un couteau crissa sur la faïence. Elizabeth écouta les molaires qui broyaient et les gorges qui avalaient. Elle essaya de ne pas penser.

Le roi avait envoyé un carrosse pour les emmener au palais. Après la réception, le même carrosse les attendait en bas des marches pour effectuer le trajet de retour sur la longue route au bord du fleuve. James et Elizabeth écoutaient les sabots des chevaux frapper le sol et regardaient au loin au-dessus de l’eau. Il tordit ses gants et les enfonça dans la poche de son pantalon. Il posa un instant la main droite sur la joue d’Elizabeth.

Une semaine s’était écoulée. Elle avait constaté à quelle vitesse il recréait un cadre pour ses journées. Le matin, il lisait le courrier et écrivait ses lettres, assis à la table débarrassée. L’après-midi il sortait par la grille du jardin pour se rendre dans son café habituel où il était sans aucun doute accueilli avec enthousiasme par des amis et des relations qui avaient envie d’entendre ses histoires. Quand il en avait assez, il se levait et rentrait à la maison. Elizabeth était là, à s’occuper au jardin ou à la cuisine. Ils parlaient à peine du voyage. Ils ne parlaient pas de l’avenir. Ils se déplaçaient en passant l’un à côté de l’autre dans les chambres et les couloirs sans se déranger. La nuit, dans le lit étroit sous la fenêtre, ils se retrouvaient.

Jamie était parti le jour de la réception du roi. Son visage glabre de jeune garçon ne témoignait d'aucune incertitude ou appréhension, il faisait ce qu'il fallait faire, il avait lui-même traîné sa malle dehors et avait ciré une dernière fois ses bottes. James l'avait pris à part pour lui dire à qui il devait donner le bonjour. Elle vit le père et le fils debout à côté du palmier, au fond du jardin, et elle eut soudain pitié de l'enfant qui suivait sans se poser de question un père qu'il ne pourrait jamais égaler. Jamie était incapable de s'écarter des sentiers battus. Mais était-ce nécessaire ? Peut-être était-ce quand il accomplissait l'évident qu'il se sentait le plus heureux. Ce n'était pas un enfant inquiet et le chagrin semblait ne pas avoir de prise sur lui. Elle devait lui rappeler le jour du décès de sa sœur car il ne s'en souvenait pas de lui-même. Il l'accompagnait pour se rendre sur la tombe quand elle le lui demandait, sinon jamais.

Le matin de son départ, il serra la main de James et il embrassa sa mère. Nathaniel, qui, les yeux écarquillés, observait l'agitation – on resserrait les cordes maintenant la malle en place, on poussait les grosses croupes des chevaux, le cocher courait partout en donnant des ordres –, reçut une bourrade sur l'épaule. Le sourire aux lèvres, Jamie monta dans la voiture. Nat se rapprocha d'Elizabeth et chercha sa main. Il a peur, s'était-elle dit, lui oui. Il pense à son avenir, au moment où lui aussi, dans exactement un an, sera installé dans une voiture et transporté au loin. Il se demande s'il en a envie, ou s'il en est capable. Il se fait une idée de l'école, des élèves rudes et bruyants, des lits solitaires dans le dortoir au grenier, de la nourriture sans joie. Il ressent quelque chose en y pensant. Lui oui.

James donna à Elizabeth un coup de coude et pointa le doigt vers l'extérieur. Lentement et majestueusement, un navire voguait sur l'eau sans une ride ; elle en fut attristée, sans savoir pourquoi, mais les yeux de James brillaient. Elle s'était étonnée de son comportement devant le roi, elle s'était attendue à ce qu'il se tienne à l'écart, raide et farouche, ou à ce qu'il se conduise en de telles circonstances de façon presque obséquieuse vis-à-vis des personnages haut placés. La chaumière crasseuse de son père dans le Yorkshire était venue à l'esprit d'Elizabeth ; les origines de James le contrariaient et l'oppressaient au point qu'habituellement une lutte intérieure entre servilité et mépris le paralysait.

Or, en l'occurrence, il avait serré avec enthousiasme la main de lord Sandwich et avait aussitôt engagé une conversation animée. Elle regardait. Ce n'étaient pas le comte et le travailleur agricole, mais deux hommes d'égale dignité, voilà l'impression qu'ils donnaient. Philip Stephens les rejoignit. Elle entendit James rire fort, de façon détendue et naturelle. L'arrivée du roi ne perturba pas l'atmosphère. Il avait un visage rond, amical, et se dirigea de lui-même vers James, qui s'inclina, ce qui ne sembla pas susciter en lui la moindre difficulté. Curieux. Ce dernier voyage l'avait-il changé. De quelle manière, et comment ? Que s'était-il passé dans le Pacifique qui l'autorisait à oublier sa colère et à se comporter courtoisement ?

Les discours, les louanges, les hommages. La promotion attendue. James les accueillait avec satisfaction et tint même un bref discours de remerciement où il citait toutes les personnes présentes selon leur rang. Il conclut par un salut à son équipage et évoqua l'image d'une centaine de marins misérables qui se glissèrent parmi les puissants enveloppés dans leur brocart et leur velours.

"Tu as passé une bonne soirée ?"

Il acquiesça. Ils étaient presque arrivés, on apercevait déjà sur la colline verte la coupole de l'observatoire.

"On dirait un écervelé, le roi, mais il a la tête sur les épaules. En fait, il m'a sauvé en s'intéressant aux montres de Harrison. Il trouvait ses travaux si passionnants qu'il s'y est mis lui-même, il a fait des expériences dans le palais. L'Amirauté ne s'y intéressait pratiquement plus, elle jugeait toute l'affaire trop coûteuse, ou Harrison trop agaçant. Le roi a persévéré, et cela a échoué. Tantôt la montre avançait, tantôt elle retardait, et elle a fini par s'arrêter. Il ne s'est pas avoué vaincu, il aimait ces appareils, il voulait qu'on les apprécie à leur juste valeur. Il s'est avéré qu'un puissant aimant se trouvait dans la pièce, juste à côté de l'emplacement de l'expérience. Quand ils ont transporté la montre ailleurs, elle a fonctionné avec régularité et pile à l'heure. Le roi m'a rendu un grand service en se montrant aussi obstiné."

Grâce à la présence à bord de ce mécanisme horloger fonctionnant sans discontinuer, il savait à tout moment quelle heure il était à Londres. Il pouvait déduire où il se trouvait sur la base de l'heure locale, qu'il déterminait en fonction de la position des corps célestes, calculant la différence en utilisant comme référence l'heure de chez lui. Il traduisait ce temps en distance et connaissait ainsi sa position. Exactement. Il le lui avait expliqué et parfois elle le comprenait. Elle savait qu'il s'était occupé de la montre avec le plus grand soin. Après son retour, il avait aussitôt rendu visite à l'horloger soupçonneux et bougon. Plus tard, il lui avait fait livrer un tonneau de porto.

James voulut se coucher dès qu'ils furent rentrés. Elle entendit ses pieds monter avec une lenteur inhabituelle les marches de l'escalier. N'avait-il pas l'air pâle, gris même, sur le chemin du retour ? Soulagée par le bon déroulement de la réception, elle n'y avait pas prêté attention. Peut-être était-il simplement fatigué et cet hommage l'avait-il épuisé. Elle avait rencontré le roi et la reine, une femme menue qui n'avait pas dit un mot, et elle leur avait serré la main. Dans le faisceau de lumière de la lampe, elle leva sa main et la regarda. Les choses allaient sûrement bien se passer. Si James parvenait à rester en cette compagnie sans se sentir contrarié, il y avait un avenir à terre. Avant, il ne se sentait libre qu'en tant que commandant. Pendant le premier voyage il s'était battu pour obtenir ce poste et avait réussi à évincer Banks. Pendant le deuxième voyage, ne doutant plus de rien, il avait trouvé parfaitement naturel que les gens lui obéissent et le respectent. C'était aussi l'impression qu'il avait donnée cet après-midi.

Il pourrait devenir conseiller de l'Amirauté, un capitaine expérimenté, averti, qui laissait faire à d'autres, sur ses indications, le travail d'exploration. Il pourrait continuer de contrôler les principes du ravitaillement, la construction navale, la politique de promotion. Le soir, il rentrerait à la maison auprès d'elle et de Nat, il l'écouterait s'exercer au violon, il parlerait de l'avenir de ce deuxième fils. Elle haussa les épaules. Cela ne dépendait pas d'elle.

Il avait reçu cet après-midi le commandement d'un des plus grands navires, qui transportait soixante-quatorze canons à bord. Elle ne savait pas dans quelle mesure ces fonctions l'attiraient. Sans doute modérément, il s'intéressait davantage à la cartographie et à la navigation. Elle aurait pu parler à Hugh, mais n'osait pas, comme si l'élaboration active d'une stratégie allait ensuite se retourner contre elle. Les choses devaient se faire d'elles-mêmes, tout devait bien tourner sans aucune intervention.

Le lendemain, un message arriva de l'Amirauté : la nomination était retirée et le capitaine Cook était poliment invité à solliciter le poste de commandant de l'hôpital de la marine. Le commandement de soixante-quatorze canons n'avait été qu'une formalité. Seuls les capitaines qui avaient eu d'aussi gros bateaux sous leurs ordres pouvaient prétendre à la direction de l'hôpital.

"S'asseoir, dit-il. Tout ce qu'il y a à faire là-bas, c'est s'asseoir à longueur de journée. Il y a quatre capitaines et tous les quatre sont désœuvrés. Ce n'est même plus un vrai hôpital, mais un hospice pour les vieux matelots. C'est très bien payé. On se voit attribuer un logement de fonction. Une retraite déguisée, voilà ce que c'est. Très honorifique. Le chauffage et l'éclairage gratuits. Il faut que j'écrive une lettre."

Elle réprima la tentation de courir à l'intérieur pour y chercher une plume et du papier. Etait-ce son imagination ou avait-il effectivement mauvaise mine ? Il paraissait s'être tassé, il s'appuya des deux bras sur la table du jardin.

"Tu te sens bien ?" La question lui avait échappé et elle regretta aussitôt de l'avoir posée. Il redressa le dos et joignit les pieds. Le visage impénétrable.

"Comment pourrais-je ne pas me sentir bien ici ?"

Des gouttelettes de sueur perlaient au-dessus de sa lèvre supérieure. Mais il faisait chaud, même à l'ombre du cognassier il faisait chaud.

“Qu’est-ce que tu en penses, Elizabeth, si nous allions vivre dans le palais de l’autre côté ?”

Oui, avait-elle envie de dire, oui ! Une pelouse en pente douce devant la porte. Des couloirs en marbre. Du calme. Le moment de mettre un nouvel enfant au monde, un enfant qu’ils verraient grandir ensemble. Qui courrait en montant et en redescendant la colline de l’observatoire en sachant que son père serait à table quand il rentrerait à la maison, fatigué d’avoir joué. Il ? Ils auraient une fille s’il saisissait cette chance. Elle en était certaine. Elle se tut.

Mais son optimisme se prolongea. A chaque occasion de sortir de la maison, elle faisait un détour le long du fleuve. Elle regardait de l’autre côté. Un logement de fonction avec du personnel. Le rythme ralenti de l’hôpital. La certitude qu’il serait étendu auprès d’elle, chaque nuit.

Palliser vint parler à James. Les deux hommes marchaient autour de la grande table qui recommençait à se couvrir de piles de lettres, d’une carte du Pacifique, d’un encrier, d’une paire de ciseaux. Elizabeth, qui coupait des oignons et du céleri, entendait leurs voix dans la cuisine. Quand elle se concentrait, elle parvenait à comprendre des bribes de la conversation.

“Nous devons le ramener chez lui. Clerke pourrait s’en occuper en partant avec le *Resolution*, dès que le bateau sera retapé.”

La basse profonde de Palliser. Un silence. Puis James : “Equiper un bateau fort de quatre-vingt-dix hommes pour ramener un seul indigène emmené à tort ? Je comprends que ce soit un devoir, Omaï n’aurait jamais dû se retrouver ici, mais il faudrait, à mon avis, associer une telle expédition à d'autres missions. La partie nord de l'océan Pacifique n'a pas encore été bien explorée.

— Il faut que nous en discutions, dit Palliser. En tout cas, une chose est certaine, Omaï va rentrer chez lui, avec tous ses cadeaux et ses possessions insensés.

— Pas d'armes à feu. Les pistolets et les fusils doivent rester ici. Cet homme est un enfant, il serait capable de tuer ses compatriotes sur un accès de colère ou par bravade. Ils vont sûrement le voler et lui défoncer le crâne. Cela fait plus d'un an qu'il est ici, il aurait pu apprendre un métier pour se rendre utile là-bas. Dans ce cas, ils l'accepteraient peut-être.

— Oui, dit Palliser, il sait danser la polka. Il sait manger du homard avec une pince. Il fait élégamment la révérence et il flâne à travers la ville en arborant une canne. Je suis d'accord avec toi, James, nous aurions dû lui donner une formation, pour devenir charpentier ou quelque chose de ce genre.

— Là-bas, les constructions des indigènes sont parfaitement adaptées au climat. Nos clous rouillent et se désagrègent, si tant est qu'on ne les a pas volés avant. Horticulteur, voilà à quoi j'ai pensé. Qu'il apprenne à prendre soin de la terre, à semer, à désherber, à récolter. Il pourrait commencer une plantation et apprendre aux jeunes habitants de l'île à poursuivre le travail. Du blé. Des pommes de terre. Mais il n'a aucune patience. A ses yeux, les graines ne sont bonnes qu'à griller pour les manger. Il est idiot et vaniteux. Certes enthousiaste et joyeux comme un enfant. Nous allons devoir préparer très soigneusement son retour. Omaï n'y peut rien, il est la proie d'une curiosité du public qui n'est qu'un effet de mode. Quand Clerke va-t-il partir ?"

Elle l'entendit. Clerke va partir, et pas lui. Hugh y veillera, il voit bien lui aussi à quel point il est épuisé, fatigué à force de voyager. Hugh est de mon côté. Est-ce donc un combat, y a-t-il des camps ? Je veux ce qu'il y a de mieux pour James. Se retirer d'un service actif et savourer son succès. Je veux qu'il ait du temps et du calme pour peaufiner ses cartes et les publier. Pour rédiger ses journaux de bord et les rendre publics, exactement comme il le souhaite, sans se précipiter. Je ne veux plus être seule. J'ai droit à une vie conjugale, à une vraie famille. Mais ce n'est pas une question de droit. Il y a maintenant cette chance, cette possibilité de traverser le fleuve et de nous installer dans l'hôpital.

Elle remua énergiquement la soupe. Le bruit de la cuillère contre les parois de la marmite couvrit les voix des hommes.

Ce soir-là, il se retira dans la pièce. Au crépuscule, dans le jardin, Elizabeth arrosait les fleurs desséchées et, à travers les petits carreaux, elle le voyait assis, penché au-dessus de la table. Il écrivait. Plus tard, il entra dans la cuisine.

"Ça y est", dit-il. La lettre d'un blanc étincelant qu'il tenait dans sa main se distinguait nettement.

Le *Resolution* arriva enfin au dock de Deptford et l'évacuation du bateau put commencer. Mais il y eut d'abord une fête. Lord Sandwich, le ministre de la Marine, avait décidé de fêter le retour par une réception à bord et un repas festif. Il s'était lui-même posté, flanqué de sa maîtresse, devant le bastingage pour saluer les invités. Derrière, sur le pont, la musique des fusiliers marins retentissait sous un soleil de plomb qui se réfléchissait sur les pavillons des trompettes. Le corpulent Solander remonta la passerelle en chancelant, avançant à tout petits pas d'une prudence exagérée, Clerke était là, et Stephens aussi ; Palliser, qui arriva en trombe dans une voiture légère de l'Amirauté, fit l'effet d'un ouragan, avait laissé sa femme à la maison. Forster, l'homme de science, se tenait, le visage reflétant le mépris, à côté de son fils et, dans le tourbillon de personnes en habits de fête, Elizabeth reconnut le peintre Hodges et Wales, l'astronome. C'était une journée d'août lumineuse au ciel dégagé. Au loin, elle voyait les coupoles de l'hôpital de la marine. Maintenant je suis suffisamment calme pour regarder attentivement le bateau, se dit-elle, cette enveloppe de bois d'aspect innocent avec laquelle il a navigué sur les mers, qui a été presque broyée contre des blocs de glace et que l'orage a rabattue contre les vagues comme une feuille sèche. Je peux m'imprégner de toutes ces idées car elles font partie du passé, c'est fini maintenant.

Elle suivit James en haut où elle fut engloutie par une foule très gaie. Quelqu'un distribuait des verres de vin et une femme vêtue d'une robe jaune porta un toast à l'intention d'Elizabeth en l'honneur de ce retour sain et sauf, du succès, de l'avenir ! Sandwich monta sur une estrade et se lança, quand les puissants applaudissements se turent, dans un long discours. Appuyée contre le bastingage, Elizabeth regardait. On aurait dit des chevaux de course, ces grands messieurs, ils avaient des têtes allongées et de fines jambes. Son James était un cheval de trait, qui paraissait s'être retrouvé dans la mauvaise écurie. Il s'était laissé intimider par les différences, mais cette époque semblait révolue. Elle le voyait debout à côté de Hugh Palliser. Ces deux hommes mangeaient au même râtelier. Palliser la regarda, elle fit un signe de tête et se concentra sur le discours.

Sandwich sortit une liste de la poche de sa veste et se mit à lire les promotions sous les vives acclamations des personnes présentes. Ce fut d'abord le tour des officiers, ensuite il nomma Clerke capitaine du *Resolution*, en lui présentant d'un geste élégant le bateau sur lequel ils se trouvaient. Les verres furent remplis et un matelot passa avec un plateau de vol-au-vent. Enfin, il cita James. Un silence se fit quand Sandwich lut lentement et clairement la décision de l'Amirauté de nommer le capitaine Cook quatrième capitaine de l'hôpital de la marine. Elizabeth regarda le visage de son mari, sur lequel ne se lisait aucune expression.

"Pour vous donner une impression de la vie sur ce bateau merveilleux, le lieutenant Pickersgill se charge d'une visite guidée", décida Sandwich.

Le lieutenant, un petit homme musclé au visage acéré, se tenait prêt devant la porte de la grande cabine. Quelques invités, essentiellement des femmes, se pressèrent autour de lui. Il les exhorta à la prudence, les sols et les marches d'escalier étaient glissants, il montra les souliers de satin, les semelles lisses.

Elle voulait voir l'ensemble du navire, elle voulait tout voir. La curiosité amusée de la compagnie dont elle faisait involontairement partie la décevait. Les femmes voulaient trembler, se faire des frayeurs, elles hurlèrent quand Pickersgill agita un fouet d'un air menaçant et elles se mirent les mains devant les yeux quand il leur indiqua les trous qui servaient de latrines pour l'équipage.

Elizabeth ne savait pas exactement ce qu'elle recherchait. Elle avait l'impression d'un adieu. Dans la grande cabine était installé le petit bureau sombre que James aimait emporter pour écrire. Elle réprima son envie d'ouvrir les tiroirs. Que souhaitait-elle trouver ? Un papier plié avec une mèche de cheveux d'enfant ? Dans quelques jours, en empruntant l'allée du jardin, les préposés de l'Amirauté apporteraient le petit meuble chez eux, ils le poseraient à sa place habituelle dans le hall.

Se détachant du groupe, elle erra à travers les espaces bas de plafond, grimpa les escaliers et parcourut les couloirs étroits. L'air en bas était étouffant, elle prit une profonde inspiration et sentit une odeur de pourriture, de décomposition puissante sous un voile de vinaigre et de soufre.

Toutes les réserves qui étaient restées avaient déjà été évacuées et détruites : les barriques de viande saumurée, les caisses de biscuits mangés par les vers et les souris et les tonneaux d'eau croupie, mais le bois avait conservé un soupçon de cette puanteur.

Les mains le long du corps, elle était debout dans la petite coquerie. Le sol et les parois du plan de cuisson étaient carrelés et nettoyés à fond. Comment était-il possible de préparer à manger pour plus d'une centaine d'hommes dans si peu d'espace ? Tous les jours, trois fois par jour, pendant un orage, une vague de chaleur ?

Elle descendit vers les espaces où les réserves étaient entreposées. Avant le départ, James consacrait des journées entières à planifier un système d'entreposage. Il tenait compte d'innombrables facteurs : les marchandises susceptibles de pourrir devaient rester au sec, la poudre et l'alcool devaient être surveillés, les cadeaux pour les indigènes n'avaient pas besoin d'être rangés devant, et bien d'autres considérations encore. Il était satisfait du plan définitif. Il le considérait comme secret et n'en parlait qu'à un petit groupe soigneusement sélectionné de débardeurs. Tout le monde s'étonnait de l'énorme quantité de choses qu'il parvenait à charger à bord.

Un lieu oppressant, restreint, ce fut la principale impression que produisit le bateau sur elle. Les gens pensaient à de vastes espaces et à l'infini quand ils s'imaginaient un voyage en mer. Il fallait savoir résister, ne pas se laisser envahir par l'angoisse dans cette immensité. Mais ce n'était pas le cas. Une fausse opinion. Quand on partait en bateau, il fallait accepter la captivité, il fallait pouvoir dormir dans la proximité d'hommes puants et supporter d'être prisonnier des bordages du navire. On ne pouvait pas en partir. On était livré au bruit, à l'odeur viciée, aux uns et aux autres.

Sur le pont, un petit groupe s'était rassemblé autour de Pickersgill. Debout parmi des caisses et des boîtes rapportées du voyage, il les ouvrait l'une après l'autre pour en exhiber le contenu. Il lança des poignées de plumes d'oiseau rouge vif sur les dames enchantées ; il drapa des pans d'étoffes inconnues habilement tissées sur les épaules de l'amie de Sandwich et agita redoutablement des lances ouvragées de couleurs criardes. Elizabeth se retira et, appuyée contre le bastingage, regarda les femmes qui se piquaient mutuellement des plumes dans les cheveux, caressaient l'étoffe pour en apprécier la qualité et encourageaient le lieutenant à poursuivre. Elle ne voyait James nulle part, il devait certainement être assis dans sa cabine, pour la dernière fois maître et commandant de son bateau.

Elle sentit son corps avant de le voir. Palliser s'était glissé auprès d'elle et lui lançait un regard interrogateur.

"Une foire, dit-elle. Elles n'ont aucune idée de ce qu'elles voient, de ce qu'elles touchent. Pas la moindre notion. Cela ne les intéresse pas.

— La plupart du temps, les gens ne voient que ce qu'ils connaissent déjà. C'est pour cela que les dames glissent des plumes dans leurs cheveux. Tu as raison, la vraie curiosité qui consiste à chercher à savoir ce que signifie une chose pour une autre personne est rare. Elle exige aussi du courage." Son épaule s'appuya sur la sienne. Elle autorisa ce contact, elle ne s'écarta pas de lui.

Pickersgill, qui avait sorti un bocal en verre d'une caisse, le leva brutalement pour que le liquide à l'intérieur se balance. Les cris du public s'atténuèrent quand le liquide s'immobilisa et que le contenu redescendit au fond. A travers l'alcool légèrement trouble commença à apparaître une touffe de cheveux noirs. Deux rangées de perles brillantes se distinguèrent peu à peu et soudain se transformèrent en une dentition. C'est alors que les spectateurs virent les trous des orbites, le nez plat charnu, les lambeaux de peau sur le cou découpé.

L'amie de Sandwich poussa un hurlement et courut vomir par-dessus le bastingage. Les femmes se cramponnèrent les unes aux autres et même les hommes pâlirent.

"Des cannibales ! s'écria Pickersgill. Vous n'y croyez peut-être pas, mais nous étions sur place. Nous avons étudié la question scientifiquement.

D'abord nous avons pensé qu'il s'agissait d'histoires d'horreur. Mais c'est vrai, ils mangent leurs ennemis. Nous les avons fait monter à bord, ils transportaient cette tête dans un panier d'osier. Notre cuisinier en a découpé des morceaux qu'il a fait cuire comme un bifteck. Puis il a présenté le plat de viande humaine aux sauvages. Ils ont tout mangé !"

Sur le pont, on vomissait, on frissonnait de dégoût et on regardait, incrédule. Certains s'approchaient pour examiner attentivement la tête abîmée ; d'autres se détournaient et partaient lentement vers la passerelle. C'est alors que Sandwich apparut dans l'entrebâillement de la porte de la grande cabine et invita les visiteurs à prendre place à table.

"Manger, dit Palliser à côté d'elle. Tout tourne autour de la nourriture. On croit que l'on mange pour rester en bonne santé, mais c'est une affaire bien plus compliquée. Tu m'accompagnes ?"

Elle ne put réprimer une légère nausée et se retourna pour regarder la ville.

"Il l'a fait, dit l'homme doucement à côté d'elle. Il a écrit la lettre, la demande a été prise en compte et acceptée, tout a été décidé et organisé. Vous allez vivre là-bas, près de ces coupoles."

Elle acquiesça. Le calme régnait maintenant sur le pont. Elle posa la main sur son bras et le regarda.

"Merci, dit-elle, tu ne peux pas savoir à quel point je te suis reconnaissante."

Des caisses et des boîtes furent transportées dans la maison. Des couleurs vives apparurent dans tous les recoins. Un gigantesque manteau de plumes resplendissait sur un support dans le couloir, dans la chambre étaient posés sur le sol les masques peints et les paniers tressés. James transporta lui-même une petite caisse remplie de noix et de graines dans l'arrière-cuisine. Il la posa avec précaution à côté de la pelle et de la bêche et sortit regarder le ciel. Il inspira profondément l'air de l'été, le menton relevé.

"Trop sec. Dès qu'il commencera à pleuvoir, je vais semer. C'est trop tard, l'automne arrive, mais je le ferai quand même. Je recouvrirai le tout s'il commence à geler. Tu n'imagines pas le spectacle quand ce bazar va germer."

La grande table était elle aussi entièrement envahie. Les journaux, les cartes et les notes avaient été lus et examinés rapidement par ces messieurs de l'autre rive, puis à nouveau empaquetés et apportés dans la maison de Mile End. Elizabeth voyait les piles désordonnées s'accumuler, tous les jours des lettres et des comptes rendus arrivaient ; les journaux confisqués des officiers étaient progressivement restitués. Un immense chaos occupait la table, une tâche pour l'hiver, une promesse de travail en commun, d'unité, de réussite.

James avait pris la pelle et creusé un sillon peu profond pour les semis le long de la haie ; elle le vit ramasser la terre jetée sous les buissons. Elle retira son tablier et sortit dans le jardin.

Il se leva et se maintint le dos. Son visage se crispa un instant ; puis il se retourna vers elle et lui prit la main.

"J'ai rapporté des bulbes pour les planter auprès d'elle. Des petites fleurs bleues qui sentent délicieusement la cannelle. Je les ai gardés spécialement pour elle, pour toi et pour elle."

Ils traversèrent ensemble le couloir, avec précaution pour ne pas renverser les paires de pagaies ouvragées et les lances de plusieurs mètres de haut appuyées contre les murs.

“Nous allons mettre de l’ordre dans tout cela. En donner, ranger. D’abord je voudrais montrer tout aux garçons. Cela va s’arranger.”

Elle ne s’en souciait guère, elle lui assura qu’elle était heureuse que la maison soit remplie, heureuse et curieuse d’entendre les histoires que recelaient tous ces objets qui avaient échoué chez elle. James, qui lui avait passé le bras droit autour des épaules, tenait de la main gauche le petit sac contenant les bulbes.

Ils se dirigèrent en silence vers la petite église. La grille était ouverte et elle le précéda jusqu’à la tombe. La petite pierre mentionnant son nom et le temps si restreint qui lui avait été imparti se dressait droite dans l’herbe. Devant, un parterre sombre avait été creusé, où fleurissaient des gueules-de-loup, des coquelicots et des violettes. Elle retira en les pinçant entre le pouce et l’index les fleurs fanées. Elle posa la main sur la pierre.

James alla chercher de l’eau et arrosa le sol asséché. A l’aide d’un bâton, il piqua des trous dans le sol pour y enfoncer les bulbes. Elle ratissa, à mains nues, la terre humide afin de l’aplanir à nouveau, une odeur de fer lui monta aux narines ; il faut continuer, se dit-elle, ce travail doit être fait, au-dessus de cette profondeur, je me charge d’une tâche, cela doit se produire, c’est une surface dont je dois m’occuper, rien de plus.

Elle enfonça le dernier bulbe dans le sol et le recouvrit. James, qui était allé s’asseoir sur l’herbe, tendit les bras vers elle. Elle s’installa entre ses jambes et s’appuya contre sa poitrine. Les fleurs flottaient devant ses yeux comme des taches de couleurs floues. Il voit une enfant d’un an, pensa-t-elle, une enfant qui ne sait pas encore parler, qui vient vers lui en rayonnant de plaisir. Un de ses enfants.

Je vois autre chose. Il ne connaît pas ma petite fille. C'est entre elle et moi. Notre alliance dévastée est enterrée ici à un mètre au-dessous de nous.

Il la serra dans ses bras. Elle regardait fixement devant elle : vert, blanc, noir. Cela donne envie de pleurer, pensait-elle, mais elle ne pleura pas.

4

“Il ne s’en va pas, dit Nat. Enfin si, il quitte la maison en fin d’après-midi mais, le soir, il revient chez nous. S’il ne navigue pas, est-ce qu’il est tout de même capitaine ? Est-ce qu’on va rester comme ça ? Je peux enfiler son uniforme puisqu’il n’a pas de bateau ? Quand j’irai à l’école navale, il sera encore ici ?”

Elle l’avait installé au milieu de la cuisine sur une chaise et lui avait posé un drap autour des épaules. Ses cheveux blonds et raides d’enfant dépassaient d’une bonne longueur au-dessus de son col. D’un long geste calme, elle le peignait, appuyant chaque fois sa main libre en sens inverse pour que le démêlage des nœuds ne lui fasse pas mal.

“Et maintenant, ne bouge pas, Nat, je vais couper.” Le garçon ferma les yeux, attendant les ciseaux.

“On se dit, oh là là, qu’est-ce que ça va faire mal, fit-il remarquer, mais on ne sent rien. On n’entend que : crrrrt, crrrrt !”

Avec précaution, elle coupa les cheveux filasse jusqu’au-dessous de ses oreilles d’enfant. De temps en temps, elle reculait d’un pas pour vérifier si elle ne déviait pas de la ligne droite prévue. Une couronne de cheveux coupés gisait par terre.

"Il va rester capitaine, répondit-elle, dans son uniforme. Il n'a plus de bateau à lui, mais il va choisir les bateaux pour les autres capitaines. Il est devenu conseiller, il donne de bons conseils aux autres. Et il va écrire son livre. Quand ce sera terminé, tu pourras tout lire sur le dernier voyage. Ou je te le lirai."

Il secoua la tête et se mit à rire quand il sentit ses cheveux courts lui chatouiller le cou. "Cela me gratte les oreilles !"

Elle lui essuya les oreilles et le cou avec la pointe du drap. Le garçon se leva d'un bond de sa chaise et sortit de la cuisine en courant. Un peu plus tard, elle l'entendit accorder son violon.

Il est différent, se dit-elle, il ne porte pas le même regard que son père ou son frère sur les choses. Il ne s'intéresse pratiquement pas aux dimensions de la Terre et il n'a pas envie de partir en mer. Je devrais le garder à la maison. Il va être malheureux à l'école navale, on va le taquiner, cacher ou casser son violon, il va se faire persécuter par des garçons brutaux. Il faut que je le protège, mais c'est impossible. Sa carrière est déjà fixée, irrémédiablement, un cordon tyrannique entre ici et Portsmouth puis jusqu'à la mer. Pas moyen de s'interposer, tous les garçons seraient jaloux de la chance qu'il a, de sa position. Il va être brisé.

Elle mit de côté une mèche blonde et balaya le reste, qu'elle jeta dans le foyer. Des étincelles bleu-vert crépitèrent et une odeur de brûlé envahit la cuisine. Elle enroula la mèche de cheveux autour d'un de ses doigts en écoutant les exercices de violon.

Depuis quelques semaines, elle savait qu'elle était enceinte. Tout était encore à sa taille, on ne pouvait le remarquer à son physique, mais elle le savait. Involontairement, la joie lui chauffait le cœur ; aussitôt, elle se sentit honteuse de son audace. De la maîtrise, voilà ce qu'il fallait. Elle devait à présent exécuter ses tâches avec calme et maîtrise. S'occuper de Nathaniel, se rendre régulièrement sur la tombe d'Elly, étudier du début jusqu'à la fin les journaux de bord de James. Elle n'avait pas à s'isoler dans une alliance secrète avec un enfant qui n'existait pas encore. Elle ne pouvait s'autoriser à être joyeuse ; elle devait d'abord se nicher dans l'automne, trouver le calme dans cette maison en s'habituant à sa nouvelle organisation.

Bien que James ait accepté la nomination à l'hôpital, ils continuaient pour l'instant à habiter leur maison et James se faisait transporter en barque quand il avait besoin d'être de l'autre côté. Il était souvent absent, car ce que l'on avait stocké pendant des années dans le navire devait être soigneusement examiné et distribué. Les plantes et les graines furent emballées et transportées par bateau à Kew, les croquis de paysages et de personnages tatoués furent expédiés à l'atelier de Hodges, le peintre, afin de servir de sources d'inspiration pour d'impressionnantes peintures à l'huile et les connaissances, les restes d'expérience que James avait accumulés dans sa tête devaient être partagés avec les scientifiques de différentes disciplines. Tous les après-midi, il délibérait dans une quelconque taverne, tantôt avec des géographes et des astronomes, tantôt avec des biologistes et des médecins. La propagation des maladies, la prévention de la mort du marin, le ciel étoilé dans l'hémisphère sud, la structure sociale de la population insulaire, les rituels religieux, l'exotisme de la construction de bateaux, les vêtements ou l'absence de vêtement – il avait en lui tant d'observations et de pensées importantes qu'il paraissait indispensable de transférer aussi vite que possible cette énorme quantité dans d'autres têtes savantes.

On tenait compte avec respect, admiration de ce qu'il disait. Il avait acquis sa place attitrée dans les locaux où les membres de l'Académie des sciences conversaient.

"Parfois, j'ai le sentiment qu'ils veulent se lever et s'incliner quand je fais mon entrée, dit-il, on aura tout vu !"

Cela lui faisait du bien, cependant, et il appréciait ces conversations de haute volée. Un excès de vénération l'agaçait moins que le sensationnalisme que recherchaient certains interlocuteurs. Il rentrait alors tendu à la maison et ne commençait à exprimer son mépris et sa rage qu'au bout d'un long moment.

"Pas la moindre sincérité dans l'intérêt qu'ils me portent. Des filles nues, voilà de quoi ils veulent entendre parler. Des atrocités, des exécutions. Des orgies. Même s'ils sont de la noblesse et ont été formés dans les meilleures universités, ils n'ont de goût que pour les grivoiseries. Ils sont incapables de penser, voilà le problème. Ou d'observer. Lord Monboddo, par exemple, un juge en plus, tu vois de qui je parle, avec les cheveux noirs et des yeux tristes comme des yeux de bouillon – je discutais avec lui cet après-midi, mais il n'écoutait pas, il voulait seulement entendre dire que les insulaires sont des singes doués de parole, car il est convaincu que nous descendons du singe. Il transforme tout ce qu'il voit et entend pour l'adapter à sa théorie. Des êtres humains, ai-je dit, ce sont des êtres humains comme vous et moi. Il a cessé de me parler, déçu. Je voyais bien qu'il ne me croyait pas."

La vie bien remplie de James laissait à Elizabeth suffisamment de temps. Quand il était parti, elle allait s'asseoir à la grande table et lisait les journaux de bord. Elle absorbait sans enthousiasme les repérages, les notes de l'astronome, les descriptions météorologiques, les observations sur la couleur et la surface de la mer pour aussitôt les oublier. Elle se penchait attentivement sur les passages où elle entendait James penser et parler du comportement de l'équipage ainsi que des êtres humains et des animaux étonnants qui vivaient de l'autre côté de la Terre.

Elle était toujours tendue. Elle se contentait, pensait-elle, de chercher à ordonner, de la façon la plus attrayante possible, le matériau pour que les futurs lecteurs puissent se faire une idée claire du génie et de la hardiesse de son mari. Dans le même temps elle avait peur et l'angoisse lançait de temps en temps en elle des coups de semonce. Peur de quoi ?

D'une perturbation, voilà ce qui s'en rapprochait le plus. Il lui arrivait, ce matin encore, alors qu'elle était immobile dans le jardin et qu'elle s'était aperçue que sa ceinture lui serrait vraiment plus la taille que la semaine précédente – elle avait posé ses bras sur son ventre, pris une inspiration – d'avoir soudain une idée très claire de la façon dont elle faisait durer l'histoire de l'heureux retour. Non seulement tout allait maintenant s'arranger, sa solitude et son courage allaient naturellement disparaître et se trouver récompensés, mais c'était aussi indispensable.

Une nécessité pressante lui brossait le portrait d'un homme qui, après ses pérégrinations, parvient à un état de sérénité auprès de la femme qui, en toute confiance, l'a attendu. Cette représentation, qui lui avait permis de tenir debout pendant des années, devait maintenant devenir réalité.

Pendant un instant, les bras repliés sur l'enfant en train de se développer, elle comprit que le cours de ses pensées était comme un ruban tendu au-dessus de la réalité, un fil conducteur brillant qui lui indiquait le chemin vers l'endroit où tout se passerait bien. Tout. En dessous fonçaient les ombres de tous les jours. Des pensées à moitié formulées surgissaient de recoins et de trous sombres, elle voyait des spectres à peine reconnaissables de personnes, d'enfants – quand elle restait comme maintenant parfaitement immobile, quand elle s'appuyait contre le tronc solide du cognassier, elle sentait pendant un instant la menace qui faisait s'entrechoquer ses genoux.

Peut-être l'homme qui rentrait à la maison n'était-il pas celui qu'elle avait attendu. Oui, elle avait reconnu cette première nuit son odeur, elle s'était étendue contre son corps comme de l'eau, comme un ruisseau dans son lit familier, mais le matin était venu. Ils avaient enveloppé leurs corps nocturnes dans les vêtements qui étaient restés posés sur des chaises et l'unité s'était divisée à la lumière du jour. Il rentrait à la maison dans une autre maison, elle le voyait à son visage tendu, au redressement de ses épais sourcils dès qu'il entendait le violon de Nat. Elle le voyait réprimer des questions et des remarques, pour l'instant, les garder pour lui, comme s'il faisait de son mieux pour contourner les ondulations, les bosses et les creux afin de trouver une pelouse régulière et odorante.

La joie provoquée par cette nouvelle grossesse faisait partie de l'illusion. Non, elle se rappela à l'ordre, ce n'était pas une illusion, l'herbe paradisiaque existait, elle était sûrement là ; mais ce n'était qu'une coquille, ce n'était que la surface de multiples aspects qu'elle ne parvenait pas à embrasser du regard. Derrière le nouvel enfant se cachaient les fantômes des autres enfants et béait un gouffre de différence et de reproche. Elle avait vu Georgie mourir. Pas lui. Elle avait laissé Elly aller vers sa mort, par manque d'attention. Pas lui. Où était sa colère, où était sa curiosité, pourquoi refusait-il que les enfants qu'il n'avait pas connus prennent vie à travers les histoires qu'elle lui racontait, pourquoi ne l'accablait-il pas de reproches, pourquoi n'était-elle pas punie ?

Dans l'obscurité de ses pensées et de ses angoisses à moitié comprises, ils n'étaient pas ensemble. Non, leur union flottait au-dessus, glorieuse et triomphante, elle allait se jouer dans une nouvelle vie, elle serait inaugurée par un nouveau départ, rayonnant. Greenwich, la nouvelle fille, le journal de bord parfaitement rédigé. C'était cette vérité qu'elle sentait au serrement de sa jupe, la vérité qui attendait là-bas, sur la table, sous la forme d'un journal et d'un livre de bord, la vérité qui les liait et les unissait. Elle décolla son dos du tronc d'arbre et entra dans la maison, leur maison.

"Viens, dit-il, allons nous promener. Enfile un vêtement chaud." Assis à la table de la cuisine, appuyé contre le dossier de sa chaise, les jambes tendues. Au loin résonnait le violon, une mélodie triste, toujours répétée avec d'autres accents et de nouveaux ornements. Elle écoutait, passionnée, l'esprit ailleurs, jusqu'à ce que James lui prenne le bras et l'attire dehors. Il emprunta le chemin qui traversait les champs, une lumière grise d'octobre éclairait le paysage, presque violette, des traînées d'humidité apparaissaient ici et là. Elle lui donna le bras et adapta involontairement son pas au sien, la jambe droite avec sa jambe droite, la jambe gauche avec sa jambe gauche. Il sourit et lui serra fort la main.

"Il faut qu'on se parle. A la maison, je suis distrait. Dehors, c'est mieux."

Oui, une conversation, se dit-elle. Dire ce que je pense, raconter même les choses honteuses, tordues. Elle se tut.

"Une lettre est arrivée de Portsmouth, dit-il, un rapport sur Jamie. Il se débrouille bien là-bas, surtout pour le dessin, il est au-dessus de la moyenne. Ils emmènent les enfants faire de la navigation côtière et ils leur font dessiner le paysage, tous les récifs et les criques et les massifs rocheux. Jamie y arrive bien. Il deviendra un bon cartographe. Fiable. Précis."

Parce qu'il n'a pas d'imagination, se dit-elle. Son aîné était un garçon sérieux qui prenait la vie comme elle venait. Elle pouvait parfaitement se le représenter sur le pont arrière du navire-école avec la table à dessin sur les genoux en train de regarder fixement la côte. Il y voyait des rochers stratifiés et des ruisseaux qui, à travers des ravins, se jetaient dans la mer. Pas de chevaliers sur des chevaux au trot, pas de forteresse en feu, pas de femme désespérée sur un écueil.

"J'espère que Nathaniel s'en sortira aussi bien l'an prochain, bougonna-t-il à son intention. Je me fais du souci pour lui. Il a l'air si pâle et il semble ne pas s'intéresser à ce qui enthousiasme les garçons de son âge. A-t-il des amis ? Il ne joue jamais dehors. Je ne le vois sortir de la maison que pour retrouver le vieil organiste. Je le connais mal, tu en sais plus que moi. Il n'est peut-être pas encore prêt pour l'école navale, faut-il qu'il attende un an de plus ?"

C'est maintenant qu'il faut que je le dise, pensa-t-elle. Qu'il existe des gens qui ne sont pas heureux sur un bateau et que ce fils en fait partie. Il ne le comprendra pas. Non, il ne l'acceptera pas.

"Nat s'intéresse à la musique." Elle essaya de continuer à parler à voix basse et calmement. "M. Hartland trouve qu'il est doué, que c'est un musicien de talent. Nat devrait poursuivre ses leçons chez un vrai violoniste. Hartland dit : Ce garçon est une joie pour un professeur, il comprend tout sur-le-champ et c'est un plaisir de l'écouter.

— Et ensuite ?" James s'immobilisa et se tourna vers elle. "Devenir violoniste ? Qu'est-ce que c'est que cette histoire ? Impensable ! Ce n'est pas un métier. Un fils qui est le mien devient marin. Je les ai inscrits tous les deux pratiquement dès leur naissance sur les listes de mon équipage. Personne n'a une telle chance. Il ne faut pas que ces garçons la gaspillent. Eventuellement trompette dans la marine, mais il ira en mer, un point c'est tout !

— Il n'en a pas envie, James."

Ses yeux s'assombrirent. "Tous mes fils iront en mer. Deux sont morts. Non seulement les deux autres doivent mener leur propre carrière, mais ils en ont aussi la responsabilité pour leurs frères morts. Nat n'a pas à avoir envie."

Il se détourna et reprit sa marche. Elle ne parvint à rester à côté de lui qu'au prix d'un certain effort ; comme elle consacrait toute son attention à maintenir le même rythme que James, elle n'avait plus la force de réagir à ses propos.

"La musique n'est qu'une fioriture, poursuivait-il. Un peintre peut montrer ce que les gens ne peuvent pas voir facilement dans la réalité. Un écrivain peut expliquer ou raconter. Mais la musique ? Cela se passe en marge du reste, ce n'est rien d'autre qu'une fioriture."

Elle ne put s'empêcher de penser à Hartland jouant de l'orgue à l'enterrement d'Elly. Une fioriture ? C'était la seule chose réelle dont elle se souvenait ce matin-là.

"Je ne veux pas que mes fils restent en marge, ils sont nés pour remplir un rôle central. Cela peut être un rôle modeste, humble éventuellement, mais en tout cas au cœur du progrès. Même le plus jeune des apprentis charpentiers à bord de mon navire apporte sa contribution. Il est de mon devoir, et aussi du leur, d'étudier et de décrire le monde. Sur la base de nos connaissances, nous pouvons apporter des améliorations. Il ne s'agit pas de moraliser, de juger, mais de regarder. Il n'y a qu'une seule réalité et il faut qu'elle soit observée. C'est tout."

Il n'y avait rien à objecter, se dit-elle. Il avait parlé et voilà ce qu'il en était. Tout le monde serait d'accord avec lui. Pourtant quelque chose n'allait pas. Une seule réalité ? Elle constatait pourtant chaque jour que la maison où il se déplaçait n'était pas la même que celle où elle habitait ?

La cuisine, par exemple. Si on l'observe avec le regard du chercheur. On voit un père, une mère, un pâle fils de onze ans. Ils mangent. La mère débarrasse les trois assiettes quand ils ont terminé. Mais la situation est pourtant différente.

Une autre réalité existe en arrière-plan. Sous cet autre angle, cela grouille d'enfants, Joseph, qui a sept ans, est assis mollement sur sa chaise, il est resté souffreteux mais, installé à table, il est nourri par sa sœur de huit ans. Dans la chaise d'enfant, le petit George au corps vigoureux frappe de sa cuillère en bois son assiette vide. Le chercheur ne s'intéresse pas à cette agitation, mais elle oui. Souvent, elle doit se retenir de ne pas mettre la table pour les autres. Trois assiettes, pas plus.

"Tu comprends ?" demanda James. Il avait ralenti le pas. "Je veux les aider. Ils n'ont pas besoin de tout faire seuls. Je les soutiens, je suis derrière eux. Tu verras que tout va bien se passer. Nat est apathique parce qu'il a grandi trop vite. Il faut que tu lui donnes beaucoup de viande fraîche à manger et des légumes variés. C'est un bon garçon. Différent de Jamie, mais un bon garçon."

Ils avaient marché en décrivant une grande boucle à travers les champs et ils aperçurent de nouveau la maison. Des chimères, se dit-elle, je me fais des idées à cause de toute cette tension et tout ce changement. J'ai dû réfléchir seule pendant si longtemps que j'ai maintenant du mal à me reposer sur lui. Pourtant il le faut. Il doit être satisfait de la situation ici et je dois l'accepter. Il faut que je cesse de me lamenter et de regimber, mais que je m'imprègne de ce qu'il veut, de sa façon de voir. Que je collabore, que j'écoute. Alors j'aurai moi aussi l'esprit serein.

L'image de la cuisine bondée, joyeuse, qui était à l'instant présente en elle, presque tangible et audible, se dissipa.

A leur retour, la maison était vide. Elizabeth alluma les lampes et se glissa dans la chambre de Nat. Vide. Le violon avait disparu, les partitions aussi. Il était allé voir son professeur.

James bricolait dans l'arrière-cuisine, elle entendit un ploc étouffé et le clapotement d'un liquide versé dans un verre.

"A ta santé !" Il leva la bouteille en entrant. "Délicieux, ce porto ! Envoyé par Banks. Il nous remercie de la livraison de Kew. Je vais te servir un verre."

Un rouge-brun traversé d'étincelles de lumière ; sirupeuse, la boisson collait aux parois intérieures galbées de la bouteille. Elle but ; un goût doucereux, agréable. L'alcool lui piquait le fond de la gorge et le nez, ce qui la fit éternuer. Il la resservit.

"La circulation de semences à travers le monde. Dommage que les gens n'en voient pas encore suffisamment l'intérêt. Banks forme une exception. L'Amirauté se préoccupe essentiellement du développement de voies commerciales, le roi veut étendre son territoire et l'Académie souhaite accumuler les connaissances. Le ravitaillement ne constitue pas une priorité à moins qu'il n'ait une utilité directe, comme la choucroute. Dommage !"

Elle sentit ses muscles se détendre sous l'influence de l'alcool. Le père de James, le vieillard irascible du Yorkshire, avait toujours travaillé la terre. Chez James à table, on parlait sûrement de la qualité du seigle, du bon moment pour planter les oignons de plantes, de la menace d'une mauvaise récolte. James avait abandonné la terre, mais continuait de penser en termes de semences et de récoltes. Il l'avait d'ailleurs fécondée une année après l'autre, était ensuite parti comme un vrai paysan pour revenir au moment de la récolte. Une mauvaise récolte. Pourrie. Il avait dû se sentir peiné et blessé. Pire que ça.

"Sur la plupart des îles du Pacifique, le climat est si favorable que l'on peut récolter au moins deux fois par an. Il y pousse donc suffisamment de plantes sans le moindre effort de la part de la population. Quand on a faim, on lance une pierre en l'air et une noix de coco tombe par terre. Bêcher le sol, l'aérer, tenir compte des vers et des insectes, ne pas tout de suite manger les graines mais les planter dans le sol, les recouvrir, les arroser, désherber – je n'ai pas arrêté de l'expliquer et de montrer comment faire. On l'a rarement compris. Se projeter dans le temps et savoir patienter est une question délicate. Ils arrachaient de la vrille les raisins quand ils n'étaient pas plus grands que des gouttes d'eau. Ils faisaient la grimace, ils recrachaient l'acidité. Essaie un peu de donner des explications dans une langue qu'à vrai dire tu ne maîtrises pas.

Durant ce voyage, j'ai revu quelques plantations de la fois précédente : envahies par la végétation, laissées à l'abandon. Parfois, un plant de moutarde ou de citrouille avait survécu et proliféré. La plupart du temps, je n'ai plus rien retrouvé. En fait, il faudrait qu'Omaï leur apprennent l'horticulture et qu'il reste jusqu'à la récolte. Il n'a pas le caractère qui convient, lui aussi voudrait obtenir tout de suite des résultats. Dommage !"

Ils continuèrent de boire ce porto qui montait à la tête. Ecouter, se dit-elle. C'est important, même si je ne sais pas pourquoi. J'entends la passion qui l'anime. Je l'imagine parfaitement, guettant un terrain plat pour y faire ses plantations. Les matelots nagent avec les jeunes filles indigènes dans la baie, des cris et des rires étouffés, là aussi on va ensemencer ; James se détourne, agacé, il craint la propagation de maladies, mais il ne peut empêcher ce qui se passe. Non, il ne va pas s'isoler sous les palmiers avec la princesse, je n'ai rien à craindre de ce côté-là ; il enfonce sa pelle apportée d'Angleterre dans le sol et retourne la terre de ce pays étranger. Il y déverse soigneusement les semences choisies, avec un sérieux que son équipage ne comprend pas.

Elle acquiesce. Il la regarde chaleureusement avec ses yeux enfoncés qui, à la lumière de la lampe, paraissent presque noirs. Elle allait l'aider, il le fallait, enfin non, elle voulait l'aider à faire de ce nouveau livre un succès. Un livre où son art de la navigation et sa sollicitude ressortiraient à chaque page ; un livre où ses idées sur la culture de denrées alimentaires et la nutrition jailliraient des feuilles de sorte que personne ne pourrait plus contourner le sujet. Demain.

Un remue-ménage dans la cuisine interrompit le fil de ses pensées. Nat entra, son étui de violon sur le dos. Ses cheveux s'étaient mouillés dans le brouillard.

"Tu as bien joué ? demanda Elizabeth. Tu es parti longtemps." Il grommela quelques mots sans la regarder. Il balaya des yeux la table où brillaient la bouteille de porto et les verres taillés. Il se retourna pour aller ranger son violon. Ces épaules étroites, se dit-elle, ces longues jambes bien trop maigres. Que va devenir cet enfant ? Il y a quelques mois encore, il se glissait dans le lit auprès de moi et maintenant il ne veut plus me voir.

“Il faut te coucher, mon garçon, c’est l’heure, dit James. Dors bien !”

Nat resta un instant dans l’entrebâillement de la porte et regarda ses parents. Il déglutit, sembla sur le point de parler, puis monta l’escalier en courant.

Encore un verre. James posa la main sur la joue d’Elizabeth quand il lui servit à boire. “Il va se calmer. C’est difficile pour lui de s’habituer à vivre sans son frère et avec un père. Demain, le temps va s’éclaircir. Nous allons faire plus attention aux repas.”

De sa chaise, elle leva les yeux vers lui. Pour un homme aussi obsédé par la nourriture, il avait l’air extrêmement maigre. Il avait perdu du poids depuis son retour. Le feu en lui brûlait plus fort qu’en d’autres personnes.

Il se rassit. Il parlait de la difficulté à donner aux hommes suffisamment de viande ou de poisson frais.

“Quand nous restons sur place, nous pouvons pêcher, on en a alors plutôt trop que pas assez. A terre, nous nous mettons tout de suite à négocier. Des perles, des couteaux, des étoffes en échange de porcs. Le problème se pose surtout quand nous faisons de longs trajets ; des semaines, parfois des mois sans l’occasion de fourrager. C’est pour cela que j’emporte des animaux avec moi. C’est de la folie, le pont est encombré, il y règne une grande confusion et il faut de la main-d’œuvre pour les nourrir et nettoyer les cages. Quand une vague déferle sur le pont, les poulets et les oies sont trempés et attrapent une fièvre contagieuse. Quand je les garde sur le pont inférieur, la puanteur est insupportable et il y a de gros risques qu’ils étouffent. Et là je ne parle que des volailles. J’avais aussi emporté des moutons. Une chèvre pour le lait. Des bovins ! Il arrive aussi que les gens emportent des animaux, pour qu'ils leur tiennent compagnie, pour se divertir. Je peux l'interdire aux matelots, les singes, les chats – on les met par-dessus bord. Mais pour ce qui est des prétendus savants, je suis obligé de les laisser faire. J'exige en revanche qu'ils enferment les animaux dans leur cabine. Le roquet de ce Forster si aigri ! Cet homme incapable de dire un seul mot agréable à qui que ce soit tenait toujours son petit chien sur les genoux. Quand j'ai été malade, ils l'ont tué pour moi, je dois lui rendre justice. Il pleurait, m'ont dit les officiers plus tard. On m'a donné du bouillon dans lequel avait mijoté le petit camarade de Forster, et trois jours de suite du bifteck de chien. Cela m'a fait du bien."

Malade ? James n'était jamais malade. Elle devait finir de lire le plus vite possible les journaux de bord. Il répondit à sa question par un détour.

"La colique. J'avais sûrement mangé une chose qu'il ne fallait pas. Ce maudit vomitif que le médecin m'a prescrit m'a donné un épouvantable hoquet. Mais grâce au chien je me suis rétabli. Ce n'était pas grave, je me suis vite remis."

Au lit. Le gouffre entre elle et lui des expériences non partagées fut facilement comblé. Les préoccupations d'Elizabeth à propos de Nat ne furent plus que des mots. Son angoisse vis-à-vis de la maladie de James lui parut soudain absurde. Ils sombrèrent dans un profond sommeil.

"Lord Sandwich veut un seul livre", dit James. Il avait passé la matinée en réunion de l'autre côté. Cela avait produit sur lui un effet équivoque, qu'elle ne parvenait pas bien à cerner. Manifestement, il en avait tiré de l'énergie, il faisait de plus grands pas et le rythme de ses mouvements s'était accéléré. Avait-il apprécié la traversée dans la chaloupe de l'Amirauté, avait-il eu un instant le sentiment d'être en mer ? Il y avait aussi un autre aspect, une blessure à peine décelable qu'elle lisait dans son regard. Parmi les hommes de sciences et de lettres, il n'était pas le chef, tout au plus un égal, mais à ses propres yeux moins que cela. Elle remarquait cette incertitude.

"Forster en écrit la moitié. Les observations et les considérations sur les plantes, les animaux et la nature du sol. Son fils va l'assister. Lui, je l'aime bien, c'est un garçon accessible. Il parle bien mieux l'anglais que son père. Mais je crains de faire affaire avec le vieux. Ce type arrogant. Il sait beaucoup de choses, il est très savant, mais nous le fait assez remarquer. Sandwich a l'air plutôt agacé. Dans ce cas, il est sec, presque cassant.

— Qu'attendent-ils de toi ?

— Ils s'intéressent à mon voyage. J'écris l'histoire. Les scientifiques peuvent y ajouter des observations dans le style philosophique de Forster. Ce sera en quelque sorte des illustrations, tout comme les gravures de Hodges et les cartes que je veux placer dans le texte. Je veux être à la barre. J'ai travaillé si dur à ce journal pendant le voyage, ce qu'il y a ici c'est la cinquième version !"

Il se leva et posa les mains sur le manuscrit ouvert. C'était un chaos, un fatras entre les lignes au fil des pages. Des phrases rayées, des mots ajoutés en tout petit accompagnés de flèches et de traits, des passages écrits en biais dans la marge, des morceaux de papier à moitié collés portant d'autres ajouts, et partout en travers des lignes tracées énergiquement à l'encre rouge et des points d'exclamation.

Ils allèrent s'asseoir l'un à côté de l'autre à la grande table.

"Il faut recommencer, dit Elizabeth. Tu peux écrire une version définitive, tu as le temps et la tranquillité maintenant pour y réfléchir."

Non, il n'allait pas se laisser bousculer. Pas par ce grippe-sous de Forster qui négociait des sommes énormes pour sa collaboration, et pas par la menace d'une publication anticipée par les membres de l'équipage qui avaient su garder cachées à l'Amirauté leurs notes secrètes. Son livre. Son rythme.

Peut-être les informations nautiques pouvaient-elles être un peu moins élaborées pour des lecteurs profanes, dit-elle. Il était inutile de fournir d'autres indications que des données sur le moment, le lieu et les conditions météorologiques. Les points qu'il avait rassemblés au jour le jour sous l'intitulé "Evénements marquants" étaient bien plus intéressants. L'aspect des indigènes en Nouvelle-Zélande, à Tahiti, sur la mystérieuse île de Pâques, leurs vêtements, leurs tatouages, leur façon d'établir le contact, les dons qu'il avait faits et les cadeaux qu'il avait reçus, les fêtes, les cérémonies, la langue, les malentendus, les amitiés extraordinaires – voilà ce dont il fallait parler, c'est ce que le public avait envie de lire et de relire.

Il écoutait. Ils feuilletèrent les pages. Ici et là, le regard de James tombait sur un passage qu'il lisait en souriant et lui montrait.

"Quand je suis parti de Raïatéa, raconta-t-il, c'est une île au nord de Tahiti, j'ai pris congé du chef, Orio. Il nous avait reçus royalement. Il avait fait danser sa fille pour nous. Il m'appréciait et voulait que nous échangions nos noms pour que je reste d'une certaine manière auprès de lui quand je serais parti. Mes fils seraient toujours les bienvenus, a-t-il dit. Cela a été un adieu dramatique. J'ai dû lui promettre de revenir, il m'a supplié. Je ne pouvais pas le faire et je ne voulais pas lui mentir. Quand il a compris que j'étais sérieux, il a voulu connaître l'emplacement de mon *maraï*. C'est ainsi qu'ils appellent leur cimetière. Mais il a plus d'importance, cela ressemble plutôt à une église en plein air. Ils y apportent des offrandes et y tiennent des réunions. Il voulait savoir où je serais enterré. Cela m'a ému, j'ai dû réfléchir avant de lui répondre. Comment un marin peut-il l'affirmer avec certitude ? Je craignais de me montrer arrogant et je n'ai pu m'empêcher de penser à tous les hommes que nous avions dû faire glisser dans la mer lorsque nous avons quitté Batavia pour rentrer chez nous, alors qu'un mois plus tôt j'étais tellement convaincu que nous allions tous revenir sains et saufs de ce voyage. Il n'y a pas de certitude."

Elizabeth écoutait tranquillement, les mains posées sur ses cuisses. Elle remarqua qu'il avait les larmes aux yeux.

"Stepney, j'ai dit. Ici, où nous vivons, notre paroisse. Ils avaient du mal à prononcer ce mot étranger. Orio l'a répété jusqu'à ce que les sons qu'il émettait y ressemblent. Puis ils l'ont imité, tous les habitants de l'île qui nous faisaient leurs adieux là-bas sur la plage, on entendait retentir leurs paroles qui sortaient de centaines de bouches : Stepney est le cimetière de Cook, Stepney, Stepney !

— Peut-être que tu as dit la vérité, l'a rassuré Elizabeth. Tu habites ici maintenant. Il semble que tu vas rester ici. Ton ami étranger peut tranquillement se représenter le cimetière de Stepney. Tu n'as pas menti."

Le travail sur le journal structurait les journées. Le matin, quand Elizabeth partait pour le marché ou apportait des fleurs sur la tombe de l'enfant, James rédigeait la version définitive de son récit de voyage. Après le déjeuner, il allait en ville pour s'entretenir avec une personne ou une autre, pour se rendre à des rendez-vous ou simplement pour boire un verre dans son café habituel. Elizabeth allait pour sa part s'installer à la grande table et lisait ce qu'il avait écrit. Au crayon, elle améliorait l'orthographe et la construction des phrases. Parfois, elle apposait un point d'interrogation à côté d'un passage qui ne lui semblait pas clair. Au début, elle éprouvait des scrupules à se plonger dans des notes qui ne lui étaient visiblement pas destinées ; elle avait l'impression d'être une espionne qui sournoisement observait l'équipage à son insu ; elle se laissait entraîner dans un monde où il n'y avait à vrai dire pas de place pour elle.

Elle se disait qu'elle devait veiller à le protéger de fautes idiotes. Les négociations avec l'Amirauté étaient déjà assez compliquées ; ils n'avaient que faire des critiques désobligeantes de Forster sur l'ignorance et l'absence de style littéraire de certains navigateurs.

Tout cela était raisonnable et réaliste. Mais, en vérité, le récit la passionnait plus que de mesure. Ce récit lui occupait l'esprit, elle y pensait quand elle flânait le long des éventaires et, même quand elle écoutait Nat jouer du violon, elle ne pouvait s'empêcher d'y penser. Naturellement, il était question de peur, de dangers face aux horribles tempêtes de neige du pôle Sud, de vagues aussi hautes que des maisons, de hauts fonds perfides. Et aussi de situations inhabituelles, parfois paradisiaques, qu'avaient connues les hommes – les femmes à moitié nues aux fesses tatouées, des chefs de tribu qui proposaient généreusement leurs épouses, les nuits de danses sauvages.

Ce qui la fascinait le plus était l'image de James qui ressortait des journaux de bord. L'homme qu'elle aimait, qui était une partie d'elle-même, le père de ses enfants, devenait un inconnu dans ce livre. Pas une personne étrangère, car le choix des scènes et des objets décrits, la manière d'observer et de réfléchir et la technique d'écriture détaillée étaient familiers à Elizabeth. Pourtant elle voyait un James étonnamment différent évoluer à travers cette histoire. Un homme cruel qui faisait rosser les matelots et retranchait des rations, qui obligeait ses hommes à trimer jusqu'à épuisement total avec des cordes gelées et qui mettait sans cesse le cap sur le pôle Sud alors que tout le navire avait envie d'aller sous les tropiques. Un homme tourmenté qui se lamentait dans son journal de bord sur les conséquences désastreuses de la visite des explorateurs chez les insulaires. Ces gens, qui avaient l'air heureux et disposaient de tout le nécessaire pour assurer leur existence, devenaient avides de superflu : des manteaux doublés ornés de galons, des assiettes en étain et des fusils de chasse. Son pire remords était de ne pas parvenir à empêcher la propagation des maladies vénériennes. Avant que les matelots ne descendent à terre, il les faisait défiler en rang devant le médecin. Ils devaient baisser leur pantalon pour que le médecin de bord puisse examiner à l'aide d'une spatule et d'une loupe leurs parties génitales. Les matelots jugés aptes quittaient en toute hâte le navire en poussant des cris de joie, mais au bout de deux semaines James constatait que les indigènes s'asseyaient avec précaution et marchaient en écartant les jambes de façon suspecte.

Elle voyait l'homme sympathique, attentionné, qui ne craignait apparemment ni l'inconnu ni le répugnant. Il demandait qu'on l'emmène en chaloupe vers une côte inconnue où les indigènes les attendaient en les menaçant avec des pierres et des lances. Il descendait sur la plage, seul, il écartait les bras pour montrer qu'il n'avait pas d'armes et se dirigeait vers les gens jusqu'à ce qu'ils lèvent leurs lances et se mettent à crier. Ensuite il s'asseyait par terre. Il se faisait petit. Des poches et des manches de la veste de son uniforme, il sortait des objets qu'il posait autour de lui sur le sable : un mouchoir, quelques perles, des pièces de monnaie, un oignon. Il attendait. En retrait de la grève, la chaloupe où se trouvait l'équipage, qui regardait en retenant sa respiration, attendait elle aussi.

Presque toujours, quelqu'un finissait par se détacher du cercle des indigènes – le plus curieux, le plus courageux, le plus jeune. Sans se lever, James le laissait tranquillement venir vers lui. Il lui tendait l'un après l'autre les objets et reprenait ce que l'homme ne trouvait pas intéressant. Après un certain temps, l'homme s'agenouillait et leurs visages se retrouvaient au même niveau. James rapprochait sa tête et frottait son nez contre le nez de l'étranger puant au corps peint.

Quand Elizabeth lisait ces passages, elle sentait ses joues la picoter et ses yeux la brûler. Elle ne s'apercevait que plus tard de sa fureur : cet homme aurait dû être assis ici auprès d'elle sur le sol de la cuisine, parmi ses propres enfants. Il était un père pour les indigènes. Comme un père il s'occupait de son équipage, il lui donnait de la choucroute à manger, il le punissait sévèrement pour ses infractions et il s'absorbait dans leur histoire et leurs ambitions. Elle pensa à Nat, qui sans dire un mot montait vite l'escalier.

Tout allait changer. Tout avait déjà changé. Ces journaux de bord faisaient partie du passé, la vie familiale commençait maintenant, dans un présent qui ne serait pas scindé et où ils seraient tous les deux là.

Et il était bien là, en cette deuxième moitié d'automne dépouillée. Il rentrait chaque jour dans sa cuisine et lui parlait des conversations qu'il avait eues. Il tenait à ce qu'elle l'accompagne aux réceptions et aux dîners. Elle fit confectionner une robe dont le corsage était fait d'un textile tahitien. Les fibres étranges, raides, lui enveloppaient solidement la poitrine et le rouge vif se mariait bien avec le taffetas noir de la jupe. Pourtant, elle avait l'impression de ne pas être en droit de porter ce vêtement et elle eut honte quand elle essaya la robe pour la montrer à James. Gauche et récalcitrante, plantée au milieu de la pièce, elle avait envie de trépigner, de crier, de partir en courant, mais elle fit lentement un tour sur elle-même puis s'arrêta juste devant lui. “Parfait, dit-il. Magnifique. Nous dînons demain avec Sandwich. Il faut que tu la mettes !”

C’est ce qu’elle fit et elle eut conscience pendant toute la soirée de son buste flamboyant. Elle avait l’impression de n’être qu’à moitié présente à de telles occasions. Elle pensait à Nat, qui à la maison mangeait de la viande froide et de la soupe avec sa mère. Elle écoutait les conversations sur la construction navale et les subventions royales et constatait avec satisfaction que tout le monde écoutait attentivement James quand il prenait la parole. Pour sa part, elle parlait peu, non tant par timidité, mais parce qu’elle avait besoin de se concentrer pour observer ce qui se passait autour de la table. La magnificence de ce monde plane au-dessus de nos têtes, se disait-elle. Des bateaux qui cherchent leur voie pour faire le tour du monde, les possibilités sans limites, on peut entrer dans un pays qui vient d’être découvert comme dans une nouvelle maison, échanger des plantes et des techniques de construction navale, rien n’est trop éloigné ou trop différent. Elle le constatait, sans pouvoir pour autant y participer, consciente du noyau de son être, du nouvel enfant qui grandissait sous la jupe de taffetas.

Hugh Palliser s’était glissé auprès d’elle. Il caressa avec précaution l’étoffe exotique tendue autour du bras d’Elizabeth et sourit.

“Tu accapares James, dit-il. Il n’a manifestement pas le temps de remplir sa mission de conseiller. J’essaie déjà depuis des semaines de l’emmener au chantier naval, je voudrais qu’il jette un bon coup d’œil au *Resolution* et se prononce sur l’étendue des réparations, mais il ne cesse d’évoquer ses obligations en ville. Mais que faites-vous donc ?”

La pression de ses doigts sur son bras déclencha des fourmillements qui persistèrent, elle n'entendait pratiquement pas ce qu'il disait, mais elle enregistrait le tapage de la conversation générale au beau milieu de laquelle ils se trouvaient tous les deux comme dans l'œil calme du cyclone.

"Je suis enceinte", dit-elle.

Il leva son verre et but à sa santé. Il était totalement déplacé de lui confier une information aussi intime. Elle rougit. Ensemble, ils regardèrent James, qui de l'autre côté de la table était engagé dans une conversation avec Stephens.

"Pourquoi James n'est-il pas membre de l'Académie ? demanda-t-elle.

— Il va le devenir, dit Palliser. Même s'il n'a pas de diplôme universitaire, ils seront fiers qu'il devienne l'un des leurs. J'ai entendu dire qu'une réunion a eu lieu, ils ont parlé de lui. Une pétition est en train d'être préparée dans laquelle un certain nombre de membres éminents proposent sa candidature. Sois tranquille, il obtiendra la reconnaissance qu'il mérite. Tout va s'arranger."

De l'autre côté, on parlait de glace. Elle entendait James raconter qu'il avait toujours pensé que seule l'eau douce peut geler. Les gigantesques îles de glace qu'il avait croisées dans la région du pôle Sud devaient être des morceaux de glaciers ou de rivières. Là où il y avait de la glace, la terre ne pouvait pas être bien loin.

"Foutaises ! Sottises ! Votre raisonnement ne tient pas", cria le vieux Forster de sa place, dans un coin éloigné de la table. James ne tint aucun compte du savant et poursuivit. Il avait mesuré la température de l'eau de mer : en dessous de zéro, et pourtant l'eau était liquide. En cas de froid intense, la banquise apparaissait si vite et en telle quantité qu'il était inconcevable qu'elle puisse avoir une origine terrestre. Par conséquent, la mer devait aussi geler, sous réserve qu'il fasse suffisamment froid. Peut-être un élément était-il nécessaire comme point d'attache pour que la glace se forme, un tronc d'arbre à la dérive ou le cadavre d'une baleine, mais on ne pouvait nier que la mer gelait.

"C'est ce que j'ai toujours affirmé, s'écria Forster. Personne ne m'a écouté, naturellement.

— Mais le sel, dit James, que devient le sel ? Nous pensions d'abord qu'il serait pris dans la glace, mais quand nous avons laissé fondre un bloc de glace pêché dans la mer, il s'est transformé en eau douce la plus pure."

Etait-ce tout compte fait quand même un bloc d'eau de rivière gelé ? C'était impossible, on ne trouvait jamais dans un quelconque bloc de glace quoi que ce soit qui semblât provenir de la terre : de l'humus, des branches, de l'herbe. Jamais.

Forster renifla avec mépris. Il était petit et maigre ; il mangeait pourtant d'énormes quantités de nourriture et se faisait sans cesse resservir.

"Nous avons découvert ainsi une nouvelle manière de stocker de l'eau, dit James, qui ne prenait pas le temps de finir son assiette. Nous montions à bord les icebergs flottants, nous les hissions à l'aide de treuils quand nous parvenions à les entourer d'une corde. Nous en remplissions les chaloupes sur le pont et, quand nous avions besoin d'eau, nous brisions un bloc en morceaux et nous le faisions fondre dans la chaudière. Une eau délicieuse. Il se pourrait que le sel soit éjecté pendant le gel, de sorte que la glace elle-même n'en contient pas. Dans ce cas, la mer devient de plus en plus salée. Le problème n'a pas encore été résolu de manière satisfaisante, mais en revanche nous savons désormais que l'eau de mer peut se solidifier elle aussi, tout comme l'a dit le savant Forster !"

Forster, qui avait déjà ouvert la bouche pour contredire James, suffoqua et ne put que se taire.

Palliser secoua la tête et replaça correctement la serviette sur les genoux d'Elizabeth. "Un panier de crabes, dit-il doucement. Ces hommes de science s'arrachent mutuellement les pattes si on n'y prend pas garde. Sandwich en a vraiment plus qu'assez, chaque discussion avec ce Forster se termine par des cris et des querelles. Que pense James de cette collaboration ?

— Ce n'est pas une collaboration. Ils écrivent chacun leur propre livre, sans concertation, sans délimitation des sujets. Je crois que James préférerait publier seul, mais il n'est pas sûr de ce qu'il doit faire. Il faut le lui demander directement."

Il changea de position sur son siège et fit une grimace. "Tu as mal ?" demanda-t-elle. Jeune homme, il avait été gravement blessé lors d'un accident à bord ; depuis, sa jambe gauche était pratiquement paralysée et il souffrait continuellement. Il n'en laissait jamais rien remarquer.

"Oui. Ce doit être le brusque changement de temps. C'est souvent en automne que c'est le pire. Il ne faut pas y faire attention, Elizabeth, cela n'en vaut pas la peine. Si nous envoyions un bon rédacteur à James, est-ce que cela pourrait l'aider à écrire ? Il y prendrait peut-être plus de plaisir si quelqu'un l'encourage."

Non, se dit-elle, il ne faut pas, c'est notre travail à nous, je veux l'aider moi-même, sans qu'un importun de l'Amirauté vienne s'en mêler.

"Il est en train d'écrire une nouvelle version. Je lui apporte mon aide. Nous pouvons en revanche présenter le résultat à quelqu'un quand nous aurons terminé. Si nous en parlions à un autre moment ? Comment va ta femme, elle n'a jamais envie de venir ?"

Palliser lui lança un regard de côté et posa sa fourchette et son couteau sur son assiette.

"Ma parole, on n'aborde que des sujets désagréables ce soir. Quand nous sommes assis l'un à côté de l'autre, nous devrions parler de choses gaies. Elle ne va pas bien. A vrai dire, elle est folle. Je m'arrange pour qu'elle soit toujours gardée afin qu'elle ne puisse pas se faire de mal. Je ne souhaite pas en parler."

Elizabeth cherchait quoi dire pour le distraire, mais ses pensées ne cessaient de tourner autour de la femme de Palliser. Une grave mélancolie, avait-il dit un jour. Elle avait attribué cette maladie à l'absence d'enfant. Le rouge lui monta aux joues quand elle prit conscience qu'elle venait de confier à Hugh qu'elle était enceinte. Pour s'excuser, elle posa la main sur son bras – mais qu'avaient donc les bras de Hugh – sans lui expliquer ce qu'elle cherchait à se faire pardonner.

"Musique ! Si nous parlions de musique."

La main de son voisin serra la sienne. Il sourit. Le mois précédent, il avait assisté à un concert où se jouait une symphonie d'un nouveau compositeur encore pratiquement inconnu qui travaillait à la cour de Hongrie, disait Palliser. Haydn. Il n'avait encore jamais rien entendu de pareil : frais, inventif, joyeux, mais en même temps d'une profondeur inouïe. "Tu aurais vraiment apprécié, Elizabeth. Et Nat aussi."

Il était temps de se séparer. Les femmes furent invitées à passer un moment ensemble dans le salon pendant que les hommes poursuivaient leurs conversations en buvant du porto et en fumant. Devait-elle parler de Nat à Hugh, lui demander conseil ? Comprendrait-il son inquiétude ? C'était impossible. A présent, James était à ses côtés. Elle ne devait s'adresser qu'à lui. Cela ne ferait d'ailleurs aucune différence : pour Hugh, la mer était aussi inévitable que pour James.

Elle souleva sa jupe de taffetas et sortit de la salle à manger.

Des rafales de pluie venaient heurter les carreaux de la pièce où trônait la table. Tôt le matin, il fallait déjà allumer la lampe et, toute la journée, des nuages gris foncé pesaient sur Londres. Ils devaient manger des légumes d'hiver, James en parlait avec nostalgie, il avait regretté les panais et les choux de Bruxelles. Elizabeth, écœurée par l'odeur légèrement sulfureuse du chou, préférait que la bonne s'occupe de la cuisson.

Elle redoubla d'ardeur pour l'adaptation du journal, comme si elle voulait montrer que James et elle n'avaient pas besoin d'aide. Cependant, la conversation avec Palliser lui avait fait perdre confiance. Elle était capable de corriger l'orthographe, de perfectionner ou de couper en deux des phrases longues, mais quand elle essayait de réviser un chapitre et réfléchissait à l'enchaînement des scènes ou à l'organisation des pensées, elle avait le sentiment que le texte lui échappait et qu'elle n'était pas en mesure de déplacer librement les passages. Ou de les supprimer. Elle ne pouvait se défaire de l'idée qu'un professeur sévère, coiffé d'une toque de velours, passait son temps à regarder par-dessus son épaule, prêt à faire des commentaires et à dénigrer son travail.

James était satisfait de son aide. Il écrivait librement quand il savait qu'elle allait passer ensuite derrière pour le corriger. Elle décida de ne pas lui parler pour l'instant de la proposition de Palliser.

Un tapis de feuilles brunes recouvrait le jardin. Elle n'avait pas le temps de s'en préoccuper. Les vers de terre les feraient disparaître une à une dans le sol, parfois elle voyait une feuille tenir debout comme un petit vase fiché dans la terre. Il fallait attendre, attendre tranquillement, puis la plupart des choses s'arrangeaient d'elles-mêmes. Sauf celles qui ne pourraient plus jamais s'arranger. Elle se penchait sur le texte. Faire attention. Se concentrer. Lentement, comme les vers, poser le regard sur chaque mot.

"Ils ont proposé ma candidature !" James entra à grands pas dans la pièce. Son manteau était couvert de gouttes de pluie et ses cheveux étaient humides. "Vingt-cinq membres ! Alors qu'il n'en faut que trois, mais pour moi il y en a eu vingt-cinq. Tout le monde : Banks, Solander, Stephens bien entendu, et Maskelyne – même le vieux Forster ! Je vais devenir membre de l'Académie !"

On dirait tout d'un coup qu'il a dix ans de moins, se dit-elle, avec son visage détendu, ses yeux rieurs, son sourire. Elle se leva pour le serrer dans ses bras, la plume levée derrière l'épaule de James.

"Je dois prononcer un discours inaugural, dit-il au-dessus de sa tête, au printemps. Il faut que ce soit une sorte d'article, un traité scientifique."

Sa voix était enthousiaste, sans la moindre trace d'incertitude ou de rancune.

"De quoi vas-tu parler ?" demanda-t-elle. Elle le sentit prendre une profonde inspiration, sa poitrine s'élargit.

“De nourriture, dit-il. Je vais écrire et parler sur l’alimentation.”

Ils étaient assis tous les trois à table. Elizabeth avait fait préparer un énorme pâté en croûte, farci de légumes, de champignons et de viande d’agneau. Nat s’était servi pour la deuxième fois et il écoutait attentivement la discussion sur l’Académie.

“Tu vas aussi parler des cannibales ? Ils mangent bien des gens, là-bas, non ?”

James posa ses couverts et regarda son fils. “Oui, ils mangent des gens, mais je n’ai pas encore découvert pourquoi ils le font. Je ne sais pas si je vais en parler. Il vaut mieux que je ne parle que des choses dont je suis certain.

— C’est le capitaine Palliser qui nous l’a dit. Quand tu étais encore en mer. Ils ont mangé toute une chaloupe remplie d’hommes ! Il y en avait bien dix !

— En Nouvelle-Zélande, dit James. C’était en Nouvelle-Zélande. Il y a eu une échauffourée, un malentendu. Une bagarre a commencé. Ils ont mangé ceux qu’ils ont tués, c’est une coutume. C’est difficile à comprendre, nous ne maîtrisons pas assez bien la langue. Je n’ai pas voulu punir les gens là-bas, parce que je n’ai pas compris. Nous sommes partis avec le bateau sans prendre de mesures de représailles.

— Et si tu retournes là-bas, est-ce qu’ils seront punis ?”

Elizabeth se redressa.

“Je ne crois pas, Nat, dit James. Ils ne savent pas ce qu’ils font, et je ne peux pas y changer grand-chose. Nous ne faisons que passer, nous repartons toujours. Quoi qu’il en soit, je n’y retournerai plus. Je reste ici.”

Elle respira de nouveau. La lumière lui sembla soudain plus belle, plus chaude. Elle huma l'odeur du pâté en croûte chaud et fut satisfaite.

"A Tahiti, c'était différent, dit James à Nat, qui continuait de regarder attentivement son père. Là-bas, ils sacrifient vraiment les gens, exprès. Ils le savent d'avance, ils se mettent d'accord, tout comme ici quand on punit un criminel.

— Tu étais là quand cela s'est passé ? Tu l'as vu ?"

James soupira. "Oui, je l'ai vu. Plus tard, j'ai essayé d'en parler, de demander s'il s'agissait d'un jugement, d'une manière de sanctionner les gens, s'il était question d'autre chose, d'un sacrifice pour que leurs dieux leur soient favorables par exemple. Cela ne m'a pas paru clair. J'avais l'impression qu'ils ne voulaient pas me le dire, parce qu'ils avaient honte ou parce que c'était un secret. Hodges en a fait un dessin, je te le montrerai.

— Est-ce qu'ils mangent aussi des enfants ? Et des bébés ?

— Non, dit James, je ne les ai jamais vus manger des enfants ou des bébés."

Nat se pencha au-dessus de son assiette. Elizabeth croisa les mains sur son ventre. Nous. Dans cette cuisine. Une famille, se dit-elle, une famille endommagée mais heureuse qui prend son repas.

DEUXIÈME PARTIE

5

Rien ne laissait présager qu'il neigerait à Noël. Les journées étaient courtes, les nuages étaient bas, mais la température rappelait septembre. Dans le jardin se dressaient les solides feuilles des jacinthes sauvages, condamnées à geler et à disparaître en janvier, parmi l'herbe d'un vert frais. Les recouvrir de paille ? Elizabeth haussa les épaules. C'était peine perdue, et pourquoi chercherait-elle à protéger un jardin alors que tant d'autres tâches ne demandaient qu'à être exécutées.

Jamie était sur le chemin de la maison pour son congé de Noël. Elle devait commander une oie pour le repas de Noël. Chercher du chou rouge et des pommes de reinette, faire agrandir ses robes pour pouvoir respirer malgré son ventre qui grossissait. Et elle devait parler avec James de Nathaniel.

Le garçon semblait s'agripper à son violon. Il commençait à jouer avant de partir à l'école le matin et Elizabeth devait l'obliger à prendre son petit-déjeuner. Puis, il restait assis d'un air absent devant son porridge et mangeait du bout des lèvres jusqu'à ce que tout d'un coup il sorte précipitamment, laissant son bol à moitié plein. Dès qu'il rentrait, elle entendait à nouveau le violon. Un concerto pour Noël, dit-il quand elle lui demanda ce qu'il était en train de travailler. Il allait jouer un concerto avec Hartland pendant la messe de Noël, il cita un compositeur au nom italien – Corelli ? Vivaldi ? Elle n'avait pas retenu.

"Tu veux que nous venions t'écouter, cela te ferait plaisir ?" demanda-t-elle. Il détourna le regard et remua le porridge d'un blanc grisâtre. Quelle bêtise. Je n'aurais pas dû poser cette question. Nous irons, un point c'est tout, le soir de Noël, James aussi, nous irons à l'église et nous écouterons Nat, qu'il le veuille ou non. Jamie doit venir lui aussi. Il n'est pas question de choix en l'occurrence.

Elle se leva, les mains derrière le dos, comme si elle devait aider son corps à se tenir droit. Elle reconnut cette sensation : avant qu'on remarque quoi que ce soit, en dehors d'une taille un peu épaissie, la grossesse s'annonçait par un relâchement intérieur. Les ligaments et les tendons se détendaient afin de faire de la place pour le nouvel enfant. Elle le sentait, à vrai dire c'était douloureux, sans qu'elle puisse véritablement parler de douleur.

Nat regarda son ventre. Il le sait, se dit-elle. Il semblait sur le point de lui poser une question, mais il se tut. Pourquoi était-ce soudain devenu si difficile de parler avec lui ? Cela venait d'elle, elle ne pouvait s'empêcher de réfléchir, de se demander à chacun de ses propos si elle disait ce qu'il fallait, ou s'il n'aurait pas mieux valu dire autre chose, ou bien rien du tout. Dans sa relation avec Nat, une gêne s'était instaurée qu'elle ne parvenait pas à situer. Elle tendit la main pour lui caresser la tête, mais il s'éclipsa farouchement, comme s'il se sentait offensé. Une fois de plus, il n'avait pas fini son assiette. Devait-elle aller le retrouver, était-ce ce qu'il souhaitait vraiment ? Et ensuite ?

A l'étage, les cordes à vide du violon résonnèrent. Il accordait tranquillement et avec précision l'instrument ; Elizabeth eut l'impression de recevoir une gifle, un signal lui intimant de garder ses distances. Il n'avait que onze ans, c'était encore un enfant, il était déplacé de se comporter envers lui comme avec un homme, avec un amant. Elle devait s'occuper de lui et enlever le poids qui lui pesait sur les épaules. Ne pas hésiter, ne pas se faire du mauvais sang et ne pas négocier.

Demain, Jamie rentrerait avec des histoires sur l'école navale. Elle avait du mal à s'en réjouir, tant elle était inquiète que cette confrontation ne soit pour Nat qu'une menace. Elle ne devait pas tout voir en noir à ce point. Noël arrivait, elle était enceinte, elle allait manger pour que le bébé grandisse. Fin mai, ce serait le terme, avait-elle calculé. Quand Nat partirait de la maison, James et elle resteraient avec un nouvel enfant. Cela ressemblait à une trahison.

Par un temps étrangement doux, elle marcha jusqu'à la tombe d'Elly. James travaillait à son livre et elle était sortie sans le déranger. Avait-elle honte de ses fréquentes visites à sa fille ? Il fallait se détacher, disaient-ils, il fallait accepter que les enfants meurent et qu'on les confie à la terre. Il était dangereux de se réjouir de l'existence d'un enfant, car il y avait de grandes chances qu'il vous soit arraché. James le savait, il avait vu mourir en bas âge trois petites sœurs et un jeune frère. Son frère aîné était mort, à vingt ans, quand James venait d'entrer en apprentissage chez Walker à Whitby. Il n'y avait aucune certitude et il n'y avait aucun droit. La conviction secrète, au fond d'elle-même, que l'enfant qu'elle portait à présent allait s'en sortir n'avait pas de sens. Il était faux de croire qu'en contrepartie de chaque perte il y avait une récompense, que l'on pouvait garder un enfant en vie en en perdant un autre. En fait, rien de ce que disaient les gens n'était vrai. L'idée qu'un Dieu appelait prématurément à lui les enfants qu'il aimait lui paraissait une invention nocive, de même que la notion que la mort d'un enfant était destinée à punir les parents.

Durant la semaine qui avait suivi la mort d'Elly, le prêtre lui avait rendu visite pour lui exposer une théorie sur la souffrance. Frances lui avait servi à boire. Elizabeth l'entendait aspirer bruyamment et avaler le liquide, tandis qu'il lui soutenait qu'elle était élue : Dieu la mettait à l'épreuve en lui faisant subir tant de malheurs et de pertes. Elle devait s'estimer heureuse de cette série d'épreuves. Un mari parti, un bébé mort, une petite fille victime d'un accident. Il prit une part du cake que Frances venait de faire cuire et mastiqua tout en réfléchissant. Puis il se lécha les doigts.

"Frances, avait dit Elizabeth, tu veux bien reconduire le prêtre immédiatement ?"

Pendant un bref instant, elle avait ressenti un énorme soulagement de pouvoir montrer la porte à cet oracle lénifiant mais, une fois qu'il fut parti, elle fut frappée d'autant plus fort par une sorte de paralysie. S'il n'existait pas de Dieu qui décide de la vie et de la mort, si la mort n'avait aucun but fondamental, alors ce n'était qu'un hasard. Elle était impuissante. Tout le monde était impuissant. Les gens inventaient des histoires sur la destinée et le sens de la souffrance pour ne pas ressentir cette impuissance à rendre fou.

Frances avait été choquée, choquée de ce qu'on l'oblige à se montrer impolie vis-à-vis du prêtre, mais elle avait fait sans hésitation ce qu'Elizabeth lui demandait.

"Et maintenant que va-t-on faire ?" demanda-t-elle. Elizabeth haussa les épaules.

"On ne va rien faire. Je ne veux plus écouter cet homme. Il célèbre l'office, nous ne pouvons rien y changer. Mais nous ne sommes pas obligées de l'écouter."

Il lui avait été extrêmement pénible de prononcer ces phrases, jamais son corps ne s'était senti si lourd et paralysé. Pourtant, elle était contente d'avoir percé à jour cette douceur mielleuse que la plupart des gens considéraient comme un réconfort et de l'avoir rejetée. Mais après, après. Frances estimait qu'Elizabeth devait aller s'allonger, là-haut dans sa chambre, une petite demi-heure au lit, pour se reposer – or elle était prise d'angoisse, elle se mettait à divaguer de façon incontrôlée dès qu'elle était allongée et elle ne comprenait plus rien, livrée comme elle l'était aux pensées horribles qui, sans y être invitées, prenaient possession d'elle.

Ne pas s'allonger, jamais.

Elle ouvrit résolument la grille et entra dans le cimetière. A côté du mur de l'église, deux hommes creusaient une tombe. Elle fit un petit signe de tête et détourna le visage. Je devrais porter un voile, se dit-elle, un masque pour me protéger du regard des gens qui font partie de la vie ordinaire, qui avancent sans réfléchir dans le temps. Mais c'est pourtant ce que je fais moi aussi ! Le menu de Noël, le livre, l'enfant ! Pas quand je suis ici, avec elle. Mon visage reste alors le même qu'à l'heure de sa mort. Son dépérissement peut se lire sur mes joues et personne n'a le droit de le voir.

"Nous dormons dans des hamacs ; si on veut embêter quelqu'un, on défait le nœud. Il dégringole par terre quand il veut monter dedans !"

La voix de Jamie était devenue plus grave. Etonnée, Elizabeth regardait son fils aîné – ces bras courts, solides, cette assurance, la fierté avec laquelle il parlait de sa formation !

Elle sourit à James. Que c'était bon de se retrouver tous les quatre. Même Nathaniel paraissait se ranimer et submergeait son frère de questions. Que t'apprennent-ils, à quelle heure prends-tu tes repas, et que manges-tu, es-tu souvent en mer, comment s'appellent tes amis, peux-tu suspendre le hamac où tu veux, es-tu souvent puni ? As-tu eu le mal de mer, as-tu eu peur, la maison te manque-t-elle ?

Ils disparurent ensemble dehors. Elizabeth commença à débarrasser la table et jeta un coup d'œil au dessin d'une côte rocheuse que Jamie avait pris pour montrer à son père. Les traits semblaient avoir été tracés sans hésitation et la végétation sur les récifs était exécutée avec un amour du détail. Encadrer et suspendre, se dit-elle.

"Hier, j'ai parlé avec Sandwich, dit James. Il est exaspéré par Forster, on ne peut pas discuter avec cet homme-là, selon lui. Pourtant, il ne veut pas encore lui lancer un bon avertissement. L'Amirauté a investi beaucoup d'argent dans Forster. Ses notes contiennent tant d'informations ;

c'est difficile d'y renoncer purement et simplement. Je ne vois pas comment Sandwich a l'intention de régler le problème. Je suis content de ne pas être à sa place.

— Avez-vous parlé de ton livre ?" demanda Elizabeth. Dans la pièce, treize cahiers bleu foncé s'étalaient sur la table, la dernière version du récit de voyage. James y avait travaillé dur, ces dernières semaines. Pendant des heures, il avait étudié l'avant-dernière version pour saisir entre les lignes, dans l'enchevêtrement d'annotations libres et d'ajouts, l'essence de l'histoire. En écrivant, il était inhibé par l'idée qu'un public allait lire ses phrases et il demandait sans cesse à Elizabeth son avis sur des passages qui pourraient être scandaleux. Elle n'en avait pas. La description de James d'un dépucelage cérémoniel au cours duquel la population apportait des commentaires enthousiastes, ses spéculations sur la fidélité et l'infidélité, ses allusions au comportement débridé de l'équipage la fascinaient. Elle sentait presque l'odeur de Tahiti en lisant. Il décrivait le lieu – une mer chaude, verte, où des jeunes filles nues se laissaient flotter sur le dos sans aucune gêne –, ses découvertes et les pensées que cela faisait naître en lui. Il ne venait pas à l'esprit d'Elizabeth de manifester une quelconque désapprobation. Elle faisait attention à la construction des phrases et à la ponctuation. Quant au contenu, elle s'en accommodait.

"Il m'a proposé de soumettre le tout à un conseiller. Il a mentionné un nom, un chanoine de Windsor. Sandwich a laissé entendre que le roi y est pour quelque chose, mais tu le connais, quand il ne veut rien divulguer, il tient diplomatiquement sa langue. J'ai l'impression que nous n'avons pas le choix."

Elizabeth réfléchit au souhait du roi de faire réviser le récit de voyage. Elle s'attendait à être consternée par la nouvelle, à la vivre comme une insulte, une motion de censure, mais elle ne décela en elle qu'un certain soulagement. Un manuscrit soigné était prêt dont la plupart des fautes d'orthographe et des phrases tordues avaient été éliminées. Ils avaient travaillé sérieusement et ensemble à ce récit. C'était Noël, James allait rester à la maison, un enfant allait naître. Peut-être n'était-il plus nécessaire de réaliser une tâche en commun. Pourquoi ne pas le laisser discuter avec le chanoine ? Pourquoi pas ?

"Tu peux tout de même montrer à cet homme ce que tu as fait ? Envoie-lui les cinq premiers cahiers et tu verras bien ce qu'il dit.

— Cela ne t'embête pas ?" Il prit les cahiers sur la pile et les mit de côté.

"Non. Du moment que tu es d'accord."

Il s'approcha d'elle et lui caressa les cheveux. "Tu m'as tellement aidé, dit-il. Je ne suis pas un écrivain. J'ai vraiment du mal à écrire correctement et je ne sais jamais quand une chose est terminée. Comment passer d'une scène à l'autre ? Que faire de tous les détails que je tiens absolument à mettre dans le texte, mais qui ralentissent tellement le récit ? J'ai encore regardé hier cet affreux livre de Hawkesworth, il présente tous les faits de travers, mais il reste passionnant, il sait raconter une histoire. Moi je n'ai pas ce talent."

Elle lui prit les cahiers. "Emballe-les, envoie-les. Fais-toi aider par ce monsieur. S'il s'avère être une sorte de Hawkesworth, nous verrons bien par la suite."

Le soulagement lui donna des ailes. Le dîner de Noël ! Palliser et sa femme furent invités ; Nat et Jamie l'aideraient à mettre le couvert. Des noix, des pommes, des confitures et des fromages furent montés de la cave. L'oie, avec sa farce à la mie de pain et aux prunes, commençait à exhaler une bonne odeur dans la marmite. Pour la première fois depuis des semaines, Nat vint se blottir contre elle dans la cuisine.

"Tu as joué magnifiquement bien hier, dit-elle. J'ai tout oublié en t'écoutant." Le garçon puisait à la louche la graisse fondue pour la faire couler sur le dos de l'oie. En haut, à côté de l'orgue, il se tenait maigre et droit comme un *i*, le violon levé haut. Elle l'avait vu fermer les yeux au moment où il avait posé l'archet sur les cordes après le prélude de l'organiste. Il régnait un silence total dans l'église et même Jamie, qui, assis derrière James et elle, faisait l'imbécile avec un camarade d'école, s'était interrompu et laissé captiver par le jeu de son frère.

"Cela s'est bien passé, dit Nat. Je savais exactement ce que je voulais obtenir et j'y suis arrivé. C'est venu naturellement. Je pourrais retourner le pudding quand il sera prêt ? Tu veux bien ?"

Une rafale de vent glacial, provenant du couloir, annonça l'arrivée des Palliser. James entra dans la cuisine en tenant un énorme jambon dans les bras. Palliser le suivait, seul.

"Elle n'a pas pu, dit-il. Elle ne se sent pas bien. Elle vous prie de bien vouloir l'excuser. Mais moi je suis là. Bonsoir Nat, j'ai vraiment apprécié ton morceau hier. C'était très bien. Voilà qui donne envie d'aller à l'église la veille de Noël."

Il regarda Elizabeth, de ses yeux vifs et bleu clair à la chaude lueur des bougies. Peut-être est-il simplement content d'être ici, se dit-elle. Le chantier naval est fermé, les bureaux de l'Amirauté sont fermés et il préfère être dans cette cuisine plutôt que chez lui avec sa femme malade et sans enfant.

Jamie entra en apportant l'odeur de l'extérieur. Il serra poliment la main à Palliser puis l'entraîna dans la pièce pour lui montrer quelque chose. Nat les suivit. A travers les portes ouvertes, elle put entendre la conversation.

"Mais qui est le chef ? demanda Jamie.

— Papa bien sûr, dit aussitôt Nat.

— C'est compliqué." Palliser se racla la gorge. "Il y a plusieurs chefs. Lord Sandwich est le ministre de la Marine. C'est le chef tout en haut de la hiérarchie, il est directement en dessous du roi et il est en contact avec le gouvernement. L'Amirauté elle-même, les bureaux sont sous la direction de Philip Stephens. Il est le chef de tout ce qui a un rapport avec la navigation. Et l'argent.

— Et vous alors ? demanda Jamie.

— Eh bien mon garçon, je suis aussi une sorte de chef. On pourrait appeler cela inspecteur de la flotte. Je dois veiller à ce qu'il y ait des bateaux qui puissent naviguer pour les expéditions que prévoient Sandwich et Stephens. Je les achète, je vérifie s'ils sont en bon état, je les fais réparer si ce n'est pas le cas. Quand j'ai un doute, je demande à votre père son avis. Voilà comment cela fonctionne."

L'oie mijotait en crachotant si fort qu'Elizabeth ne put comprendre ce qui se disait dans la pièce. Elle retira la marmite du feu. Bientôt ils pourraient passer à table.

Elle avait mis l'épaisse nappe de damas sur la table. Au dernier moment, elle avait retiré l'assiette et les couverts de la femme de Palliser. A présent, ils étaient cinq : James entre ses fils d'un côté, Palliser et elle de l'autre. Dans la cheminée brûlait un feu exubérant et la table était éclairée par de nouvelles bougies à cire claire.

Une conversation s'était engagée sur la navigation, comment en aurait-il pu être autrement ? Hugh et James parlaient du voyage de retour d'Omaï, les garçons écoutaient le souffle coupé et Elizabeth était adossée à sa chaise, les bras posés sur son ventre. L'oie était parfaitement rôtie.

Le capitaine Clerke allait ramener Omaï dans son île et, à cette fin, deux navires partiraient, le *Resolution* retapé et un nouveau bateau, que James devait choisir.

"Omaï emporte-t-il donc tant de choses, qu'il lui faut deux bateaux ?" demanda Nat. Jamie commença à énumérer : des vêtements, des fusils, des planches pour construire une maison, des dalles de marbre, des chevaux, un bœuf !

"Peut-être ont-ils une autre mission à accomplir une fois qu'Omaï aura été ramené chez lui. Je n'en suis pas sûr, les instructions du capitaine sont toujours secrètes. Il n'y a pas encore d'instructions, il n'y a même pas encore officiellement de capitaine." Palliser s'interrompit un instant et regarda James. Quand il poursuivit, sa voix était tendue et impersonnelle.

"Hier, le roi a promis un prix à l'homme capable de découvrir un passage au nord. Une belle somme."

James le regarda étonné. Quant aux garçons, ils débordaient de questions. Palliser expliqua le grand détour qu'il fallait faire pour se rendre en bateau en Chine et dans les îles indonésiennes car il fallait toujours passer par le cap Horn ou le cap de Bonne-Espérance. Mais imaginons que vers l'Ecosse on n'ait qu'à naviguer vers le nord, qu'on change de cap au-dessus de la Suède pour aller vers l'est et que l'on finisse par arriver dans la partie nord de l'océan Pacifique. Quelle différence pour la durée du voyage, quelle chance pour le commerce et les transports !

"On a déjà essayé, mais j'ai l'impression que les expéditions étaient mal préparées et lamentablement équipées. Il fait froid là-bas, il faut trouver son chemin à travers la glace et l'approvisionnement en nourriture pose naturellement de gros problèmes. Avant de penser au commerce, il faut que la voie soit cartographiée. Les côtes, les îles, les courants, l'étendue de la glace polaire. Vingt mille livres.

— Je savais qu'il en serait question, dit James, mais pas qu'un tel montant serait en jeu. Je dirais : à l'ouest, par Terre-Neuve."

Il se tut brutalement et se plongea dans ses pensées. Palliser essaya d'expliquer aux enfants ce qu'on pouvait faire avec vingt mille livres et raconta que le roi promettrait le prix officiellement après Noël.

"A partir de l'océan Pacifique. D'abord Tahiti, puis le nord", marmonna James. Elizabeth fit le tour avec l'oie et servit à son mari une deuxième portion. Il sembla ne rien remarquer.

"Papa !" La voix de Nat dominait les bruits domestiques des cuillères contre la porcelaine et du bois crépitant dans la cheminée. "Papa, c'est toi qui vas gagner le prix ?"

Elle porta le plat contenant les restes de l'oie dans la cuisine. Elle n'avait pas besoin d'entendre la réponse, se dit-elle. Noël. Tout doit rester comme maintenant. Elle ralentit le pas et s'immobilisa sur le seuil de la cuisine, tenant haut le plat sur ses avant-bras. Elle retenait sa respiration.

“Non, mon garçon, dit James. Je ne vais pas remporter le prix, parce que je ne vais plus partir en voyage. C’est maintenant au capitaine Clerke d’essayer et je vais chercher pour lui d’excellents bateaux. Ce serait merveilleux s’il arrivait à trouver le passage. Même pas pour l’argent, mais pour nos connaissances sur les mers nordiques. Je ne l’accompagnerai pas, j’ai assez navigué.”

Ils sont déçus, se dit-elle en essuyant le contenu graisseux du plat. Jamie est déjà en train de réfléchir à tout ce que l’on peut acheter avec cette gigantesque somme. Pour Nat, le cadre est peut-être plus familier quand son père est loin. Il va sûrement s’imaginer qu’il n’a pas besoin d’aller en mer si James n’est pas là pour l’envoyer à l’école.

Elle appela son cadet dans la cuisine pour qu’il l’aide à servir le pudding. Ensemble, ils disposèrent une couronne de feuilles de houx autour de la masse sombre, odorante, où les raisins secs brillaient comme des balles de plomb. Nat porta l’énorme dessert dans la pièce ; elle le suivit avec le pot de crème. D’un pied léger, sa jupe dansant autour de ses mollets, et soulagée comme elle ne s’était pas sentie depuis des années. Avec précaution, elle servit les parts dans les assiettes, la tête inclinée. Elle ne regarda James qu’au moment où elle lui tendit l’assiette. Le pudding restait en suspens au-dessus du damas, pendant un instant infini ils échangèrent un regard. Des yeux doux, se dit-elle, il a des yeux doux.

Au milieu de la nuit elle se réveilla, seule. Elle se redressa et tendit l'oreille. A l'étage au-dessus, rien ne bougeait, mais d'en bas montaient de vagues bruits. Elle se glissa hors de son lit et descendit, pieds nus, l'escalier. A tâtons, elle se dirigea vers la cuisine et entra. Le relent graisseux de l'oie rôtie flottait encore dans l'air. Il devait y avoir une bougie sur le plan de travail. Elle donna à ses yeux le temps de s'habituer à la pénombre. Oui, là. Allumer. La flamme s'éleva en vacillant. Elle poussa la porte de l'arrière-cuisine pour l'ouvrir.

James vomissait dans un seau. Ses cheveux formaient des pointes humides autour de sa tête et sa chemise de nuit, trempée, lui collait au dos. Ses hoquets et ses gémissements résonnaient fort contre les murs nus. Il était agenouillé sur les dalles inégales du sol ; l'arrière de ses jambes maigres, qui étaient nues, avait une couleur gris clair et semblait sans vie.

“Que se passe-t-il, James”, dit-elle affolée.

Il ne réagit pas. Son visage disparut dans le seau qu'il tenait serré entre ses deux bras. Elle s'accroupit à côté de lui et posa la main sur sa nuque. Une sueur moite.

“Ferme la porte ! dit-il enfin en haletant. Les garçons !”

Elle se leva, ferma la porte, prit un mouchoir et versa de l'eau dans un gobelet. Maintenant il ne faut pas paniquer, pensa-t-elle, simplement faire ce qu'il y a à faire.

Il leva la tête et elle commença à lui essuyer le visage comme elle le faisait autrefois pour Jamie quand il était tombé dans la boue. Du seau monta une puanteur répugnante de nourriture acide à moitié digérée.

Elle lui donna à boire. Bientôt, son torse fut à nouveau parcouru de crampes. Le caresser. Le tenir. Patience. Il s'apaisa et poussa le seau de côté. Tels des grèbes sur l'eau, ils étaient agenouillés l'un en face de l'autre. Elle eut peur de son visage creux et jaunâtre où brillaient ses grands yeux sombres.

"Ce n'est rien, dit-il d'une voix enrouée. Une indigestion. Une maladie de Noël."

Il essaya de se relever et prit lourdement appui sur les épaules d'Elizabeth. Quand elle lui demanda s'il pouvait marcher, il fit un bref signe de tête, les lèvres pincées. Lentement, ils montèrent tant bien que mal l'escalier. De toutes ses forces, il s'agrippait à la rampe, on eût dit qu'il ne se hissait qu'à l'aide de ses bras. Elle resta un peu en arrière de peur qu'il ne tombe. Le cas échéant, elle n'aurait pas pu faire grand-chose, il l'aurait entraînée avec son grand corps jusqu'en bas de l'escalier, pourtant elle lui soutenait doucement le dos.

Une fois que James se retrouva dans son lit, son visage se crispa en une grimace censée donner l'illusion d'un sourire. Il s'endormit sous les yeux d'Elizabeth.

Le lendemain matin, on eût dit que rien ne s'était passé. Enjoué, il mangeait du porridge avec les garçons. Elizabeth se rendit dans l'arrière-cuisine. Le seau avait été nettoyé et rangé sur l'étagère.

En parler, s'était-elle dit, demander s'il avait déjà eu ce problème, s'il avait été aussi malade lors de son voyage, elle devait savoir ce qui se passait. Simplement demander, ce n'était pas si difficile. Mais elle se tut.

"Regarde, dit James, une lettre de Douglas. Il a parcouru les cahiers que je lui avais envoyés.

Il faut que tu lises ça, je suis curieux de ce que tu en penses."

Elle prit la lettre qu'il lui tendait. Douglas avait un style d'écriture chaleureux, poli, et une attitude réservée. Il complimentait James pour son journal et lui disait à quel point il avait été passionné par les événements qui y étaient décrits. Il considérait que ce serait un honneur de préparer le livre ensemble avec James pour une publication et invitait l'auteur à lui rendre visite chez lui à Windsor pour discuter calmement de choses et d'autres. James n'avait pas à craindre de modifications en profondeur, ni du point de vue du contenu ni du point de vue du style car, à son humble avis, sa façon directe et concrète d'écrire était un des attraits du livre. En lui présentant son plus profond respect et en lui témoignant sa plus grande admiration, il le priait de recevoir ses plus sincères salutations.

Elizabeth leva les yeux et acquiesça. "Je le ferais si j'étais toi. Le ton de sa lettre est vraiment gentil, tu ne trouves pas ? Il ne va pas te dérober ton récit. Quand veux-tu y aller ?

— Je n'irai pas, dit James. Cela va me prendre bien trop de temps. J'ai besoin de plusieurs jours pour finir le prochain envoi de cahiers et je le lui enverrai par la chaise de poste. Il faut que j'aille au chantier naval la semaine prochaine. Il y a là-bas en ce moment trois bateaux qui feront peut-être l'affaire. Il faut que j'y consacre du temps. Je vais lui écrire, à ce Douglas. Il comprendra. Et sinon, tant pis."

Elle le vit soudain debout sur le pont arrière du *Resolution* : les jambes écartées, l'air décidé, les gestes rapides et un regard qui supervise tout. Cette représentation ne correspondait pas à l'image de l'homme agenouillé, en train de vomir, qu'elle avait aperçu dans l'arrière-cuisine. Elle n'avait pas envie de lui demander des nouvelles de sa santé, maintenant qu'il avait l'air si énergique, mais ce qui était arrivé restait présent dans ses pensées et la rongeait.

"Banks nous a invités pour sa réception du Nouvel An, dit James. Tout le monde vient, du moins ce que Banks entend par tout le monde. Des comtes et des duchesses."

Sortir l'uniforme de gala et le brosser, se dit-elle. Pour sa part, elle mettrait sa robe de Tahiti, un bon choix pour une compagnie qui témoignait un si grand intérêt pour les îles du Pacifique. Et elle lui allait encore tout juste.

"Il a sûrement invité aussi ses amis de l'Académie, dit-elle. Solander sera certainement là, et d'autres que tu aimes bien voir. Omaï naturellement. Et les Burney."

James renifla bruyamment. "Ils sont pleins de bonnes intentions, mais ils n'ont aucune idée. Ils pensent avoir de l'intérêt, mais ils s'intéressent surtout à eux-mêmes. Ils sont si contents d'avoir la meilleure formation, si satisfaits d'avoir lu tous les nouveaux livres et d'avoir assisté à tous les concerts – et voilà que, par là-dessus, ce fascinant nouveau monde leur est servi sur un plateau ; non, ils se croient au paradis. Ils se comportent comme s'ils avaient droit à tout cela. Quand j'allais partir en voyage, le vieux Burney trouvait naturel que son fils puisse embarquer, puisque le garçon en avait tellement envie !

— Mais ils éprouvent un intérêt réel, James, dit Elizabeth. Et ce garçon, comme tu l'appelles, a effectué une formation complète dans la marine. Pourquoi ne serait-il pas venu se présenter s'il avait envie de partir en voyage ?"

James s'assit. Dans ses bras, il tenait les cahiers qu'il voulait envoyer à Douglas. Il réfléchit un instant, puis dit : "Tu as raison. Bien sûr qu'un garçon pareil devait venir avec nous. Ce n'est pas le problème. Il s'est d'ailleurs bien débrouillé. Il s'agit d'autre chose. C'est une évidence pour ces gens de s'approprier tout ce qui existe dans le monde. Ils ne se demandent jamais s'ils sont les bienvenus, mais partent du principe que tout le monde leur ouvrira la porte. Ils se sentent partout les bienvenus, et c'est d'ailleurs le cas. Chez eux, ils ont une bibliothèque remplie des livres les plus précieux, ils se font faire le portrait par les peintres les plus célèbres, ils sont assis chaque soir dans leur loge attitrée à l'opéra et ils trouvent tout cela très normal. Cela me rend hargneux, même si je sais qu'ils n'y peuvent rien.

Une fois, à l'occasion d'une soirée là-bas, après le premier voyage, je me suis vraiment senti maladroit et rustaud. Un marin balourd. Je n'avais aucune raison d'avoir cette impression, parce qu'ils étaient suspendus à mes lèvres, le père, le fils et cette horrible fille. Ils posaient de bonnes questions et écoutaient attentivement mes réponses, mais pourtant je n'avais pas l'impression d'appartenir à cette compagnie. Sais-tu que j'ai écrit sur leur exemplaire du récit de voyage de Bougainville ? A leur propre demande ? Le vieux voulait savoir quel chemin j'avais emprunté pour faire le tour du monde et j'ai pris un crayon dans ma poche pour lui dessiner mon trajet sur la carte donnant une vue d'ensemble au début du livre. La fille, cette Fanny, était penchée, bouche bée, par-dessus mon épaule parce que je me permettais de cochonner une partie de leur héritage ; mais, un peu plus tard, elle s'est exclamée que c'était un moment historique et qu'elle devait fixer le trait du crayon afin de le conserver pour l'éternité ! Tu vois, ils partent du principe que leurs livres et leurs atlas seront exposés pour toujours dans des vitrines de musée !"

Le jour de la fête, il mit sa perruque et enfila son uniforme de gala. Le carrosse arriva et ils partirent. Toutes les fenêtres de la maison de Banks étaient éclairées. Les portes étaient grandes ouvertes, les cochers criaient, les sabots des chevaux tambourinaient sur les pavés et les invités, dans des tenues bariolées, montaient l'escalier en parlant avec animation. Dans le hall, Banks souhaitait la bienvenue à ses invités ; son visage rond s'éclaircit quand il vit James et Elizabeth. Les hommes se donnèrent l'accolade. Banks exprima sa satisfaction à propos de l'entrée prochaine de James à l'Académie, jamais un membre n'avait été choisi en obtenant un suffrage aussi époustouflant, et il lui dit à quel point il se réjouissait à l'idée de la première conférence de James, son discours inaugural, qui porterait très certainement sur l'ordre social singulier à Tahiti, les coutumes sexuelles des indigènes, les sacrifices humains ! James s'apprêtait à lui répondre, mais Banks s'était déjà détourné brusquement pour s'adresser aux nouveaux invités.

James prit la main d'Elizabeth et l'entraîna dans le hall sous l'énorme lustre, puis dans une salle. Debout sur une estrade, Omaï chantait. Il portait un vêtement de soie blanche qui ressemblait davantage à une toge romaine qu'au costume traditionnel des insulaires. Les yeux fermés et la bouche grande ouverte, il chantait d'une voix forte et rauque un air monotone dans sa propre langue, tapant rythmiquement ses pieds nus par terre. Quand il eut fini, il sauta de l'estrade et commença à couvrir de baisers les mains des dames, qui l'avaient écouté avec admiration et dégoût. Avec la joie d'un enfant, il accepta leurs compliments. Quelqu'un lui tendit un verre qu'il but rapidement ; pouffant de rire et hurlant de plaisir, il fut entraîné par une jeune femme en direction d'un vieillard qui était assis devant la cheminée avec un carnet posé sur les genoux. Le sauvage farouche à la voix déchirante qu'il était encore il y a un instant semblait avoir disparu sans laisser de traces.

"Burney", dit James en indiquant l'homme installé près du feu. Omaï était agenouillé aux pieds de Burney et, la tête agitée de violents mouvements, il lui chuchotait à l'oreille. Sur des portées tracées à la hâte, le musicologue notait les rythmes dans son carnet.

Elizabeth avait envie de parler à cet homme, il lui raconterait tout sur la vie musicale dans la ville, le compositeur prometteur Haydn, dont Hugh avait parlé dernièrement, et peut-être sur les possibilités pour un violoniste d'assurer son existence dans le monde de la musique.

James marquait une certaine réserve vis-à-vis de Burney, car c'était lui qui avait conseillé à l'époque l'épouvantable Hawkesworth pour travailler aux journaux de bord de l'*Endeavour*. Il serra cependant chaleureusement la main du vieil homme et lui parla en des termes élogieux de l'ardeur et du sens du devoir de Jem, son fils navigateur. Le père rayonnait. Omaï disparut dans la cohue et un petit orchestre à cordes commença à jouer dans une autre pièce.

Ils circulèrent pour saluer partout des gens, comme si la maison était un parc.

“C’est gentil ce que tu as dit, sur son fils, dit Elizabeth. Ce garçon ne faisait pas partie de l’équipage du *Resolution*, n’est-ce pas ?

— Non. Il m’avait pourtant été affecté, mais au dernier moment il y a eu toutes sortes de remaniements et il s’est retrouvé sur l’autre bateau. Il était déçu, mais il s’est comporté en bon marin. Il a mené l’enquête sur la tuerie de l’équipage de la chaloupe en Nouvelle-Zélande. Le lendemain du drame, Jem Burney a mis pied à terre dans la baie et a trouvé les restes entamés de ses amis. Il a écrit un bon compte rendu à ce sujet.”

Lord Sandwich arriva, sa maîtresse à son bras, et fonça sur James. Elizabeth, après les salutations, fit quelques pas en arrière et écouta à distance la conversation, qui portait sur les qualités rédactionnelles et sociales de Douglas. Elle laissa son regard parcourir la foule, elle vit Fanny Burney montrer à Omaï comment faire des révérences et des pas de danse, elle chercha le père Burney avec son carnet de musique, mais elle ne le vit nulle part. Soudain, elle s’aperçut qu’elle était en quête de Hugh Palliser. Il était fort peu probable qu’il vienne ici, il préférait discuter avec ses amis dans un café. Peut-être était-il chez lui auprès de sa femme malade. Pas ici, pas auprès d’elle. Elle l’avait eu seulement quelques jours auparavant à sa table, elle allait sans aucun doute le voir la semaine prochaine quand il irait examiner les bateaux avec James, elle pouvait le voir quand elle voulait, il n’y avait aucune raison de le chercher maintenant. Sauf qu’elle avait visiblement envie de le voir. Elle redressa les épaules et fit un pas en avant pour mieux comprendre la conversation.

“Clerke, dit Sandwich, il est prévu que Clerke dirige l’expédition. Il a à présent le rang qui convient, et l'expérience. Pour le nouveau bateau, nous cherchons quelqu'un en plus, en concertation avec toi naturellement. C'est bien que tu te sois débarrassé de ce travail d'écriture, maintenant nous allons pouvoir faire plus souvent appel à toi. J'attends ton avis sur les bateaux la semaine prochaine. Les délais commencent à être serrés, je préférerais garder pour objectif une date de départ en mars. Tu sais pourquoi."

Miss Ray, la flamboyante compagne de Sandwich, le tira par la manche. Il était temps de souper, d'autres interlocuteurs exigeaient son attention, il fallait remplir des verres.

"Partons, dit James quand ils se retrouvèrent soudain un peu perdus ensemble sous le grand lustre. Tu dois te reposer, tu es enceinte."

Elle le suivit en silence. Dehors, il prit de profondes inspirations et elle vit ses joues reprendre des couleurs. Il fit signe au cocher et aida Elizabeth à monter dans la voiture. Une fois assis, il regarda, tendu, par la petite vitre ; il cherche l'eau, se dit-elle, et en effet il montra le fleuve au loin dès qu'il le vit.

Ils regardèrent la voiture s'éloigner, s'attardant devant leur porte dans la nuit glaciale. Une nouvelle année avait commencé.

Chère Frances, écrivit Elizabeth, *cela faisait très longtemps que j'avais l'intention de t'écrire, mais toute la table était recouverte des différentes versions des journaux de James, et d'atlas, de cartes, de lettres avec des annotations que je n'osais pas déplacer. Nous avons maintenant tout rangé et plus ou moins classé. La nouvelle version du récit de voyage a été envoyée pour correction à Douglas. Il ne cesse d'écrire à James, il souhaiterait qu'ils se concertent et discutent des améliorations, mais James lui laisse toute l'initiative. Il est content de ne plus avoir à s'en occuper, je crois, même s'il avait mis un point d'honneur à le faire lui-même cette fois. Je l'ai bien entendu aidé, je m'étais vraiment réjouie de cette entreprise, mais cela n'a finalement pas pris la tournure que j'avais imaginée. James n'était pas vraiment à son aise, j'avais l'impression qu'il sentait déjà les lecteurs regarder par-dessus son épaule, si bien qu'il n'était pas libre de penser et d'écrire en s'inspirant de ce qui lui venait à l'esprit.*

J'ai complètement oublié de te demander comment tu t'en sors avec la tempête, avec ton mari, avec l'agitation politique dans ton nouveau pays. Nous avons lu ici que votre commandant, George Washington, a envoyé une lettre de réconciliation à notre roi. Je ne crois pas que cela ait aidé en rien. Au lieu de l'indépendance tant souhaitée, vous êtes encore en guerre !

Quand je pense à toi, ce qui arrive souvent, tu me manques avant tout. La solidarité à la maison, nous avec les enfants, je t'en serai toujours reconnaissante. Depuis que tu es partie, je n'ai plus vraiment d'amie. Bien sûr, je fréquente des voisines et les épouses des collègues de James, mais ce sont des amitiés superficielles, si on peut parler d'amitié, qui ne tiennent qu'aux circonstances. Je ne leur confie jamais ce qui me préoccupe vraiment. Sauf, parfois, dans des moments de faiblesse, à Hugh Palliser. Mais ce n'est en aucun cas une amie !

Jamie semble bien se débrouiller à l'école navale. Il est rentré à la maison pour Noël, plus grand, plus musclé, en étalant ses nouvelles connaissances. Je me fais du souci pour Nat, mais je ne peux m'en ouvrir à James. C'est un enfant vulnérable, je vois bien qu'il se fait du mauvais sang pour tout, mais il ne dit rien. Depuis que James est rentré, Nat a pris ses distances vis-à-vis de moi. Il s'est replié. Ou bien j'ai changé. Parfois, je me dis qu'il sait que je suis de nouveau enceinte. Je n'ai encore rien dit, de crainte qu'il ne soit pas content de la nouvelle. En fait, sa seule expérience a été de voir naître des enfants qui ensuite sont morts. Il en est disparu un tous les deux ans et je n'ai pas pu m'occuper de lui pendant un certain temps. Non, j'hésite à lui imposer ce fardeau, mais je le vois épier mon ventre. Faut-il que je lui en parle ? La musique est sa seule consolation et, l'été prochain, quand il devra lui aussi partir pour Portsmouth, il faudra qu'il y renonce. Je pense aux soirées où tu chantais pour lui, qu'il était heureux ! Comme c'est difficile de savoir ce qu'il faut faire.

Nous resterons vivre ici à Mile End. James n'a rien à faire dans cet hôpital et nous préférons garder notre indépendance. Son poste est une sinécure, il a une réunion tout au plus une fois par mois avec les autres directeurs. Je me fais aussi du souci pour lui. Après mon dîner de Noël, il a eu une terrible indigestion qui m'a vraiment affolée. Il a énormément maigri depuis son retour et il a l'air tendu. Il ne veut pas en parler et prétend qu'il est en parfaite santé. Dans ses carnets de bord, j'ai lu qu'il avait été gravement malade durant le voyage et qu'il était resté des jours au lit avec des fièvres rhumatismales. Il ne pouvait pas même manger ! Je me dis qu'il va se remettre avec la nourriture anglaise, mais au fond je n'en sais rien.

Hier, il est parti de bonne humeur au chantier naval, où Palliser l'attendait. Ils sont allés choisir le bateau qui doit accompagner le Resolution *lors d'un voyage qui aura lieu au printemps prochain, sans doute sous la direction de Clerke. Le soir, il est rentré déçu, il avait certes fait acheter un bateau convenable, a-t-il dit, il fallait encore y ajouter un troisième mât et un certain nombre d'autres choses que j'ai oubliées, mais il était horrifié de l'état du* Resolution. *Durant les six mois où son bateau préféré est resté dans ce dock, pratiquement rien ne s'est passé. Il se fait des reproches, il aurait dû contrôler le tout et surveiller les charpentiers et les cordiers. Je lui ai demandé ce qu'en pense Palliser ; il est responsable et aurait dû garder un œil sur le déroulement des réparations. James n'a pas été très loquace. J'ai l'impression qu'ils se sont disputés. Cela ne durera certainement pas longtemps, ils ont tant de points communs, tous les deux. Le seul aspect qui, à mon avis, est radicalement différent chez eux, c'est, comment dire, leurs rapports avec la hiérarchie. James semble à ce sujet toujours sur ses gardes et il est convaincu qu'il doit faire ses preuves. Hugh y est totalement indifférent, il choisit sa propre voie sans se soucier des opinions des autres. Je l'ai beaucoup vu ces derniers temps, il est pour moi d'un grand soutien. L'hiver est rude. De la neige fondue et des rafales de vent. J'ai fait disposer des meules de foin autour des plantes exotiques, si bien que le jardin ressemble à ce qu'est, dans mon imagination, un village d'Indiens. Chez Elly, rien ne fleurit. J'ai tressé une couronne de branches de sapin et de houx pour décorer sa tombe. James vient de rentrer. Il t'envoie le bonjour. Ecris-moi vite ! Un baiser de ton amie*

ELIZABETH

Maintenant que la table était vide, elle pourrait commencer à confectionner la veste de James.

Elle ouvrit la malle dans le coin de la pièce et en sortit précautionneusement la lourde étoffe. Les fibres ne ressemblaient à rien de ce qu'elle connaissait. Elles étaient douces au toucher, mais si solides qu'on avait du mal à les découper aux ciseaux, avait-elle appris de la couturière qui avait fabriqué sa robe tahitienne. Elle voulait coudre la veste elle-même, elle se voyait assise sur une chaise devant la fenêtre, avec l'étoffe rouge foncé sur les genoux. La couleur était si intense, si profonde qu'elle en avait le tournis quand elle la regardait trop longtemps. Une doublure de soie argentée serait bien assortie. Elle pouvait ganser les boutonnières au fil argenté. Des boutons argentés, fixés sur des barrettes. Elle étala l'étoffe sur la table et essaya de voir comment découper les parties de la veste dans le carré de tissu. Pense au sens du tissu. Des broderies argentées sur les poches ? Est-ce que cela atténuera ce rouge envoûtant ? Elle devait d'abord avoir les bonnes dimensions, elle pourrait décider des ornements plus tard.

Elle trouva l'aune dans la boîte à couture et se rendit dans la cuisine, où James était assis à la table à côté de la fenêtre avec un crayon et du papier.

"Des réparations ! dit-il. C'est incroyable qu'ils en aient fait aussi peu. Et ce qu'ils ont fait n'est pas satisfaisant. C'est criminel de négliger un bateau aussi magnifique. Et il y a de la corruption là-dessous, je pense, ils ont obtenu des bons matériaux. Je ne les retrouve pas dans le bateau. Qui sait ? Peut-être qu'ils les vendent, ils les font passer clandestinement par-dessus les grilles et ils les remplacent par de la camelote. C'est un scandale ! Il faudrait que j'y aille tous les jours, mais comment vais-je trouver le temps nom de Dieu ! A tout bout de champ, Douglas me renvoie les carnets de bord que je dois regarder et améliorer ! Il n'a qu'à s'en occuper lui-même, c'est son métier !

— Tu peux te lever ? dit Elizabeth. J'aimerais prendre tes nouvelles mensurations."

Il ne demanda pas pourquoi, il obéit à sa demande. Il se tenait, raide comme un piquet, devant elle, elle avait l'impression de sentir déferler des vagues de colère contenue. Il se tut en respirant de façon superficielle.

Les mesures de son torse à l'endroit le plus large et au plus étroit. La largeur de ses épaules. La longueur du cou à la taille. De la taille à l'aisselle. Après chaque mesure, elle se penchait au-dessus de la table de la cuisine pour noter le résultat sur une feuille de papier, l'aune serrée entre les dents.

"C'est bon. J'ai tout ce qu'il me faut."

Il marcha de long en large devant la fenêtre, les mains croisées dans le dos.

"Ce discours devant l'Académie, il faudrait que je puisse y réfléchir maintenant. C'est important. Je n'arrive à rien ; toutes ces obligations, toutes ces informations qui affluent et exigent une réaction. Je ne contrôle rien, ici, tout m'échappe, je suis livré à ce qui se passe autour de moi et cela n'a aucun sens d'essayer de faire des projets ou de piloter toute l'affaire. Quelque chose vient toujours s'interposer, cela prend toujours une autre direction. Un type comme Forster, qui ne fait que mettre des bâtons dans les roues et retarde tout – je m'en rends bien compte, mais je ne peux rien faire pour m'y opposer. A bord d'un navire, je l'aurais rappelé à l'ordre. Il aurait alors cessé de se comporter avec une telle arrogance."

Elle prit le morceau de papier avec les mesures et se dirigea vers la porte. Il ne me demande même pas ce que je vais faire, se dit-elle. Il est débordé. Derrière son corps qu'elle venait de mesurer, elle vit les meules de foin dans la neige. Le spectacle était ridicule.

"Le nouveau bateau est en bon état, poursuivit-il, mais toute cette misérable expédition devra attendre que le *Resolution* soit réparé. Et personne n'entreprendra quoi que ce soit avant que j'aie précisé comment faire. Qu'est-ce qu'Omaï a le droit d'emporter et quelle place occupent ses affaires ? Combien de savants veulent-ils emmener ? Le type de provisions, la quantité de canons, le nombre de marins ? Il ne se passe strictement rien et, bientôt, il sera trop tard pour partir en mer avec la moindre chance d'y arriver. Ils devront alors attendre encore un an !"

Il en trépignait presque, un mouvement qu'il transforma au dernier moment en un pas.

"Je vais laisser de côté pour l'instant ce que Douglas m'a envoyé, dit-il. Il faut que je voie maintenant si je peux trouver Palliser au café."

Il sortit sans même la regarder. L'aune dans la main, elle se rendit dans la pièce où rayonnait le pan de tissu rouge foncé. Elle mesura le torse de James dans le rouge et dessina soigneusement à la craie les points sur lesquels devaient passer les ciseaux. Comme elle hésitait avant de vraiment couper l'étoffe, elle la replia. Mieux valait encore réfléchir, attendre jusqu'à demain, un jour avec moins d'obstacles. Elle rangea soigneusement le morceau de papier avec les mesures de James dans les plis rouges.

Le lendemain, le temps changea. En quelques heures, la fine couche de neige fondit. Elizabeth avait envie de se promener et, sur le seuil de sa maison, elle surveillait l'état de la route. Des flaques d'eau, de la boue, de la saleté. Un carrosse traça des sillons dans la terre ramollie et s'immobilisa juste devant elle. Hugh Palliser se fit aider par le cocher pour descendre. Quand sa mauvaise jambe entra en contact avec le sol, son visage grimaça un instant de douleur ; puis il monta d'un air décidé sur le trottoir.

"James n'est pas à la maison, dit-elle. Il est parti chez le graveur pour regarder les illustrations.

— Mais toi tu es là." Il l'embrassa sur la joue et entra à ses côtés dans la maison. Dans le couloir, elle eut le vertige et chercha appui contre le mur. Il retira avec soin son manteau et se frotta les mains pour les réchauffer.

"Du porto ! dit-il. Ou du madère. Je sais qu'il y en a. James a encore une petite réserve qui vient du *Resolution*."

Dans la cuisine, elle parvint à se ressaisir, elle s'activa à chercher des verres et des bouteilles. Palliser s'installa à un coin de la table et demanda s'il pouvait poser sa jambe sur une chaise.

"Tu as mal ?"

Il acquiesça d'un bref signe de tête. "Avec un temps pareil. L'humidité. Quand il gèle, c'est mieux. L'été aussi. Mais j'ai l'habitude. Ce n'est rien."

Finalement, elle fut bien obligée de s'asseoir, légèrement en biais par rapport à lui, et le silence s'éleva comme une colonne au-dessus de la table. Tendue, elle chercha des sujets de conversation, mais il ne lui venait à l'esprit que des questions conflictuelles. Il buvait. Il se taisait.

Au bout d'un certain temps, elle remarqua que ce n'était en définitive pas désagréable, ce moment passé ensemble en silence. Il n'y avait besoin de rien faire. Ce qu'elle avait envie de lui dire ou de lui demander pouvait attendre plus tard. Il était assis calmement à la regarder et ne se pressait pas. Elle expira profondément et leva son verre. Ils se regardèrent en souriant et se mirent à parler en même temps.

"Quand…", dit-il.

"Comment…", commença-t-elle.

Ils se reprirent et Hugh s'informa de la date de naissance probable de l'enfant. Vers mai, avait-elle calculé, quand tout le jardin serait fleuri.

"Je n'arrive pas à me l'imaginer, dit-elle. Tout sera alors différent. James sera là. Il n'a encore jamais fait baptiser un de ses enfants. Ou enterrer."

Palliser secoua la tête. "Cela peut aussi bien se passer, Elizabeth. Tu as conservé deux garçons. Ils sont encore là."

Il lui prit la main et se mit à la caresser distraitement. Elle eut une forte envie de se mettre à pleurer et se força à penser au patron de la veste de James, au menu du soir, aux semences qu'elle voulait acheter avant le printemps. Mai. Ce serait presque le moment pour Nat de partir. Il ne faut pas sangloter maintenant, il faut parler pour oublier.

"Non, dit Hugh, je ne crois pas non plus que ce garçon sera heureux en mer. Jamie si, cela se voit, il en est capable et il réussira à se mettre en valeur. Nat est différent. Maintenant, il est vrai que la marine sait accueillir des oiseaux de divers plumages. Une fois qu'il aura supporté les misères de la formation, les perspectives seront vraiment meilleures pour lui. Tout le monde n'a pas à passer son temps sur un bateau. Il y a des fonctions à terre. Et ils ont besoin de musiciens. De cornistes, de percussionnistes, de trompettistes. C'est dommage qu'il doive partir si jeune de la maison, et si vite après la naissance du nouvel enfant. Non, ce n'est pas bien."

Comment le sait-il, pensa-t-elle, il n'a pas d'enfant, il n'a pas peur de la mer et, pourtant, il sait ce que Nat ressent. Elle vit sa main trembler quand elle lui remplit à nouveau son verre. Je ne vais pas parler de James, décida-t-elle. Il le connaît, il sait qu'il est impossible d'envisager un autre métier pour les garçons. Il le sait parfaitement.

"C'est difficile pour Nat, c'est difficile pour toi." Il lui prit la main et la serra. Elle se mit à parler précipitamment du travail sur les journaux, le classement, l'amélioration, l'intervention sympathique de Douglas.

"C'est bien, tant mieux, dit-il en hochant la tête. Comme cela, James aura enfin le temps de préparer l'expédition. Nous avons eu un désaccord à Deptford, il t'en a sûrement parlé ? Les ouvriers là-bas n'avaient rien fait. Ils avaient recouvert les boiseries vermoulues de peinture, laissé telles quelles des parties pourries – c'est à ne pas en croire ses yeux. James a été pris d'un accès de colère, et à juste titre. J'aurais dû surveiller le chantier, il a tout à fait raison. Je lui ai naturellement présenté mes excuses, il les a acceptées, notre amitié n'en a pas souffert. Je me fais des reproches. Une négligence impardonnable.

— Mais que s'est-il donc passé ? demanda-t-elle. Pourquoi n'as-tu pas pu t'en occuper ?"

Sa main entre les siennes. Il ne la regardait pas, il caressait de ses pouces le dos de la main d'Elizabeth.

"Cette misérable entreprise pour ramener ce sauvage chez lui. Le roi veut une chose, Sandwich en veut une autre et l'Académie en veut encore une autre. D'où doit venir l'argent, qui doit donner les ordres, quelles doivent être les instructions ? Cela me prend tout mon temps et je ne m'en sors pas. Tout de même : c'est impardonnable. J'aurais dû avoir la volonté de me rendre tous les jours au chantier. Je ne l'ai pas fait." Il se tut un instant.

"Il y a une autre raison. Qui me distrait et me perturbe. J'ai passé beaucoup de temps à réfléchir en vain, cet automne. Je vieillis, Elizabeth. Ce que je supportais autrefois facilement me donne de plus en plus de mal et m'épuise. Il y a tant de conflits partout. Et à la maison…"

Il souleva sa jambe de la chaise et changea de position.

"Je ne vais pas t'embêter avec mes problèmes. Tu as déjà bien d'autres choses en tête. Ce madère est délicieux, un excellent achat de James.

— Comment cela se passe à la maison ? demanda-t-elle. Quelque chose a changé ?"

Il secoua la tête. "Tout est pareil. Et reste pareil. Elle est malade, voilà ce que je dis le plus souvent. Mais elle n'est pas malade. Elle n'est pas adaptée à la vie, mais elle a une santé de fer. Le médecin lui donne des quantités sans précédent de laudanum pour qu'elle dorme jour et nuit. Quant à moi, je dors très peu. Ma jambe se réveille quand je me repose. Quand je m'allonge, c'est insupportable. Je reste assis dans mon fauteuil toute la nuit et j'attends l'aube. Je ne veux surtout pas en parler avec toi. Je ne veux pas me plaindre.

— Tu ne te plains pas. Tu dis les choses comme elles sont. J'ai envie de t'écouter."

Il se caressa le visage, se massa le front.

"Quand elle n'a pas de somnifère, elle se met à errer. Un jour, le jardinier l'a retrouvée au bord de l'étang et il l'a ramenée. J'ai verrouillé les fenêtres de sa chambre de l'extérieur. On la soigne, on s'occupe d'elle, mais en fait on la surveille. Je m'assure que les infirmières ne la quittent pas des yeux, elles sont en réalité des gardiennes. Heureusement qu'elle passe maintenant autant de temps à dormir. Quand elle est réveillée, elle pleure. J'ai dû mal à le supporter. C'est pour cela que je suis souvent parti. Ce n'est pas bien beau, mais c'est ainsi.

— Ce que c'est dur pour toi, dit-elle. C'est une situation sans issue. Comment les choses vont-elles évoluer ?

— Cela se passera comme cela se passe déjà, dit-il d'un ton décidé. La situation reste stable depuis des années. Tant que j'ai mes activités, je peux tenir le coup. C'est seulement que, parfois, cela me prend, je regrette que ma vie ne se soit pas déroulée autrement, j'ai envie d'un nouveau départ. Un chagrin de vieillard ! Je suis heureux de pouvoir te rendre visite de temps en temps, heureux que James soit de retour, heureux d'être témoin de votre vie de famille. Non, je ne veux pas me plaindre. J'aimerais pouvoir aller me promener un peu avec toi, mais ma jambe ne veut rien savoir aujourd'hui."

Le crépuscule commençait à tomber. Ils restèrent assis à table sans allumer la lumière.

"Regarde un peu", dit James. Il tenait une pile de cahiers en l'air. Des feuilles de papier libre couvertes d'annotations tombèrent. "Il s'attend à ce que je passe en revue tout ça et que j'y ajoute des commentaires. Ce ne sera jamais fini à ce compte-là. Il dit que les lecteurs vont être choqués par le comportement de mes hommes. Un comportement immoral, dit-il. Si je veux bien supprimer cela partout. Je croyais déjà l'avoir fait. Comment puis-je savoir ce qu'il trouve immoral ?

— Ecris-lui une lettre, dit-elle. Si cela ne te dérange vraiment pas, laisse-le déterminer ce qui doit rester ou non."

James ramassa les feuilles qui étaient tombées et les arrangea en une petite pile.

"Je voudrais une description aussi fidèle que possible, dit-il. Les insulaires se comportent différemment de nous. Chez nous, on trouverait ce qu'ils font éhonté et dépravé. Mais les insulaires sont-ils du même avis ? Non, ce n'est pas leur avis. Ils ont leurs propres coutumes. Nous n'en connaissons pas la signification et, comme nous avons peur de ces corps nus et de cette intimité exposée au public, sans réfléchir nous nous écrions : c'est immoral ! Faut-il pour cela éliminer du journal la description de ce que nous avons vu ? Je préférerais tout laisser en l'état. Mais ce n'est pas un compte rendu scientifique pour l'Académie, c'est un livre pour amuser le public. Je dois m'adapter, je pense. Les indigènes à Tahiti copulaient en public, j'ai vu un vieil homme avec une jeune fille, une enfant encore, dirions-nous. Les gens avaient formé un cercle autour d'eux et leur criaient des encouragements, des indications, des commentaires. Quelle impression cela peut-il produire sur les lecteurs ici ? Comment puis-je le savoir ? L'enfant ne paraissait pas peinée par la situation, au contraire. Est-ce qu'on va m'intenter un procès si j'écris une chose pareille ? Et pense un peu aux femmes de mon équipage. Peut-être que je n'ai pas à citer de nom, mais cela va certainement provoquer de l'agitation et faire du raffut. Je vais faire tout supprimer."

Il jeta les cahiers bruyamment sur la table et se mit à marcher furieusement de long en large devant la fenêtre.

"Toutes ces sensibilités. Ces règles. J'ai du mal à m'y soumettre. Il faut qu'ils me les expliquent et après je ne sais toujours pas ce qu'il faut faire. Douglas n'aura qu'à décider. Je n'apprendrai jamais, c'est une question d'éducation, je crois, de formation, d'argent. Je ne vais pas m'en mêler."

Elizabeth comprit qu'elle avait voulu le provoquer en lui suggérant de confier à Douglas la régie. Elle souffrait de voir à quel point il perdait son assurance, à quel point il était prêt à découper dans son propre texte et à aller à l'encontre de ses convictions.

Soudain, elle fut folle de rage. Elle redressa le dos et écarta les pieds. La tête haute, elle regarda James.

"Tu te dérobes. C'est ton voyage, ton livre. Je ne vois pas pourquoi tu dois t'adapter à des règles qui par hasard sont ici en vigueur. Pourquoi ne changes-tu pas ces règles en t'en tenant à tes propres critères ? Est-ce que tu vaux moins que Douglas ? Que Sandwich ? Que Banks ? Tu n'es tout de même pas un valet de l'Amirauté ? C'est toi le chef. Tu as fait ces découvertes, c'est toi qui donnes le ton. Je ne comprends pas ta docilité."

Elle le vit s'effondrer devant ses yeux, comme si la tension dans ses muscles disparaissait soudainement. Un vieil homme se tenait là devant elle, faisant glisser maladroitement les cahiers sur la table. Le dos voûté, les épaules pendantes. Le visage détourné.

“Moi non plus je ne trouve pas plaisant que tes matelots aient ôté leur pantalon à la moindre occasion. J’ai honte pour leurs femmes. Cela me gêne que tu n’aies pas su y mettre un terme. J’estime que c’est scandaleux qu’ils aient propagé des maladies et la gale, tes hommes. Parfois j’ai peur que toi aussi tu ne cèdes et que tu ne te laisses offrir une princesse. C’est vrai tout cela. Mais nous avions une alliance, James. Nous n’allions pas nous soumettre aux conventions, nous ne devions rien croire en dehors de ce que nous pouvions voir de nos propres yeux, respecter les faits. Tu es prêt à rayer les faits. Tu violes notre alliance. Tu n’as pas le droit de le faire. Je veux que tu optes pour nous, pas pour les bonnes manières fortuites de ta hiérarchie.”

Elle s’interrompit brutalement, effrayée par son propre emportement. Il se fit un silence pesant, pénible. Elle voulait se rendre dans la cuisine pour se livrer à ses activités quotidiennes, habituelles. Mais elle resta là où elle était.

“Tu as raison.” Sa voix était enrouée et faible. “Tu as tout à fait raison. Mais tu ne comprends pas. A bord, c’est moi qui décide des règles, je ne connais pas d’incertitudes qui ne puissent être résolues. Ici, en ville, c’est différent, Elizabeth. Si je veux me maintenir ici, je dois accepter leurs règles. Et les connaître. Tu n’imagines pas combien c’est difficile. Je sais quelle perruque porter pour une réception, mais je ne sais pas quoi dire lorsqu’il ne s’agit pas de vents et de marées.

Mais tu as raison. Je devrais écrire mon livre comme j’en ai envie, sans faire de concessions au nom du bon goût ou des bonnes manières. S’il y avait ne serait-ce qu’un seul lecteur qui réfléchisse au lieu d’être indigné ou alléché, je serais satisfait. Un seul.

Je ne mangerai pas à la maison ce soir. Sandwich et moi, nous allons dîner chez Stephens de l'autre côté. Hugh Palliser va venir lui aussi. Il faut prendre des décisions à propos de l'expédition. Je rentrerai tard."

Elle le suivit dans le couloir et le regarda se préparer pour partir. Chapeau, manteau, bottes. L'écrivain désespéré se transformait en quelques instants en un capitaine sûr de lui. Elle frissonna. Il faisait un froid glacial.

Il l'attira vers lui et referma les pans de son manteau autour d'elle. "Tu as raison, dit-il encore une fois. Tu es raisonnable. Je vais bien réfléchir à ce que tu as dit."

Le garçon qui devait l'emmener en barque de l'autre côté frappa alors à la porte. Elle les regarda partir, elle vit James se pencher vers le garçon, elle entendit leurs voix s'affaiblir quand ils s'engagèrent sur le chemin du fleuve. Un brouillard glacial sur la ville, se dit-elle, on est le 9 janvier et la ville est dans le brouillard.

Elle ferma la porte.

6

Durant la deuxième quinzaine de janvier, le froid devint mordant. Toute la surface du fleuve gela, mais les courants sous la glace rendaient la traversée dangereuse. Des blocs de glace flottante aussi grands que des dessus de table venaient se frotter les uns contre les autres, puis se soudaient sur les bords, mais se détachaient à nouveau quand l'eau en dessous n'assurait plus de soutien. Le long des rives, la glace était plus solide, des garçons y pêchaient en glissant à travers un trou leurs lignes qu'ils laissaient couler au fond. Les branches des arbres ployaient sous le poids du givre et la route n'était qu'un désert d'ondulations glacées sur lequel cahotaient et dérapaient les voitures.

Il était impossible d'empêcher le gel de pénétrer dans la maison. La cheminée dans la pièce mugissait pourtant toute la journée, mais elle ne pouvait empêcher l'apparition de fleurs de givre sur les vitres. L'eau dans une cruche laissée sur la table gelait et la faisait éclater. Sans qu'on le remarque, tout était détruit par le froid en plein jour.

Dans la cuisine, la température était supportable car le grand poêle chauffait à fond. Des troncs d'arbre entiers disparaissaient dans la modeste trappe à combustible au point que l'air au-dessus du réchaud tremblait.

Le pupitre à partitions de Nat était installé juste à côté de la cuisinière. James s'était assis avec ses annotations et ses atlas à la table de la cuisine. Sur une chaise en face de la cuisinière, Elizabeth, qui après avoir attendu longtemps avait osé tailler dans le tissu de Tahiti, assemblait les pans arrière de la veste. Dehors soufflait une tempête glaciale, à l'intérieur les flammes enfermées rugissaient.

Nat rentra avec sa boîte à violon sous le bras. Il portait un vieux chapeau de James enfoncé sur les oreilles ; son visage était bleu de froid. Il voulut poser le violon sur la table, mais sursauta quand James leva les yeux et emporta l'étui vers le plan de travail. Ses mains étaient rouges et gonflées.

"Pourquoi n'as-tu pas mis tes moufles ?" demanda Elizabeth. Nat jeta le chapeau ridicule dans un coin.

"Je les ai oubliées chez Hartland. Je ne sens plus mes doigts !"

Elizabeth tira une casserole d'eau de la plaque et vérifia la température. Tiède.

"Trempe tes mains là-dedans un petit moment, cela va vite passer." Le garçon retroussa ses manches et enfonça les mains au-delà des poignets dans l'eau. Il resta ainsi immobile, en silence.

Les trois personnes dans la cuisine n'étaient pas même éloignées d'un mètre. Tous faisaient de leur mieux pour se plonger dans leurs propres activités. James traçait des lignes au crayon sur une carte, Nat bougeait lentement ses mains dans la casserole, Elizabeth poussait l'aiguille dans l'étoffe épaisse.

Après le dîner avec Sandwich, Stephens et Palliser, James n'était rentré qu'à l'aube. Elizabeth s'était éveillée d'un sommeil agité quand il s'était glissé dans le lit et était venu s'allonger contre elle. Son haleine empestant l'alcool lui avait donné la nausée et elle s'était détournée aussi loin que possible de lui. Le lendemain matin, il était resté au lit et elle ne l'avait revu que quand elle était rentrée de sa promenade. Après sa visite à Elly, elle était allée au marché, elle avait acheté bien trop de choses, elle avait entassé les bottes de légumes et les sacs sur le plan de travail et commencé à trier et ranger les denrées. Je ne vais pas lui demander comment cela s'est passé, se dit-elle. Il n'y a rien de grave. Je vais préparer de la soupe.

James restait immobile dans un coin de la cuisine et regardait son dos. A plusieurs reprises, il s'était raclé la gorge et elle s'était attendue à ce qu'il prenne la parole. Le silence persista.

Les jours, qui consistaient surtout à lutter contre le gel, s'écoulaient. James paraissait très occupé et quittait chaque jour la maison. Il n'avait pas pris le temps de lui parler du repas et des raisons de son ivresse. Peu à peu, la curiosité d'Elizabeth disparut et son inquiétude s'apaisa. Elle trouvait James certes fermé et distant, mais elle attribuait son comportement au discours auquel il devait réfléchir et qu'il allait préparer pour l'Académie. Le froid donnait à tout un aspect irréel, enfoui, semblant s'étendre aux relations au sein de sa petite famille. Elle voyait Nat passer avec son visage pâle et ne savait pas quoi lui dire pour entrer en contact avec lui. Elle avait une question à poser à James, mais il avait déjà disparu avant qu'elle puisse formuler la moindre phrase. L'enfant en elle grandissait incontestablement, il bougeait, il s'affirmait ; mais elle ne ressentait aussi qu'un intérêt distant pour son ventre qui gonflait.

Par un matin clair et ensoleillé, elle sortit, se sentant oppressée dans la cuisine étouffante. Comme la glace sur les routes et les bas-côtés avait été recouverte de sable et de gravillons, elle n'avait pas à craindre de tomber et elle pouvait marcher d'un bon pas. Le rythme de son pas la libéra de l'étrange désintérêt qu'elle avait éprouvé, elle commença à sentir ses jambes et ses joues et elle eut l'impression de réintégrer son corps au beau milieu des prés et des champs. Des solutions, se dit-elle, il faut résoudre les problèmes. Il faut qu'il termine son discours, qu'il ne ressente plus de rancune vis-à-vis de cet étrange Forster et que le texte du livre soit prêt, coûte que coûte. Après la conversation sur la suppression des passages scandaleux, elle avait été convaincue que James allait tenir bon et qu'il ne céderait pas aux pressions de ceux qui cherchaient à lui faire modifier ses descriptions.

Le lendemain matin, quand il avait fini par se lever après ce copieux dîner, il avait écrit à Douglas une lettre où il lui donnait le champ libre pour supprimer tous les passages susceptibles d'irriter des lecteurs civilisés.

"Je n'ai pas le temps de m'en occuper, dit-il. Vérifie que je n'ai pas fait trop de fautes. Faut-il que je la récrive ?"

Elle avait lu la courte lettre ; comme toujours, la formule de politesse exagérée à la fin de la lettre, "votre humble serviteur", avait exaspéré Elizabeth. Elle s'était en outre étonnée de sa capitulation, elle aurait voulu lui demander pourquoi,

pourquoi cette décision, qu'est-ce qui l'empêchait de garder la maîtrise de ses propres textes – mais quelque chose la retenait. Cachet de cire, chaise de poste, terminé.

Sans s'en apercevoir, elle avait pris le chemin de la maison. Alors qu'elle tournait au coin de la rue pour s'engager dans la sienne, elle se heurta presque à Hugh Palliser. S'aidant de sa canne pour se tenir debout, il parut effrayé de cette rencontre. Le sourire étonné d'Elizabeth s'évanouit sur ses lèvres et soudain ils restèrent l'un en face de l'autre, gauches et mal à l'aise.

“Je te dois une explication, dit-il après un long silence. Si nous allions parler un instant quelque part, tu veux bien ?”

Il lui donna le bras et ils se dirigèrent lentement vers le café. Elle remarqua qu'il avait beaucoup de mal à marcher, qu'il s'appuyait lourdement sur elle. A l'intérieur de l'établissement, ils ôtèrent leurs manteaux et leurs écharpes, il faisait une chaleur agréable, ils s'assirent et Palliser commanda du vin chaud.

“Je n'ai pas pu l'empêcher. Je suis désolé plus que je ne puis le dire. Tu ne dois pas mal interpréter les choses, nous ne l'avons pas convaincu. C'est lui-même qui le voulait.”

Elizabeth lui lança un regard interrogateur. Il faisait chaud ici, elle tira son bonnet en arrière et s'appuya contre le mur. Pourquoi était-il si nerveux ?

“Nous étions assis dans la pièce de la tour. Stephens avait fait mijoter une gigue de chevreuil et un fût de porto avait été ouvert que Sandwich avait gardé pour l'occasion. Nous avions une vue sur le fleuve d'un côté et sur l'observatoire de l'autre.”

Du porto. Il parlait de cette soirée, de la nuit où James était rentré ivre. Elle se réchauffa les mains contre son verre.

“Tu sais qu'il s'agit du passage vers le nord ? C'est un secret, mais je suppose que tu en as parlé avec James. Nous étions là à table avec la carte, la carte du monde entre les plats et les verres ; nous parlions des différentes possibilités, du meilleur moment de l'année, des provisions nécessaires.”

Palliser croisa sa jambe malade par-dessus l'autre et se mit à frotter attentivement sa cheville.

“Continue, dit-elle.

— L'équipage, dit-il la tête baissée. Combien d'hommes. De fusiliers marins. Si des savants devaient embarquer. Voilà de quoi il s'agissait.”

Il y eut à nouveau un silence. Elizabeth s'était redressée sur son siège. Elle avait oublié le vin. Quelque part dans son esprit, elle comprenait qu'elle ne voulait pas entendre ce qu'il s'apprêtait à dire. “Et puis ?” demanda-t-elle.

Il la regarda. “Qui serait en mesure de commander l'expédition. Une personne très expérimentée avec de grandes qualités dans le domaine de la cartographie. Clerke a été mentionné, par Stephens, je crois. Les noms de différents officiers ont été envisagés : Pickersgill, Gore. Je me souviens que James a donné un avis très positif sur Clerke. Disant à quel point il était apprécié par l'équipage. C'est un coureur de jupons, a dit Sandwich. Des doutes ont été exprimés. Clerke serait-il suffisamment sérieux pour mener à bien une mission aussi lourde ? Dans les mers septentrionales, il est indispensable de surveiller attentivement le régime à bord. Pouvions-nous nous en remettre à Clerke sur ce point ? Et s'il voulait ménager les susceptibilités et se montrer trop généreux avec les provisions ? Il a beaucoup de mal à résister quand on lui demande d'augmenter les rations, c'est connu. Trop gentil. Trop généreux. Lui aussi aime bien boire un verre, on le sait.

— Mais que s'est-il donc passé ?" dit Elizabeth. Elle entendit la tension et la distance glaciale dans sa propre voix, elle l'écoutait comme celle d'une autre, d'une femme assise droite comme un *i* que rien ne peut détourner de son objectif.

"Des tergiversations, dit Palliser. J'ai pris la défense de Clerke. Je n'ai eu que de bons échos de la part de ses hommes. Il est indulgent, c'est vrai, mais cela présente des avantages pour le climat à bord. Et il est économe du fouet."

Il s'interrompit. L'aubergiste apporta une cruche fumante et remplit une nouvelle fois les verres. Palliser attendit que l'homme fût parti en traînant des pieds.

"Nous ne nous en sortions pas. Sandwich était visiblement malheureux du choix en faveur de Clerke. Il a pris la parole. Il a dit qu'il avait parlé de l'expédition l'après-midi même avec le roi. Au palais, des souhaits spécifiques avaient été exprimés, Sa Majesté avait envie que l'entreprise la plus coûteuse et la plus importante de l'histoire maritime soit dirigée par le plus illustre et expérimenté des capitaines.

— Tu n'as pas besoin de parler ainsi, dit-elle. Dis-moi tout simplement ce qui est arrivé.

— James s'est levé. Je vais le faire, a-t-il dit. Si vous me le demandez, je suis prêt. C'étaient ses propres mots. Il avait le visage rouge, nous avions tous beaucoup bu. Nous avons poussé des acclamations et nous avons trinqué. Tout le monde était soulagé, tu sais, James a apporté une solution à un gros problème. Sandwich l'a serré dans ses bras et l'a remercié de sa décision. Stephens nous a versé encore du porto, nous nous sommes rassis tous les quatre et nous avons parlé encore des heures de l'expédition. Voilà comment les choses se sont passées. Nous n'avons pas forcé James, nous n'avons pas cherché à le convaincre. C'est lui-même qui le voulait."

Dans le silence, elle entendit une charrette dans la rue. Le cocher cria, les piétinements des sabots se turent et un grand bruit sourd signala que l'on déchargeait un tonneau. L'aubergiste ouvrit la porte et un souffle de vent glacial s'engouffra à l'intérieur. Elizabeth resta assise, immobile, jusqu'à ce que l'on ait roulé le tonneau jusque derrière le comptoir, payé le porteur, fermé la porte. Palliser était penché au-dessus de sa jambe, qu'il massait des deux mains. Le vin était resté sur la table, ni l'un ni l'autre n'y avaient touché.

Ce n'était pas une surprise, à vrai dire elle l'avait toujours su. Elle prit conscience seulement maintenant qu'elle avait eu du mal à le garder à la maison. Cet automne, elle avait fait de son mieux, elle avait été extrêmement attentive à ce qu'elle faisait, ce qu'elle disait. Elle avait, quand il avait commencé à geler, entouré les plantes tropicales de foin. Elle s'était retenue lors des conversations sur l'avenir de Nat. Elle s'était habillée de son mieux pour l'accompagner dans les dîners et les réceptions. Elle avait fait tout son possible pour le satisfaire, elle s'était efforcée de le comprendre, même si elle n'y parvenait pas, et elle s'était battue chaque jour contre le malaise et la tension qui ne se dissipaient pas. Et maintenant, un soulagement ?

Elle prit une profonde inspiration et sentit son enfant donner des coups de pied contre les parois de son ventre. Elle sourit. Elle sentit une colère froide prendre lentement possession d'elle.

“Toi, dit-elle, tu m'avais fait une promesse. Spontanément, sans que je le demande. Tu allais t'arranger pour qu'il n'ait plus jamais à partir en mer. Nous avions des doutes, tu t'en souviens ? Des doutes à propos de sa santé, de son énergie, de ses capacités à se préparer une fois de plus à entreprendre une mission d'une exigence inhumaine. Nous étions d'accord : cela n'allait plus se reproduire. J'avais une confiance aveugle dans notre pacte. Je comptais sur toi.

Tu me dis : C'est lui-même qui le voulait. C'est sûr. C'est indéniable. Tu as tout à fait raison. Bien entendu qu'il le veut. La mer est son élément. Il ne peut s'empêcher de vouloir naviguer. Ce n'est pas la question.

Tu me dis : Nous ne le lui avons pas demandé, nous n'avons pas cherché à le convaincre. Non, certainement pas. Vous êtes bien trop rusés pour cela, bien trop diplomates et trop bien élevés. Aller lui demander quelque chose, allons ! L'Amirauté ne pose pas de question. Elle ordonne. Et quand cela n'est pas adapté à la situation, elle choisit une autre voie. Non, convaincre quelqu'un est bien trop ordinaire, bien trop dangereux aussi, car on divulgue ainsi ses propres souhaits. L'Amirauté ne souhaite pas. Elle décide.

Tu t'y es pris habilement. Mes félicitations. Tu n'aurais pas pu mieux préparer ton coup. Proposer Clerke était un coup de génie. Tu sais à quel point James a de l'affection pour lui. Et à quel point James doute de lui. As-tu pensé au discours absurde que Clerke a tenu devant l'Académie, à propos de prétendus géants en

Patagonie, sans jamais les avoir vus ? Tu as sûrement dû en entendre parler. Et tu sais aussi à quel point James respecte l'Académie. Chapeau !

Et puis cette allusion subtile au souhait du roi. Une prouesse ! Comment un homme qui s'est hissé là où il est à la force de ses poignets peut-il écarter d'un revers de main les désirs du roi ? Un roi qui l'a soutenu quand il défendait la montre de Harrison, qui s'intéresse passionnément aux découvertes et qui investit des sommes colossales dans cette entreprise ?

Non, tu n'as pas cherché à le convaincre. Tu n'as rien demandé. Tout est allé de soi. Comme tu devais être étonné !"

Soudain, sa fureur, son flot de paroles s'arrêtèrent. Elle s'enveloppa les épaules dans son châle et rajusta son bonnet. Puis elle se leva. Palliser s'apprêtait à quitter son fauteuil, mais elle lui fit signe qu'il pouvait rester assis. Pendant un moment, un instant intemporel, elle le regarda droit dans les yeux. Déception ? Désespoir ? Désir ?

Elle se détourna et quitta l'établissement d'un pas rapide. La porte claqua en se refermant derrière son dos tout droit.

Elle passa la tête dans le couloir et l'appela. "Il n'est pas là !" cria Nat de sa chambre. Elizabeth referma la porte et commença à marcher de long en large dans la maison. Elle sentait la transpiration dans son dos la picoter ; ses joues étaient en feu. Une discussion devant la cheminée, dans la pièce étouffante ? Pas question. Le vaste ciel au-dessus du fleuve paraissait à peine assez grand pour contenir son agitation et sa colère. Marcher, se retourner, marcher ; elle s'aperçut à peine qu'elle était en train d'attendre.

Elle le vit dès qu'il tourna au coin. Il la regarda, hésitant, et voulut rentrer au chaud. Elle secoua la tête, d'un air compassé, posé, elle lui prit le bras et le conduisit dans le jardin en faisant le tour de la maison. Sur le banc sous le cognassier dépouillé, ils s'assirent quand elle eut dégagé la neige. D'un geste rapide, elle l'invita à s'asseoir à côté d'elle. Devant eux la table du jardin était couronnée d'une masse de neige bombée que les oiseaux avaient marquée de leurs empreintes comme des flèches au crayon sur une carte maritime.

"Tu vas attraper froid, dit-il d'une voix enrouée, pourquoi n'allons-nous pas à l'intérieur ?" Elle le regarda sans dire un mot. Bras dessus bras dessous, les pieds dans la neige. Le son vague d'une gamme montant de plus en plus haut se fit entendre dans la maison. Elle attendit.

"Je vais t'expliquer, finit-il par dire. Depuis ce soir-là, je n'ai pas arrêté de penser. Pourquoi est-ce que j'ai dit une chose pareille ? Cette idée me tourmente. Est-ce la récompense ? Vingt mille livres. Cela ferait toute la différence. Une maison en ville avec un hall de réception, des lustres, une écurie avec nos propres voitures. Un soir on reçoit chez Banks, le suivant on donne un bal chez Cook. Est-ce que j'en ai envie ? Peut-être. Mais ce n'est pas ce qui me pousse à partir en mer. Ce jardin me convient mieux, même si j'envie ceux qui par leur naissance sont chez eux dans de plus grands jardins."

De ses bottes, il traça des cercles dans la neige. Au loin, le violon jouait des accords presque figés dans lesquels, de temps en temps, une note se modifiait lentement.

"De la considération. Du respect. Sur le bateau je suis le chef. Où que nous descendions à terre, je suis considéré comme un souverain. Je trouve cela agréable. C'est certain. La gêne que j'éprouve parfois ici, je m'en débarrasse quand je suis à bord. C'est difficile d'accorder ce rôle à un autre. Je serais prêt à le confier à Clerke, même si j'ai des doutes sur son objectivité. Il sent bien l'atmosphère à bord, il est sympathique et il ne se donne pas de grands airs. Quand ils commencent à parler de John Gore, il faut que je me maîtrise. Il m'a vraiment rendu la vie difficile sur l'*Endeavour*. Il se vantait de son expérience des tropiques et il essayait de se soustraire à mon autorité. Il était pédant en plus. Pourtant, peut-être qu'il pourrait devenir un bon capitaine à sa manière. Un jour il faudra que je confie le commandement à un autre, je le sais. Je devrai m'acclimater à la terre, je le sais aussi. Si ce n'est pas maintenant, ce sera dans quelques années. Je trouve cette perspective pénible, ce qui a certainement joué un rôle, mais ce n'est pas ce qui a fait pencher la balance."

Plus de sons de violon. Il régnait un silence total dans le jardin enneigé, comme si les arbres et les buissons retenaient leur respiration.

"Après ma naissance, ma mère a eu quatre enfants, qui sont tous morts. Elle s'est transformée d'une femme joyeuse, entreprenante, en une ombre grise qui se déplaçait avec difficulté dans la maison. J'essayais de la rendre joyeuse, je pensais que c'était ma faute si elle avait tant de chagrin. John, mon grand frère, était toute la journée dehors, il travaillait avec père sur les terres. Je restais à la maison et je luttais contre cette tristesse étouffante. Et j'ai perdu. Je n'ai pas pu la sauver. Quand j'ai été en âge d'aller à l'école, cela a été une libération. Skottowe, le propriétaire terrien chez qui père travaillait, trouvait que j'avais des capacités et finançait mes études. Je crois que mère y a été pour quelque chose et je me souviens vaguement de les avoir vus ensemble dans la remise, chuchoter avec véhémence, trop près l'un de l'autre – peut-être que je me l'imagine. J'étais encore petit.

Les lettres et les chiffres m'ont montré la voie pour sortir de cette maison sombre. Quand j'ai fini l'école, Skottowe m'a emmené à Staithes. Tu n'en reviens pas de ce que tu vois quand tu arrives là-bas. Le village est situé sur une étroite bande de terre sous de hautes falaises, les maisons sont collées contre leurs flancs escarpés et donnent toutes sur la mer. J'ai obtenu du travail dans la boutique, où je vendais du sucre, des haricots, des clous et du savon. Je remplissais des cornets de pruneaux et quand je levais les yeux je voyais à travers la fenêtre les vagues grises de la mer du Nord. Il ne se passait absolument rien à Staithes. Dans le port étaient amarrés des petits bateaux de pêche. La nuit, ils partaient en mer, le matin ils rentraient. Les pêcheurs vendaient leurs poissons sur le quai étroit. C'était tout.

Un des premiers jours où j'ai travaillé, il s'est passé une chose que j'ai trouvée singulière. Il était près de six heures, la journée était pratiquement terminée et il n'y avait plus de clients dans la boutique. Soudain, des gens se sont attroupés, tout le village s'est rassemblé devant le muret le long de l'eau. La mer était haute, une vague est venue s'écraser sur les pierres du mur, puis une autre ; les gens restaient là, ils se laissaient éclabousser, ils avaient les pieds dans l'eau écumante et ils applaudissaient et poussaient des acclamations à chaque vague qui déferlait. Au bout d'un petit quart d'heure, la mer a commencé à se retirer et les gens sont rentrés penauds chez eux. Voilà Staithes. Le changement de marée est le grand moment de la journée.

A l'horizon, je voyais de gros bateaux passer, en route pour Londres avec leur cargaison de charbon de Newcastle. Un peu plus près de la rive, des péniches passaient qui transportaient de l'urine vers les sillons d'alun. Toute la misère de cette région se concentre dans cette triste activité. Des tonnes et des tonnes de schiste péniblement détaché, fumant et puant, s'étendent contre les falaises. Au bout d'un an, cette saleté doit être déversée à la pelle dans des bains alcalins de potasse et mélangée à des algues marines pourrissantes et de l'urine humaine. Cela dégage une puanteur ! Pour finir, il ne reste qu'un cristal d'alun. Ils s'en servent pour teindre le textile. Les péniches qui passaient devant moi transportaient les tonnes de pisse des cafés londoniens, parce que la côte est si peu peuplée qu'on n'y pisse pas assez.

Tout cela me donnait l'impression d'une telle misère, d'une telle absence de perspectives. Dans la journée, les petits pois et la marée montante, la nuit les souvenirs de la sombre maison dans l'arrière-pays. Je commençais à transpirer rien qu'à l'idée de devoir rentrer chez moi pour Noël. Puis la nouvelle est arrivée que mon frère était tombé de la charrette lors d'un transport de fumier et qu'il s'était cassé le cou."

Elizabeth regardait, immobile, devant elle. Deux pies se couraient après devant les meules de foin autour du palmier. Leurs jacassements furieux, impatients, qui se répercutèrent contre le mur du jardin, lui écorchèrent les oreilles

"Quand j'y repense, j'en suis encore ému. Par lâcheté, je ne suis pas rentré chez moi. J'ai écrit une lettre, prétendant que je ne pouvais pas partir à cause de l'affluence. L'affluence ! A Staithes ! Je regardais indéfiniment la mer grise, je restais là à attendre les yeux dans le vague, comme si quelque chose ou quelqu'un allait arriver pour me délivrer de cette paralysie. La fenêtre de ma petite chambre au-dessus de la boutique était devenue opaque à cause du sel qui avait fini par y former une croûte. Je l'ai ouverte en grand. Il pleuvait. Il n'y avait personne sur le quai. C'est là que deux garçons sont arrivés. Ils ont détaché un petit bateau, ils ont quitté le port à la rame et ils ont hissé une voile après avoir quitté la rive. J'ai regardé s'éloigner leur embarcation et j'ai su tout à coup que la mer deviendrait ma destinée. J'avais vu un bateau partir des centaines de fois mais, cette fois-là, j'ai soudain établi un lien entre ce départ et moi. Cette mer qui s'étendait devant moi signifiait une libération. Le lendemain, je me suis rendu à Whitby et je me suis fait embaucher chez Walker."

Elle avait posé ses mains sur ses genoux et en regardait la peau rouge, abîmée par le froid. Elle ne sentait aucune douleur. Les pies s'étaient envolées et le jardin était devenu une chambre blanche, silencieuse, où rien ne se passait.

"En dehors de cette vie misérable à terre où je ne savais pas comment m'en sortir, de cet ennui auquel je ne pouvais rien, un monde vaste, immense, existait que je pouvais atteindre par la mer. Cela peut paraître une fuite, et c'était d'ailleurs le cas. Mais pas seulement. Il y avait aussi autre chose, que j'ai mis longtemps à élucider, il a fallu que j'attende la fin du parcours que j'ai suivi pour fuir. La maîtrise, le contrôle, la vue d'ensemble. Mon désir de partir en mer y est lié. Le monde est là-bas, les îles, les continents, et nous n'avons qu'une connaissance très approximative de ce monde et des routes possibles. J'ai ressenti peu à peu un immense besoin de découvrir des pays et des voies de navigation et de les décrire de sorte que les générations qui viendront après moi puissent suivre mes traces.

Je veux tendre un filet de voies navigables sur toute la terre pour qu'il n'existe plus de régions inconnues. Je dois naviguer parce que le monde est là-bas."

Il fit un geste vague en direction du fleuve. Le crépuscule tombait et le gel semblait s'intensifier. Une branche se cassa ; du ciel d'un gris de plomb, de petits cristaux de neige scintillants commencèrent à tomber.

"Voilà, Elizabeth. Je ne peux pas l'expliquer mieux que ça. Cela n'a rien à voir avec toi. Tu es formidable, la meilleure femme que j'aurais pu choisir. Ce n'est pas que je veuille m'éloigner de toi, je préférerais rester toujours auprès de toi, m'asseoir avec toi à table, marcher à côté de toi. Mais la mer est là. Je ne peux pas m'en empêcher. Pas à cause des honneurs, pas parce que le roi le demande, mais parce que c'est ma destinée."

Les flocons de neige devinrent plus lourds et plus gros. Ils tombaient en voltigeant sur leur tête, leurs épaules et leurs cuisses. La nuit était tombée.

"Il faut que tu comprennes. Je n'agis pas contre toi. Tu n'y es pour rien. Il y a quelque chose en moi que je ne peux désavouer. Je le sens dès que je traverse la passerelle. Quand je suis sur le pont et que je porte mon regard au loin sur la mer, quand je sens le bateau bouger sous moi et que j'entends les haubans cliqueter contre le mât, je me transforme. A ce moment-là, je deviens moi-même."

Dans le halo d'un lointain réverbère les flocons dansaient sans bruit en tous sens. Le bonnet d'Elizabeth s'alourdit sous la neige. Un amas glacial glissa le long de son écharpe dans son cou. Elle ne bougea pas.

La porte de la cuisine s'ouvrit brutalement.

"Qu'est-ce que vous faites assis là ? Pourquoi n'êtes-vous pas à l'intérieur ?"

Nat avait parlé d'une voix perçante. C'est un enfant, se dit-elle, il est désemparé. Le poêle est en train de s'éteindre, la cuisine refroidit, il a faim, il est seul. Elle sentit brusquement le froid et se mit à claquer des dents. S'aidant de ses mains engourdies pour se repousser du banc, elle se leva. Le chapeau de James était enfoui sous la neige. Lui aussi se leva. Ils étaient debout, raides l'un à côté de l'autre, secouant la neige de leurs vêtements. Il frappa son chapeau contre le dossier du banc puis essuya la neige du bonnet d'Elizabeth. Ils se rendirent ensuite, avec une lenteur infinie, dans la cuisine, sans se regarder.

Elle retira ses chaussures trempées et frissonna. James fourrageait parmi les bûches près de la cuisinière. Elle se hissa lentement en haut de l'escalier. Pour ôter sa jupe mouillée. Pour chercher des bas secs, une autre robe. Elle suspendit soigneusement ses vêtements humides et redescendit dès qu'elle eut fini. C'était le soir, une soirée ordinaire, il fallait dîner.

Nat avait mis du pain sur la table, des assiettes, un morceau de fromage et un plat avec des tranches de jambon. Tout était posé en désordre, il y avait des miettes de pain et des croûtes de fromage, elle vit un pot en terre cuite contenant des cornichons et pensa au jardin, ce sont de si jolies plantes, ces petits concombres, et c'est une telle fête de les faire mariner dans du sel et du vinaigre, avec un peu d'aneth, elle allait recommencer cette année – où est-il au fait ? Une tranche de pain grignotée était restée sur le plan de travail, mais Elizabeth ne voyait Nat nulle part. James sortit de l'arrière-cuisine, apportant un pot de bière. Elle prit le couteau à pain et se mit à découper.

Ils se retrouvèrent assis l'un en face de l'autre. Ses mâchoires engourdies ne parvenaient pas encore à s'attaquer aux aliments et elle le regarda prendre du jambon, du fromage, les cornichons croquants. Il faut que je dise quelque chose, pensa-t-elle, je suis tellement fatiguée que j'en suis incapable. Je n'ai jamais été aussi épuisée, jamais. Ni après un accouchement, ni après un adieu, ou encore après un enterrement. Jamais aussi fatiguée qu'après cette conversation dans le jardin. Le simple fait de rester assise, de respirer et de tenir ma tête droite est éprouvant. Elle constata que tout son corps tremblait, sans qu'elle puisse l'empêcher. Dans ce cas, tant pis, se dit-elle, je n'ai qu'à trembler.

Elle entendait James mâcher, avaler, prendre une gorgée de bière. Sur ses bottes mouillées, la neige fondait, le liquide s'insinuait dans les dalles et laissait des taches sombres. La cuisinière mugissait, il avait heureusement réussi à faire repartir le feu. Où est Nat, nous devons d'abord penser à Nat. Un enfant qui doit s'occuper de son propre dîner parce que ses parents restent assis sans bouger dans la neige, cela ne va pas, cela ne doit pas se reproduire. Elle bougea ses mains glacées, endolories. Elle se racla la gorge.

"Tu as donné ton accord officiellement ?"

Il secoua la tête. "Je dois envoyer une lettre à Sandwich pour le confirmer. Je ne l'ai pas encore fait."

Rien n'est encore perdu, se dit-elle. Il y a encore un moment de répit, je n'ai pas encore besoin de m'y préparer vraiment. Après la lettre seulement. Cette pensée ne fit aucune différence, elle ne se sentit pas soulagée. Le fardeau de la décision de James restait toujours aussi lourd et lui donnait l'impression d'errer dans un épais brouillard. Elle débarrassa la table machinalement. James s'attarda encore dans la cuisine. Va-t'en, se dit-elle, j'ai besoin d'être seule, je n'arrive pas à penser quand tu me regardes. Ou avait-elle envie qu'il avance de quatre pas pour la serrer dans ses bras, lui dire qu'il s'agissait d'un malentendu, d'une aliénation mentale momentanée – il n'avait pas la moindre intention de la quitter et de transgresser tous les accords explicites et implicites ? Le pot de cornichons faillit lui glisser des mains. Pourquoi n'allait-il pas dans la pièce, regarder ses cartes ? Elle rangea la dernière assiette dans le placard et s'essuya les mains sur sa jupe. Comme s'il n'était pas là, pensa-t-elle – fais comme s'il était parti. Tu sais comment t'y prendre, allez.

Il ne la suivit pas à l'étage. Prudemment, elle ouvrit la porte de la chambre de Nat. Le garçon dormait tout habillé par-dessus ses couvertures. Elizabeth s'assit au bout du lit et lui retira ses chaussures. Elle prit les pieds de son fils l'un après l'autre entre ses mains et les frotta pour les réchauffer. Le garçon gémit, ouvrit un instant les yeux, mais sembla ne pas la voir. Elle retira le lourd couvre-lit de dessous l'enfant pour le couvrir. Nat s'enroula sur lui-même, la tête vers le mur ; elle resta assise, la main posée sur la bosse sous laquelle elle devinait ses pieds. Les rideaux étaient ouverts et elle vit flotter des flocons, continuellement, implacablement.

Elle s'éveilla d'un sommeil sans rêve. Elle était allongée sur le dos et sentait l'enfant bouger en elle. Elle appuya sur son ventre et l'enfant appuya à son tour un petit pied, un bras, ses fesses ? Se lever. L'eau glaciale sur son visage lui coupa le souffle.

Elle fit cuire du porridge pour son fils et regarda ses vêtements d'un œil critique. La chemise était crasseuse et la veste trop petite. Tandis qu'il mangeait, elle partit chercher dans des malles et des armoires des vieux habits de Jamie et trouva une belle chemise de lin et une veste bleue sur lesquelles n'apparaissaient presque pas de marques d'usure. Elle fut surprise de s'apercevoir à quel point Nat était maigre. Ses vertèbres ressortaient comme des boutons pointus sur son dos et sa peau était tendue sur ses côtes. Comme un petit enfant, il tenait les bras en l'air pour qu'elle puisse lui enfiler la chemise au-dessus de la tête. Elle l'entraîna vers le miroir et l'aida à mettre la veste. Il rit quand il se vit et rejeta ses cheveux en arrière d'un mouvement bravache de la tête.

“Cet après-midi, nous irons ensemble chez le cordonnier, dit-elle. Tu vas avoir de nouvelles bottes. Allez, mange ton porridge, il faut que tu partes.”

Il finit son assiette docilement. “La neige, c'est de la pluie, dit-il. De la pluie froide qui reste sur le sol. Où est papa ?

— Au travail. Il cherche des hommes pour la nouvelle expédition. Il est très occupé. Tu vas rentrer tout de suite de l'école tantôt ?”

Nat acquiesça, s'empara de son cartable posé sur une malle et fila vers la porte. "Ferme ton manteau ! dit Elizabeth. Mets ta casquette et viens m'embrasser." Elle se pencha en avant et sentit les lèvres minces et humides de l'enfant sur sa joue.

Elle le regarda s'éloigner, il sautait tel un cerf insouciant dans la rue, changeant chaque fois de direction après trois pas.

Elle passa la journée à travers un voile sombre, comme si tout était aussi recouvert de neige chez elle, à l'intérieur. La servante arriva et fit un énorme tintamarre dans l'arrière-cuisine tandis qu'Elizabeth rangeait la pièce. Dans l'armoire, elle tomba sur la veste rouge qu'elle avait voulu confectionner pour James. Le papier avec ses dimensions, une bobine de fil argenté. Elle plia le tout dans un morceau de papier et le rangea dans la grande malle. Quand elle se redressa, James, dans l'encadrement de la porte, la regardait, en silence. Elle lui fit un signe de tête, un comportement idiot qui ne rimait à rien, comme s'il était une vague connaissance qu'elle croisait dans la rue. "Il faut que je m'en aille", dit-il.

Le cordonnier était agenouillé pour mesurer avec précision le contour des pieds de Nat. "Je prévois grand, dit-il, en relevant la tête. Mais je ne les fais pas trop grandes, sinon elles te glisseront des pieds quand tu cours." L'atelier sentait la graisse et le cuir ; Elizabeth, qui était allée s'asseoir sur un tabouret près de la porte, examinait l'étagère avec les chaussures éculées qui devaient être réparées, les outils disséminés ici et là, le sommet du crâne chauve de ce brave homme.

Il montra à Nat un morceau de cuir. "Touche, tu vas voir, dit-il. C'est doux et souple, mais très robuste. Il faut aussi que tu le sentes." Nat, en chaussettes au milieu de la pièce, s'exécuta sans broncher et acquiesça quand il eut reniflé l'odeur de cuir.

"Deux semaines, dit le cordonnier, je vous les porterai dans deux semaines." Il lança à Elizabeth un regard interrogateur.

"C'est parfait, dit-elle. Peut-être que mon mari a besoin de nouvelles bottes, lui aussi. Vous pourrez alors en profiter pour lui prendre ses mesures."

Le cordonnier tapota la poche de sa veste. "J'ai toujours mon aune sur moi. A votre service ! Je ferai de mon mieux ; madame, jeune homme, à bientôt !" Nat rentra à grand-peine ses pieds dans ses anciennes chaussures et le cordonnier l'y aida.

"Qu'est-ce qu'on pourrait faire, maintenant ?" demanda-t-elle quand ils se retrouvèrent dans la rue. Le garçon la regarda étonnée. "On ne rentre pas à la maison ?

— Comme tu veux. Qu'est-ce qui te ferait envie ?

— Aller voir mamie, dit Nat. Allons voir mamie, pour manger des crêpes."

Elizabeth regarda dans sa bourse. Elle avait assez d'argent pour payer une voiture pour Barking. Elle prit son fils par la main.

Sa mère fut surprise de voir Elizabeth et Nathaniel entrer dans la taverne. Elle quitta son comptoir pour venir serrer son petit-fils dans ses bras. "Tu as fêté ton anniversaire, dit-elle. Cela te fait douze ans, pas vrai ? J'ai quelque chose pour toi, attends." Elle sortit de la caisse une pièce qu'elle glissa dans la main de Nat. Ce n'est qu'après qu'elle se tourna vers Elizabeth.

"Ce n'est pas grave, dit-elle. Je suis contente quand tu viens, je ne te reproche rien. Tu es mariée à un homme célèbre, tu es débordée, je le sais. Tu le sens déjà bouger ?"

Elizabeth acquiesça. Soudain, elle prit conscience plus qu'auparavant de l'ampleur de son ventre. Sa jupe était à vrai dire bien trop serrée et son dos lui faisait mal, elle avait envie de s'asseoir, de poser ses chevilles enflées sur un tabouret et de se plaindre. La pièce surchauffée sentait la vieille bière. Elle détacha sa ceinture et s'affaissa dans un large fauteuil. Nat se glissa dans la cuisine, elle l'entendit bavarder avec son beau-père.

"Ça marche bien, ici, tu sais, dit la mère d'Elizabeth. Il y a suffisamment de clients et j'ai une nouvelle aide pour le soir, quand la taverne est pleine. En revanche, j'ai des problèmes de dents. Elles tombent. Je ne peux manger que de la soupe, et de la bouillie." La vieille femme ouvrit grande la bouche et montra à sa fille un ravage de chicots grisâtres espacés par des trous rose pâle. A contrecœur, Elizabeth inspecta la bouche de sa mère.

"J'essaie l'huile de clou de girofle. Je bois beaucoup de gin pour moins sentir la douleur. Qu'il est adorable, ce Nat. Est-ce qu'il doit déjà partir, lui aussi, pour l'école navale ? Enfin, il faut bien qu'ils apprennent un métier, ces gamins, on ne commence jamais assez tôt. Toi aussi tu étais toute jeune derrière les livres de caisse, pas vrai ?"

Il fallait arrêter ce flot de paroles, se dit-elle, mais elle se laissait, impuissante, submerger par ces jacassements. Elle dut attendre que sa mère aille chercher de quoi se verser un autre verre pour que le débit s'interrompe.

"Maman", dit-elle. La femme la regarda, gentiment, elle attendait. "Il va repartir. Nat ne le sait pas encore." Elle posa un doigt contre ses lèvres pour la mettre en garde. "Il avait promis de rester à la maison, mais il va repartir." Elle sentit des larmes lui picoter les yeux, c'était si enfantin, si puéril qu'elle fut prise de colère.

La vieille femme s'approcha d'un pas traînant, la bouteille à la main. Elle vint s'asseoir à côté d'Elizabeth et but pensivement une gorgée de son verre. "Il va être bien payé ?"

Elizabeth acquiesça. "Certainement. Et il y a par là-dessus une gigantesque récompense s'il parvient à accomplir sa mission. Mais il gagne déjà suffisamment d'argent." Sa voix paraissait faible, incertaine, elle le constatait elle-même. Elle prit un mouchoir dans sa manche, se moucha et s'essuya les yeux.

"Tu ne peux rien y changer, dit sa mère. Ils restent des hommes, pas vrai ? Ils veulent partir."

Malgré elle, Elizabeth éclata de rire au spectacle de cette femme vêtue de gris foncé qui, ragaillardie par le gin, proférait de sa bouche meurtrie des pensées profondes. Sa mère rit avec elle et posa la main sur le genou d'Elizabeth.

"C'est bien. Il n'y a qu'à en rire. Qu'est-ce qu'ils cherchent à obtenir, pourquoi se donnent-ils tant de mal, où veulent-ils aller ? Il va finir par revenir, cela a toujours été le cas. Il n'y a plus qu'à attendre, un jour il se lassera des voyages. Et tu n'arriveras pas à le convaincre de changer d'avis, il est têtu comme un vieux taureau, tu le sais. Tiens, prends quelque chose, toi aussi." Elle tenait la bouteille en l'air.

"Un tout petit peu", dit Elizabeth. La forte odeur de gin lui donna la nausée, mais elle s'obligea à boire une gorgée. L'alcool lui brûla la gorge, ce qui la fit presque pleurer de nouveau. De la cuisine venait un relent de graisse brûlante.

“Quand vas-tu accoucher ?”

Elizabeth se tassa un peu plus dans son fauteuil. “En mai. Il sera déjà parti, si tout suit son cours.

— Bon, eh bien, de toute façon, tu n’as jamais rien connu d’autre ! Je viendrai t’aider, John pourra facilement se débrouiller tout seul ici pendant un certain temps. Ou est-ce que tu as encore ton amie Fanny, ou Franny ?

— Frances, dit Elizabeth. Non, elle a émigré en Amérique. Quand père est mort, qu’est-ce que cela t’a fait à l’époque de te retrouver seule ? Tu n’en parles jamais.”

La femme remplit à nouveau son verre et massa ses mâchoires douloureuses.

“L’oncle Charles nous a aidés. D’ailleurs, j’ai vite rencontré ton beau-père. Cela fait longtemps, je n’y repense jamais. Il ne faut pas te faire du mauvais sang comme ça. Les choses sont comme elles sont, ma fille. On s’épuise à essayer de les changer. Et on est déçu, parce que tout se passe comme cela se passe et tu ne peux rien y faire. Rien.”

Je ne peux rien y faire, se dit-elle. Tout comme James l’avait dit : Cela n’a rien à voir avec moi, je n’y suis pour rien. Mais il s’agit tout de même de moi, de nous ! C’est pourtant vrai qu’il me laisse tomber ! Pourquoi tout le monde pense à ses raisons de bouger et personne ne se met à ma place ? Est-ce que j’interprète mal la situation, y a-t-il quelque chose qui m’a échappé ? Si seulement je pouvais être comme ma mère. Ne pas me faire de mauvais sang ! Quand mon avenir s’effondre !

Elle finit son verre. Nat entra avec un plat de crêpes fumant. Il rit.

En un rien de temps, elle s'était sentie parfaitement à son aise. Installés tous les quatre les coudes posés sur la table sale et en désordre, ils mangèrent. Nat parlait avec animation au beau-père d'Elizabeth, elle entendait des histoires qu'il n'avait jamais racontées à la maison. Des taches de gras sur sa nouvelle chemise. Peu importait. Elle s'adossa à son siège, pointant le ventre en avant. Bientôt, il faudrait retourner dans cette misérable voiture vers cette misérable maison ; elle préférait ne pas y penser. Nat s'attaquait à sa troisième crêpe, parlant la bouche pleine de son violon. Il évoquait avec fierté son professeur, qui savait tout faire : jouer de l'orgue, composer, manier l'archet.

"Il n'arrive plus à jouer de la trompette. Il n'a pas de dents. Mais il sait chanter, il m'apprend.

— Il faudrait que tu viennes ici jouer de ton violon, dit sa grand-mère. Tu peux gagner de l'argent les samedis soir. Quand tu seras un peu plus grand." Elle lança un regard en biais à Elizabeth, qui acquiesça. Qu'est-ce que je fais, pensa-t-elle, je ne vais tout de même pas laisser mon enfant jouer dans un café aussi dégoûtant, rempli de matelots ivres, je ne suis tout de même pas d'accord avec cette proposition ! Elle tendit son verre et on lui versa encore du gin. Une clochette tinta, des pas rapides résonnèrent.

"Isaac ! s'écria sa mère. Que de surprises ce soir ! Viens t'asseoir, prends une crêpe. Regarde un peu qui nous avons là : ta cousine Elizabeth avec son petit musicien."

Elizabeth essaya de refermer sa jupe discrètement, mais elle ne parvint pas à trouver les crochets. Nat se leva d'un bond et serra la main d'Isaac. Tant pis, se dit-elle, qu'est-ce que cela peut faire. Je suis chez moi. Son cousin, à présent plus musclé, avait l'air moins juvénile. Elle remarqua à quel point il ressemblait à sa tante, la mère d'Elizabeth. Les cheveux, chez lui de vigoureuses vagues brun foncé et chez elle des mèches folles grisonnantes, encadraient leur visage de la même façon.

"Tante Mary, dit Isaac, restez assise, j'arrive."

Il approcha une chaise et s'assit les jambes écartées en tête de table entre Elizabeth et Mary. Il défit son écharpe et déboutonna sa veste. John apporta de la bière, Isaac en but et essuya ses lèvres charnues du dos de la main. Nat regardait les yeux écarquillés.

"Tu te souviens, Nat ? demanda-t-il. Isaac est parti avec papa. Nous l'avons vu sur le *Resolution* juste avant leur départ. Tu écoutais la cornemuse. Et le violon.

— Cela fait déjà deux fois que je fais le tour du monde avec ton père, dit Isaac au garçon. Il m'a laissé mettre pied à terre le premier en Nouvelle-Hollande. Ça, c'était pendant le voyage sur l'*Endeavour*. Nous étions arrivés dans une magnifique baie et nous y avons jeté l'ancre. Tout le monde était excité et content de voir enfin la terre. Le capitaine a fait descendre la chaloupe et m'a indiqué de monter. Nous avons ramé jusqu'à la plage. On avait du mal à voir s'il y avait des gens là-bas, ou peut-être derrière, dans les arbres. Il avait la longue-vue autour du cou, le capitaine. La chaloupe a raclé le fond et nous nous sommes levés. «Toi d'abord, Isaac», a dit le capitaine et il m'a laissé marcher sur la grève. J'ai donc été le premier étranger à poser le pied sur cette nouvelle terre.

— Et il y avait des gens ? demanda Nat.

— Ils ont fait comme s'ils ne nous voyaient pas, répondit Isaac. C'était très étrange. Un gigantesque bateau s'était arrêté dans leur baie, ils n'avaient encore jamais rien vu de pareil bien sûr – mais on aurait dit que nous n'existions pas. Ils se sont contentés de poursuivre leurs activités : ramasser des coquillages, préparer un feu. C'était comme si nous étions transparents. Le capitaine a essayé de leur donner quelque chose, il a déposé des clous et des perles devant leur hutte. Ils ont laissé les cadeaux sur le sol. Leur regard ne s'y arrêtait même pas, ils ont dû sûrement tout voir, mais cela ne les atteignait pas. Nous, avec nos bateaux et nos affaires, nous n'existions pas.

— Et maintenant, tu es libre ? demanda Mary.

— Je viens de rentrer. En ce moment, je ne touche plus qu'une demi-solde. Je me suis inscrit sur le rôle d'équipage de la nouvelle expédition. J'attends." Il lança un regard timide à Elizabeth tandis qu'il continuait de bavarder. "Il n'y a rien de plus beau que de naviguer sur l'océan Pacifique. La dernière fois j'ai vraiment participé au tracé des cartes. Des terres que personne ne connaît encore ! Soudain nos dessins les font exister ! J'aimerais bien faire cette expérience encore une fois, de préférence avec le capitaine Cook évidemment. Est-ce qu'il en fait partie ?

— Rien n'est encore décidé, dit Elizabeth. Ils font pression sur lui, ils voudraient qu'il parte. Nous devons encore en discuter."

Elle ne sentait rien et prononçait ces mots dangereux comme s'il s'agissait d'une communication anodine. Soudain, elle prit conscience que Nat écoutait et elle regretta d'avoir ouvert la bouche. L'éventualité du départ était une affaire entre elle et James, entre elle et Palliser ; les enfants ne devaient pas y être mêlés.

Nat continuait imperturbablement de manger. Quand il eut englouti quatre crêpes, il rassembla son courage et commença à interroger Isaac sur la formation de la marine.

“Nous avions deux clairons dans la classe, dit Isaac. Ils assistaient à tous les cours et devaient, comme tout le monde, participer aux manœuvres, mais ils avaient aussi le droit de travailler chaque jour leur instrument. C’était si beau, si horriblement triste et magnifique à la fois, ces deux voix qui se confondaient. Il faut que tu deviennes clairon, Nat.”

Elizabeth se leva et arrangea sa jupe qui descendait. Elle suivit sa mère à la cuisine, une pile d’assiettes sales dans les mains. La flamme d’une lampe à huile vacilla dans le courant d’air et leurs ombres projetées sur les murs blanchis à la chaux s’animèrent, gigantesques, inquiétantes.

Mary sortit une bouteille de teinture de clou de girofle de la poche de son tablier et frotta de l’index ses gencives endolories. Elizabeth s’effondra sur un tabouret. Par pitié pas de vaisselle. Par pitié plus rien. Elle retira son bonnet et appuya sa tête contre le mur.

“Reste ici ce soir, dit Mary. Isaac va retourner en ville, il peut porter un message à James. Tu peux dormir avec Nat dans le lit pour les invités.”

Elle acquiesça. Soudain elle se mit à pleurer à chaudes larmes, qu’elle laissait couler sur ses joues. Elle éprouvait du chagrin, sans que ce soit désagréable. Mary continuait de se débattre avec ses mâchoires en feu ; au loin résonnaient les voix des hommes. De temps en temps, la clochette tintait et des clients entraient. Dans la petite cuisine, personne ne vint déranger les deux femmes.

Mary sortit son doigt de sa bouche.

“Si tu as une envie, tu ne peux être que déçue, dit-elle. Les choses se passent toujours autrement. Tu fais de ton mieux pour obtenir un résultat, je le vois. Tu as toujours été ainsi, petite fille déjà. Tu as des projets, tu sais ce que tu veux. Ma chérie, cela te rend vulnérable. Maintenant tu te retrouves le bec dans l'eau.” Elle prit un torchon crasseux et le donna à sa fille, qui essuya lentement ses joues mouillées.

“La seule chose qu'il y a à faire, c'est céder. Tu dois être comme l'herbe. S'ils te piétinent avec leurs gros sabots, tu dois te courber en même temps. Un jour, ils finiront bien par déplacer leurs pieds, et là tu te redresseras. Si tu restes dressée toute raide, comme le roseau, tu casseras. Cela va passer, Elizabeth, il y a une fin à tout tôt ou tard. Il faut attendre. Ne pas résister, sinon tu vas perdre.

— Comme l'herbe”, chuchota Elizabeth. Que c'était beau. L'herbe le long du fleuve : noyée, séchée, dévorée, violemment aplatie. Toujours elle se redressait. Je serai comme l'herbe. Comme l'herbe.

7

Elle voyait bien qu'un peu embarrassé il souhaitait se retirer dans la pièce. Comme il n'avait pas fermé la porte derrière lui, elle entendit les bruits perfides : le raclement des pieds de la chaise contre le sol, l'ouverture de la bouteille d'encre, le frottement du papier et enfin le bruissement de la plume. Sans interruption. Il savait ce qu'il écrivait.

Dans le couloir, ils faillirent se rentrer dedans ; il tenait la lettre scellée.

"Une formalité, dit-il, ce n'est qu'une formalité. Je confirme ce que j'avais déjà promis et je vais maintenant m'occuper des préparatifs. Je serai alors celui qui choisit l'équipage, qui décide de la cargaison, des ports intermédiaires, du trajet. J'ai demandé à Sandwich de m'accorder à nouveau mon poste à l'hôpital dès que je serai de retour. Comme ça, tu es au courant."

Il brandit la lettre. "C'est une étape formelle dans tout le processus. Cela ne veut rien dire. Jusqu'au dernier moment, je peux me faire remplacer si j'en ai envie."

Elle acquiesça. Ce n'était rien qu'une lourde botte qui écrasait l'herbe. Elle sèmerait des cardons cette année, contre le mur chaud du jardin. Elle se réjouissait déjà à l'idée de voir ces plantes hautes de plusieurs mètres qu'elle attacherait avec des bandes de drap déchirées, les feuilles rassemblées les unes à côté des autres pour que le soleil ne brûle pas la verdure tirée de sa torpeur. Elle découperait les tiges blanches en morceaux et elle les ferait cuire. Ce serait alors bientôt l'automne et elle aurait un ventre plat. Un enfant serait allongé dans son berceau et un autre enfant serait parti. Ce n'était rien. Elle ne pouvait pas imaginer la situation, de même qu'elle ne pouvait pas croire qu'il pousserait à nouveau quelque chose dans le jardin gelé. Une seule journée à la fois, se dit-elle, pas à pas. Qui allait manger ces cardons, au juste ?

Dans l'après-midi, deux lettres furent apportées, une pour lui et une pour elle. Assis l'un en face de l'autre devant la cheminée de la pièce, ils lisaient. James leva la tête le premier. "La réponse de Sandwich, dit-il. Il a été rapide. Je suis nommé. Demain, je vais hisser mon pavillon sur le *Resolution*. Et m'assurer qu'ils se dépêchent pour les réparations, ces misérables bricoleurs dans ce dock. Je peux rentrer à Greenwich quand je veux, c'est marqué noir sur blanc. Et toi, qu'as-tu reçu comme nouvelle ?"

Elle replia sa lettre et la rangea dans sa veste. "C'est mère. Elle dit que c'était agréable, l'autre jour, quand je lui ai rendu visite avec Nat." A son étonnement, elle n'avait pas rougi et elle n'avait même pas eu à réfléchir pour inventer son mensonge.

"Cela ne ressemble pas à ta mère d'envoyer un mot, j'ignorais qu'elle savait écrire. Tu dois vraiment lui avoir fait un immense plaisir. Il faut que je m'en aille. Ils m'attendent au café."

Elle patienta le temps d'entendre la porte se refermer derrière lui pour sortir la lettre et la relire.

Elizabeth, chère Elizabeth,

Je suis totalement désemparé depuis notre dernière conversation malheureuse. Je pense à toi jour et nuit, à ta déception, à ta colère. Je te parle, sans cesse. Tu me reproches le départ de James. Je le comprends. Il ne devrait pas partir, il est trop fatigué, c'est en tout cas trop tôt après son retour. Tu dois comprendre que je ne peux pas le retenir. Je le connais depuis plus longtemps que toi et, en tant que marin, mieux que toi. Je sais qu'il est inutile de le convaincre de rester à la maison. Crois-moi, chère Elizabeth. Il ne peut en être autrement.

Ce que je ne supporte pas, c'est ta froideur. Nous ne devons pas laisser persister un malentendu entre nous. Ton amitié m'est plus précieuse que je ne puis le dire. Permets-moi, je t'en prie, d'essayer de m'expliquer. Accepte de me recevoir quand je viendrai te rendre visite cet après-midi. S'il te plaît.

HUGH

Sa main qui tenait la lettre tomba sur ses genoux. Elle resta assise, immobile, songeant aux occupations pour lesquelles il faut de la force musculaire : essorer des draps, faire des trous dans la terre pour des plantations, frotter les sols. Le temps s'écoulait.

Quand le heurtoir retentit, elle se leva d'un bond, rougissant, troublée. Elle entendit la servante entrer dans le couloir, une voix d'homme étrangère, une conversation, des rires. La curiosité l'incita à sortir de la pièce, elle se précipita dans le couloir et vit le cordonnier qui tenait un paquet dans les mains.

“Les bottes pour le jeune homme, dit-il, triomphant. “Vous voulez les voir ? Le papier tomba par terre dans un bruissement. L’homme caressa le cuir mis à nu, puis tendit à Elizabeth les bottes d’enfant. Ah, il a déjà des pieds si larges, se dit-elle, tout de même plus grands que je m’étais imaginé. Pas un pli, pas encore d’endroit usé. Avec son modeste poids, il va marquer ces chaussures de son empreinte, elles s’adapteront à ses orteils, à son talon. Elle passa sa main sur les tiges immaculées des bottes, ses doigts le long de la surpiqûre des semelles lisses, plongeant un instant le nez entre ces jumelles odorantes.

“Je ne devais pas prendre les mesures du capitaine ?” demanda le cordonnier. Elle leva les yeux et serra les bottes contre sa poitrine. “J’ai complètement oublié, dit-elle. Il est au café, vous pouvez aller lui demander s’il en a besoin. Je ne sais pas.”

L’homme acquiesça et la laissa dans le couloir, entourée de l’odeur de cuir.

Le heurtoir retentit pour la deuxième fois ; elle était prévenue et attendit sans bouger sur sa chaise dans la pièce que l’on fasse entrer Hugh Palliser. Elle posa les bottes, qu’elle tenait encore dans les bras, sur la table puis le regarda.

Il avait l’air franchement mal en point, les yeux cerclés de rouge et le manteau mal boutonné. Il alla s’asseoir en face d’elle sans qu’elle l’y invite, poussa les bottes de côté et s’inclina dans sa direction en s’appuyant sur ses avant-bras.

Lui, se dit-elle, lui. Lui qui allait m’aider. Lui qui me comprenait. Lui qui n’allait pas me laisser tomber. Qui parfois savait mieux ce que je pensais que moi-même. Qui avait suivi à côté de moi le cercueil de ma fille. Mais que se passe-t-il donc, de quoi s'agit-il ? Qu'est-ce que j'attends au juste – que cet homme s'emploie à maintenir ma famille unie ? Pourquoi le ferait-il ? S'il s'engage à quoi que ce soit, c'est dans l'intérêt de James. Et je suis si bête que je mets ces deux affaires sur le même plan. Si je suis déçue, si je souffre de l'avoir démasqué, c'est ma faute. Je me suis laissée aller. J'ai eu des souhaits et des attentes.

Des images tournoyaient dans sa tête : sa mère, qui parlait d'herbe avec une bouche pleine de chicots gris ; James qui, lui tournant le dos, écoutait l'histoire de la mort d'Elly ; Palliser, qui l'avait laissée pleurer sur son bras nu.

Elizabeth posa elle aussi ses bras sur la table. Elle ouvrit les mains. "Je n'ai rien à t'offrir, rien à te dire, dit-elle. Il vaut mieux que tu partes."

A toute vitesse, il lui agrippa les avant-bras. Elle fut surprise de la force avec laquelle il étreignait sa chair. Il approcha son visage du sien et ouvrit la bouche quand la porte s'ouvrit brusquement. Effrayés, ils regardèrent tous les deux James qui emplissait l'encadrement de la porte de son grand corps. Ses yeux glissèrent des bras entrelacés sur la table, au visage grimaçant, troublé, de Palliser, puis aux joues rouges d'Elizabeth. James porta ensuite son regard plus loin dans le jardin et ils purent enfin se détacher l'un de l'autre.

Je vais m'évanouir, se dit-elle. Le visage de Palliser était d'une pâleur cadavérique. Absent, il regarda ses mains qui gisaient sur la table, sans but. Aucun salut ne viendrait de lui. Ne devait-elle pas elle-même briser le silence ? Mais comment ? Il faisait froid dans la pièce ; elle se retourna et vit que le feu dans la cheminée s'était réduit à des braises d'où ne jaillissaient plus de flammes.

"Je t'attendais au café, dit James. Mais tu es là. Tu viens avec moi ? J'ai terminé."

Rien ne transparaissait dans sa voix. Pourtant, c'était un excellent observateur. Lors de ses voyages, il était totalement dépendant de ses capacités d'observation. A l'expression du visage de l'autre, à sa posture et à ses gestes, il lisait ses intentions. Pacifique ? Hostile ? Il y était bien obligé, en l'absence d'une langue commune. Pourquoi ne voyait-il pas ce qui se déroulait ici ?

Il s'était retourné un peu impatiemment et avait arrangé son foulard devant la glace. Leurs regards se croisèrent. Rien ne se produisit.

Hugh Palliser se leva lentement en produisant des craquements. James revint dans la pièce et lui tendit, visiblement tout juste à temps, sa canne.

"Ce n'est pas un de mes meilleurs jours", dit Palliser d'une voix enrouée. Il toussa de façon circonstanciée dans son mouchoir. "Si nous commencions par aller boire un verre, cela ira certainement mieux après. Elizabeth, j'espère pouvoir bientôt te parler plus longuement. Au revoir."

Trop stupéfaite pour ne serait-ce qu'acquiescer, elle écouta les bruits des pas dans le couloir. Puis elle se leva pour regarder à travers la fenêtre étroite du côté de la rue. James avait donné le bras à Palliser ; serrés l'un près de l'autre, les hommes avançaient lentement dans la rue. Elle vit leurs lèvres bouger, leurs yeux s'illuminer, une tête se secouer, un sourire – elle vit deux amis qui se réjouissaient de s'être rencontrés par hasard. Elle remarqua à quel point ils se ressemblaient, vus de dos. Grands, maigres, les mollets fins et les épaules prononcées. Leurs visages étaient différents : James, avec ses gros sourcils et ses yeux perçants, avait un air rude ; Hugh avait le plus souvent une expression gentiment moqueuse sur son visage ovale, équilibré. Mais pour l'instant, elle ne les voyait pas de face.

Je devrais ressentir quelque chose, pensa-t-elle, de la colère, ou du dépit par exemple. Du chagrin, ou la tristesse qui suit un abandon. Mais je ne sens rien. J'attends qu'une tempête se lève à l'intérieur, mais il n'y a pas un souffle de vent. Elle se massa le ventre jusqu'à ce qu'elle sente l'enfant bouger. Pression et contre-pression, un petit jeu naissant.

Nat rentra à la maison et rayonna quand il vit les bottes. Ils burent du thé et parlèrent des soins à apporter au cuir. Il alla chercher le pot de graisse pour les bottes dans l'arrière-cuisine et ils commencèrent à cirer et à frotter, chacun avec une botte sur les genoux. Le cuir se fonça, s'enrichit et se mit à briller sous les chiffons. Nat soupira. Il retira d'un coup de pied ses chaussures usées sous la table et enfila sans peine les nouvelles bottes souples. Parfaites.

Chère Frances, le printemps est presque de retour, dans notre jardin fleurissent les ellébores d'hiver et les crocus, il est grand temps de t'écrire. Des nouvelles sur la guerre nous parviennent bien sûr, j'en lis dans les journaux et je pense à toi. J'espère que tu ne cours aucun danger, que tu ne t'aperçois pas trop de ce qui se passe dans l'isolement où vous habitez. Je ne connais rien à la politique ; je sais en revanche que l'arrogance et l'ivresse du pouvoir de notre gouvernement me déplaisent. Pourquoi n'avez-vous pas le droit de devenir une nation indépendante ? En quoi l'Angleterre a-t-elle son mot à dire ? Et tous ces combats, tous ces jeunes gens morts inutilement – non. Cela n'a aucun sens.

Parfois je pense tout comprendre. Il semblerait que ce soit comme se séparer d'un enfant. Je compare alors l'Amérique à notre Jamie, qui est parti si enthousiaste de la maison. Moi aussi j'aimerais aller le chercher avec un bateau rempli de canons ; quand je vois à quel point il est heureux à Portsmouth, cette envie disparaît. Je le laisse tranquille.

Cet hiver, Nathaniel s'est rebellé contre son avenir. Il était très silencieux et renfermé. Ces derniers temps, il va mieux. Mon cousin Isaac, tu dois sûrement t'en souvenir, lui a parlé et l'a apparemment un peu rassuré sur la vie de marin. Je dois t'avouer que je trouve affreux de laisser partir Nat. Il est tellement vulnérable, si inadapté à la sauvagerie de cette vie en communauté à l'école – mais peut-être est-ce que je me fais des idées et qu'il y trouvera finalement son chemin, une manière de faire tout de même ce qu'il aime. En tant que mère, on est toujours en retard, l'enfant est toujours plus avancé et plus solide qu'on ne le croit.

Je veux t'écrire à propos de James. Tu sais qu'il a été nommé à l'hôpital, un poste honorifique, une sorte de retraite en remerciement de ses bons et loyaux services. J'en étais très heureuse, car cela signifiait enfin la tranquillité, enfin une vie de famille sans crainte ou incertitude. Je t'écris au passé, Frances, car tout semble indiquer que les projets ont à nouveau changé. L'Académie, l'Amirauté, oui, même le roi – tous brûlent d'une passion pour les sciences et de curiosité. Maintenant que l'hémisphère sud a été décrit, le côté nord doit aussi être cartographié. James a proposé de diriger l'expédition. Ils se sont bien entendu empressés d'accepter avidement sa proposition. Maintenant que je l'inscris sur le papier, on dirait que je m'y suis résignée, mais à toi je peux bien confier que je n'ai aucune idée de ce que j'en pense. Est-ce que je serai seule à la maison cet été ? James en mer, les garçons à l'école et moi ici avec toutes ces chambres et ces pièces vides. Quant au bébé, j'ose encore à peine y penser.

A vrai dire, je ne crois pas que cela va arriver. Je pense que James fait tout comme ; qu'au dernier moment il cédera le commandement à son collègue et restera tout bonnement à terre. C'est un sentiment très fort dont je ne parviens pas à me débarrasser. Je suis tout simplement convaincue.

En ce moment, il est très occupé par les préparatifs, il dit que les bateaux au chantier naval de Deptford ont été considérablement négligés, il faut qu'il prenne des mesures ; il fait des listes de ce qui doit partir, je les vois posées sur la table ; il a des entretiens avec les officiers qui ont proposé leurs services. Mais une fois que tout sera achevé, une fois qu'il sera satisfait de l'équipement pour cette grande entreprise – il se retirera.

Ou est-ce que je me berce d'illusions ? J'aimerais tant qu'il voie cet enfant naître, qu'il le voit grandir. Frances, que dois-je faire ?

Récemment, j'étais chez ma mère. Elle m'a dit : Laisse faire, ne résiste pas. Je ne sais pas ce que je dois en penser.

Je te serre dans mes bras, chère Frances. Réponds-moi vite.

Heureux comme un enfant, se dit-elle en le voyant. Il marchait d'un pas élastique et le dos droit, il lui sourit et agita une lettre qu'il tenait dans la main.

"Membre de l'Académie ! s'écria-t-il, presque trop fort, d'une voix presque cassée. Ils m'ont accepté. Le 7 mars, c'est la date prévue pour mon discours inaugural."

Il avait les cheveux dressés sur la tête et son habit était ouvert. Elle eut soudain le sentiment insupportable de devoir dire quelque chose, faire quelque chose de toute urgence. Elle se leva, fit deux pas dans sa direction ; pourquoi devait-elle se montrer si contente, si étonnée, il était évident qu'il allait être élu, jamais elle n'en avait douté un seul instant – lui si, visiblement, mais pourquoi ? Elle eut honte.

"C'est formidable, James", dit-elle en le serrant dans ses bras. Elle chuchotait des félicitations dans sa veste, elle sentait ses côtes, l'amorce de ses omoplates, les profondes inspirations de ses poumons.

Il se dégagea, il avait besoin de rester en mouvement. "Ils proposent chaque année une médaille pour le meilleur discours, tu sais ? Si tu la reçois, tu es vraiment quelqu'un, tu es entré en concurrence avec les esprits les plus fins. Tu fais partie de l'avant-garde de la science."

Un puits sans fond, se dit-elle. Jamais il n'en aura assez. On y jette des cargaisons de reconnaissance et de louanges, mais cela ne sert à rien. Je dois arrêter de réfléchir, je ne dois pas le regarder ainsi, je ne dois pas garder une distance critique, mais tout simplement participer à sa vie. Me réjouir avec lui.

"As-tu déjà terminé ton discours ? Pendant combien de temps dois-tu parler ? Est-ce que c'est ouvert au public ?

— Non, je ne pense pas, dit-il. C'est une séance à huis clos, strictement réservée aux membres.

Cela doit durer une heure. J'avais écrit un texte, mais je ne sais pas du tout si c'est suffisant. Ou trop long. Tu veux le voir ?"

Elle acquiesça et le précéda dans la pièce, où elle s'assit à la table, les bras croisés, attendant.

"Entraîne-toi, dit-elle. Donne-moi ta montre, je vais regarder combien tu prends de temps."

James sortit une pile de papiers et commença à les classer. Il retira sa montre et la posa sur la table devant Elizabeth. Ensuite il se posta, les jambes écartées, dans l'espace libre entre la table et la porte et se mit à parler.

"Plus lentement, dit-elle. Imagine que tu te trouves dans une salle, un immense local rempli de gens. Tu dois les regarder. Leur dire bonsoir. Attirer leur attention."

Etonné, il la regarda. Il sourit.

"Il me faut un pupitre, comme là-bas. Pour poser mes affaires. Et un verre d'eau."

Comme des enfants préparant une pièce de théâtre, ils s'affairaient ici et là. Il descendit de l'étage le pupitre à musique de Nathaniel, elle apporta dans la pièce une cruche d'eau.

Il ajusta ses manchettes, posa le texte devant lui et accueillit l'auditoire imaginaire.

"J'ai intitulé ma conférence : De la santé des marins."

Il leva les yeux et commença, sans plus jamais regarder le papier, à parler avec enthousiasme. A raconter, en fait. Il l'entraînait, elle n'avait pas le moindre effort à faire pour rester passionnée. Quand il se lança, elle s'obligea à jeter un coup d'œil sur la montre. Il faut que je me souvienne, onze heures quinze, dix doigts et un pouce, il ne faut pas que j'oublie.

Au début, ses yeux s'arrêtaient à des détails qui détournaient son attention : une tache sur le pantalon blanc, le doigt qu'il levait pour dessiner dans l'air une liste de points importants, le crissement de ses semelles sur le sol. Bientôt, elle cessa de les remarquer.

Il décrivait de façon pittoresque les menaces qui pesaient sur la santé à bord : l'habitude dégoûtante des matelots de faire leurs besoins dans l'entrepont, surtout par mauvais temps ; les punaises, les puces et les poux qui se sentaient chez eux dans les vêtements non lavés et les cheveux sales ; la chaleur des tropiques, le froid du pôle, considérablement aggravé par la tendance à échanger les vêtements avec des indigènes contre de la nourriture et de l'amour. L'amour lui-même et la maladie qui y était associée. Enfin, l'ordinaire à bord – des biscuits aux asticots, du petit salé puant, de l'eau croupie.

Il racontait les mesures qu'il avait appliquées et comment il s'y était pris pour amener l'équipage à suivre ses indications. Quand il ne suffisait pas d'expliquer et de montrer l'exemple, il menaçait d'imposer des sanctions. Les vêtements d'hiver étaient mis sous clé, on ne les distribuait que lorsqu'il gelait puis on les reprenait. L'entrepont où dormaient les matelots était régulièrement soumis à une inspection et devait être nettoyé tous les jours à l'eau vinaigrée. Les aliments frais primaient par-dessus tout ; quand il en manquait, on servait de la choucroute à table.

Pour les questions d'amour, il n'y avait pas grand-chose à faire, il ne pouvait pas enfermer ses hommes. "Je le tolère parce que je ne peux pas l'empêcher", dit-il. Cela lui était visiblement douloureux. Naturellement, le médecin contrôlait tous ceux qui descendaient à terre, mais apparemment la maladie pouvait se cacher chez des hommes qui, à première vue, donnaient l'impression d'être en bonne santé. C'était affreux de voir en début de soirée l'exode des matelots et des hommes de troupe, excités et réjouis, ils couraient à la rencontre des jeunes filles indigènes, ils passaient la soirée à rire, danser et boire. Le soleil se couchait et, dans sa cabine, le capitaine se disait qu'une maladie contre laquelle il n'existait pas de remède se propageait dans l'île à ce moment-là. Affreux. Parfois, il en remarquait les conséquences quand il revenait par hasard, des années plus tard, sur la même île. Il en avait honte.

Des chiffres ! Des taux de mortalité ! Il comparait les pertes en hommes d'équipage sur les bateaux de la marine et sur les navires marchands avec ses propres résultats pendant ses deux tours du monde. Il n'y avait plus de scorbut. Il en décrivait les symptômes répugnants. Eradiqué ! Quand au bout de dix semaines de navigation le long des glaces du pôle Sud un membre de l'équipage montrait les moindres signes de la maladie, il se voyait aussitôt administrer du jus de carotte. Dès que le bateau jetait l'ancre, où que ce soit, le capitaine envoyait en excursion une équipe préposée à la verdure pour ramasser des plantes comestibles. Cela aidait. Hygiène, régime et discipline étaient venus à bout de la maladie.

Elle se sentait fière de ce qu'il avait conçu, de ce qu'il avait fait et de sa façon de le raconter. Il était arrivé à la fin de son discours et commençait une longue énumération de noms. Des remerciements. Des excuses pour sa manière singulière d'aborder les problèmes. Une apologie de la marine, une ode à la bienveillance de lord Sandwich, un hymne au roi…

"Tu dépasses de cinq minutes", dit-elle.

Il la regarda, stupéfait, laissa retomber les bras le long de son corps et fit un pas en arrière.

“Je pensais que c’était trop court, dit-il d’une voix étonnamment enrouée et faible. Tu as bien regardé ?”

Elle lui tendit la montre. Midi vingt. Il sourit et enfouit la montre dans la poche de son gilet. Libéré, il finit de boire son verre d’eau.

“Qu’en as-tu pensé ? Si c’est trop long, il faut que je parle plus vite. Ou alors, je vais supprimer le passage sur les maladies vénériennes ? C’est mieux, je crois, un sujet inconvenant. Et un problème face auquel je suis impuissant. Je l’élimine, comme cela je serai dans les temps.

— C’est ridicule, dit Elizabeth. Ton discours traite de la maladie. Or c’est bien une maladie, que tu puisses y remédier ou non. C’est de la science, James, il ne s’agit pas de succès, mais de faits. Si tu n’es pas honnête sur ce sujet et évites certains thèmes pour des considérations de bienséance, cela n’a aucun sens. Ce que tu dois supprimer, ce sont les remerciements et les mentions honorifiques, cela ne rime à rien. De quoi leur serais-tu reconnaissant ? Ils peuvent s’estimer heureux de t’avoir, il n’y a aucune raison de passer de la pommade au roi et à Sandwich. N’hésite pas, supprime tout cela.

— Tu es sérieuse ? Tu crois que c’est possible ?

— Mais certainement. Tu présentes tes conclusions, le résultat de ton intervention, puis tu remercies le public d’avoir été si attentif. Voilà ce qu’il faut faire.”

Où allait-elle chercher tout ça ? Comme si elle savait ce qu’il fallait faire. Pourtant, elle le savait, elle sentait qu’elle avait raison et l’air soulagé et content de James le lui confirmait. Peut-être était-ce possible, se dit-elle. Si elle le soutenait suffisamment, si elle le comprenait assez – alors ils pourraient affronter ensemble cette société énigmatique, alors James pourrait aussi se sentir capitaine dans une salle de conférence ou au palais.

Soudain, elle se sentit épuisée. Elle s'adossa à son fauteuil et soutint son ventre de ses mains. Le visage sympathique de Palliser lui vint à l'esprit ; elle voulut se débarrasser de cette image, c'était pourtant un traître, il l'avait laissée tomber et il avait négligé le bateau de James, une double trahison, impardonnable. Mais, se dit-elle, mais… Elle essaya de se rappeler à l'ordre. Elle était seule à présent, jamais plus elle ne se confierait à une personne qui prétendrait être un ami. Elle avait été naïve. Faible. Il l'avait consolée, il lui avait proposé son bras nu. C'était comme si un gouffre sombre s'ouvrait en elle. S'y noyer. Y disparaître. Elle manqua d'air et se redressa sur son fauteuil, elle se sentit rougir. Il faut arrêter, se dit-elle, ne pas penser. Il s'agit maintenant de James, de nous.

Il avait remis de l'ordre dans ses notes et les rangeait soigneusement dans une chemise en cuir.

"Tu es formidable, dit-il. Merci. Tu m'as énormément aidé. Si j'obtiens la médaille, je te la donnerai."

Elle se leva pour le serrer dans ses bras. Elle lissa les pans chiffonnés de sa veste, elle balaya ses cheveux de son front et tira ses manchettes sur ses poignets. Dans les bras l'un de l'autre, ils se tenaient devant la fenêtre et regardaient le jardin.

"Voilà, dit-il. C'est ici. Notre territoire. C'est de cela que nous devons nous contenter. Je vais faire bêcher quelques trous pour la plantation de tes cardons. Là-bas derrière, contre le mur. Tout ce terrain. On n'y décèle aucun mouvement. Nous y sommes amarrés.

— Oui, dit-elle. C'est une belle conférence. Tu vas avoir du succès. Même quand on est amarré, on peut faire de bonnes choses. Laisse tomber cette gratitude. Tu es arrivé là où tu es par tes propres moyens."

Il acquiesça et continua de regarder dehors.

"Des jardins. J'aurais bien aimé traiter aussi de cet aspect, le projet des jardins du monde. Imagine : sur chaque île, un potager et un verger, un champ de pommes de terre, un pré avec quelques chèvres et des cochons. Des poulets. Chaque bateau de passage peut venir compléter les réserves. On peut former à l'horticulture les indigènes qui ont du bon sens. Le roi pourrait leur verser un salaire. Une clôture tout autour, une porte d'entrée avec une couronne et un drapeau anglais. C'est souvent toute une affaire d'acheter de la nourriture, cela prend des journées entières de formalités et d'intrigues. Parfois, on ne trouve rien du tout. Quel soulagement ce serait s'il y avait tout bonnement une sorte de magasin. Faut-il que j'en parle aussi ?"

Elle rit. Il lui lança un regard irrité, puis il rit avec elle.

Qu'il parte ou qu'il reste, se dit-elle, je vais accoucher et quelqu'un doit m'y aider. Dans trois mois le moment sera venu, cela va inévitablement se produire. Comme le départ de James était incertain, tout paraissait incertain et sa tentation était forte de rester assise dans un fauteuil en tournant le dos à l'avenir. L'enfant donnait des coups de pied contre la paroi de son ventre. Elle se hissa en haut de l'étroit escalier qui montait jusqu'au grenier pour inspecter le berceau. Elle en sortit le petit matelas et les couvertures, il fallait certainement les aérer, les laver. Le berceau était trop lourd et trop grand pour qu'elle le traîne jusqu'en bas, quelqu'un d'autre devait le faire. Il régnait une odeur de moisi et d'humidité, de la lumière pénétrait par une petite lucarne à l'autre bout du grenier et le berceau se dressait comme un animal sombre dans la pénombre. Elle lui lança un coup de pied, soudain furieuse contre cette cage à enfant de mauvais augure. Trois enfants étaient morts dans ce petit lit, elle était folle de l'avoir gardé, il fallait le brûler, le hacher en morceaux et le jeter dans le fourneau. Pour le nouvel enfant, il fallait un nouveau berceau, un qui soit clair, en rotin, en bois de bambou, peu importe, autre chose. Elle devrait aussi jeter ce répugnant matelas, avec les couvertures. Les couvertures d'Elly.

Elle serra les pans de tissu moisi contre sa poitrine sans plus savoir quoi faire. Rester assise là, se dit-elle, juste rester un instant assise sur cette chaufferette. Je ne veux pas, voilà le problème, je ne veux plus continuer, mais il le faut pourtant. Bientôt je serai heureuse avec l'enfant, vraiment heureuse. Mais c'est impossible, c'est une trahison vis-à-vis d'elle. Je ne pourrai plus jamais être heureuse. Mais là aussi c'est une trahison, vis-à-vis du nouvel enfant.

Ses yeux s'habituèrent à l'obscurité et elle découvrit, de côté derrière une grosse malle, le cheval avec lequel sa fille jouait quand elle était allée dans la rue. Personne ne l'a jeté, il est encore là, Frances l'aura monté au grenier, pour le cacher, le faire disparaître.

Elle fit surgir l'animal et prit la corde dans sa main. C'était la dernière chose qu'Elly avait tenue dans son poing d'enfant de quatre ans. Son cheval. L'extrémité de la corde était salie et usée. Elle se frotta le visage avec, les yeux, elle essayait de déceler l'odeur de son enfant, elle cherchait une odeur salée de transpiration enfantine. Il n'y avait rien. Un cheval mité avec un bout de corde. Des couvertures moisies, un matelas crasseux.

Elle drapa les couvertures soigneusement sur le cheval et dissimula le tout derrière le matelas. Elle pouvait laisser ces affaires dans cet état. Elle n'avait rien à chercher ici au grenier, parmi les meubles mis au rebut et les objets étranges que James avait rapportés. Ce musée poussiéreux l'oppressait chaque minute davantage. Les masques la regardaient de leurs trous noirs censés représenter les yeux. Les nattes de jonc tressé décorées de plumes, les paniers ouvragés, les lances aux extrémités pointues – et parmi toutes ces affaires exotiques les restes pitoyables d'une triste vie domestique : une petite armoire sans porte, une pile de serviettes de toilette usées, un seau avec un trou au fond.

L'idée de l'énergie et de la volonté qu'il faudrait pour faire enlever toute cette misérable pagaille la décourageait. Elle ferma subitement la porte basse et descendit.

Bien que le froid fût encore glacial, on sentait un soupçon de printemps dans l'air. Les perce-neige et les ellébores d'hiver étaient en fleurs au milieu de l'herbe grisâtre et, quand le vent tombait un instant, elle sentait le soleil sur son visage.

La sage-femme avait posé les mains sur le ventre d'Elizabeth. Elle ferma les yeux et se concentra sur la position et la taille de l'enfant. Encore deux mois, dit-elle. Un enfant vivace, il bougeait et donnait des coups de pied. Il ? avait pensé Elizabeth étonnée, je porte pourtant une fille depuis tout ce temps, comment se fait-il que je sois soudain enceinte d'un fils ? Cette femme n'a pas bien senti, c'est impossible. Un bébé fille peut aussi bouger et donner des coups de pied. Elles s'étaient entendues sur les draps, l'eau chaude et la provision de couches. Aux premiers signes de l'approche de l'accouchement, Elizabeth enverrait Nat chercher la sage-femme. Il était inutile de rester seule à attendre pendant des heures, avait dit la femme. Je vous tiendrai compagnie, nous attendrons ensemble.

James sera là, tout de même, s'était-elle dit, il sera à côté du lit ; pendant l'accouchement il descendra, nous l'appellerons quand l'enfant sera là. Il viendra avec une bouteille de porto et trois verres. Il tiendra sa fille, il rayonnera de fierté et de bonheur. Nous boirons alors à sa santé, à ce qu'elle reste saine et sauve. Je ne suis pas seule du tout. Mais elle se tut.

Elle fit un détour en longeant le fleuve. L'eau scintillait sous le soleil et les poules d'eau, ces volatiles nerveux, étaient occupées à faire un nid. Devant elle, à quelques mètres, marchaient deux personnes, un garçon maigre et un homme. Surprise, elle reconnut son fils ; elle ne le voyait jamais se déplacer avec tant d'enthousiasme et d'énergie. A côté de qui marchait-il ? Elle accéléra le pas jusqu'à ce qu'elle distingue l'homme clairement : Isaac. A présent, elle entendait aussi leurs voix, le son aigu, excité, de celle de Nat et la réplique claire d'Isaac. Elle ralentit le pas, comme si elle avait peur que Nat ne s'effondre en la voyant entrer dans son champ de vision.

Laisse-le donc, se dit-elle, il rit, il pose des questions, il s'intéresse à ce qu'Isaac lui raconte. Laisse les choses se faire, je saurai bien assez tôt de quoi il retourne.

Elle choisit d'emprunter un sentier entre les jardins pour rentrer à la maison. Une demi-heure plus tard, Nat fit son apparition dans la cuisine, les épaules tombantes. Elle voulut lui demander de quoi il avait parlé avec Isaac mais, avant qu'elle ait eu le temps de s'en apercevoir, il avait de nouveau disparu et elle l'entendit accorder son instrument.

La soupe. Elle pêcha l'os à moelle dans le bouillon brûlant et se mit à découper le chou et les carottes d'hiver. Elle sursauta quand on tapota contre le carreau, son couteau dérapa et elle se coupa les doigts. Les extrémités de ses doigts ensanglantés dans la bouche, elle regarda Isaac qui referma doucement la porte derrière lui.

“Je t'ai fait peur ? Je suis désolé. Fais voir ? Viens, je vais pomper de l'eau. Il faut bien rincer, sinon tu vas avoir des ennuis.”

Ces frayeurs, se dit-elle, il faut que je m'en débarrasse. Je me comporte comme si on pouvait à tout moment me surprendre en train de commettre un méfait.

“Tu as un linge propre ?” Il lui prit le poignet et tint sa main sous le jet d'eau. “La coupure n'est pas profonde. Garde la main levée un moment, cela va bientôt s'arrêter.”

Il enroula un mouchoir autour de ses doigts et glissa une chaise devant elle. Elle posa son coude sur la table et tint son avant-bras dressé, le tissu blanc comme un drapeau en signe de capitulation au sommet. Ils ne purent s'empêcher de rire tous les deux.

“Je t’ai vu te promener avec Nat, vous aviez l’air si gais.

— Je le renseigne, dit Isaac. Je le mets au courant des règles de l’école navale. Des ficelles pour s’en sortir le mieux possible là-bas. Il a de la chance que Jamie y soit déjà, c’est très avantageux d’avoir un élève plus âgé comme protecteur, ils y réfléchissent tout de même à deux fois avant de te brimer. Les enfants du capitaine. Cela peut être un inconvénient. Ils éprouvent du respect, mais ils sont aussi envieux. Il faut qu’il vérifie, avant de se coucher, les nœuds de son hamac. Il doit emporter dans son lit ses nouvelles bottes parce qu’ils n’hésiteront pas à en découper un morceau ! Je lui ai tout expliqué. Et il faut qu’il cherche un ami dès le premier jour. Qu’il regarde qui a l’air gentil, fiable. Dormir l’un à côté de l’autre, se surveiller, s’aider. Ce genre de choses.”

Si jeune, se dit-elle, si enthousiaste, si vivant. L’avenir est une fête dont il se réjouit d’avance.

“Il faut qu’il fasse quelque chose de sa musique, poursuivit Isaac. Le violon, cela ne sert à rien à bord d’un bateau – si, pendant son temps libre, pour jouer des airs quand on danse et on boit. Il vaut bien mieux qu’il sache jouer de la trompette, comme cela il pourra devenir musicien de la marine. Il va demander à son professeur de commencer dès maintenant. A l’école, il pourra continuer à suivre des cours. Je trouve ça superbe, la trompette. C’est de cela que nous parlions. Le capitaine va-t-il rentrer bientôt ? Je voudrais lui demander quelque chose. Si je peux partir sur son bateau, pas sur l’autre. Tu crois qu’il sera d’accord ?”

Elizabeth retira le mouchoir de ses doigts et regarda la plaie sanglante. Voilà qui était vrai, pendant des semaines elle allait sentir la blessure, voir la fine cicatrice. Le temps. Le corps.

"Il voudra certainement t'avoir auprès de lui, dit-elle. S'il part.

— Si ? C'est décidé, nous en avons tous été informés ! Le capitaine prend le commandement. On peut s'inscrire. Je l'ai fait aussitôt. Je compte bien embarquer."

Faut-il que je le déçoive ? Que je lui explique qu'il s'agit d'une stratégie, d'une façon de garder une emprise sur l'expédition ? Mieux vaut se taire. Clerke s'occupera bien d'Isaac lui aussi.

"Je vais le dire au capitaine. Je lui transmettrai tes amitiés et je lui dirai que tu te réjouis de t'asseoir à nouveau avec lui à la table à dessin. D'accord ?"

Isaac acquiesça d'un air rayonnant. Il était fier de ses compétences cartographiques, une des cartes qu'il avait dessinées allait être publiée dans le livre, le savait-elle ? Et maintenant il allait à nouveau cartographier d'autres côtes, d'autres langues de terre inconnues, au nord, infatigable, dans les règles, jusqu'à ce que le monde entier soit décrit avec précision. Il se balançait d'avant en arrière sur sa chaise et dessinait des côtes imaginaires dans l'air.

"Je vais me reposer un instant, dit-elle. Je suis contente que tu aies parlé à Nat, il en a besoin et moi je ne peux pas le faire. Merci."

Isaac se leva, stupéfait par la tournure de la conversation, par cette séparation rapide.

"Fais attention à tes doigts, il ne faut pas que cela s'infecte. Je reviendrai très bientôt." Il l'embrassa sur la joue. Restée assise, elle le regarda s'éloigner d'un pas énergique.

Durant la première semaine de mars, James prononça son discours inaugural devant l'Académie des sciences. Elizabeth avait préparé pour lui la veste de son uniforme et une chemise neuve et l'aida à mettre sa perruque. Le carrosse qui venait le chercher arriva à grand fracas ; James plia ses notes pour les glisser dans sa poche intérieure, il embrassa Elizabeth et sortit en courant. Il laissa la porte ouverte. Elle agita la main tandis que le carrosse s'éloignait.

Des heures plus tard, il rentra satisfait à la maison et raconta les compliments qu'il avait reçus des savants qui étaient présents. Tout le monde était là. Même Forster avait écouté attentivement. Le discours avait duré exactement une heure, puis un débat enthousiaste avait eu lieu. Sur les faits, aucune spéculation ; avec des hommes de la pratique, des médecins, des botanistes, les philosophes étant restés pour leur part silencieux. Une soirée merveilleuse, James était si excité qu'il n'avait pas pu s'endormir tout de suite. Ils étaient restés assis ensemble devant le feu éteint et Elizabeth avait écouté la musique de sa voix sans que ses paroles ne lui pénètrent l'esprit.

Maintenant que son discours avait été prononcé, il avait le temps de s'occuper des nominations et de recevoir les officiers qui avaient obtenu un poste sur le *Resolution*. Il restait donc à la maison en fin d'après-midi. Les fenêtres de la pièce étaient ouvertes, il faisait exceptionnellement doux et les oiseaux picotaient dans le jardin. Elizabeth se tenait à l'écart pendant ces visites et se retirait dans sa chambre. Il y faisait lourd aujourd'hui. Elle s'était endormie un moment et fut réveillée quand, en bas, la porte du jardin s'ouvrit. Des voix d'hommes, le frottement de semelles en cuir sur la pierre. Elle se glissa hors de son lit et alla s'asseoir sur le petit banc devant la fenêtre, en restant cachée derrière le rideau. Avec précaution, elle ouvrit un peu plus grande la fenêtre.

Les mains dans le dos, James flânait dans le jardin. A côté de lui se tenait un homme d'environ vingt-cinq ans dans un uniforme impeccable, tout aussi grand et maigre que James. Ils examinaient les plantes tropicales dans le jardin et parlaient des îles dont elles venaient.

"Dans les jardins du roi, dit le jeune homme, j'ai vu ces mêmes plantes. Là-bas, elles sont nettement plus grandes.

— Là-bas ils ont un excellent jardinier, dit James, qui va sans doute participer lui aussi à l'expédition. Il se nomme David Nelson. Banks a beaucoup d'admiration pour lui, et avec raison."

L'homme acquiesça. "Qui d'autre va venir ? Nelson n'est pas botaniste, n'est-ce pas ? Il me semble particulièrement important de s'assurer de la présence à bord d'un nombre suffisant de spécialistes qui ont suivi un enseignement scientifique, de savants dans toutes sortes de domaines, c'est finalement un aspect extraordinaire de vos expéditions, quelque chose de très exceptionnel."

Il y eut un silence. C'est alors que James éclata. Elle reconnut à peine sa voix tonitruante. Furieux, il hurlait contre les murs du jardin.

"Ils peuvent tomber raides morts, ces savants ! Et toute la science avec eux ! Ces misérables et leur maudite prétention. Troubler l'ordre à bord, ça ils savent le faire ! Penser qu'ils sont au-dessus de toutes les règles, qu'ils valent mieux que les autres. Il ne faut pas me pousser à en dire plus ! Jamais plus je ne referai une expédition avec des gens pareils – des philosophes, des professeurs ou que sais-je encore, s'ils montent à bord avec moi je les balancerai sans pitié par-dessus le bastingage. Ces prétentieux. Ils peuvent toujours courir ! Je n'en ai rien à foutre de ces gens-là, rien à foutre !"

Paralysé de peur, le jeune homme regardait fixement le capitaine se livrant à une danse de rage, tourbillonnant sur la pelouse. Un instant plus tard, James s'immobilisa, sortit un mouchoir de sa manche et s'essuya le visage. Il reprit la conversation sur un ton posé, comme si rien ne s'était passé ; elle l'entendit citer le nom de Webber, un jeune paysagiste qui avait envie de partir. Le visiteur fit part avec hésitation de son admiration pour l'artiste, craignant que ses propos ne soient mal perçus. William Anderson fut également évoqué, le médecin de marine qui avait si bien appris à maîtriser la langue des insulaires ; ses assistants, Samwell, le coureur de jupons épris de musique, et Ellis, qui savait peindre avec une extraordinaire facilité les oiseaux. Pas des savants, mais des membres ordinaires de l'équipage, des jardiniers, des charpentiers et un chirurgien, pour qui les sciences étaient un divertissement qu'ils cultivaient en dehors de leur travail. Voilà ce qu'il voulait.

Elle vit le jeune homme prendre congé par une poignée de main timide, tenant son chapeau dans l'autre main. James alla s'asseoir sous le cognassier et soupira bruyamment.

Elizabeth resta assise elle aussi sur son petit banc derrière le rideau de la chambre. La violence dont elle avait été témoin ne l'étonnait pas à vrai dire ; il pouvait se permettre de se laisser aller vis-à-vis d'un étranger. A la maison, il ne se comportait jamais ainsi. A la maison, il gardait le contrôle de lui-même, tout comme elle. A la maison, ils savaient l'un comme l'autre parfaitement se maîtriser.

Elle lança un regard en biais vers le grand lit. C'est là qu'elle s'était allongée juste après la mort d'Elly, sans plus savoir quoi faire. Des pas irréguliers avaient alors retenti dans l'escalier, la porte s'était ouverte et Palliser était venu s'asseoir auprès d'elle au bord du lit. Elle ne l'avait pas vu, mais elle avait senti le matelas s'enfoncer et elle avait senti son odeur. Du tabac à pipe, du sel. Elle avait hurlé dans l'oreiller, recroquevillée de douleur, en bavant de chagrin. Tant qu'il était là, elle pouvait s'immerger dans son désespoir sans craindre de se noyer. Il n'avait pratiquement rien fait, il avait posé doucement sa main sur son dos et, de temps en temps, il lui avait chuchoté un mot. En vain, avait-il dit, tout cela pour rien. Dévasté, avait-il dit, un avenir dévasté, un espoir perdu. Allez mon enfant. Finalement elle s'était apaisée et il l'avait ramenée au rez-de-chaussée. Comme c'était curieux qu'elle ne se soit jamais sentie gênée devant lui. Tout cela s'était passé simplement.

James avait-il honte de ses accès de fureur ? A table, elle n'avait rien remarqué. Ils mangèrent de l'agneau, le boucher lui avait fait la surprise d'un animal précoce qu'elle avait fait préparer avec des oignons et des carottes d'hiver, les légumes de printemps n'étant pas encore sortis. Nat rongeait une vertèbre et James décortiquait attentivement la chair entre les côtes. Il émanait de ce spectacle une impression de calme sous les derniers rayons obliques du soleil printanier.

“Qui est venu aujourd’hui ?” demanda-t-elle d’un ton nonchalant.

James leva les yeux. “James King. Lui aussi a été formé sous les ordres de Palliser. C’est un garçon très talentueux, il est parti quelques années étudier à Paris. Paris ! Le fils d’un prêtre. Mais il a étudié l’astronomie. C’est très utile, c’est exactement la personne dont j’ai besoin. Un jeune homme gentil, calme. Et un bon officier. Il fait des comptes rendus fiables.

— La conversation s’est-elle bien passée ?” Elle ne pouvait pas aller plus loin.

“Oui, dit James. C’est délicieux, cet agneau. Un excellent repas, Elizabeth. Toi aussi, tu as aimé, Nat ?”

Nat acquiesça tout en continuant de manger. Etait-il à la maison pendant l’accès de colère de son père ? Probablement pas, il passait à nouveau tous ses après-midi chez Hartland, qui à la fin de la leçon de violon essayait de lui inculquer comment produire un son avec une trompette.

James se montrait-il cruel à bord ? Appliquait-il dans ses accès de rage des sanctions démesurées ? Elle l’avait toujours considéré comme un modèle de calme et de justice. Il n’aimait pas voir quiconque souffrir et éprouvait une répugnance manifeste pour les tortures et les exécutions publiques. En tant que capitaine, il imposait sa volonté au moyen de la persuasion, par la force des arguments, elle en avait toujours été persuadée. Jusqu’à cet après-midi. La marine avait un système sévère de sanctions, les matelots étaient rossés jusqu’au sang à l’aide de fouets renforcés. On les rivait au mât sous un soleil brûlant, on leur coupait les oreilles. Elle le savait, elle avait vu les listes où les sanctions étaient inscrites soigneusement à côté des délits correspondants. James appliquait-il ce genre de punitions ? Les faisait-il exécuter ? Regardait-il en spectateur pendant ce temps ?

A quelques rares occasions, elle avait lu dans le journal de bord des passages sur de telles sanctions, un déserteur qui s'était échappé avait été attaché au mât et quelqu'un qui avait tiré volontairement sur un indigène avait reçu des coups de fouet. Cela paraissait raisonnable. Mais le journal de bord mentionnait-il tous les incidents ?

Il mordit dans la viande et rongea les côtes. Peut-être évitait-il de parler de tout ce qui pourrait être présenté sous un mauvais jour et se comportait-il comme une bête sans que rien ne soit consigné à ce sujet. Il pouvait se fâcher, elle le savait. Le vol compulsif des insulaires le rendait fou de rage. Ils emportaient tout, ils retiraient les clous du navire et dissimulaient des assiettes, des boutons et des compas sous leurs manteaux. James ne se souciait pas des larcins qui concernaient des effets personnels, mais il ne supportait pas le pillage de biens publics. Les insulaires qui essayaient de dérober les instruments astronomiques, qui partaient en emportant le quadrant ou la longue-vue, qui voulaient peut-être même démonter la sacro-sainte montre de Harrison, ceux-là il les punissait. A coups de fouet. Pas jusqu'au sang, certainement pas.

Le refus obstiné d'une nourriture qu'il jugeait salutaire était aussi pour lui une raison de s'enflammer. De la bière excellente pour la santé, brassée à partir de l'extrémité des branchages des sapins, il fallait qu'ils en boivent, et quand ils s'y opposaient, James supprimait la ration de rhum. Des mesures pédagogiques. Du discernement.

Ce dont elle avait été témoin dans le jardin était différent. Elle avait vu un homme pendant un instant totalement hors de lui, incontrôlé, sauvage. Ce souvenir ne correspondait pas à l'homme calme appréciant sa nourriture à table. Elle glissa le plat d'airelles en conserve vers lui.

"Que dirais-tu d'une petite excursion, dit-il. Il va continuer de faire beau pendant des jours. Nous pourrions aller à Kew en bateau pour voir le jardin botanique. Le bateau est presque prêt, je n'ai pas besoin de me rendre au chantier naval et j'ai envie de visiter cet endroit. Je demanderai une embarcation, nous pourrions y aller en bateau à rames, comme cela tu n'auras pas à supporter les cahots d'une voiture."

Oui, pourquoi pas, se dit-elle. Glisser au fil du fleuve, le soleil se reflétant dans l'eau, le cri des mouettes et des avocettes au-dessus de leur tête – pourquoi pas ?

Le bateau était amarré au petit ponton en face du chemin entre les jardins. Six rameurs en vestes rouges attendaient. Elle monta dans le bateau, déséquilibrée un instant par le balancement de la chaloupe. "Ecarte les jambes, dit James. Accompagne le mouvement. Plie un peu les genoux. Va t'asseoir là-bas, sur le coussin."

Il l'installa sur le banc à l'arrière de la barque, restant debout pour sa part, tandis que les rameurs s'écartaient de la berge et prenaient de la vitesse. Puis il vint s'asseoir à côté d'elle.

"C'est toujours ce que nous faisons pour aller à terre, dit-il. Je jette l'ancre dans une baie, nous descendons la chaloupe et nous ramons vers la plage. Comme maintenant."

A toute vitesse, le bateau filait le long des prés et des forêts, sous le pont, à côté du château, en direction des coupoles et des clochers d'église de Londres.

"La marée, dit James, la marée nous est favorable. Ils rament bien en plus. Il n'y a pratiquement pas de vent."

Comment un rameur sait-il où il va, se demanda Elizabeth. Les marins, le dos tourné vers la pointe du bateau, parcouraient le fleuve en marche arrière. Peut-être regardaient-ils la rive du coin de l'œil, peut-être ressentaient-ils de subtiles différences de température dans l'air lorsqu'ils se dirigeaient vers les grands espaces d'eau ou vers la terre. Des secrets de navigation dont elle ignorait tout. Elle ferma les yeux pour ne pas se sentir observée par les six rameurs. L'eau avait une couleur brun-gris ; sans cesse, les pales des rameurs disparaissaient, elles devenaient invisibles et resurgissaient à la fin de la traction.

Le bateau glissa le long de l'abbaye de Westminster et laissa derrière lui l'agitation de la ville. Ils longèrent à nouveau des prés et des jonchères ; James montra les clochers de Clapham, de Richmond dans le lointain. Elle laissait les événements se produire, elle laissait la ville et la campagne filer devant ses yeux comme si elle était immobilisée, apaisée, et qu'une main géante fît défiler le paysage devant elle.

Ils accostèrent. Des cris, des rames dégoulinantes, une corde autour d'une bitte d'amarrage. James donna aux rameurs un pourboire. Dès que les passagers furent descendus à terre, les marins disparurent au café. L'un d'eux resta sur place pour surveiller le bateau et prévenir ses camarades lorsqu'ils devraient à nouveau entrer en action.

James donna le bras à Elizabeth et ils se dirigèrent vers le portail des jardins royaux.

“Banks est directeur honorifique ici. Il s'est approprié les jardins car il estime être celui qui s'y connaît le mieux dans ce domaine. Sans doute a-t-il raison. Le roi est enchanté et donne son accord pour tous les projets. Un renfort de personnel, la construction de serres de verre, le détournement d'un ruisseau pour créer des chutes d'eau et des étangs – l'idée la plus folle est aussitôt adoptée ici, avec la bénédiction du roi. Regarde un peu les parterres ! Les gens qui travaillent ici sont dévoués, cela se voit. Hé, Nelson !” Un homme maigre penché au-dessus d'un buisson se redressa quand il entendit son nom. Son visage ridé esquissa un rictus dès qu'il reconnut James. Glissement des chaussures sur l'allée de gravier, poignée de main, une inclinaison.

“J'ai fait préparer des caisses, dit l'homme, des boîtes, des caisses et des rames de papier buvard. Une presse à fleurs, des étiquettes et une réserve de formol. Tout est prêt pour être expédié par bateau à Deptford. J'ai terminé. Jusqu'à notre départ, je continue de surveiller ici la situation, les dégâts provoqués par le gel, la sortie des plantes à bulbe. Permettez-moi de vous souhaiter une agréable promenade !”

Ils marchaient vers l'intérieur des terres, montant une colline en pente douce. Les buissons étaient ici plus épais ; ici et là ils virent des arbres dont les boutons étaient sur le point d'éclore. Tous les ans cela recommençait, se dit-elle, impossible de retenir cet idiot de printemps. Irrémédiablement, la sève qui s'était figée pendant l'hiver se mettait en mouvement, la chaleur du soleil donnait le signal et les arbres dépourvus de volonté obéissaient, oubliaient qu'ils avaient perdu, flagellés par les tempêtes automnales, leurs feuilles et repartaient, sans mémoire, avec un espoir enfantin.

"Regarde cet arbre, dit James, il donne des fruits qui ressemblent à du pain. Tu les trempes dans l'eau de mer et tu as l'impression de manger du pain au sel. Derrière, il y a des arbres dont tu peux extraire une sorte de gomme. Les plus belles plantes sont les fougères géantes, mais elles ne s'épanouissent pas ici. Et les palmiers ! Toutes ces espèces et toutes ces formes !"

Manifestement, il ne voyait pas la même chose qu'elle. Il se promenait à travers une forêt tropicale, vert foncé et remplie de promesses économiques. Elle se promenait sur une terre stérile où se dressaient des piquets gris, à moitié morts, torturés par le froid. Il voyait des buissons touffus avec des feuilles aux formes étranges, comme des mains, comme des langues de feu ; elle voyait des tiges molles, ternes, gisant sur la terre froide.

Ils entendirent des voix, ils n'étaient pas seuls dans le jardin. A l'extrémité d'un passage couvert par la végétation, ils aperçurent un petit groupe de personnes. Des laquais, purent-ils constater en approchant, quatre laquais, rassemblés autour d'un homme dans un manteau vert simple, tête nue, le vent soufflait dans ses cheveux en désordre, où était sa perruque ? Dans les mains d'un laquais, constata Elizabeth. L'homme remarqua leur présence quand ils sortirent de l'allée couverte et son visage s'éclaira.

"Capitaine Cook ! s'exclama-t-il. Quelle parfaite surprise !" Il ne se donna pas la peine de remettre ses cheveux en place ou de boutonner son manteau, mais se dirigea vers eux les bras tendus.

"Bonjour, Votre Majesté", dit James. Elizabeth releva sa jupe et fit une légère révérence.

"Capitaine ! Madame ! Si nous nous promenions un peu !" Le roi fit le geste de s'écarter à ses valets, qui se retirèrent précipitamment dans une remise.

"Notre cher ami, l'incomparable Banks, a fait du beau travail ici. Et cela va devenir encore plus beau ! Plus grand ! L'orangerie, les serres, les étangs pour les plantes ! Le monde entier sera réuni ici. Grâce à vous !" Le roi saisit James et Elizabeth par la main, comme trois jeunes enfants faisant une farandole, ils marchaient main dans la main le long des tristes parterres.

"C'est ma plus grande joie. Je me réjouis énormément des prochains envois. La flore arctique ! Les airelles noires, les airelles rouges, la canneberge ! Le bouleau nain ! Vous n'allez tout de même pas me laisser tomber !"

Elizabeth sentit de violentes crampes crisper la main royale. Devait-elle caresser cette main pour apaiser le souverain surexcité ?

"Ils veulent que je m'assure de la domination du monde entier. Des comptoirs commerciaux et des colonies britanniques partout. Je cède, je suis bien obligé, mais savez-vous que tout cela m'est absolument égal ? Je trouve l'Angleterre bien assez grande. Certes, il faut indéniablement planter ici et là un drapeau, c'est la coutume et nous devons la respecter. Mais ce n'est rien de plus ! Un drapeau ne prend pas racine, pas vrai ?" Le roi partit d'un étrange rire aigu.

"Ils n'ont qu'à les mettre où ils veulent, ces morceaux de tissu au bout d'un bâton. Moi je m'en contrefiche. Mais surtout, n'allez pas le répéter ! L'échange de plantes, voilà ce qui est intéressant. Le monde peut partager ce dont nos champs nous gratifient grâce aux explorations. Pommes de terre ! Poiriers ! Epeautre ! Ah capitaine, savez-vous à quel point je regrette que nous ayons tendance à oublier la faune ? J'ai un plan ! Venez !"

Il l'entraîna vers un banc sous un immense saule pleureur. Cachés derrière un rideau de branches pendantes, teintées d'un voile vert-jaune de boutons sur le point d'éclater, ils s'assirent. Le roi se pencha vers James et se mit à lui parler à voix basse précipitamment.

"Des bovins – des vaches, des génisses, des veaux, des bœufs aussi ! Et naturellement des boucs et des brebis, des chèvres, des lapins, des volailles, c'est évident. Mais aussi des chevaux, six au total, me suis-je dit."

Le roi faisait de grands gestes, comme s'il caressait le flanc d'un cheval. Puis il agrippa à nouveau le bras de James et lui parla fort à l'oreille d'une voix enrouée.

"Nous nous concentrerons sur Tahiti, cette île merveilleuse doit devenir notre avant-poste. Comment les gens se déplacent-ils là-bas ?

— En bateau à voile, Votre Majesté, dit James. Ils naviguent d'une île à l'autre, mettent pied à terre et marchent jusqu'à l'endroit où ils souhaitent se rendre.

— A pied ? Tout le monde marche ? Tout le monde ?

— On y marche en effet beaucoup. Les gens que l'on considère comme sacrés, le souverain local ou le grand prêtre, se font transporter.

— Oui, oui, dans une chaise à porteurs certainement, s'exclama le roi. Impuissant sous un baldaquin. Dans les cahotements et les secousses, en vivant dans la crainte permanente qu'un porteur trébuche. Maintenant j'en suis absolument sûr : il faut apporter à Tahiti le cheval. Un cadeau du roi d'Angleterre. Pour traverser les bois et les montagnes au galop ! Il faut bien entendu qu'ils apprennent à monter. J'avais pensé aux bœufs pour améliorer la qualité de l'agriculture. Les vaches doivent aussi faire partie du voyage. De quoi les vaches sont-elles capables ? Entretenir les prés. De plus, elles apportent avec elles toute une industrie laitière. La préparation du fromage ! La distribution de lait ! Je m'imagine que la fertilité dans l'île sera dix fois plus grande grâce à mon cadeau. Quelle joie ! Quelle gratitude ! Et vous allez m'aider.

— Le chargement à bord est calculé au millimètre près, dit James. Les animaux occupent beaucoup de place et la nourriture que nous devrions emporter pour eux bien davantage. L'eau. Je vais préparer un projet. Le grand bétail supporte mal la mer. On pourrait envisager d'acheter les animaux aux Hollandais, au Cap."

Le roi prit une mine déconfite. "Mais je veux les leur offrir ! Des chevaux anglais, des bœufs britanniques. Un cadeau d'une île à une autre !"

Il se leva d'un bond et poursuivit la promenade. Elizabeth constata que les laquais suivaient, circonspects, à une certaine distance. Pourquoi James ne disait-il pas que c'était un projet insensé ? Ramasser le fumier, remplir des auges pendant une tempête fulgurante, supporter les mugissements plaintifs des bestiaux ? La vie à Tahiti, pour autant qu'elle avait pu en juger dans les journaux, lui paraissait bien telle qu'elle était. Personne n'attendait du lait ou du fromage sous le soleil des tropiques. Elle essaya de s'imaginer le bruit des sabots des chevaux sur les planches du pont, le bateau telle une immense caisse de résonance pour les trépignements inquiets. Une entreprise funeste.

James promit de présenter rapidement un projet. Les laquais approchèrent pour attirer l'attention du souverain.

"Je dois vous laisser. Comme vous le voyez, on vient me chercher. Il y a un emploi du temps auquel ils me tiennent, je n'ai pas le droit de m'en écarter. C'est un miracle que je vous aie rencontrés ici, que j'aie pu discuter de mes projets avec vous. Je me promène chaque jour ici, voyez-vous, cela m'apaise, cela me donne l'occasion de réfléchir. Puis ils refont leur apparition. J'aimerais me promener toute la journée avec vous."

Profondément attristé, le roi prit congé. Ils virent les laquais le saisir sous le bras et l'emmener au plus vite. Le souverain semblait se débattre et réussit tout de même une dernière fois à tourner la tête vers eux, ses cheveux flottant au vent.

"Des bœufs britanniques ! Promettez-le-moi ! Du bétail britannique !"

James acquiesça. Elizabeth eut envie d'agiter la main en signe d'adieu, mais elle se retint. Le roi disparut parmi les arbres.

Les semaines filaient à toute allure. Les anémones des bois fleurissaient, les rives du fleuve étaient parsemées des étoiles vives des ficaires et dans le cimetière Elizabeth voyait gonfler les boutons des primevères. Avril, le mois de la percée de la croissance, impossible à réprimer.

Les préparatifs pour le voyage n'en finissaient pas ; quand une question était résolue, une autre se posait. Ne parvenant plus à suivre les événements, elle laissait les jours s'écouler. Malgré sa grossesse avancée, elle accompagnait

James aux dîners et aux invitations à prendre le thé où on parlait pendant des heures de la prochaine expédition. Elle y assistait comme si cela ne la concernait pas ; elle vérifiait si James mangeait suffisamment et posait les bras sur son ventre.

Plus la nouvelle de l'expédition projetée se répandait, plus les gens avaient envie de faire eux aussi partie du voyage. Elle entendait James évoquer les privations, le froid cinglant et les misérables rations. La plupart des prétendants au départ se laissaient dissuader, mais l'écrivain James Boswell fit preuve d'une exceptionnelle ténacité. Il se présenta comme un collègue voyageur et prétendit ne pas craindre les circonstances pénibles. Elizabeth lui donnait environ trente-cinq ans, bien qu'il eût un visage glabre et enfantin. Un gilet brodé d'or et un manteau bordé de fourrure – pas le genre d'étoffe adaptée à la mer, se dit-elle. Il n'avait d'yeux que pour James et n'échangea pas un mot avec elle.

“Il trouve cela passionnant, dit James plus tard. Une aventure qui lui donnera ensuite l'occasion de faire le fanfaron. Mais il ne tiendra pas le coup à bord. En revanche, c'est un homme qui réfléchit. Nous avons discuté du fait qu'on peut avoir l'impression, après ce genre de séjour à Tahiti, de connaître certaines choses mais que ce n'est qu'une illusion. On ne parle pas la langue, ou mal. Tu peux montrer un arbre, ils disent un mot, tu le répètes. Puis tu penses avoir appris comment on dit «arbre» dans leur langue. Peut-être ont-ils prononcé le nom de l'arbre qu'on a justement montré. Peut-être ont-ils dit : «bois». Ou bien précisé la couleur du tronc. On n'en sait rien. Sans parler de comprendre réellement les sujets invisibles comme le droit pénal ou l'amour ou le langage. Il estime qu'il faudrait y installer un linguiste pendant environ trois ans. Il a raison. Si le roi accordait une subvention, il présenterait aussitôt sa candidature, a-t-il dit."

Boswell revint rendre visite à James la même semaine pour lui remettre un exemplaire de son livre sur son voyage en Corse. Il y avait écrit une longue dédicace admirative. C'était une matinée resplendissante et les hommes s'étaient installés dans le jardin pour discuter. Elizabeth entendait des bribes de la conversation – les comptes rendus de voyage, le style, la répartition des chapitres ? James est flatté de l'intérêt qu'il lui porte, se dit-elle, il demande des conseils à un vrai écrivain. Elle entendit Boswell démontrer que le mieux est d'introduire un nouveau personnage en le faisant parler pour rendre l'histoire plus vivante. James regimbait, comment pouvait-il se souvenir à la lettre de ce qu'avait dit tout le monde.

"Mais c'est vous l'auteur ! Vous avez le droit de l'inventer !"

Elle s'attendit à un éclat de fureur, mais James se mit à rire. Elle apporta dehors un plateau de thé. James attira Elizabeth auprès de lui sur le banc du jardin.

"Je ne vais pas partir, dit Boswell.

— Non, dit James, je m'en doutais. C'est ici qu'on a besoin de vous."

Ils se turent. Pendant ce silence, un merle se mit à chanter, d'abord prudemment puis corps et âme. Boswell l'écouta les yeux fermés. James regarda Elizabeth et sourit. L'oiseau était posé sur l'arête du toit, le bec jaune foncé levé. Il sifflait une cadence de trois notes, sur la base de trilles et de sons staccato triomphants. Ce déploiement de virtuosité se transforma en un air, une mélodie qui planait dans toute sa pureté, coiffant comme une coupole le jardin apaisé.

Elle lui retourna son sourire.

8

L'enfant descendit et Elizabeth put mieux respirer. Encore quelques semaines, se dit-elle, et je verrai ma fille. Mai arriva, les châtaigniers étaient en fleur et les plantules des cardons étaient sorties dans la tiédeur assurée par la palissade. Patienter, attendre un heureux événement. Se préparer tranquillement à la naissance.

Cela lui convenait, elle ne se souciait de rien d'autre. Dès qu'un événement important se produirait, la réalité déferlerait dans sa vie comme de l'eau bouillonnante, rompant la digue d'un fleuve : Nat monterait dans la voiture, James demanderait de larguer les amarres du *Resolution* et Elly serait couchée plus morte que morte sous l'herbe tandis qu'une autre petite fille porterait ses robes. Attendre signifie retarder les décisions, laisser les possibilités ouvertes, se taire. Attendre avec un ventre gigantesque signifie pouvoir dire non aux contraintes, pouvoir être distraite, étourdie, pouvoir rester allongée sur le sofa au beau milieu de la journée.

Elle refusa d'accompagner James à la fête donnée au chantier naval pour célébrer la fin des réparations. L'idée de voir les cabines oppressantes, l'espace rempli à craquer et d'entendre le grincement des cordages lui faisait horreur. L'odeur du goudron – non, elle resterait à la maison. Le départ et les nombreuses cérémonies qui l'entouraient n'étaient de toute façon qu'un simulacre. Il fallait que cela se produise et tout le monde devait y croire, mais il s'agissait d'une danse rituelle sans aucun sens. Quand James apprendrait la naissance de sa fille, il débarquerait, agiterait la main en signe d'adieu en direction des navires et se précipiterait à la maison, elle en était sûre. Ou bien l'accouchement serait-il le déclenchement d'un abandon total ? Tant que l'enfant était dans son ventre, tout le monde l'entourait, sa mère, son mari, son fils. Elle ne s'ouvrait réellement à aucun de ces êtres chers, mais elle était consciente de leur présence et de leur sollicitude. Se pouvait-il qu'ils se détournent tous et s'éloignent en courant dès que l'enfant serait né ? Elle y songeait, donc c'était assurément concevable, mais tant de choses lui venaient à l'esprit que ses pensées ne se transformaient pas toutes, loin de là, en quelque chose de tangible. Le visage de Palliser lui vint à l'esprit, avec une précision qui lui fit peur. Elle frissonna. Mieux valait s'allonger un instant. Elle s'effondra sur le sofa que James avait fait installer pour elle dans la pièce et tira un vieux couvre-lit au-dessus de son ventre. Elle fit un creux dans le coussin et retira son bonnet. La verdure qui recouvrait maintenant les arbres et les buissons atténuait la lumière.

Elle fut réveillée par les sons déchirants de la trompette. Elle fut pendant un instant totalement désorientée, elle regarda autour d'elle – la bibliothèque, la nappe, la lampe à huile –, elle n'avait encore jamais observé la pièce vue d'en bas ; elle sentit l'angoisse se démener dans son estomac, où était-elle, à quel point en était-elle arrivée, James était-il encore là et où, mais où donc était Elly ? Ce fut seulement quand elle s'assit que la pièce et ses meubles reprirent leur aspect familier et qu'elle put associer les sons de la trompette à un motif connu, lent, triste que Nat était en train de travailler dans sa chambre. Une douleur la lancinait dans le dos. Cela n'allait tout de même pas commencer ? Maintenant déjà ? Fallait-il faire prévenir la sage-femme, envoyer chercher sa mère, faire venir James ? Elle s'obligea à écouter attentivement son fils. Nat plaçait les accords simples de trois notes parfaitement en cadence, sans la moindre précipitation, sans la moindre lenteur. Elle écoutait si intensément que l'air résonnait en elle, sa respiration reprit son rythme régulier et elle retrouva son calme.

Et maintenant ? Elle s'était levée pour faire pipi, elle aurait voulu préparer du thé, mais elle n'en eut pas le courage quand elle fut dans la cuisine et s'imagina en train de soulever la lourde bouilloire. Lentement, elle était retournée vers le canapé, elle avait retiré ses chaussures, péniblement, la tête penchée entre ses jambes écartées, réprimant en serrant les dents un élancement dans son dos ; elle avait posé sa tête sur le coussin, puis soufflé comme après un intense effort.

"Maman ?" Nat entrebâilla la porte et passa la tête à l'intérieur. Il mit un moment avant de l'apercevoir ; elle regarda son expression légèrement agacée, il fronça les sourcils exactement comme James le faisait et tourna la tête vers la table puis vers la bibliothèque jusqu'à ce qu'il la voie. Il entra et, la trompette à la main, il s'approcha d'elle.

"Tu n'es tout de même pas malade ? Pourquoi restes-tu allongée ? Tu m'as entendu ?"

Elizabeth tapota doucement le canapé et se poussa un peu de côté pour qu'il puisse s'asseoir près d'elle. Derrière les cheveux fins qui pendaient devant son visage, son front d'enfant apparaissait, non plus lisse comme six mois auparavant, mais parsemé de petites rougeurs. Audessus de sa lèvre supérieure poussaient des poils blonds. Il faudrait bientôt que James lui apprenne à se raser.

"Comme tu as bien joué. C'est formidable que tu y arrives aussi bien."

Nat caressa le pavillon de l'instrument. Hartland avait écrit à un collègue à Portsmouth pour lui demander auprès de qui Nat pouvait suivre des cours s'il y passait l'été, confia-t-il.

"Il s'occupe bien de toi, Hartland, dit Elizabeth. Moi aussi il faut que je m'occupe de toi. Dès que je serai à nouveau sur pied, nous commencerons à préparer ta malle. Tu as déjà les bottes."

Nat regarda par terre. Il ne veut pas voir mon ventre, se dit-elle. La douleur la lancinait plus violemment dans le dos et l'aine. Il fallait que l'enfant parte, comment pouvait-elle accoucher avec un enfant inquiet dans la maison ? Où était James ? Devait-elle déjà envoyer chercher la sage-femme, et par qui ? La servante, elle pouvait y aller, sauf qu'il était trop tôt. Elle se laissait gagner par la panique, ce n'était pas bon. Réfléchir. Rester calme.

Comme c'était curieux que la mémoire soit incapable d'emmagasiner l'intensité de la douleur.

Le fait qu'un accouchement soit douloureux est stocké dans la mémoire, Elizabeth pouvait en parler, la pire douleur qu'on ait jamais éprouvée, était-elle en mesure d'affirmer, sans trahir la vérité. Mais elle ne se souvenait plus de ce qu'elle avait ressenti. Ce souvenir était enfoui dans son corps même et il commençait maintenant à s'éveiller. Ah oui, se dit-elle, voilà ce que l'on ressent, voilà ce que c'était et voilà comment cela va bientôt évoluer. Elle se mit à transpirer.

"Il faut que tu ailles à Barking." Elle parlait en haletant, prenait des bouffées d'air superficielles. "Tu dois mettre quelques vêtements dans un sac. Je vais te donner de l'argent. Pour la voiture."

Nat la regarda d'un air interrogateur.

"Va chez mamie. Dis-lui de venir ici. Toi tu resteras là-bas."

Elle avait la nausée et se sentait malade. Où était James ?

"Mais je dois aller à l'école, dit Nat, et à mes cours."

Elizabeth se mordit l'intérieur de la joue pour dominer une douleur plus aiguë dans l'aine.

"Pour quelques jours seulement. Un petit séjour. Va chercher tes affaires. Donne-moi ma bourse, s'il te plaît."

Elle s'allongea au milieu des coussins et ferma les yeux.

Nat échangea quelques mots avec la servante dans la cuisine. La porte de la cuisine se referma brutalement, des sabots claquèrent sur les pierres de l'allée, quelqu'un monta les marches quatre à quatre, déplaça une lourde malle et marcha d'un pas pesant sur le plancher. Elle entendait le tout parfaitement, sans pouvoir réagir.

Elle essaya d'interrompre le processus qui se déroulait dans son corps jusqu'à ce que son fils ait disparu. Il descendit en portant une chose lourde, elle le devinait au rythme légèrement irrégulier et à la lenteur de ses pas. Il déposa bruyamment sa charge puis entra dans la pièce, son manteau jeté sur ses épaules et la trompette dans un étui sur son dos.

"Ma bourse", dit-elle. Le garçon se mit à la chercher : le manteau de la cheminée, le petit banc devant la fenêtre, la table, le panier d'ouvrages à raccommoder.

"Peut-être dans la cuisine ? Dans la poche de mon tablier ? Attends, je vais t'aider."

Elle fit glisser ses jambes sur le sol et se leva.

"Tu dois prendre le double d'argent, pour que mamie puisse aussi payer son voyage. Allez, il faut que tu partes."

Une vague d'eau chaude sortit de son corps, soudain elle se retrouva les pieds trempés dans une mare tiède. Nat, qui s'apprêtait à aller dans la cuisine, s'immobilisa, stupéfait.

"Je vais prendre ma tirelire." Il monta l'escalier en courant. Elizabeth s'assit sur sa jupe mouillée. Tout se passe de travers, se dit-elle. C'est lamentable. Il pense que sa mère a fait pipi sous elle, il a honte. Si je lui explique ce qui s'est réellement passé, peut-être que ce sera pire pour lui.

Des voix dans le jardin. Le couinement de la pompe. La sage-femme entra, James était debout derrière elle dans le couloir.

"Cela vient d'arriver", dit Elizabeth. Soudain, elle ne put s'empêcher de pleurer de façon irrépressible. James marcha dans sa direction, mais la sage-femme lui fit signe de s'en aller.

"Nous allons d'abord commencer par nous organiser. Y a-t-il une bâche sur le lit ? Des serviettes ? De l'eau ? Madame, nous allons à l'étage.

— Attendez un instant, sanglota Elizabeth, cela va bientôt passer. Une contraction."

Nat revint dans la pièce avec une tirelire en forme de cochon sous le bras. "Je n'arrive pas à sortir l'argent, dit-il.

— Demande donc à ton père, bougonna la sage-femme. Nous sommes occupées.

— La bâche, de la yole", marmonna James. Il disparut dans l'arrière-cuisine et revint avec une bâche brun foncé.

"Là-haut ! Il faut l'étendre sur le lit. Avec des serviettes par-dessus. Allez-y, nous allons vous rejoindre."

La sage-femme aida Elizabeth à se lever. Pâle, hébété, Nat restait planté au milieu de la pièce.

"Donne-lui de l'argent. Il va aller chez Mary. Maintenant." Elizabeth parlait à voix basse et d'un ton pressant à James.

"Oui, bien sûr." Il posa la bâche par terre pour glisser la main dans sa poche. Nat saisit l'argent, chercha des yeux la trompette et la valise, sans pouvoir entrer en mouvement.

"C'est bon. Tu peux partir", dit Elizabeth. Soutenue par la sage-femme, elle fit quelques pas jusqu'à lui. La lèvre supérieure du garçon, recouverte d'un fin duvet, tremblait.

"Peut-être que tu pourras rentrer dès demain. Nous enverrons quelqu'un te chercher. Dis bonjour à papi et à Isaac." Elle lui caressa les cheveux et le poussa en direction du couloir. Ne cessant de se retourner pour regarder derrière lui, il sortit de la maison avec ses affaires.

"Capitaine ! cria la sage-femme. Montez donc avec cette bâche !"

Enfin, elle se retrouva allongée. La sage-femme fit glisser la jupe mouillée dans le panier de linge sale et se pencha entre les jambes repliées d'Elizabeth pour voir où en était la dilatation.

"Il faut attendre, dit-elle. Cela va durer encore un certain temps." Elle recouvrit le ventre et les jambes et tapota la joue d'Elizabeth.

"Il ne faut pas vous endormir, vous savez ? Vous allez devoir travailler très bientôt.

— Où est mon mari ?" demanda Elizabeth. A travers la fenêtre de la chambre, elle vit le ciel bleu vif. Des nuages d'une blancheur éclatante aux contours bien délimités étaient chassés par le vent, qui courbait aussi les cimes des arbres et soufflait dans les feuillages comme s'il fallait énergiquement balayer toute la poussière et la saleté avant la naissance.

C'est criminel de donner naissance à un enfant dans un monde rempli de vent et d'agitation, se dit-elle. Pour l'instant, elle est encore en sécurité, pour l'instant elle prend en moi ce dont elle a besoin et je la tiens au chaud à la bonne température. Bientôt, le courant d'air passera sur sa peau humide et elle pleurera, pour la première fois.

"Je l'ai chassé, dit la sage-femme. Il doit être dans le café au coin de la rue, c'est le plus proche. Il est d'abord allé mettre le garçon dans la chaise de poste. Maintenant, il doit attendre. Nous le ferons appeler le moment venu."

Comme s'il devait approuver l'enfant, se dit-elle. Je l'expulse et il est déposé dans ses bras pour inspection. Il doit reconnaître qu'il en est le père, il recherchera dans sa morphologie, son petit visage, une caractéristique familière. La paternité reste une affaire incertaine.

Elle pensa à la soirée qu'elle avait passée à boire dans la taverne de sa mère. Isaac avait parlé du dernier voyage, du retour, où était-ce donc, une île, en route sur le chemin qui les ramenait chez eux ? Sainte-Hélène. Ils avaient été reçus par le gouverneur qu'ils n'avaient pas vu à l'aller. Il s'appelait Skottowe. Le capitaine l'avait connu autrefois, avait raconté Isaac d'un ton enthousiaste, quelle coïncidence, le père du gouverneur était le propriétaire terrien pour lequel le père de James avait travaillé ! On comprenait mal pourquoi, lors du premier accostage, une rencontre n'avait pas eu lieu, le capitaine avait souhaité poursuivre son voyage le plus vite possible, il avait acheté des oignons, chargé l'eau et fait aussitôt hisser les voiles.

Sur le chemin du retour, ils s'étaient parlé, le gouverneur et le capitaine qui, autrefois séparés par un immense fossé de classe et de statut, flânaient à présent dans l'île comme des égaux. Le plus étrange, avait déclaré Isaac, était qu'ils se ressemblaient comme deux gouttes d'eau. Même leur manière de marcher était semblable. Et le regard ! Les sourcils !

Les deux hommes avaient grandi sur la même terre, s'était dit Isaac ; peut-être que la quantité de calcaire dans le sol, peut-être que la qualité de l'air qu'ils respiraient, l'eau qu'ils buvaient avaient provoqué cette remarquable ressemblance. Mais cela restait curieux.

Elizabeth s'était tue, pensant à la mère de James qui, dans la remise avec le vieux Skottowe, avait échangé à voix basse des propos animés au point que James, encore petit, s'en était effrayé. Le vieil homme malveillant devant la cheminée dans le Yorkshire avait peut-être des raisons de se sentir relégué au second plan ; quant aux sœurs, leur jalousie était peut-être justifiée.

Une violente douleur la ramena à ce qui était en train de se dérouler. La maternité. Comment expulser un enfant qu'elle aurait préféré garder en elle ? La sage-femme vérifia une fois encore où en était la dilatation.

"Vous pouvez essayer, dit-elle, à la prochaine contraction."

Mais Elizabeth n'en avait pas envie. Elle releva certes les jambes et elle inclina la tête vers sa poitrine, elle retint sa respiration et poussa jusqu'à virer au rouge, mais sa tentative, qui manquait d'enthousiasme, était vouée à l'échec.

La sage-femme farfouillait dans la chambre, mettait de l'ordre dans les vêtements de bébé et entassait des linges propres sur la table. Il faisait une chaleur étouffante. Elizabeth demanda si l'on pouvait ouvrir la fenêtre, soudain elle eut une forte envie de respirer l'air de son jardin fleuri, les effluves des fleurs de châtaignier, une bouffée des clochettes du muguet, cachées comme des perles blanches entre les feuilles dressées, une fragrance de lilas – mais la sage-femme secoua la tête. Pas de courant d'air. Un courant d'air était funeste pour la mère et l'enfant. L'accouchement devait avoir lieu dans un calme plat.

Le temps s'écoula. Pousser. Douleur. Du noir devant ses yeux. Retour sur l'oreiller. Puis à nouveau l'annonce de la prochaine contraction. La lumière du jour devint plus jaune, le vent s'apaisa. Quelqu'un monta l'escalier bruyamment.

Mary entra et posa un plateau avec des verres et des bouteilles sur la table. Les lèvres serrées, elle fit un signe de tête à la sage-femme. Elle portait un châle bariolé sur les épaules, jaune, rouge et noir. Elizabeth en eut le vertige rien qu'à le regarder.

"Comment vont tes dents, maman ?"

Mary grogna et se mit à remplir les verres, de la bière pour la sage-femme, du gin dans un verre à eau pour elle-même. Le verre à la main, elle vint s'asseoir à côté du lit.

“Il dort cette nuit dans le même lit qu'Isaac. Ne t'inquiète pas. Quand je suis partie, ils épissaient des cordages. Comme ça Nat aura appris quelque chose. Depuis quand est-ce que cela a commencé ?”

Elizabeth, en proie à la douleur, fut incapable de répondre.

“Trop longtemps, dit la sage-femme. C'est votre cinquième fois, pas vrai ? Il faudrait que cela aille plus vite. Vous devez faire de votre mieux.

— La sixième, haleta Elizabeth.

— Alors encore plus vite.”

La sage-femme prit une gorgée de bière et engagea la conversation avec Mary au-dessus du ventre pointu d'Elizabeth qui se dressait entre elles. La nuit tombait. Elizabeth sentit des larmes couler de ses yeux, laissant des traces humides, se refroidissant progressivement, le long de ses tempes, dans ses oreilles, sur l'oreiller. D'horribles histoires d'accouchement s'échangeaient entre les deux femmes de chaque côté du lit – des enfants positionnés de travers, des enfants coincés sans qu'on puisse les déloger, des enfants trop gros pour pouvoir naître un jour.

Cela ne la touchait pas. La douleur était si intense que la partie inférieure de son corps allait rester à jamais paralysée. A chaque contraction, la conversation était interrompue et les femmes se penchaient vers elle pour lui tenir les jambes et l'encourager. Elle respirait les cheveux non lavés de sa mère et sentait la main calleuse de la sage-femme sur sa cuisse.

“Je vois le sommet de son crâne ! s’écria la sage-femme. Vous devez continuer à pousser, il va sans cesse reculer si vous ne continuez pas.”

Elle, avait-elle envie de dire, elle. Ma fille. La fille avec laquelle je suis prisonnière ici. Nous ne pouvons aller nulle part. Je ne peux pas l’abandonner, mais je ne peux pas non plus faire machine arrière. Je vais exploser, craquer face à ces mouvements contradictoires. C’est fini. Je n’en peux plus. Ils n’ont qu’à se débrouiller. Je préfère mourir. Cela suffit.

De très loin, elle entendit une voix d’homme. Une grande silhouette remplit l’encadrement de la porte. Elle se sentit partir. L’obscurité.

Elle regarda le visage pâle de James quand elle revint à elle.

“Il vaut mieux que le capitaine descende, dit la sage-femme. Nous avons besoin de place ici.”

Elizabeth respirait superficiellement. Oui, va-t’en, se dit-elle, dégage, disparais, renonce. Cette main lourde sur mon front, je la secouerais pour m’en libérer si j’en avais la force ; cette étreinte de mon bras, je l’arracherais. Cette présence passive, je la piétinerais. Ils veulent tous que l’enfant sorte. Je n’en peux plus.

Le dos de James. La sage-femme apportant un linge mouillé pour tamponner son visage. Les chicots gris dans la bouche de Mary, une haleine putride dans son nez, que dit-elle ? Voilà que cela recommence, mais je ne peux pas.

Elle poussa jusqu’à ce que ses yeux lui sortent de la tête. Le bas de son corps était un océan de douleur qui la submergeait à lui couper le souffle. La sage-femme cria. Durant le calme après la contraction, Elizabeth regarda par la fenêtre. Il faisait déjà nuit. Elle entendit James marcher de long en large en bas. L'enfant s'appellerait Grace, comme sa mère.

"Elle perd beaucoup de liquide, dit la sage-femme penchée entre les jambes d'Elizabeth. Du sang partout. Cela ne va pas aller. Elle doit y mettre plus d'énergie.

— Je ne peux pas, chuchota Elizabeth.

— Bien sûr que vous pouvez. Ce qui entre peut aussi ressortir. Il le faut. Pensez à l'enfant !"

La douleur l'envahit comme une vague de la hauteur d'une maison. Elle allait s'y noyer. C'était impossible autrement, il n'y avait pas le choix. Personne ne pouvait la sauver. Elles n'avaient d'attention que pour l'enfant, pour le ventre, les jambes. Elle ne voyait que l'arrière de leur tête. Oui, elles devaient essayer de sauver l'enfant. Pour sa part, elle resterait déchirée, ravagée.

"Maintenant ! cria la sage-femme. Continuez !" Elle se jeta sur le ventre d'Elizabeth et appuya l'enfant vers le bas tandis qu'Elizabeth poussait, sans perspective, en vain. Le visage de sa mère. Un verre. L'odeur d'alcool. Le gin coulait le long de son menton dans son cou, elle se lécha les lèvres, on lui donna une autre gorgée, elle but, c'était du poison, de la térébenthine, du pur poison mais qu'est-ce que cela pouvait faire ? De l'herbe, se dit-elle soudain. Comme de l'herbe. Ployant sous la violence de l'eau qui passait au-dessus avec indifférence. Les femmes maintinrent ses jambes relevées jusqu'à ce que ses genoux lui arrivent aux oreilles. Elle cessa de penser. Révolu.

Des voix retentirent de très loin. "Les petites épaules, dit la sage-femme. Je vais le tourner, regarde, oui, comme ça, le voilà ! Donnez-moi le fil s'il vous plaît.

— Ah mon Dieu, quelle demi-portion." La voix de Mary, grave et rauque.

"Un petit peu déchirée." C'était à nouveau la sage-femme. "Ce n'est pas si grave. Cela va guérir. D'abord l'enfant. Il faut lui donner quelques claques sur les fesses, nous allons le faire pleurer, allez ! Vas-y !"

Les cris ténus d'un bébé. Elizabeth poussa un soupir et se mit à pleurer doucement. Elle entendit les femmes s'affairer avec des récipients, des ciseaux, des linges et des bandages. Elle est là, se dit-elle, elle vit. Ma petite fille. Maintenant, tout va bien se passer.

Elle perdit pied un instant, mais revint à elle quand James monta l'escalier en courant. Mary lui montra l'enfant qui était déjà lavé et emmailloté, un minuscule paquet de tissu avec au-dessus un petit visage ridé, furieux.

Portant l'enfant dans les bras, James vint s'asseoir auprès d'elle. Ses mains sont bien trop grandes, se dit-elle, c'est incroyable ! La paume de la main de James cache à elle seule tout le petit corps.

"Notre fils, dit James doucement. Tiens, je le pose à côté de toi."

Fils ? De quoi parle-t-il ? C'est Grace, c'est ma fille, ma deuxième fille. Elle est contrariée, elle aussi a souffert de l'accouchement, elle doit maintenant s'habituer au bruit, à la lumière et voilà pourquoi elle est si fâchée, notre fille. Il doit lui soutenir la tête avec ces pelles à charbon qu'il a. Donne-la-moi. Viens, mon enfant.

Elle replia ses bras autour de son enfant et approcha son nez du petit visage crispé. Oui, elle retrouvait bien l'odeur d'un nouveau-né.

Impossible à décrire, mais indéniable et reconnaissable avec joie pour ensuite à nouveau l'oublier jusqu'à la prochaine fois. Elle respira l'haleine pure, immaculée, de l'enfant.

"Nous n'avons pas de nom pour lui, dit James. Il faut lui donner un nom. Buvons pour fêter sa naissance."

Elle entendit les verres tinter ; Mary faisait le tour avec un plateau. La sage-femme jeta les linges ensanglantés dans un coin et s'affala dans un fauteuil avec un verre à la main. Elle but à la santé d'Elizabeth. "Tous mes vœux de bonheur ! dit-elle. A une longue et heureuse vie pour votre petit garçon. Santé !"

Pas de nom ? Un petit garçon ? Elle regarda James, qui posa sa main portant la cicatrice sur la petite joue de l'enfant et effaça de son pouce une trace de salive.

"Grace, dit-elle. Elle s'appelle Grace.

— C'est un garçon, Elizabeth. Tu as donné naissance à un garçon."

Elle secoua la tête. Elle fut prise de sueurs froides. Dans un coin éloigné de la chambre, le châle bariolé de Mary se détachait de la pénombre. Elle essaya de distinguer sa mère, il faisait si sombre ici, on ne voyait strictement rien, pas étonnant que tout le monde se trompe.

"De la lumière, dit-elle, faites apporter plus de lampes, je n'ai tout de même pas besoin de rester ici allongée dans l'obscurité !"

Mary s'approcha avec une bougie. "J'ai cru un instant que tu n'allais pas y arriver, dit-elle, mais tu es persévérante. Tu t'en es bien sortie. Voilà un petit gars de plus. Maintenant, tu dois boire un verre. Pour la montée de lait." Elle présenta à sa fille un verre de bière, mais Elizabeth ne sembla pas le voir et continua de regarder sa mère d'un air interrogateur.

“C’est vraiment un gars, tu sais. Il m’a pissé sur les mains. Tu devais être sûrement complètement partie pour ne pas l’avoir remarqué.

— Ce n’est pas vrai, dit Elizabeth. Je ne le crois pas.”

Mary commença à dérouler le linge autour de la partie inférieure du bébé et dégagea les petites jambes maigrichonnes. Elle écarta le lange. Un minuscule zizi sur un scrotum enflé, rouge et ridé comme une vieille grenade.

Ce n’était pas le bon. Elizabeth relâcha son étreinte et l’enfant roula sur la couverture jusqu’à ses pieds.

“Bon. Eh bien je vais le remmailloter. Il peut aller dans son berceau. Il faut qu’il dorme.”

Elle sentit Mary soulever le poids léger sur ses jambes. Ils devaient ficher le camp, tous. Pas le bon. Tous ces ennuis, toute cette douleur, toute cette attente. Pour un enfant qui n’était pas le bon.

“Il faut que tu dormes, toi aussi. D’abord nous allons lui donner un nom, puis tu vas te reposer.” La voix de James près de son oreille. Un matelot de plus, pensa-t-elle, pour lui. Ont-ils échangé le bébé pendant que je ne faisais pas attention ? C’est impossible, tout de même, il n’y a qu’un bébé. Mais où est ma petite fille alors ? Quelque chose ne va pas. Il y a quelque chose qui cloche.

“Hugh, dit James. Il s’appelle Hugh. Un hommage à Palliser. Cela lui fera plaisir.”

Il nomme ses enfants comme il donne un nom aux îles et aux baies, se dit-elle. Hugh ! S’il savait ! Hugh ! Jamais elle n’arrivera à prononcer ce nom, c’était trop cocasse pour être vrai. Elle éclata d’un rire nerveux, elle n’arrivait plus à s’arrêter, c’était une farce, ils avaient joué une comédie, ici dans la chambre à coucher, et le summum était l’arrivée d’un enfant qui n’était pas le bon. Et qui s'appelait Hugh. Fous rires. Applaudissements. Rideau.

De toutes ses forces, l'enfant suçait les mamelons d'Elizabeth de sa bouche de vieillard.

"Je ne comprends pas, dit-elle. J'ai toujours eu du lait.

— Cela va venir, grommela Mary. De la bière. De la bière nuit et jour. Après cela va se déclencher."

Pendant deux jours et deux nuits l'enfant avait hurlé. Chaque fois qu'Elizabeth l'avait posé contre sa poitrine, il commençait plein d'espoir à sucer pour ensuite se remettre à crier au bout de quelques minutes, au désespoir.

"Cela va mal tourner, soupira Elizabeth. Regarde, il faiblit, il maigrit, il se dessèche."

Sa mère vint se pencher au-dessus du lit et lui donna raison. "Je vais lui faire boire de l'eau sucrée, comme cela il dormira un peu. Mais il faut qu'il se nourrisse." Elle posa le bébé contre son épaule et marcha avec lui à travers la chambre. Le petit visage épuisé formait un pâle contraste contre le châle aux couleurs vives. Une nourrice, voilà quelle était la solution. La sage-femme connaissait certainement une mère qui avait perdu son bébé et qui, les seins tendus, se morfondrait. Elle allait s'en occuper sur-le-champ.

Elizabeth se laissa retomber sur les oreillers. Le fait qu'elle ne puisse pas nourrir son enfant était-il une défaite, une preuve d'imperfection ? Cela lui était égal. Six fois par jour, une femme affligée se glisserait dans la cuisine, elle s'assiérait sur une chaise basse à côté du poêle et Elizabeth lui apporterait l'enfant. Au bout d'un quart d'heure, la femme partirait et Elizabeth pourrait changer son nouveau fils et le coucher pour qu'il se repose. L'enfant aspirait-il avec le lait salvateur également le chagrin et la colère de la nourrice ? Un mauvais départ. Mais mieux valait du faux lait que pas de lait du tout. Elle ferma les yeux.

"Maman ?" Nat était debout à côté du lit, les cheveux mouillés, peignés. Il portait une vareuse de matelot qui lui était trop grande. "C'est Isaac qui me l'a donnée. Pour l'école déjà. Elle est très confortable. Isaac m'a appris à utiliser la boussole. Et je connais déjà cinq sortes de nœuds. J'ai joué, le soir. Deux fois. Ils ont chanté en même temps, et dansé, les gens."

Elle souriait et regardait les longs bras frêles qui pendaient mollement le long du corps maigre de son garçon.

"Tu veux voir le bébé ?"

Nat lui lança un regard interrogateur et acquiesça brièvement de la tête. Elizabeth se leva, elle s'agrippa un instant à la tête du lit pour trouver son équilibre, puis se dirigea vers le berceau et fit signe à son fils de venir.

"Un garçon. Un petit frère. Je croyais que nous allions avoir une petite fille, mais c'est devenu un garçon."

Nat resta droit debout et regarda de sa hauteur le bébé. "Est-ce qu'il est malade ? Il a l'air un peu pâle.

— Je n'ai rien à lui donner à manger. Mamie va chercher une dame qui pourra le nourrir. Comme cela, il pourra prendre des forces.

— C'est quoi son nom, au juste ?"

Elizabeth alla s'asseoir au bord du lit et elle attira Nat à côté d'elle. "Il s'appelle Hugh. C'est ton père qui en a eu l'idée.

— En l'honneur du capitaine Palliser ?

— Oui. Tu trouves que cela lui va, ce nom ?"

Nat réfléchit un instant et secoua la tête.

"Il ne ressemble pas à un Hugh. Il a une tête à s'appeler Benny, je trouve."

Benny, Benjamin, se dit-elle. L'enfant le plus jeune. Le dernier.

"Tu veux le tenir un petit instant ?"

Nat était déjà près de la porte. "Non. Je vais aller regarder les bateaux avec Isaac. Où est papa, au juste ?

— Chez le peintre. Il pose. Pour un portrait."

Nat acquiesça et disparut.

Mary revint avec une femme effectivement triste qui, néanmoins, commença avec enthousiasme à nourrir l'enfant. On s'entendit sur les heures, la rémunération, l'accès à la maison et le berceau. Elizabeth s'appuya contre le chambranle de la porte et regarda la nourrice serrer son enfant contre elle. La fausse mère avec le faux enfant. Elle haussa les épaules et partit dans le jardin. Elle voulait redevenir comme avant aussi vite que possible : maigre, droite, vigoureuse. Elle essaya de ne pas tenir compte de la douleur dans le bas de son corps encore à vif et de contracter les muscles de son abdomen. Maintenant que le soin de l'enfant était réglé, elle pouvait passer en revue l'actualité. Qu'est-ce qui occupait James ? Où en était-il de la publication de son récit de voyage ? Quand allait-elle être confrontée au parrain ? Elle posa les bras sur la table du jardin et se tourna vers le soleil.

Elle ne s'aperçut qu'elle avait entendu vaguement des pas que lorsqu'une ombre tomba sur son visage. Voilà ce qui se passait dans la réalité, se dit-elle, il fallait qu'elle s'y habitue. D'abord entendre quelqu'un arriver, ensuite voir cette personne. Pas autrement. D'abord partir, puis rentrer à la maison. D'abord voir l'enfant, puis réfléchir à un nom.

James s'assit en face d'elle. Il avait l'air magnifique, habillé dans toute la gloire associée à son rang élevé. Des boutons dorés le long de sa culotte d'un blanc éclatant, des manchettes qui comme des grappes de fleurs blanches débordaient des manches bordées d'or et une perruque grise parfaitement soignée sur la tête.

“Comment t'a-t-il demandé de t'asseoir ?”

Il lui montra : les jambes légèrement écartées, la main droite posée sur une carte dépliée qu'il tenait de la main gauche par une extrémité. Le chapeau sur la table à côté de la carte et de la main. Le regard d'un sérieux bienveillant dirigé sur un point légèrement à côté de l'angle d'où le peignait l'artiste. Sur les dix boutons dorés de la veste, cinq étaient restés défaits, au hasard.

“Un portrait officiel, dit-il en abandonnant la pose et en secouant les bras et les jambes pour se détendre. J'ai dû rester assis pendant des heures. Il ne disait rien, le peintre. Nathaniel Dance. Il est célèbre. Après-demain, il faut que j'y retourne. Cela n'en finira jamais. Je n'arrêtais pas de penser à Forster. Tu sais que Sandwich l'a chargé d'écrire un chapitre à l'essai ? Il a refusé. Il est impossible de prévoir ce qui va se passer maintenant. Il va peut-être y avoir deux livres pratiquement identiques dans un seul volume, il écrit finalement à propos du même voyage que moi. Sandwich veut bien entendu éviter cela. S'il se débarrasse de Forster, il perd les honoraires promis. Il n'en a pas envie non plus. En tout cas, Forster est à présent furieux que l'Amirauté doute de ses capacités d'écrire en anglais. J'espère qu'il va se retirer d'indignation, c'est la meilleure solution. Avant mon départ, je veux un contrat avec l'imprimeur et pour cela il faut que je sache si je publie seul ou bien avec lui."

Avant mon départ, pensa-t-elle. Avant son prétendu départ, car il ne va bien entendu pas partir, pas vraiment. Il ira à Plymouth ou Portsmouth, ou peu importe le nom de ces maudits ports, il inspectera l'équipage et il ferait gréer les bateaux mais, au dernier moment, il se fera remplacer par Clerke et il montera dans la chaise de poste pour Londres. Et ensuite ?

Dans la pose que le peintre lui avait demandée, il avait l'air d'un chef compétent. Un homme au sommet de ses capacités, dégageant une paisible assurance dont personne ne pouvait douter. Un homme qui en conservant la considération et le respect d'autrui pourrait dire juste avant le départ qu'il avait changé d'avis et qu'il laissait volontiers le commandement à son collègue. Mais dans ce cas quel homme, fatigué des chaos de la route après un trajet de plusieurs heures dans la chaise de poste, reviendrait vers elle ? Ce même chef ? L'auteur des journaux de bord sur la défensive ? Le fonctionnaire impétueux de l'Amirauté ? Ou le malade sans défense, farouche, qui à Noël vomissait dans le seau ?

"Banks, dit James. Tu te rends compte que, jusqu'à la fin des temps, je vais être suspendu au-dessus de la cheminée du grand salon de Banks ? C'est lui qui paie le portrait, il l'a commandé. Je ne pouvais pas refuser, même si cela tombe mal."

En quoi suis-je concernée par cette histoire, se demanda-t-elle, de quoi parlons-nous. De quoi ne parlons-nous pas. Pourquoi est-ce que je n'aborde pas moi-même les sujets dont il faut parler, pourquoi est-ce que je reste lâchement assise ici à attendre des mots angoissants : l'enfant, le départ, le parrain. Je laisse le temps s'écouler, il est rempli de fadaises, la coupe du temps est pleine à ras bord de livres, de tableaux et d'uniformes de gala et je n'ai pas le pouvoir d'y faire quoi que ce soit.

"L'Amirauté s'épargne le salaire d'un astronome parce que King participe au voyage. Et parce que je m'intéresse à l'astronomie. Ensemble, nous pourrons effectuer tous les calculs. Il sait aussi bien se servir des appareils que moi. Cela fait une différence de deux à trois cents livres, tu sais ? Je vais proposer à Sandwich de mettre à ta disposition ce montant, ou du moins la plus grande partie. Cela nous revient. Je voudrais que tu n'aies aucun souci à te faire. Une allocation plus que confortable. La possibilité de contacter librement tous les fonctionnaires de l'Amirauté si tu souhaites un conseil, sur les garçons par exemple. Les revenus du nouveau livre doivent t'être directement attribués. Je vais voir le notaire, il faut faire un testament. Je veux t'habiliter officiellement à prendre toutes les décisions nécessaires. Tout doit être parfaitement réglé. Quoi qu'il arrive."

Il s'était mis à parler plus vite et plus fort et se leva quand il fut question du testament. Franchement, ce n'était pas étonnant qu'il ne puisse pas s'attarder sur les réalités ménagères, se dit-elle, tant il avait de questions différentes et importantes à l'esprit. La viande salée, la choucroute, les sciences, les cordages pourris, les vaches du roi, le calendrier à respecter.

La nourrice entra d'un pas traînant dans le jardin ; Elizabeth n'avait pas entendu la grille s'ouvrir, mais soudain la silhouette de la nourrice se glissa le long des murs. La femme était vêtue de noir, naturellement, se dit-elle, elle porte encore le deuil de son propre enfant, quelle horreur de devoir nourrir l'enfant d'une autre. Comment le supporte-t-elle ?

La femme leur fit un signe, le visage tendu, et entra dans la cuisine.

"Il ne faut pas que tu l'aides ? demanda James. Ou bien fait-elle tout elle-même ?"

Le bébé pleurait, le bruit préoccupant leur parvint atténué dans le jardin. "Elle s'en occupe elle-même", dit Elizabeth.

Elle faisait de son mieux pour se raccrocher à la vie autour d'elle qui pourtant, d'une manière ou d'une autre, semblait chaque fois lui échapper. Elle avait beau écouter attentivement les histoires de James sur les problèmes que soulevait le livre – les conversations animées avec Sandwich, un accord avec l'imprimeur qui tournait presque à la rupture de contrat, des lettres de Forster difficiles à interpréter –, le tout quittait sa mémoire dès qu'elle se retrouvait seule. Sur la table, elle vit les listes où James avait écrit avec précision les marchandises qui devaient être emportées, divisées soigneusement par catégorie. Des plans des cales du bateau sur lesquels il avait inscrit des chiffres qui correspondaient aux chiffres de la liste. Voilà quelque chose de vrai, se disait-elle, regarde donc : de l'eau-de-vie, des manteaux molletonnés, des tonneaux remplis de vinaigre. Il s'agit de choses concrètes, avec un volume et un poids, quelqu'un les transportera à bord, les déposera à l'emplacement qui leur est destiné, il frottera la poussière de ses mains et partira avec un sentiment de satisfaction.

James ne faisait que passer en coup de vent, elle le voyait peu. Il achetait des longues-vues et des sextants, il réunissait les livres traitant des mers septentrionales sur lesquels il parvenait à mettre la main et il se faisait conduire chez Banks pour inspecter le trousseau d'Omaï. Entre ses différentes activités, il posait pour Dance, et il émanait de lui un calme tourmenté.

Vers la mi-juin, on apprit que Forster annulait sa collaboration à un livre commun. Des réunions avec Sandwich, avec Palliser, s'ensuivirent. Ces messieurs dînèrent à bord du *Resolution* dans la grande cabine à moitié installée. Des boissons. Des jurons. De l'indécision. Sandwich demanda à James de parler encore une fois à Forster pour parvenir à une solution. Craignait-il la concurrence du livre de Forster si les récits de voyage paraissaient en même temps ? Qui pouvait utiliser les gravures de Hodges ? Que faire si Forster calomniait l'Amirauté dans son texte ?

Trépignant d'exaspération, James rendait compte de la situation à Elizabeth. Cela ne l'intéressait pas. Quand il lui demandait un avis raisonnable, elle était incapable de lui répondre. Puis il repartait, en route pour le prochain rendez-vous.

La date du départ était reculée chaque semaine. Omaï fit une tournée d'adieu dans les palais de la ville et les résidences de ses protecteurs. Clerke fut accaparé par des problèmes familiaux et laissa James se charger des préparatifs du voyage. Il y avait sans arrêt quelque chose que tout le monde devait attendre.

Entre-temps, le bébé pâle grandissait. Il devenait aussi silencieux que sa nourrice, mais il buvait et il dormait. La nourrice le nettoyait elle-même à présent, elle lavait l'enfant et elle le berçait pour qu'il s'endorme après l'avoir nourri. On n'avait pas besoin d'Elizabeth. Elle laissait faire.

Jamie envoya une lettre de Portsmouth. Les vacances d'été approchaient, il allait rentrer à la maison et se demandait s'il aurait encore l'occasion de voir son père et où en était son frère dans la préparation de sa malle.

Elizabeth soupira et commença à écrire une réponse. Elle écrivit ce qui lui passait par la tête. Elle n'en savait rien.

Dans le jardin, les feuilles des cardons touchaient le sol car elle avait oublié de les faire attacher, une forêt vierge le long de la palissade. Ce n'était même plus la peine de s'y attaquer.

James se rendit chez le notaire et fit dresser son testament. "Tu en recevras un exemplaire. Il faudra bien le conserver. Je l'ai fait préparer en m'en tenant exactement à ce que nous avions évoqué." Elle ne se souvenait plus de rien, mais elle acquiesça pour confirmer.

Plus d'une semaine plus tard, la décision définitive fut prise concernant le livre. James rentra à la maison après une conversation extrêmement frustrante avec Forster, des chamailleries à propos des gravures et d'interminables tergiversations sur qui avait le droit de donner telle ou telle information, tout cela sur un ton que James ne supportait pas, qui l'exaspérait et provoquait en lui une colère impuissante, de sorte que dans un accès de fureur il prit soudain une décision. Seul. Il publierait seul. Finie la collaboration, finie la dépendance. C'est ce qui était le mieux. Il n'allait de toute façon plus modifier une seule lettre de son texte, tout avait été contrôlé par Douglas et jugé convenable, pourquoi se montrer alors encore hésitant, il était prêt à défendre ses propres mots et les personnes qui n'avaient pas envie de lire son livre n'avaient qu'à s'abstenir. Affaire conclue. Il avait proposé généreusement à Forster d'utiliser les gravures mais avait décidé avec l'imprimeur que ce dernier ne se séparerait des illustrations que lorsque le livre de James serait dans les boutiques. Tout était réglé. Voilà !

Soudain, le moment arriva. Elle le voyait se produire sous ses yeux. Le petit bureau de bois noir des tropiques fut transporté hors de la maison, la malle de livres, les vêtements. Elle vit James se tenir devant le berceau. Il se pencha au-dessus de l'enfant, mais hésita à le réveiller. Avec précaution, il posa la main sur la petite tête du bébé. Prenait-il congé de son fils pour toujours ou prononçait-il un "au revoir" inaudible ? On ne pouvait le deviner à l'expression de son visage. Il partit rendre une dernière visite au café.

"Clerke s'est mis dans de vilains draps, dit-il à son retour. Son frère a fait faillite et Clerke, cet optimiste béat, s'était porté caution pour lui. Maintenant son frère a décampé et Clerke doit assumer la responsabilité des pertes. Ils l'ont écroué ! Il est en prison ! Sandwich est furieux. Un revers après l'autre, comme si cette maudite expédition ne pouvait pas partir. Nous ne pouvons pas attendre plus longtemps, nous avons déjà des mois de retard par rapport au programme. Avec cette histoire ridicule, nous allons perdre un an !

— Que vas-tu faire ?" demanda-t-elle. La question portait sur la réalité de tous les jours. Les créanciers, le pouvoir de l'Amirauté, l'hiver dans le pôle. La réalité sous-jacente ne pouvait se capturer dans des mots, que vas-tu vraiment faire, que va-t-il advenir de nous ? Où sont les limites de cette comédie ? Elle ne pouvait poser ces questions.

"Je pars demain pour Chatham. J'emmènerai Omaï avec moi, le malheureux est épuisé à force de pleurer, il prend congé depuis des semaines déjà et sanglote tellement qu'il n'a plus d'yeux. Nous naviguerons jusqu'à Plymouth et là-bas j'attendrai Clerke ; Sandwich et Banks essaieront de le libérer aussi vite que possible. Dès qu'il arrivera, nous mettrons les voiles pour Le Cap."

Demain. Ce soir, la dernière nuit. Nous mettrons les voiles, a-t-il dit. Ou Clerke partira-t-il seul ? Demain sera-t-il un adieu pour deux semaines, trois mois, quatre ans ?

"Qu'as-tu…", commença-t-elle. Sa propre voix, enrouée et hésitante, la surprit. "Qu'as-tu au juste l'intention de faire, James ?"

Il se figea et elle le vit rentrer les épaules. Ses bras pendaient mollement le long de son corps, la cicatrice blanche dans la paume de sa main droite était visible, sans défense. Un silence pesait dans la pièce. Il se prolongea.

"A vrai dire, je n'ai pas encore pris ma décision, dit-il enfin. Je peux revenir quand Clerke arrivera à Plymouth. Ou je peux lui transmettre le commandement au Cap, après avoir fait les achats pour le roi. Des chevaux, des bœufs, enfin tu es au courant. Si c'est le cas, je pourrai rentrer avec un bateau de la marine marchande. C'est possible. J'y réfléchis. La détention de Clerke est un facteur de complication. Il doit être vite libéré, les conditions sont mauvaises là-bas, il fait humide, froid, tu ne peux pas imaginer. Je crains que cela ne devienne une lutte de prestige entre les différentes instances. Peut-être que le roi peut lui-même intervenir. C'était complètement idiot de la part de Clerke, il n'aurait jamais dû se mettre dans une telle situation. Il menace toute l'expédition. Et lui-même. C'est irresponsable."

Une réponse, se dit-elle, pour que je sache à quoi m'attendre. Serai-je cette nuit pour la dernière fois étendue à côté de toi dans notre lit ? Verras-tu ton enfant grandir ? Vas-tu jamais trouver la tranquillité parmi les maisons et les rues ?

Ils évoluaient dans des mondes séparés, même s'ils faisaient de leur mieux pour se rejoindre. Ils suivaient les activités de l'autre, arrêtaient le temps par moments pour se regarder et aller l'un vers l'autre, mais ils se heurtaient contre une palissade invisible. Depuis l'accouchement, elle ne parvenait plus à aborder vraiment James et, maintenant que le moment de l'appareillage arrivait, il ne pouvait plus rester en place auprès d'elle. Il toucha une fois de plus la tête de l'enfant et se tut. Elle écouta ensuite ses tirades et laissa ses pensées vagabonder.

"Que dois-je dire à Nat ? demanda-t-elle, soudain en larmes. Nous ne pouvons tout de même pas lui mentir, pas affirmer que tu vas revenir dans quelques semaines si ce n'est pas vrai ? Ou le contraire."

Elle évacuait son chagrin, incapable de se maîtriser. James la regardait, assise à la table, essuyant son nez et ses yeux à l'aide d'un mouchoir ; il regardait ses épaules se secouer, il prit une profonde et rapide inspiration, comme s'il s'apprêtait à parler, il fit soudain demi-tour et sortit de la chambre. La porte se referma.

Elizabeth continua de pleurer. Le vide entre eux deux laissait la place à des suppositions invérifiables. Il était persuadé, se dit-elle, qu'elle entretenait une relation bien trop intime avec Hugh Palliser, il ne pouvait chasser de ses pensées l'image de leurs bras entrelacés au-dessus de la table. N'avait-il pas regardé la surface de la table d'un air irrité ? Peut-être était-il même persuadé que Hugh était le père de l'enfant et le fait qu'elle supportait si mal cette maternité l'avait conforté dans cette idée. Il avait donné à l'enfant le nom de Hugh pour lui frotter le nez dans son mépris en affichant une fausse magnanimité. Il partait parce qu'il était en colère.

Mais non, c'était ridicule. Il était déchiré entre la terre et la mer, il ne fallait pas chercher plus loin. Palliser n'avait rien à y voir. Ou bien si ? Il avait renoncé à retenir James. A présent, il l'envoyait en mer sur un bateau en mauvais état. Un amant décidé éliminait son rival pour rejoindre enfin sa bien-aimée. Il se servait perfidement d'une vieille amitié. La trahison était partout, on ne pouvait faire confiance à personne.

Les sanglots se calmèrent et Elizabeth se ressaisit. Il ne fallait pas aller s'imaginer d'étranges histoires, les idées qui lui passaient par la tête tenaient d'un livret d'opéra, tellement elles étaient invraisemblables, impossibles.

Quand la nourrice arriva, Elizabeth se força à rester auprès d'elle. Elle s'occupait du linge et des affaires sales tandis que l'enfant était au sein. Elle aurait préféré s'asseoir en face de l'enfant et de la nourrice pour regarder tranquillement le tableau, mais elle n'osait pas. Un étrange silence régnait dans la pièce, elle entendait l'enfant téter et avaler. La nourrice se taisait, c'était curieux, se dit Elizabeth, on bavarde pourtant avec un bébé, on dit : attends un peu, maintenant on va prendre l'autre sein, allez, calme-toi, tu as encore faim, je vais t'en donner encore. Mais la nourrice ne disait rien, l'enfant buvait et Elizabeth restait immobile dans un coin.

"Je vais le prendre maintenant, dit-elle quand ce fut terminé. Vous pouvez partir."

La femme lui tendit l'enfant, soutenant sa tête avec précaution. "Il grandit bien, dit-elle, je le sens quand je le porte." Elle resserra autour d'elle les pans de tissu noir dont elle se vêtait et disparut.

Elizabeth alla s'asseoir dans le fauteuil de la nourrice et posa l'enfant sur ses genoux. Les petits pieds s'appuyaient contre son ventre. Comme autrefois, se dit-elle, comme autrefois avec elle, elle qui avait des yeux comme des étoiles scintillantes, elle qui riait d'une oreille à l'autre quand Elizabeth chantait pour elle, dont des cris de joie émanaient du trou pur au fond de sa petite bouche.

L'enfant gardait les yeux fermés. Dans le petit visage allongé, les yeux d'une fragilité argentée ressemblaient à des coquillages ronds. Il tordit sa bouche, une ride passa sur son front haut et il leva un instant ses petits bras dans un mouvement crispé. Puis sa tête tomba sur le côté, un filet de lait sortit du coin de sa bouche, il rota et s'endormit.

La nuit tomba. Elizabeth avait fait changer les draps du lit. Tard dans la soirée, la nourrice passa, l'enfant fut gorgé de lait et remisé jusqu'au lendemain matin. Elizabeth fit sa toilette et se brossa les cheveux. Elle posa l'uniforme sur une chaise, les chaussures en dessous, elle enroula les bas, elle suspendit la chemise d'une blancheur éclatante sur le dos de la chaise.

James sourit en voyant le capitaine aplati, inanimé, suspendu sur la chaise. Il s'approcha d'elle, il vint de plus en plus près, le plancher craqua, la lueur de la lampe disparut derrière son dos, son odeur – l'air du dehors, la transpiration, la fumée – emplit les narines d'Elizabeth. Elle était encore séparée, intouchée, comme si elle n'était pas là, comme si l'homme allait marcher à travers elle jusqu'à la fenêtre pour regarder dans le jardin obscur. Il posa les paumes de ses mains sur sa poitrine et elle devint chair.

A son propre étonnement, son sang lui picota la peau et la rigidité vitreuse qui lui était devenue si familière disparut. Le ressassement incessant de ses pensées s'arrêta lui aussi ; elle se souvenait de ses ruminations comme d'un fait, elle haussa les épaules en y pensant, elle les posa à côté d'elle.

Ils laissèrent la lampe allumée. Il fallait se voir, s'imprégner de la forme des épaules et des flancs, observer la couleur de la peau, des cheveux. Les yeux. Mon corps se souviendra de lui, se dit-elle, même quand je l'aurai moi-même oublié, mes muscles et mes os se rappelleront comment il était. Sa chaleur, son poids, sa main abîmée sur ma peau.

Elle était consciente de ce qui se passait, elle était entièrement présente, tout en faisant l'inventaire de son futur manque. Les choses les plus étranges se prêtaient à ce qui deviendrait plus tard une privation. Son poids. L'odeur de son cou. La tonalité juvénile, presque joyeuse de sa voix quand il lui parlait d'une humeur détendue, insouciante. La pente du matelas qui l'attirait vers lui. Pour la dernière fois ? Soudain, elle poussa un soupir d'effroi.

Cet après-midi, il lui avait remis un exemplaire du testament. Elle avait regardé le document avec un étonnement distant. Une rente annuelle modeste pour son père, pour ses sœurs ; de petits legs à ses amis d'autrefois qu'elle connaissait à peine. La maison pour elle, le capital et les droits des livres de voyage à partager entre elle et les enfants. Tendue, elle s'était mise à lire : les fils pourraient disposer de leur part à leur majorité, *ma fille ou mes filles ne le pourront que si elles se marient en accord avec ma femme.* Fille ? Elle ne comprenait pas. Etait-il en pleine confusion ? Avait-il apporté par erreur un vieux testament ? Il n'en avait jamais dressé auparavant, ils n'avaient jamais été très fortunés. Des filles ? L'enfant était pourtant bien là maintenant, il était né et enregistré comme un descendant masculin avant que James se rende chez le notaire.

Soudain elle en fut certaine : il voulait la laisser enceinte. Il était incapable de quitter une île avant d'y avoir planté un jardin. Il pouvait alors accroître la distance entre elle et lui jusqu'à ce que, dans l'espace quasi vide ainsi créé, il n'y ait plus de possibilité de s'atteindre. Abandonner. Tourner le dos. Laisser tomber. Se détacher.

Plongée dans ces pensées au moment où elle était encore allongée contre son corps, elle sut avec une calme certitude que cela faisait partie des possibilités. Pour la dernière fois.

Il lui tenait la main. Ils se taisaient.

Nat arriva dans le jardin en courant. "Il est là ! Vous venez ?" Il tira Elizabeth par le bras. James prit le bébé dans ses bras et les suivit. Devant la maison était arrêtée la voiture de Sandwich, les chevaux trépignant d'impatience, le porte-bagages rempli à craquer de valises et de malles. Omaï descendit dans la rue en empruntant le marchepied qui avait été déplié et tomba dans les bras de James en pleurant. L'enfant, coincé entre l'épaule de son père et la joue brûlante d'Omaï, se mit à hurler.

James tendit à Omaï son mouchoir. "Allez, reprends-toi, nous allons faire nos adieux." Tandis qu'Omaï s'essuyait le visage, James remit l'enfant à Elizabeth. Des rides de colère se dessinaient sur le petit visage, les hurlements continuaient. Elizabeth vit James se diriger vers Nat, il attira son fils contre lui, il lui donna une forte tape dans le dos et chuchota des mots qu'elle ne put entendre. Nat acquiesça.

Omaï saisit la main d'Elizabeth : elle tint le petit maladroitement sur un seul bras, tandis qu'Omaï, après une profonde révérence, lui embrassa le dos de la main, longuement. Elle en eut le vertige. James poussa alors le Tahitien sanglotant dans la voiture ; le cocher attachait les dernières valises ; Omaï ouvrit la vitre pour dire qu'il raconterait à tout le monde dans son propre pays les merveilles et les bienfaits dont il avait fait l'expérience en Grande-Bretagne. "Adieu, vénérable madame Cook !" cria-t-il ; Nat avait pris le bébé des mains d'Elizabeth et reculait avec son petit frère sur le trottoir – c'est alors qu'elle se retrouva dans les bras de James, elle sentit le vent frais du matin lui battre les joues et le bord du chapeau de son mari lui heurter le visage. "Elizabeth, commença-t-il.

— Allez, il faut que tu partes, dit-elle. Tout va bien. Il faut que tu t'en ailles.

— Je t'abandonne, dit-il. Je n'en ai pas envie. Je ne peux pas faire autrement. Je reviendrai auprès de toi dès que je le pourrai. Je t'écrirai.

— Allez, il faut que tu partes, répéta-t-elle. Vas-y, ils t'attendent."

Elle voulut le pousser doucement en direction du carrosse, mais ses muscles ne répondaient pas. Il monta, la portière se referma. Tout était gris, la lumière du matin, la façade de la maison, le dessous du feuillage des arbres. Les chevaux gris entrèrent en mouvement, le cocher gris agita son fouet, son mari fut entraîné au loin dans la rue grise.

Quelques semaines plus tard, Jamie rentra pour les vacances d'été. Bruni par le soleil, il pénétra d'un pas rapide et assuré dans la maison et lança un regard étonné dans le berceau. "Comment s'appelle-t-il ?

— Il s'appelle Hugh, dit Elizabeth, mais nous l'appelons Ben."

Ils burent du thé dans la cuisine. Dehors, une chaleur accablante régnait dans le jardin desséché, mais à l'intérieur il faisait frais.

"Ils sont à Plymouth, dit Jamie. C'est vraiment bête. J'aurais bien aimé aller regarder à bord. Est-ce que vous avez vu le sauvage qu'ils vont ramener ?"

Nat fit le récit du départ. "La robe d'Omaï flottait dans le crottin de cheval, mais cela lui était complètement égal ! Il a mordu les doigts de maman !" Les garçons disparurent à l'étage ; elle entendit Nat jouer pour son frère les coups de clairon qu'il avait répétés. Nat avait perdu sa musique, son violon était abandonné depuis des semaines déjà dans son étui et, quant à elle, elle avait perdu Nat. C'était le sentiment qu'elle avait. L'arrivée de l'enfant avait encore accentué la distance entre Nat et elle. Elle aurait dû se réjouir de le voir devenir plus solide, plus indépendant. Rechercher la compagnie de son grand frère et se résoudre sans se rebeller ou se forcer à suivre la formation de l'école navale.

Elle n'était ni heureuse ni triste. Elle apportait les dernières touches qui manquaient à l'équipement de Nat et elle se chargeait elle-même de tout le travail de la nourrice en dehors de l'alimentation de Ben. Elle devait faire la connaissance de cet enfant. C'était elle la mère. Elle l'emmena un matin au cimetière. Il dormait dans l'herbe tandis qu'elle arrosait les plantes et arrachait les fleurs fanées. Quand elle eut terminé, elle s'assit de sorte que son ombre tombe sur l'enfant. Il dormait. Elle était assise. Il ne se passa rien.

A la maison l'attendait une lettre de Plymouth. Elle tendit l'enfant à la nourrice qui était déjà là, dans ses frusques noires, et elle se retira dans la pièce. Elle décacheta le seau de cire ; elle posa les feuilles devant elle sur la table, approcha une chaise et se mit à lire.

Omaï pleure tout le temps et ne sait s'il doit se désespérer ou au contraire se réjouir. Il a constamment le mal de mer, cela le distrait heureusement de son débat intérieur. J'ai éprouvé une sensation étrange pendant le voyage. A Chatham je suis monté solennellement à bord, les hommes étaient disposés en deux haies et les tambours et les instruments à vent jouaient. Ils avaient préparé une belle cérémonie. Sur le moment, j'étais content, un instant. Ils ont envie de partir. Ils ont confiance. Ils me voient et ils se disent : le moment est arrivé. Malgré les immenses incertitudes – où allons-nous, quelles expériences allons-nous traverser ? – ils pensent savoir exactement où nous en sommes. J'ai préparé un programme impitoyable en attendant le départ. Burney, qui a mené le bateau de Clerke à Chatham, a fait rosser quelqu'un pour un délit. Il se croit déjà capitaine. Hier soir, il est venu boire un verre dans ma cabine, il m'a parlé de son départ. Le père, tremblotant, grelottant de vieillesse, est venu lui faire ses adieux. Et sa sœur naturellement. Il a fallu l'arracher de son cou. Je suis heureux que nous ayons pu nous dire au revoir à la maison.

Je passe toute la journée à écrire des lettres. C'est encore possible pour l'instant. L'Académie m'a attribué la médaille annuelle du meilleur discours ! Une médaille en or dans une boîte doublée de velours. Elle m'attendait ici. Je vais te l'envoyer. Garde-la précieusement, c'est une victoire de la choucroute sur la philosophie.

Le cuisinier vient servir les plats. J'ai reçu et signé mes instructions. Cela ne veut rien dire, Elizabeth. J'aurais bien aimé attendre Clerke ici, le long de notre propre côte sud, mais j'ai ordre de naviguer jusqu'au Cap et d'y rester jusqu'à l'arrivée de mon collègue. Ils savent mieux que moi ce qu'il faut faire. Je vais donc partir d'ici après-demain. C'est du veau, si j'en crois ce que je sens. Avec des carottes nouvelles et des haricots verts. Le cheptel est encore sur le pont arrière. Les bêtes mugissent jour et nuit.

Une ombre passa devant la fenêtre. Elle avait à nouveau oublié de nettoyer elle-même l'enfant. Elle soupira, prit les feuilles sur la table et les posa en haut d'une étagère. Elle vit Nat marcher dans le jardin. Il donna mollement des coups de pied dans le cognassier, ramassa quelques framboises dans la haie et s'assit dans l'herbe. Ses cheveux étaient à nouveau trop longs, se dit-elle. Les couper avant son départ.

"Maman ?" Il entra dans la pièce, une touffe d'herbe encore entre les doigts.

"Tu t'ennuies ?" Il haussa les épaules, regarda ses mains et se retourna. Elle le suivit, le vit jeter l'herbe dans le jardin et s'immobiliser sans savoir quoi faire. Il faut être maintenant tout simplement une mère. Verser du jus de framboise dans une cruche, aller m'asseoir dehors avec lui. Une conversation. Isaac lui manque bien sûr. Il redoute le départ.

Dans moins de deux semaines, il s'en ira, avec Jamie, leurs malles remplies à craquer pour toute une année scolaire. Si elle-même avait tant de mal à y penser, comment pouvait-il lui-même le supporter ? Les unions, les alliances temporaires affichant trompeusement la patine de l'éternité se défaisaient, donnant au monde un tout autre aspect et vous laissant désorienté, confus, déçu, avec un sentiment de honte difficile à expliquer. Comment pouvait-elle le lui expliquer ? Elle-même n'y comprenait rien. Entreprendre, agir, voilà ce qu'il y avait de mieux. Dans ce cas, il y avait au moins quelque chose pour canaliser ses pensées, une mission à remplir. S'asseoir sans rien faire, regarder fixement les roses jaune pâle qui grimpaient le long de la palissade avec un optimisme absurde, voilà qui était tout simplement dangereux. Le garçon s'effondrait. Elle ne pouvait l'en empêcher et menaçait de sombrer avec lui.

"Allez, on monte, dit-elle d'une voix enrouée, on va faire ta malle. Regarder ce qu'il faut emporter."

Il se leva et la suivit. Sur son lit d'enfant étaient posées une boule de bas et des chemises. La malle était à côté sur le sol, pleine à ras bord, sur le point de déborder.

"Cela ne rentre pas, dit-il. Il n'y a pas la place." Il parcourait la petite pièce de long en large, agitant maladroitement ses longs bras.

"Tu mettras tes bottes. Il faut que tu emportes d'autres chaussures. Un pantalon. Plusieurs pantalons. Pourquoi la malle est-elle si pleine ?" Elizabeth plongea les deux bras dans la malle, sortit des livres et des vêtements, la vareuse de marin d'Isaac, la trompette, le vieux chapeau de James. Ses mains heurtèrent un objet dur, un gros bloc de bois entouré de papiers qu'elle entendit se froisser. Le violon était au fond, caché sous une pile de partitions. Nat avait ancré son trésor à l'aide de bas enroulés et de mouchoirs.

"On n'a droit qu'à une malle. Je peux mettre tous les vêtements qui n'entrent pas les uns par-dessus les autres. J'enfilerai mon manteau d'hiver sur le tout. Ce n'est que pour une seule journée finalement."

Il faut qu'il laisse le violon à la maison, se dit-elle. Sensibilité, beauté. Il va se faire rabaisser. Cet aspect de lui doit rester ici. Avec moi.

"Il a tout de même fini par partir avec son bateau. Je pensais qu'il allait revenir dès qu'il aurait amené le sauvage à bord." Nat parlait au mur, à lui-même.

"C'est à cause du capitaine Clerke. Il ne peut pas partir. Il y a des problèmes. Ton père doit rester à son poste jusqu'à ce qu'ils soient résolus, tu comprends ?"

Elle était agenouillée devant la malle et Nat regardait avec elle par-dessus son épaule.

“Tu sais ce qu’on va faire ? On va mettre les vêtements dont tu as vraiment besoin dans les bagages de Jamie. Il lui reste de la place.”

Le manteau d’hiver, les chemises, les chaussures. “Tiens, va donner ça à ton frère.” Elle couvrit les instruments avec des sous-vêtements. Le couvercle se referma facilement.

“Merci”, dit Nat.

Ils partaient. Le jardinier transportait les bagages sur une charrette à bras jusqu’à l’arrêt de la chaise de poste. Elizabeth suivait ses fils aînés. Le bébé était resté à la maison dans les bras de la nourrice.

“Tu viendras nous voir ?” demanda Nat. Il muait et parut surpris des changements de registre de sa propre voix.

“Si le bébé continue de bien se porter, je demanderai à mamie de le garder. Comme cela, je viendrai quelques jours à Portsmouth pour voir comment cela se passe pour vous là-bas.

— Benny, dit Jamie, il s’appelle bien Ben ?”

Elle sentit la main froide de Nat se glisser dans sa main. Des gens étaient attroupés autour de la voiture. Continuer de marcher, approcher. C’était inévitable.

Un dimanche, elle arracha les cardons négligés. Elle jeta en tas les feuilles effilochées et les tiges rongées dans le fond du jardin puis ratissa les espaces libérés. Elle avait relevé sa robe et sentait le soleil lui mordre les mollets. La nourrice était partie sans rien dire, l’enfant dormait, les cloches des églises avaient fini de sonner.

Août. James était sûrement en train de mener ses bateaux par-delà l’équateur. Ou était-il encore à Sainte-Hélène, auprès du gouverneur qui lui ressemblait si mystérieusement ?

Elle lisait les journaux. Le départ du *Resolution* avait été largement couvert. 12 juillet, sous une pluie torrentielle, vent debout. Les journalistes écrivaient des articles dithyrambiques sur la médaille Copley décernée pour la contribution scientifique la plus brillante de l'année ; ils dépeignaient le but de l'expédition en des termes héroïques et faisaient une description si horrible du froid dans les mers arctiques qu'on en avait le frisson. Pas un mot de Clerke, tremblant dans les cachots glacés de la prison. Si elle allait rendre visite à Banks pour lui demander ce qu'il en était de sa libération ? Si elle écrivait une lettre à Sandwich ? Se donnaient-ils suffisamment de peine pour faire libérer Clerke, son sauveur ? Peut-être qu'elle obtiendrait l'effet inverse si elle insistait pour qu'ils fassent plus d'efforts, peut-être Sandwich se douterait-il des raisons de son intérêt et laisserait-il Clerke moisir tranquillement pour être sûr que son capitaine favori continuerait de mener l'expédition.

Nat écrivit une lettre, d'une seule page, signée solennellement *Nathaniel Cook*. Son hamac était suspendu près du mur, ce qui était bien, écrivait-il, et il voyait rarement Jamie. *Sa classe est souvent en mer. Nous sommes encore à l'école pour apprendre. Demain j'ai cours de trompette. Comment va Ben ? Je n'ai pas encore d'ami, mais je vais en chercher un.*

Elle avait posé la lettre à côté des feuilles de James dans les étagères. Si James ne rentrait pas, elle retirerait Nat de l'école. Elle fut choquée par cette pensée. Comment cela, s'il ne revenait pas ? Si Clerke restait en prison, James devait dans le pire des cas attendre un long moment. Puis rentrer pour constater que son fils avait renoncé à l'école ? Qu'allait-elle donc s'imaginer ? Pourtant, cette idée lui avait bien traversé l'esprit.

A vrai dire, il aurait fallu qu'elle écrive à James, une lettre adressée au directeur du port là-bas, à la pointe tout au sud de l'Afrique. Une lettre pleine d'espoir, de soutien. Elle s'en abstint cependant. Qu'est-ce qui me fatigue autant, pensa-t-elle, je n'ai pratiquement plus à m'occuper de la maison, l'enfant est nourri par une étrangère, je ne fais rien et pourtant je suis épuisée. Je pourrais rendre visite à ma mère, je pourrais finir de confectionner la veste pour James, je pourrais – elle s'assit en soupirant sous le cognassier.

C'est alors que Hugh Palliser arriva. Elle ne l'attendait plus ; après la naissance de l'enfant, il avait remercié James de l'avoir baptisé d'après lui et il avait transmis par son intermédiaire tous ses vœux de bonheur à la mère, qui gardait encore le lit. Un gobelet d'argent sur lequel le graveur avait inscrit *Hugh Cook* avait été livré deux semaines plus tard. A l'approche du départ du *Resolution*, elle avait été alarmée à l'idée d'une rencontre, ne sachant pas comment se comporter. Depuis, elle s'était mise à appeler l'enfant Benny quand elle pensait à Hugh Palliser, ce qui lui permettait de bannir toute pensée concernant le parrain.

Mais voilà que, dans le jardin desséché, s'appuyant sur sa canne, il la regardait. Il avait une mine affreuse : vieux, fatigué, usé. Pourtant, il sourit et sa voix était étonnamment animée.

“Août ! Le tournant de l'année ! Bonnes nouvelles !”

Elle oublia aussitôt toutes ses résolutions. Elle avait voulu se montrer distante, invulnérable, sans attentes. Son cœur bondit dans sa gorge et sa voix ne put émettre aucun son.

“Hier, ils ont libéré Clerke. Ou bien il s'est échappé, je n'en sais trop rien. En tout cas, il est parti pour Plymouth, il a fait fouetter les chevaux et il avait l'intention de prendre immédiatement la mer, de jour ou de nuit. Voilà ce qui se passe, Elizabeth. Enfin.”

Il vint s'asseoir sur le banc sans y être invité. Elizabeth s'effondra à côté de lui, haletant, pleurant, riant. Il passa son bras sur ses épaules et l'attira vers lui. Presque imperceptiblement, ils se berçaient sous les fruits vert pâle et durs du cognassier.

“Il va bien lui falloir un mois ou deux, dit Hugh doucement. Puis il y a encore le voyage de retour. Il ne sera pas là pour Noël. Pour la nouvelle année, c'est plus réaliste.”

Ce n'étaient que des mots. Une pluie tiède, bienfaisante, sembla tomber sur le jardin aride, un sauvetage, une libération, comme si elle était enfin vraiment arrivée à la maison et que tout allait bien.

Elle sentit ses lèvres près de son oreille, dans son cou. Mais que faisait-il ? Sa langue le long du pavillon de son oreille, des mots chauds, incompréhensibles dans le duvet de sa nuque ; elle se sentit étourdie, légère, absente, mais merveilleusement à sa place. Il avait retiré le bonnet d'Elizabeth et enfonçait ses doigts dans les cheveux ainsi libérés, il lui prit le visage, elle le regardait dans les yeux et il n'y avait rien d'autre, seulement cette voie qu'il fallait suivre, heureusement qu'elle s'était lavé les cheveux, les rayons du soleil jouaient étrangement à travers les feuilles ovoïdes du cognassier, il faut fermer les yeux maintenant, les yeux clos pour le baiser.

Mais que suis-je en train de faire, se dit-elle, pourquoi est-ce que je laisse un vieil homme me tripoter dans mon propre jardin, pourquoi est-ce que je ne me lève pas, je ne me dégage pas brutalement de lui, pourquoi est-ce que je bois sa salive, je lui lèche les narines ? Elle pensait au bras, à son bras nu. Il posa ses mains sur ses seins. Oui.

C'était ainsi, selon elle, que l'on nageait quand on était entouré de hautes vagues, elle revenait sans cesse à la surface, où il faisait clair, et pensait : personne ne va nous déranger, cette sinistre nourrice ne reviendra que dans quelques heures, des buissons touffus nous séparent de la fenêtre de la cuisine – puis elle sombrait à nouveau dans les profondeurs, elle ne pensait plus, elle se contentait de bouger.

Pourquoi suis-je si contente, si soulagée ? Ah oui, James va revenir, son remplaçant est en route, il file sur les vagues pour délivrer James, et puis, et puis – Elle se glaça, elle se dégagea brusquement de l'étreinte et lissa ses vêtements. Elle sentit ses os contre le banc dur. Se redresser. De l'équilibre.

Les fleurs s'inclinèrent vers la terre et moururent. L'obscurité s'imposait chaque soir plus tôt. L'enfant commença à manger des aliments solides, la nourrice ne venait plus que deux fois par jour.

Elizabeth rendit visite à ses fils, elle logeait audessus d'une taverne donnant sur le port et se promenait avec Nat sur les falaises, main dans la main. Le violon était chez le professeur de trompette, prêt à l'usage quand Nat pouvait échapper au régime scolaire. Il ne se plaignait pas.

De temps en temps Hugh Palliser faisait son apparition. Il buvait du thé à la grande table. Il parlait de sa femme malade et Elizabeth écoutait sans s'étonner de rien. L'idée lui venait parfois de l'étouffer avec un oreiller de duvet, avait-il dit une chose pareille ? Elle coupa le feuillage flétri sur la tombe d'Elly, elle resta dans le froid et la pluie devant le petit parterre et ne s'aperçut qu'en rentrant chez elle qu'elle était pétrifiée. Novembre, une oie dans le four pour Mary, pour le beau-père – et où était James ? Encore un moment, encore un Noël. L'enfant savait s'asseoir et mettre tout seul une croûte de pain dans sa bouche. Elle ne laissa pas la table se recouvrir de tout et n'importe quoi, le bois frotté, luisant, attendait le retour de James.

C'est alors que la lettre arriva. Jamie et Nat étaient à la maison pour les vacances de Noël, ils étaient en train de prendre leur repas et de bavarder dans la cuisine. Elle venait de coucher l'enfant et descendait l'escalier quand on frappa à la porte. Nat avait déjà ouvert avant qu'elle soit arrivée en bas. Il brandissait un lourd paquet scellé, qu'il lui tendit. Elle reconnut l'écriture.

"Tu nous la lis !" s'écria Jamie. Il donna une tape sur l'épaule de Nat. "Nous aurons des choses à raconter quand nous retournerons à l'école !"

Elle hésita un instant. Dans la cuisine ou dans la pièce ? Seule ou avec les garçons ? Elle serra la lettre contre sa poitrine et resta plantée, indécise, dans l'encadrement de la porte.

Elle regarda les pages remplies sans les lire. On aurait dit un journal, les dates étaient griffonnées entre les lignes bien remplies. L'écriture, qu'elle connaissait si bien, était au début régulière, familière, mais elle subissait plus loin une profonde transformation. Des petites lettres en pattes de mouche illisibles alternaient avec de grands traits incontrôlés. Les lignes montaient et descendaient comme des vagues, couronnées par des points d'exclamation telles des éclaboussures d'écume. Elle se mit à lire.

7 août. *Je maudis l'Amirauté. Le bateau est percé comme un panier d'osier. Les premières averses ont pénétré tout droit dans les réserves. Des sacs de farine trempés ; le sol poisseux de sucre fondu. Il a fallu faire à Tenerife un arrêt pour réparer les pires dégâts et acheter d'autres vivres. Quant à ce qu'engloutit le cheptel ici à bord chaque jour, cela n'en finit pas. J'ai fait remplir à ras bord tous les coins et recoins de foin et d'avoine. A la moindre vague venant de la proue, je peux tout jeter, bon sang. Comment vais-je pouvoir maintenir ces malheureuses bêtes en vie de cette manière ?*

12 août. *Je n'arrive pratiquement pas à dormir. Je suis allongé dans ce ridicule hamac de toile, je me balance au bout de cordes au-dessus de mon bureau et j'écoute les animaux. Tu penses sans doute qu'un cheval s'ébroue ou hennit, mais un cheval en danger beugle ! Et j'entends ces gigantesques animaux angoissés se démener, d'une nuit sur l'autre. Ils vomissent l'avoine à moitié digérée, de longs filets de bave pendent de leur gueule. Je ne peux pas le supporter. Le manque de sommeil me joue des tours, hier soir j'ai presque provoqué l'anéantissement*

du navire. J'étais de quart et je parlais avec Anderson, devant le bastingage. Nous avancions à vive allure. La mer était bleu foncé. Je lui ai demandé s'il pouvait réfléchir à un calmant pour les chevaux. Mélanger du millepertuis avec leurs aliments, voilà sur quoi portait notre conversation. Soudain : des vagues qui s'écrasent contre un récif, à dix mètres devant nous ! Je n'avais rien vu ! J'ai hurlé pour alerter le timonier, panique, virement de bord, tout le monde à la manœuvre. Aujourd'hui, j'ai encore mal à la gorge à force de crier. Les rochers pointaient aussi tranchants que des couteaux. Ils auraient découpé le ventre du navire comme s'il s'agissait d'une oie. C'était à une seconde près. Anderson est devenu pâle comme un linge. Je n'ai pas compris. Je vois toujours tout. Boa Vista. Les îles du Cap-Vert. Je sais parfaitement qu'elles se trouvent là. Si seulement ces chevaux arrêtaient un instant de se lamenter !

19 octobre. *On dirait que nous avons été rejetés par hasard vers le rivage du Cap. Je n'ai pas le sentiment d'avoir consciemment navigué jusqu'ici. Quand nous sommes arrivés avant-hier, j'ai été envahi par l'émotion. Cela ne me ressemble pas et je me garde bien de l'écrire ailleurs qu'ici. La montagne de la Table avec sa grande couverture de nuages gris qui, provenant de cette énorme surabondance, roulaient lentement du haut en bas des versants escarpés. Pourquoi en ai-je eu les larmes aux yeux ? J'avais l'impression de rentrer chez moi, ou que quelqu'un venait me border dans des édredons de duvet et m'apaiser. C'est absurde. J'ai fait descendre les animaux à terre. Je ne dors plus à bord, moi non plus. Je ne peux plus supporter pour le moment de voir tout cet amas de pourriture.*

5 novembre. *Les Hollandais ne manquent pas une occasion de nous mentir et de nous berner. C'était déjà le cas à Batavia. Nos moutons ont été égorgés par leurs chiens, mais ils refusent de nous verser un quelconque dédommagement. J'ai aussitôt acheté de nouveaux moutons, de malheureux sacs d'os, on ne peut rien se procurer de mieux ici. J'ai aussi acheté un taureau et deux vaches avec des veaux. Des cochons. Quatre chevaux supplémentaires. Des poulets, des chèvres, des lapins. Le tout en plus du cheptel que nous avons déjà. Je dois m'en tenir à ma promesse au roi et je le ferai. Nous avons un couple de paons à bord. Les oiseaux supportent bien le voyage. Omaï a débarrassé sa cabine afin de faire de la place pour les chevaux. Il dort désormais avec les sous-officiers, cela lui convient mieux, je crois, que la solitude. L'été commence à arriver ici. Les messieurs font des excursions à travers la magnifique vallée près de Stellenbosch. Ils visitent des vignobles et admirent les chaînes de montagnes. Ils se pintent, ils forniquent et ils dépensent leur argent. Je n'ai pas encore le temps de m'en préoccuper, j'ai assez à faire avec les marchands qui nous mentent ici.*

J'attends tous les jours l'arrivée de Clerke. S'il me remplace, Gore aura le commandement du Discovery. *Je ne peux pas l'évincer, mais je préférerais que King soit à ce poste. Burney est à mon avis finalement trop imprévisible. Il arrive encore aux hommes de parler du massacre en Nouvelle-Zélande. Burney détourne alors la tête, il s'effondre complètement et n'arrive plus qu'à chuchoter ! Une famille trop sensible.*

J'envisage de ramener avec moi en Angleterre William Watman. Il est trop vieux. Il avait terriblement envie de participer au voyage, mais il n'a pas la force nécessaire pour être affecté aux écoutes et au cabestan et son état s'est détérioré à vue d'œil durant notre expédition, qui n'a duré que quelques semaines. Je me demande si la navigation est si exigeante vis-à-vis des gens qu'au-delà d'un certain âge elle ne peut plus être pratiquée. L'effort physique. La vigilance permanente. Avec toujours ce vent tout autour de la tête.

11 novembre. *Clerke est arrivé. Il a aussitôt distribué de l'alcool et sans lésiner. Il a promis de transporter une partie du cheptel sur le* Discovery. *Il a des couleurs aux joues et les yeux étincelants. Tout le monde est ravi, content de se revoir, impatient et plein d'espoir de vivre de nouvelles aventures et de retrouver d'anciens paradis. Je me fais un sang d'encre et je me retire dans ma cabine avec les cartes et les listes de provisions. Ce soir ou demain, il faut que je parle à Clerke. Je vais lui écrire un manuel détaillé d'instructions. Je suis le seul à vouloir m'occuper de choses sérieuses, bon sang, tout le monde est en train de ripailler et de chanter comme si nous faisions ce voyage pour le plaisir. Les chevaux trépignent à s'en briser les pattes contre les parois de la cabine d'Omaï, il faut que je fasse clouer des ballots de paille à l'intérieur.*

30 novembre. *Elizabeth, je suis désolé, c'est impossible autrement. Clerke était brûlant. Quand je l'ai serré dans mes bras, il a détourné le visage, ce qui était curieux, et je me suis dit : il ne veut pas que je sente sa mauvaise haleine avinée. Il a la* FIÈVRE. *Les couleurs aux joues. Il tremble et il frissonne. Pas d'enthousiasme, mais à cause de la maladie qu'il a contractée dans son cachot humide. La semaine dernière, il a commencé à tousser, une toux sèche qu'il ne peut pas maîtriser.*

Nous savons tous ce que cela signifie. Tout le monde reste à son poste. Demain nous reprenons la mer. Je n'ai pas pu tenir la promesse que je t'avais faite. Cela me fait mal. Il n'y a rien à y faire. Je continuerai de t'écrire, bien que tu ne puisses plus me lire. Je reste auprès de toi, même si je ne suis plus là. J'ai fait de gigantesques erreurs. Des erreurs impardonnables. Ici à bord et à la maison. Demain je prendrai la direction de cet horrible pôle Sud. Je ne te demande pas de me pardonner. Tu ne le peux pas. La glace doit me purifier, me décaper, me disculper.

TROISIÈME PARTIE

9

Elizabeth se réveilla dans la chambre glaciale. La nuit brillait, d'un noir bleuté, derrière la vitre. Quelqu'un pleurait, les sanglots plaintifs parvenaient de loin jusqu'à la chambre. Elle se tourna sur le dos et posa les bras au-dessus des couvertures.

L'enfant. Bien sûr, l'enfant. Elle sortit du lit et alluma la chandelle. Elle avait l'impression de nager à travers l'air glacial qui délimitait son corps. Dans le couloir, elle l'entendit plus distinctement. Il appelait la nourrice. Il avait à présent plus de trois ans et la nourrice continuait de venir. Quand l'enfant n'avait pas un an, Elizabeth s'était aperçue que la femme s'était fait passer pour ce qu'elle n'était pas et qu'elle ne donnait pas le sein à Benny, mais lui faisait boire du lait de vache bouilli dans une petite timbale pourvue d'un bec. Elle tenait l'enfant sur les genoux, elle lui parlait. Il riait ! Elizabeth, qui était rentrée à l'improviste d'une visite dont elle s'était soudain lassée, les regardait à travers la fenêtre de la cuisine. La nourrice s'appelait Charlotte. Une confrontation avait eu lieu. Une discussion.

“C'est un petit garçon si gentil, si calme, avait dit la nourrice qui n'en était pas une. J'ai hâte de le voir chaque matin. Je n'ai plus de lait. Depuis deux mois déjà. Mais je l'aime.

— Il grandit, avait dit Elizabeth. Même sans ton lait, il grandit bien. Je crois."

Après la conversation, l'atmosphère dans la maison avait changé. Charlotte restait plus longtemps, souvent elle aidait Elizabeth pour ce qu'elle avait à faire, parfois elles parlaient tandis que l'enfant était assis par terre entre elles et sortait en silence des blocs de bois de la vieille chaufferette puis les remettait. Quand les blocs avaient disparu, il levait son petit visage et regardait Charlotte. "Très bien, disait-elle, tout a disparu." Alors l'enfant souriait. Elizabeth l'observait. Il faut qu'il grandisse, se dit-elle. Quand il sera plus grand, je lui apprendrai les lettres de l'alphabet.

Pour l'instant, il hurlait. Elle entra dans la petite chambre où il était étendu sur le lit étroit qui avait appartenu à Nat. Elle posa la bougie sur la table de toilette, la flamme vacilla puis s'immobilisa. L'enfant la regarda, referma les yeux et continua de pleurer. Le consoler, se dit-elle, il faut que je le console, il faut que je m'assoie sur son lit, que j'attire l'enfant vers moi, que je dise quelque chose, quelque chose qui le calme. Mais quoi ? A-t-il peur du noir ? A-t-il fait un cauchemar ? Je peux tout de même lui demander ce qu'il a ?

"Zalot, Zalot !" criait l'enfant. Les mots étaient étouffés dans l'oreiller. Elizabeth vit une joue mouillée, une petite épaule relevée de façon crispée. Doucement, elle fit un pas en avant. Elle se racla la gorge.

"Charlotte va venir demain. Il faut que tu dormes maintenant. Quand tu te réveilleras, elle arrivera."

Elle était incapable de le toucher. Elle n'y arrivait tout simplement pas. Elle borda les draps et les couvertures autour de l'enfant en pleurs. Il était allongé sur le côté, les poings contre sa bouche baveuse. Il se vidait de son chagrin en sanglotant.

Elle laissa la bougie dans sa chambre. Elle ferma la porte contre laquelle elle resta appuyée. A travers les fentes, elle entendait l'enfant qui essayait de se maîtriser.

"Dormir. Demain. Zalot." Les hurlements se transformèrent en chuchotements. Les sanglots devinrent des pleurs tristes, prolongés, qui progressivement s'atténuaient. De temps en temps, il poussait un soupir tremblotant. Il était étendu là, se disait-elle. Totalement éveillé. Les yeux serrés fort, attendant le matin libérateur, calme, imperturbable.

Prudemment, elle retourna dans son lit.

Elle aussi était restée raide comme un piquet à attendre le matin. Quand James sera de retour, se dit-elle, j'essaierai de nouveau. Benny deviendra notre enfant, à ce moment-là j'y arriverai. Cela fait près de quatre ans qu'il est parti, il va forcément rentrer, dans le courant de l'année, cette année qui n'en finit pas et qui vient pourtant seulement de commencer. Je suis épuisée rien que d'y penser. Toute cette agitation va recommencer. Maintenant, il va rester à la maison, c'est sûr. Peut-être devrons-nous aller vivre ailleurs, quelque part où le passé ne vous agresse pas de toute part, plus loin de l'eau. Oui. La distance produit un effet curieux, parfois elle apporte la tranquillité et parfois elle provoque un ouragan de pensées enflammées si bien qu'on ne sait plus où on en est. Que vais-je faire aujourd'hui ? Il faut de la régularité, voilà ce qu'il y a de mieux.

C'est d'ailleurs la seule chose à faire. S'assurer que le feu continue de brûler. Il ne gèle pas, mais il fait froid. 10 janvier. Enfin, chaque mois est une abomination. Charlotte arrive. Je m'en réjouis, tout comme l'enfant. Nous allons nous asseoir devant le poêle. Continuer les travaux de raccommodage. Charlotte coud un nouveau pantalon pour l'enfant. Benny. Essaie de penser à son nom. Son faux nom. Je vais continuer à broder la veste. Enveloppée dans son papier, elle était encore là, rouge vif. J'ai fait les boutonnières à Noël. Maintenant, les petits rinceaux au fil d'argent sur les poches de la veste. Le garçon la regardait à un mètre et demi de distance, il la trouvait digne d'intérêt, mais n'osait pas poser de question. C'est sûrement la couleur qui l'attirait.

"Pour papa, dit Charlotte. Maman fait une veste pour papa. Quand il rentrera, il la mettra. Moi je fais un pantalon pour toi, viens voir."

Il s'appuya contre les genoux de Charlotte et posa sa petite main sur l'étoffe épaisse, gris de cendre. Elizabeth coupa le fil d'argent, mit l'extrémité effilochée dans sa bouche, tint l'aiguille à la lumière et enfonça d'un seul coup le fil humide dans le chas. Si le temps reste sec, Charlotte pourrait aller dehors avec l'enfant, l'après-midi, tandis qu'elle se rendrait à l'école.

Cela avait commencé par une rencontre sur le perron du bâtiment de l'Amirauté. A l'intérieur, elle avait parlé d'argent et elle était ressortie avec un sentiment triomphant. Une femme, un peu plus jeune qu'elle, s'était-elle dit, trente-cinq ans peut-être, restait, hésitante, au pied des marches. Elizabeth, à son propre étonnement, avait engagé la conversation, s'était présentée, lui avait proposé son aide. Il se trouva que c'était la femme de David Nelson, le jardinier enthousiaste de la collection botanique du roi à Kew. Elle voulait demander de l'argent, ces messieurs étaient lents et elle avait du mal à joindre les deux bouts. Elizabeth s'était aussitôt sentie solidaire, révoltée avec elle contre ces hommes qui portaient des bas de soie sous leurs culottes moulantes. Soudain, elle s'était rendu compte qu'il n'y avait pas moins d'une centaine de femmes dans le même cas, attendant, faisant tourner la maison jusqu'à ce que le bateau rentre au port. La femme s'appelait Jane ; elle était retournée dans le bâtiment avec elle.

Elle n'avait pas d'enfant. Nelson avait ses plantes et, de son côté, elle s'occupait d'une petite école pour les enfants de matelots qui n'avaient pas les moyens de les envoyer dans un véritable établissement scolaire. Voilà comment tout avait commencé.

Depuis deux ans, Elizabeth l'aidait. Lire, chanter, compter, dessiner. Ranger, se laver les mains, danser. Elle avait aussitôt déchargé Jane du paiement du loyer. Le petit bâtiment était la propriété de l'Eglise et l'argent devait être apporté chaque mois au prêtre. Jane se laissait intimider par cet homme, il lui demandait le programme des cours et se mêlait du choix des textes de lecture et des chansons. Elizabeth avait su le manœuvrer.

Insensiblement, elle s'était prise d'affection pour Jane Nelson et un partage des tâches, qui arrangeait l'une comme l'autre, s'était fait spontanément. C'est merveilleux, ce mode de fonctionnement, pensait Elizabeth. Quand on est deux et que l'on se comprend bien, chacune fait automatiquement ce qui lui convient le mieux.

Ou chacun. C'est donc possible. Le fait que cela ne se passe pas ainsi avec James – absurde, inutile d'y penser maintenant.

La sollicitude naturelle et pragmatique de Jane vis-à-vis des enfants l'avait stupéfiée. Une petite fille se débattait dans un tablier bien trop grand – Jane y faisait un ourlet. Deux garçons ne pouvaient pas venir car leur mère les en empêchait – Jane allait les chercher personnellement chaque jour. Elizabeth s'occupait de la discipline et de l'enseignement à proprement parler, quand l'occasion se présentait. Jane bêchait le jardin à l'arrière pour y faire planter par les enfants des haricots et des pommes de terre. Elizabeth calmait les indignations du prêtre. Maintenant que c'était l'hiver, il n'y avait pas grand-chose à faire dans le jardin des enfants. A trois heures de l'après-midi, elles allumaient déjà la lampe. Assis par terre, les enfants se rapprochaient les uns des autres et Elizabeth racontait. Elle avait le livre sur la deuxième expédition posé sur les genoux. Elle avait eu l'intention de lire tout simplement les journaux, tels qu'ils étaient écrits, rédigés par James, arrangés par elle, revus par Douglas ; bien vite, elle cessa pratiquement de regarder les pages aux caractères serrés pour s'exprimer librement avec ses propres mots. Chaque enfant à ses pieds avait un père à bord. Elle sautait parfois quelques passages. Les pères ne devaient pas être rossés pour leur désobéissance. Elle ajoutait des éléments qu'elle inventait. Les pères pensaient certainement à Londres, ils se demandaient sûrement ce qui se passait à la maison et leurs enfants devaient leur manquer. Elle levait le livre pour montrer les gravures de Hodges et les enfants se pâmaient devant le portrait d'Omaï, indiquaient du doigt les statues miraculeuses de l'île de Pâques et tremblaient à la vue des glaces du pôle Sud.

Cet après-midi, je vais parler du voyage de retour, se dit-elle. Raconter comment les matelots rentrent à la maison sur le bateau usé, pour nous retrouver. Leur joie à l'idée de manger du blanc d'oie et de boire de la vraie bière anglaise. Tout ce qu'ils ont rassemblé dans les malles du navire pour le rapporter. Pour nous.

Elle avait dû pourtant s'assoupir, car le claquement de la porte de la cuisine la réveilla. Elle resta allongée un instant, appréhendant la pente abrupte de ce jour nouveau. Glissements de pas dans le couloir, petits pieds nus sur les marches de l'escalier. Benny se faufilait vers sa salvatrice. Elizabeth s'extirpa de son lit. Elle fit sa toilette, s'attacha les cheveux, laça solidement son corset, choisit une robe propre et enfila des bas assortis. Maintenant il faut descendre, se dit-elle, pour aller prendre le petit-déjeuner avec l'enfant.

Charlotte déposait une assiette de porridge devant Benny sur la table quand Elizabeth entra. L'enfant attendait, assis sur sa chaise haute, un torchon était soigneusement noué autour de son petit cou ; immobile, il suivait de ses petits yeux enfoncés chaque mouvement de Charlotte. Des marques rouges se voyaient sur la peau fine de ses joues.

"Viens t'asseoir, dit Charlotte, le thé est presque prêt."

Benny prenait des cuillerées au bord de son assiette, systématiquement, gardant pour la fin ce qui se trouvait au milieu, où Charlotte avait versé de la mélasse. Une fois son assiette terminée, il resta assis sans bouger, regardant Charlotte d'un air tendu. Il attend quelque chose, se dit Elizabeth, il attend, c'est ce qu'il sait faire de mieux, que c'est épouvantable, un enfant si jeune, il faudrait qu'il hurle ses désirs, qu'il trépigne s'il n'est pas comblé assez vite. Mais cette attente passive est gravée en lui, lui a peut-être été montrée en exemple. Il faudrait que j'intervienne, maintenant. Si nous allions nous promener, devrais-je dire, pour voir les cygnes. Nous allons prendre les cubes et construire une maison. Je vais te lire une histoire. Viens.

Elle regarda par la fenêtre. Tout était gris. Pas de pluie, mais un épais brouillard qui faisait luire les pavés d'une humidité grasse. Elle croisa les bras.

Les cerceaux de fer des roues du carrosse cliquetèrent sur les pavés ; une voix d'homme rugit un ordre et le roulement des sabots des chevaux cessa. Dans le silence qui suivit, on frappa violemment à la porte d'entrée. Quand on attend suffisamment longtemps, il se passe toujours quelque chose, pensa Elizabeth. Regarde, avant même que je commence à m'ennuyer, un carrosse s'arrête devant la porte. Pourquoi l'enfant ne court-il pas dehors pour regarder les chevaux ? L'attente semble tout simplement se poursuivre, pour nous deux. Que trouve-t-il donc pire que l'attente ?

Charlotte avait ouvert. "Elizabeth, dit-elle, deux messieurs veulent te parler. Je les ai introduits dans la pièce."

Elle se leva lentement. Elle regarda l'assiette totalement vidée et comme propre de son fils et s'arrêta un instant derrière sa tête allongée. Puis elle sortit de la cuisine et remit de l'ordre dans sa robe.

Stephens et Sandwich se tenaient épaule contre épaule devant la grande table. En grand apparat. Avec leur perruque.

"Asseyez-vous, dit-elle. Je peux vous proposer quelque chose ?" Elle pensa à une perturbation, une nouvelle qui allait interrompre le calme de l'attente. Au retour. Le énième retour.

"Peut-être vaudrait-il mieux que vous vous asseyiez, madame", dit Stephens d'une voix aiguë. Il était plus petit que Sandwich, plus corpulent aussi, son habit gris-bleu le serrait aux épaules. Personne n'avait encore souri.

Sandwich tira une chaise de sous la table et invita d'un geste de la main Elizabeth à s'y installer. Elle resta debout. Personne ne dit rien. De la cuisine parvenait très vaguement la voix de Charlotte, les éclaboussements d'eau sur la pierre, le couinement de la pompe.

"Vous avez des nouvelles ?" Elle entendit la nuance d'impatience dans sa voix. Sandwich se racla la gorge, mais se tut. Stephens fit un pas en avant et se frotta les mains l'une sur l'autre devant son ventre. "Asseyez-vous, je vous en prie", répéta-t-il. Rien ne se produisit.

"Elizabeth, dit Sandwich, nous devons vous dire quelque chose." Elle fut surprise par sa façon intime de s'adresser à elle, comme si, en abandonnant le "madame", toute protection avait disparu et que ce qu'il allait dire pourrait vraiment la toucher. Comme dans un étrange jeu de chaises musicales, ils étaient tous les trois debout autour de la chaise vide.

"Une lettre est arrivée du capitaine Clerke. Par voie de terre. Nous sommes aussitôt venus. James n'est plus. James est mort."

Elle regarda la larme qui sortit de l'œil de Sandwich et glissa le long de son nez. Elle entendit les ratés dans sa voix.

“Au nom de l’Amirauté, nous voulons vous présenter nos condoléances.” Stephens acquiesça d’un air compatissant et montra une fois de plus la chaise qui les séparait.

Va donc t’asseoir toi-même, lécheur, pensa-t-elle, arrête de commander et d’intimider et laisse-moi tranquille, laisse-moi – elle se tut. Sandwich poursuivit.

“J’ai déjà mis Banks au courant. Et Solander. Nous allons nous rendre tout à l’heure chez le roi. Nous voulions d’abord venir ici, c’est évident. Mais si vous voulez bien nous excuser, nous devons annoncer la terrible nouvelle au palais, dans les meilleurs délais.”

Naturellement, se dit-elle, l’Académie, la marine, la cour au grand complet, tout le monde doit être soudain informé pour qu’ils puissent bien se lamenter tous ensemble. Après tout, mon mari est un bien public et il est payé par le royaume. Il était payé. Au passé.

Elle n’arrivait pas à prendre conscience de ce qui se passait, elle ne ressentait qu’un soulagement inexplicable et gênant. Et un puissant désir de chasser ces messieurs de sa maison. Elle devait réfléchir et poser des questions, rassembler des faits.

“Quand cela s’est-il passé ? demanda-t-elle d’une voix terne. Et comment ? Et où ?” ajouta-t-elle, après un bref silence. Les messieurs se regardèrent. Stephens frotta ses chaussures à boucle sur le plancher et émit un bruit de souris qui s’enfuit ; allez, se dit-elle, parlez puis disparaissez, pour aller voir votre très cher roi, alors, je vais attendre longtemps ?

“La lettre date de juin l’an dernier, dit Sandwich. Clerke l’a donnée au Kamtchatka à une mission commerciale. La lettre nous est arrivée par Saint-Pétersbourg. L'événement" – il hésita un instant, mais continua, comme s'il prenait conscience de la tâche qui l'attendait – "l'événement décrit a eu lieu en février. Le 14 février pour être précis. Le capitaine Cook, enfin je veux dire James, a été tué lors d'une échauffourée avec des indigènes sur une île qu'il a découverte durant son voyage à travers l'océan Pacifique. Clerke l'appelle Hawaii."

Stephens prit le relais. "Nous obtiendrons plus de précisions quand les bateaux seront de retour. Mais vous pouvez d'ores et déjà être certaine que le capitaine Cook a connu une mort des plus honorables dans l'exercice de ses fonctions. Nous vous tiendrons bien entendu au courant."

Honorable, pensa-t-elle. De quoi parlent-ils ? Comme si cela faisait la moindre différence pour moi. Cela ne ressemble pas à James de se battre avec des indigènes. Ils disent n'importe quoi. Honorable, comment cela ? Qu'y a-t-il d'honorable à une bagarre ? Comment vais-je réussir à faire sortir ces gars-là de chez moi ? Il faut que j'aille dans la cuisine, chercher Charlotte, elle peut les raccompagner jusqu'à la porte.

Elle voulut se tourner et marcher en direction de la porte, mais ses jambes s'y refusèrent. Elle n'y arrivait tout simplement pas. Elle appela alors la nourrice, en haussant la voix. Sandwich et Stephens sursautèrent. Charlotte se précipita dans la pièce.

"Vous pouvez raccompagner ces messieurs ? demanda doucement Elizabeth. La visite est terminée."

Ils étaient trop étonnés pour même lui serrer la main et se glissèrent doucement derrière Charlotte dans le couloir. En passant, Sandwich inclina sa longue tête de cheval vers elle. "Puis-je faire quelque chose pour vous ? Avertir quelqu'un, le prêtre peut-être, un médecin ?" Elle sentit qu'il valait mieux ne pas réagir du tout. Quand la porte se referma, elle s'écroula sur la chaise vide.

Du noir, dit-elle, il faut que j'aie une nouvelle robe noire. Il faut fermer les rideaux. Je dois aller voir les garçons. Il faut qu'ils sachent ce qui s'est passé. Avant que la nouvelle ne paraisse dans les journaux. Impossible. Même si je saute dès maintenant dans la chaise de poste, je ne pourrai jamais arriver à temps. Jamie est quelque part en mer. Ecrire. Tout de suite.

Elle regarda la table. La veste rouge était étalée, pontificale, au milieu, soigneusement pliée, la bobine de fil d'argent et l'aiguille posées dessus. Elle pouvait s'y remettre sur-le-champ. Ou bien se débarrasser de ce resplendissant boulet, c'était aussi possible.

Charlotte entra en tenant l'enfant par la main. Qu'est-ce qu'il ressemble à James, se dit-elle, ces yeux. Ce long corps. Benny s'immobilisa, décontenancé, près de la porte en suçant un bloc de bois. Charlotte regarda Elizabeth.

"Est-ce bien ce que je pense ?"

Elizabeth acquiesça. "Une bagarre. En février. Il y a près d'un an." Elle remarqua qu'elle avait énormément de mal à parler. Charlotte caressa de la main le bras d'Elizabeth. "Comme c'est affreux. Avoir attendu tout ce temps pour rien. C'est vraiment horrible pour toi. Et maintenant ?"

Elizabeth haussa les épaules. L'enfant avait les jambes en *x*, constata-t-elle. Ce n'était pas beau à voir. Charlotte avait raison, soudain l'attente avait cessé. La question se posait donc effectivement de savoir ce qu'il fallait faire maintenant. Elle espérait que Charlotte le savait.

Vers le soir, Mary arriva en voiture de Barking. “J’ai fait chercher ta mère, avait dit Charlotte. Pour que vous ne soyez pas seuls cette nuit.”

Mary avait fait arracher toutes ses dents, ce qui lui donnait un drôle d’air avec sa bouche creuse. Est-ce bien elle, s’était demandé Elizabeth un instant, une inconnue entre-t-elle chez moi qui se fait passer pour ma mère ? Elle connaît pourtant bien le chemin jusqu’à ma cuisine, elle balance des poêles sur la cuisinière et sait où se trouve le beurre.

“Il faut que tu prennes l’enfant avec toi dans ton lit, dit Mary, ça aide.

— Non, dit Elizabeth. Benny dort cette nuit chez Charlotte.”

Ils se mirent à table, tout comme hier, la semaine précédente, l’année précédente. Personne ne disait qu’elle devait bien manger. Elle était assise, les bras serrés contre son ventre, et regardait. Benny était assis tout près de Charlotte et observait discrètement sa grand-mère du coin de l’œil. Quand Mary lui adressait un mot, il avait peur et se cachait le visage dans le flanc de Charlotte. Lorsqu’ils eurent terminé, la nourrice et l’enfant disparurent à l’étage pour prendre quelques vêtements.

“Tu vas sûrement avoir de la visite, dit Mary. Ils vont venir te présenter leurs condoléances, tu sais, ces messieurs. Et leurs dames. Je suis passée chez la couturière, elle vient demain matin. Du satin, je lui ai dit. C’est l’hiver. Pour l’instant, il faut que tu mettes ta vieille robe, celle de l’autre fois. Je vais jeter un coup d’œil dans ton armoire tout à l’heure. Tu as froid ? Non, tu ne ressens rien évidemment. Pas la faim, pas le froid, pas le sommeil. C’est toujours comme ça. C’est pourtant du porto, tu aimes, non ?”

En buvant, elle se vit assise dans la même cuisine avec James, à moitié éméchée sous l'effet de la même boisson. Non, elle ne sentait rien. Ils avaient monté ensemble bruyamment l'escalier, s'étaient retrouvés pour la première fois de nouveau ensemble au lit. Rien.

"Ce boiteux, dit Mary, est-ce qu'il est déjà au courant ? Tu vas le voir arriver tout de suite sur le pas de ta porte. Ou est-ce qu'il est mort ? Je ne suis pas très bien toutes ces choses-là.

— Non, il n'est pas mort, répondit Elizabeth. Il a dû quitter l'Amirauté il y a plusieurs années. Il avait négligé sa mission. James s'est aussi disputé avec lui. Ils l'ont renvoyé en mer, se battre contre les Américains. Mais il ne se battait pas assez énergiquement, d'après la marine. Il y a eu un conseil de guerre, tu ne le savais pas ? C'était dans le journal. Un conseil de guerre peut se tenir à bord d'un bateau, dans un port. Il y règne d'autres lois qu'à terre. Vraiment bizarre. Il a été acquitté, mais il ne travaille plus."

Boire, se dit-elle, boire beaucoup à en devenir presque malade et à être anesthésiée et peut-être, peut-être que je pourrai dormir tout à l'heure. Palliser. Retiré bien loin sur ses terres. Incapable de trouver le sommeil à cause de sa jambe malade. A quoi pouvait-il bien penser en ce moment ? La mort de James allait le toucher ; un vrai ami, un ami d'autrefois disparaît et votre vie se rétrécit. Il allait aussi se sentir coupable. Avec raison.

Derrière la fatigue elle sentit sa colère. Elle était trop épuisée pour la laisser s'exprimer et elle remarqua qu'elle pleurait doucement.

"Autrefois, dit-elle à Mary, qui la regardait d'un air interrogateur, autrefois il venait toujours quand une catastrophe se produisait. Toujours."

Mary remplit les verres. “C’est sûrement ce qu’il va faire cette fois-ci aussi, mon enfant, dès qu’il apprendra la nouvelle.”

Elizabeth secoua la tête. Rien ne serait plus jamais comme avant.

Au milieu de la nuit, elle se réveilla avec un profond sentiment d’inquiétude. Mary, allongée à côté d’elle dans le grand lit, ronflait. Elle se leva prudemment. Elle alluma la bougie seulement dans le couloir. C’est l’hiver, il fait froid. Elle se glissa dans la chambre de Benny, arracha les couvertures de son petit lit et s’en enveloppa les épaules.

Le poêle était encore incandescent. Elle posa la bougie sur la table de la cuisine. Veuve, je suis veuve. Quel mot ridicule. Après la mort vient l’enterrement. James était sûrement déjà enterré, depuis des mois, peut-être sur la plage de l’île qu’il venait de découvrir, peut-être dans l’eau, comme il convient à un marin. Comment pouvait-elle écrire aux garçons si elle ne savait rien des circonstances ? Sandwich et Stephens avaient à peine parlé. Des banalités. Un langage absurde de dissimulation bon à être publié dans le journal. Demain, il en serait rempli. Ce qui s’était vraiment passé restait pour l’instant un mystère.

Elle prit un porte-plume et une feuille de papier dans la pièce et se mit à écrire une courte lettre à son fils aîné. Une lettre devait l’attendre quand son bateau entrerait dans le port de Portsmouth. Ce n’était pas difficile. Elle écrivit ce qu’elle savait. Jamie n’avait pas d’imagination et pas d’angoisse. S’il se faisait du souci pour quelque chose, il aborderait la question avec elle, simplement, sans détour ni hésitations.

La lettre à Nat était plus compliquée. Elle en recommença sans cesse une nouvelle, sur une feuille de papier vierge. Il faut d'abord réfléchir, se disait-elle pour s'encourager, fais un petit brouillon quelque part sur l'envers, une liste de points dont il faut parler dans la lettre, calmement, il est encore temps.

Ton père est mort, est tombé au champ d'honneur, a eu un accident, a trépassé, est décédé – il y avait trop de mots, comment choisir le bon ? La lettre devait partir par le premier courrier du matin ; à l'école navale de Nat, la nouvelle serait annoncée aujourd'hui ou demain. Il le fallait.

Il était rentré à Noël. Il était devenu plus solide, plus carré. Il portait ses cheveux coupés court. Il était en dernière année d'études et faisait partie des grands. Il n'avait pas raconté grand-chose. Ils avaient fêté Noël à Barking. Nat avait rendu visite à son vieux professeur de violon. Avant même d'avoir eu le temps de s'en apercevoir, elle agitait la main pour lui dire adieu tandis qu'il repartait dans la chaise de poste.

Si cela te fait plaisir, tu pourrais venir une semaine ou un peu plus à la maison. La direction de l'école le comprendra s'ils savent pourquoi tu rentres. Mamie est ici en ce moment. J'ai l'intention de demander audience à lord Sandwich dans les prochains jours. Il est en train de lire pour l'instant les journaux qui sont arrivés avec le bateau et j'espère qu'il pourra bientôt m'en dire un peu plus. Je pourrai alors mieux t'expliquer ce qui s'est passé. Prends ton violon si tu décides de venir.

Elle lut ce qu'elle avait écrit. Il ne faut pas l'accaparer, se dit-elle, il a quinze ans, il va parcourir le monde. Ou pas, bien entendu, il pouvait aussi rester à la maison et se mettre à étudier le violon. Non, il ne fallait pas qu'elle ait ce genre de pensées. Elle voulait rester neutre. Nat devait pouvoir décider lui-même de son avenir. Par loyauté envers son père, il voudrait certainement terminer sa formation.

Mary descendit bruyamment l'escalier, le pot dans les mains. Elizabeth se leva brusquement et ouvrit pour elle la porte de la cuisine.

"C'est une vieille habitude", dit Mary, sans préciser si elle parlait d'uriner dans un seau ou de le vider elle-même. Elizabeth regarda la fine natte grise sur le dos de sa mère. Il faisait encore sombre dehors.

Elles étaient assises à boire du thé devant le poêle qui ronronnait. Charlotte était passée un instant avec Benny ; le séjour chez la nourrice fut prolongé, maintenant ils allaient voir les canards au bord de l'eau, dis au revoir à maman, à mamie, à demain –

"Demain", dit en écho l'enfant et la grille du jardin se referma.

"Qu'as-tu l'intention de faire ? demanda Mary.

— Rien. J'ai écrit aux garçons. Il faudrait que j'aille trouver Sandwich. Que j'essaie de découvrir ce qui s'est passé. Et comment. Ensuite écrire des lettres. A ses sœurs dans le Yorkshire. A Walker. Qu'as-tu fait quand mon père est mort ?"

Mary détourna son regard. Sa bouche était légèrement entrouverte, peut-être parce qu'elle n'avait plus de dents.

"Dommage qu'il ne gèle pas, j'aurais pu prendre un petit verre de gin. C'est bon contre le gel. Je vais te préparer à manger aujourd'hui, comme cela tu n'auras pas à y penser.

— Maman, réponds-moi !"

Mary soupira et frotta ses mâchoires creuses. "Ce n'est pas comparable, ma chérie. Nous avons eu un enterrement ordinaire. Puis nous avons bu dans la boutique. Mangé. Tu étais assise sur mes genoux, je m'en souviens encore très bien. Tu avais deux ans. Ton père était un homme ordinaire. Toi tu es mariée à un personnage public. Ils vont tout te piquer si tu n'y prends pas garde. L'ensemble de ses lettres et que sais-je encore comme texte vont paraître dans le journal et tout le monde aura son avis sur la question. Et toi dans tout ça ? Son portrait est accroché chez cet espèce de richard au-dessus de la cheminée. Toi, tu vas regarder quoi ? Tu vas voir ce qui va se passer. Ils savent tous exactement comment il était, ce qu'il voulait, ce qu'il disait et de quoi il avait l'air. Et ils n'arrêteront pas de jacasser à propos de leurs expériences et de se vanter de leurs amitiés. Oh arrête, quelle misère. Si tu prends tout cela au sérieux, à la fin tu ne sauras plus ce que tu penses toi-même, tu te mettras à croire toutes ces histoires tellement tu auras le cafard et tu perdras tes propres souvenirs."

Elizabeth écouta attentivement.

"Eux aussi ils ont leurs propres souvenirs, non ? Ils regrettent quelqu'un d'autre. Le capitaine.

— Justement, dit Mary. Et ce capitaine, tu n'en as rien à faire. Regarde, ça commence déjà !"

Jane Nelson frappa à la fenêtre de la cuisine. Elle ne portait pas de bonnet. Essoufflée, elle entra dans la cuisine, tenant un journal serré contre sa poitrine plate. Son visage pointu était couvert de rougeurs et des larmes lui montèrent aux yeux tandis qu'elle regardait Elizabeth.

“Banks, dit-elle, la femme de ménage de Banks me l’a raconté. Je suis allée aussitôt acheter le journal. Regarde.” Elle étala la *London Gazette* sur la table.

“Je te présente ma mère, dit Elizabeth. Maman, je te présente Jane. Son mari navigue avec James.”

Jane essuya ses larmes dans sa manche. “A vrai dire, il est jardinier. Il travaille dans les jardins de Kew. Il n’avait encore jamais navigué.”

Mary débarrassa les tasses afin de dégager la table pour le journal. “Jardinier, marmonna-t-elle, un jardinier en mer. S’en aller, pour cela ils sont très forts.”

Elizabeth regardait fixement le texte imprimé sans voir les lettres se détacher clairement. Jane lui fit la lecture à voix haute, des nouvelles dans un langage élevé, était-il question de James ? Rien dans cette formulation ne lui permettait d’avoir prise. Une lutte héroïque pour le drapeau contre des sauvages peu fiables, qui avaient dans un premier temps honoré le capitaine, ce bienfaiteur de l’humanité, comme un dieu, puis qui l’avaient attaqué de façon sournoise. D’autres articles suivraient. Le roi avait versé des larmes en apprenant la nouvelle de sa mort. L’Amirauté était endeuillée. L’Académie envisageait une cérémonie commémorative. Un jour noir pour les sciences, pour le pays, pour le progrès.

Cela n’en finissait pas. Jane poursuivait les citations de sa voix nette. Elizabeth lui saisit la main.

“Laisse, dit-elle. Nous le savons déjà. Merci pour le journal, c’est gentil de ta part. Tu vas le dire aux enfants ?”

Jane acquiesça. “Cet après-midi. Sinon, ils l’apprendront à la maison. Ils vont pleurer et ils auront peur. Pour leurs pères, tu sais. Et ils vont trouver que c'est affreux pour toi !" Elle se remit à pleurer.

"Du porto, on pourrait en boire toute la journée, dit Mary. Cela aide toujours à se requinquer. Enlève donc ce journal, ma chérie, il est en plein dans le chemin." Elle arriva en faisant tinter la carafe et les verres tandis qu'Elizabeth pliait le journal et l'emportait dans la pièce. Elle y resta un instant, immobile, devant la fenêtre.

Elle appuya le front contre la vitre froide. Il le faut, se dit-elle. Il faut d'abord que je sache comment les choses se sont passées. Tout. J'ai le dos droit comme un *i*. Cela ne me fait absolument rien. Quelqu'un est mort avec qui je n'avais rien à voir. Ceux qui viennent me consoler sont plus tristes que moi. Bientôt la couturière va arriver, je vais devoir faire des essayages. Elle travaille comme une possédée, demain la robe sera prête. Je la mettrai pour aller voir Sandwich. Ils font attention avec moi, mais je ne m'effondre pas, je ne ressens tout simplement rien.

En se balançant, elle se frappa la tête contre les carreaux, elle sursauta en entendant le bruit vibrant du verre et se retourna. Cette nuit, elle avait glissé vers le bord de la table la veste cousue dans l'étoffe de Tahiti. Elle la ramassa et la plia en la serrant dans le journal. Tenant le paquet dans les bras, elle lança un regard circulaire dans la pièce. Non, pas en haut dans l'armoire, pas derrière les livres. Elle aurait aimé aller dans le jardin, creuser un trou sous le cognassier et enterrer la veste là. De la terre par-dessus, ranger la pelle, se laver les mains, terminé.

Dans le coin près de la fenêtre était posée la malle où elle avait rangé les différentes versions des journaux de bord du deuxième voyage. Le couvercle s'ouvrait difficilement, elle dut forcer. Elle souleva les papiers qu'elle sortit de la malle et posa le paquet au fond. Puis elle le recouvrit des grandes feuilles ornées de l'écriture régulière de James, avec les traits au crayon qu'elle avait elle-même ajoutés et les corrections à l'encre rouge de Douglas. La malle se referma.

[...] C'est la nuit, Frances. On ne remarque rien de changé chez moi, sauf que je me lève la nuit pour écrire des lettres. Le jour, assise dans la pièce, je reçois, vêtue de ma robe de satin noire, toutes sortes de personnes qui viennent me présenter leurs condoléances. Ma mère a commencé ici sa propre buvette, on dirait, elle va et vient avec des plateaux et des carafes. La semaine prochaine, elle retournera à Barking.

Cet après-midi, je suis allée à l'Amirauté. J'avais demandé audience auprès de Sandwich et on est venu me chercher à la maison en carrosse. J'étais heureuse de ne pas avoir à monter dans une barque avec cette robe.

James a occupé d'innombrables fois cette pièce-là, assis à cette table, peut-être sur la même chaise. Stephens était là aussi, mais j'ai regardé Sandwich. Il s'exprime de façon condensée et ne gaspille pas ses mots. James était aussi de cet avis. Je leur ai demandé s'ils pouvaient me donner plus de précisions sur les circonstances maintenant qu'ils avaient regardé les journaux. Ils hochaient tous les deux la tête et rayonnaient de bienveillance.

Le voyage s'est caractérisé dès le début par d'immenses retards, a commencé Sandwich. La détention de Clerke, le contretemps au Cap, les pérégrinations avant que les bateaux arrivent enfin à Tahiti pour ramener Omaï chez lui – ce n'était que le début. J'ai demandé si l'état du bateau avait un rapport avec ces déboires. Ils ont eu l'air tous les deux un peu merdeux et ils ont reconnu qu'il avait fallu sans cesse exécuter d'importantes réparations. Le séjour prolongé qui en avait découlé, sur l'île de Tonga par exemple, avait été l'occasion de vols effrontés de la part de la population, si bien que James avait été contraint de prendre des mesures sévères. Je n'ai pas posé d'autres questions à ce sujet. Le cheptel a été descendu à terre, en partie à Tonga et en partie à Tahiti. Une maison a été construite pour Omaï, pas à Tahiti même mais sur une autre île. Tout a pris plus de temps que prévu. Finalement, ils ont navigué vers le nord, c'était en décembre 1778, si j'ai bien compris. Dans cet océan inconnu, ils ont alors découvert un ensemble d'îles où ils ont constaté que les gens parlaient la même langue qu'à Tahiti. Un miracle. James les a baptisées les îles Sandwich, n'a pas pu s'empêcher de préciser Sandwich naturellement. Les gens, pour leur part, disaient "Hawaii". Ils n'y sont pas restés longtemps, James voulait exécuter la deuxième partie de ses instructions et a mis le cap vers la côte de l'Amérique du Nord pour se mettre en quête, à partir de là et à travers le détroit de Béring, d'un passage vers le nord. Il faut prendre une carte pour faciliter ta lecture, Frances, ou un globe terrestre, parce que les lieux et les directions te donnent vraiment le tournis.

Il n'y avait pas de passage. Il y avait de la glace, encore de la glace et toujours de la glace. James est revenu en passant par Hawaii, qui lui paraissait un endroit convenable pour reprendre des forces après les privations de l'océan Arctique. Avant d'accoster, ils ont fait le tour de l'île pour cartographier entièrement la côte. L'équipage n'a pas dû apprécier, mais cela a donné une magnifique carte, a dit Sandwich. Une fois à terre, James a été accueilli en roi et honoré comme un dieu. Les bateaux avec leur équipage épuisé ont bénéficié de toute la collaboration nécessaire. Ils sont restés environ une semaine. James était entraîné dans toutes sortes de cérémonies. Watman, le vieux matelot que James aimait tant, est mort et a été enterré sur l'île. Les voiliers et les charpentiers travaillaient jour et nuit. Tout le monde se régalait de porcelets et de canne à sucre.

J'écoutai et j'acquiesçai. Dépêche-toi, me suis-je dit, d'en venir à l'essentiel. Et c'est ce qu'il a fait.

Les bateaux sont partis le 4 février 1779 pour tenter à nouveau de trouver le passage vers le nord. Sandwich a pris un papier. Il s'agissait d'une lettre que James lui avait écrite en octobre 1778 et qu'il avait remise sur l'île d'Unalaska au gouverneur, un Russe, je crois. James écrivait qu'il n'y avait guère d'espoir qu'un passage existe, qu'il avait encore des vivres pour une année et qu'il avait l'intention de consacrer cette période à l'approfondissement des connaissances géographiques. Les mains de Sandwich tremblaient. La lettre était arrivée une semaine avant la nouvelle de la mort de James. J'ai vu l'écriture que je connais si bien et j'ai soudain pris conscience que la table où nous étions assis était totalement vide. Pas de journaux de bord, pas de lettres, pas de carte. Oui, ce que l'on n'apporte pas dans la pièce, on ne peut pas non plus le montrer. Je l'ai interrogé à ce sujet, cela m'était égal ce qu'ils pensaient de moi.

Ces documents faisaient l'objet d'un examen soigneux, a dit Stephens, par plusieurs spécialistes.

Ils n'étaient pas disponibles. J'ai pensé qu'ils souhaitaient peut-être me protéger des comptes rendus sanglants des témoins du meurtre et qu'ils voulaient me dissimuler les journaux de bord de Clerke et des officiers. Mais le journal de James ? Que pouvait-il donc contenir d'horrible ? J'ai abordé la question et Sandwich m'a donné raison. Il ne contenait rien. James n'a pas décrit l'ensemble du séjour à Hawaii. Ses notes s'arrêtent le 17 janvier. J'étais stupéfaite.

Pendant ce temps, ils poursuivaient, en chant alterné. Départ le 4 février. Vent fort. Vent contraire. Persévérer malgré tout. C'est alors que le mât de misaine du Resolution *a volé en éclats lors d'une tempête. Ils étaient de retour le 11 février. Mât descendu à terre, atelier installé pour les charpentiers, reprise du commerce de porcs et de noix de coco. Cette fois, des accrochages avec la population, il y a eu des vols et plus la moindre trace de la vénération dont avait bénéficié l'expédition lors de la première visite. Les hommes ont été contraints de tirer sur les voleurs parce qu'ils menaçaient de s'emparer de la montre. Il régnait une atmosphère effroyable.*

James s'était toujours montré extrêmement réticent à employer les armes à feu. Quand il lui arrivait de faire tirer, c'était de la grenaille. En cas de vols graves, il avait une autre stratégie : il prenait le souverain ou le grand prêtre en otage et attendait tranquillement avec l'otage dans la grande cabine jusqu'à ce qu'un canot vienne pour rapporter les biens volés. Cela marchait toujours.

Maintenant je vais te dire ce qui s'est passé, Frances. Le 13 février, une dispute a éclaté, des outils ont été volés et les matelots qui remplissaient les tonneaux d'eau se sont fait jeter des pierres à la tête. Le chef local a su ramener le calme. Le lendemain matin, il s'est avéré que la chaloupe du Discovery *avait été volée. James s'est fait conduire à terre en barque avec un groupe de fusiliers marins. Il a pénétré dans le village, il avait l'intention de prendre le chef en otage. L'homme se préparait à partir avec lui, il connaissait James et il avait de l'affection pour lui. Il a emmené ses deux jeunes fils avec lui. Ils ont entendu de l'autre côté de la baie des coups de feu qui ont provoqué une confusion, des craintes, des protestations. Soudain, James s'est trouvé entouré d'insulaires hurlant et il a décidé de retourner vers la barque. Quelqu'un a attaqué un des fusiliers marins, un autre a menacé James d'un poignard. Il y a eu des coups de feu. James a donné l'ordre de retourner à bord et, de la tête, il a fait signe à la barque de se rapprocher ; le lieutenant dans le bateau n'a pas compris et a commencé à ramer pour s'écarter de la plage. La meute s'est rapprochée mais James a marché lentement, d'un pas décidé, vers la mer. Quelqu'un l'a frappé dans la nuque avec une massue – Sandwich s'est excusé, c'est si douloureux, si horrible, a-t-il dit, d'une voix frêle et hoquetant –, James est tombé, on l'a frappé d'un coup de poignard, il est parvenu à se redresser, le visage tourné vers la barque ; on l'a enfoncé sous l'eau, une mêlée d'indigènes s'est jetée sur lui avec des couteaux et des pierres. La barque est partie. Quatre fusiliers marins et James sont restés sur la plage. Il n'était qu'un peu après huit heures du matin, la journée ne faisait que commencer, tout l'incident n'avait pas duré une heure.*

Il y a eu un silence dans la salle des administrateurs. Sandwich s'est mouché et Stephens regardait par terre. J'avais le sentiment de m'observer, pendant tout ce temps je flottais quelque part dans un coin de la pièce et je voyais une femme en robe noire assise toute droite en face de deux messieurs. Je ne pouvais pas vraiment sentir que c'était moi.

Clerke n'avait pas envie de lancer des représailles, cela n'avait aucun sens, le mal était fait. Sa fidélité vis-à-vis de James l'obligeait à naviguer le plus vite possible vers le nord pour achever la mission. Sandwich a accéléré le rythme de son récit, ils pensaient certainement que l'entretien avait assez duré, mais dans mes pensées j'étais encore sur la plage de Hawaii et je les ai interrogés sur l'enterrement.

Stephens a pris la parole. Clerke avait négocié pendant des jours pour qu'on lui remette les personnes assassinées. Le mât cassé avait été rapporté à bord en toute hâte, les hommes ont travaillé à la réparation sur le pont avant, déjà totalement encombré. L'enterrement, ai-je dit. Il s'est raclé la gorge. Finalement, les "restes" du capitaine Cook avaient été apportés solennellement en procession par les prêtres jusqu'à la ligne de flottaison et remis à Clerke. Le 21 février, en fin d'après-midi, James avait eu droit à un enterrement de marin dans la baie. Le lendemain, les bateaux sont partis.

Stephens a commencé à chanter les louanges de James. Sandwich l'a interrompu pour me communiquer des nouvelles sur ma pension. Je vais recevoir une indemnité du roi, une allocation de veuvage de la marine et bien plus encore. Je suis une femme riche, Frances. Je m'en suis à peine rendu compte, je pensais encore au choix des mots prononcés par Stephens : les restes. Quelque chose dans cette histoire était étrange, quelque chose n'était pas clair. Mon mari est devenu des "restes", ai-je pensé, et il a disparu dans l'océan avec un plouf. Je n'arrivais pas à réfléchir au-delà de ce plouf. Et toujours pas maintenant.

Après l'entretien, j'ai éprouvé une telle fatigue que j'ai craint de m'évanouir. On m'a fait raccompagner à la maison. Je suis allée m'allonger. Je me suis endormie. Le jour commence à se lever. Je ne peux pas te dire comment je vais ; je n'en sais rien moi-même. Je vais poser ma plume et je t'embrasse, chère Frances.

La lettre l'avait exténuée, mais lui avait aussi permis de remettre un peu d'ordre dans son esprit, de sorte qu'elle put dormir un instant. L'odeur du café la réveilla. L'enfant doit rentrer, telle fut sa première pensée. Sa place est ici, même si c'est difficile. Je vais m'occuper de lui, en tout cas je serai près de lui, dans la même chambre. Je vais lui lire des livres, lui parler de son père, de ses frères. La mort dans une maison vous incite à prendre de bonnes décisions qui ne sont jamais appliquées, parce que vous vous sentez si incroyablement fatiguée. Il faut justement vous simplifier la vie quand vient la mort, il faut manger la même chose chaque jour, porter toujours les mêmes vêtements et montrer la porte à tous les gens qui vous fatiguent. Il vaudrait mieux que je laisse Charlotte s'occuper de l'enfant. Mais il dormira ici à partir de maintenant.

Benny la regarda d'un air apeuré quand elle descendit. Il était assis sur les genoux de Charlotte. Ils regardaient les gravures dans le journal de voyage qui était posé devant eux sur la table de la cuisine.

"J'essaie de lui expliquer, dit Charlotte, mais je ne sais pas s'il comprend. Où est papa, Benny ?

— Parti dans le bateau.” Il posa le doigt sur une image du *Resolution*, ancré dans une baie de Tahiti. Au premier plan, les indigènes se déplaçaient dans des canoës et des bateaux munis de hautes voiles étroites ; on voyait une mère à moitié nue avec un enfant, on voyait des vagues et des montagnes majestueuses mais Benny regardait attentivement un gros coq sur des caillebotis. “Poule ? Poule ?”

“Où est Mary ?” demanda Elizabeth. L’arrivée de la mort, qui provoquait des incertitudes et des inquiétudes, était peut-être aussi ce qui incitait à continuer de poser des questions sur le lieu où se trouvait quelque chose ou quelqu’un. Avant qu’une réponse ne lui soit donnée, sa mère entra à grand bruit dans la cuisine. Elle ouvrit la porte d’un coup de fesses en serrant dans les bras un petit tonneau de bois.

“Du gin, dit-elle. D’à côté. Tu habites à côté d’une fabrique de gin, tu sais. J’ai pris contact avec eux, ils ne te voient jamais, disent-ils. Le gardien est un gars comme il faut. Il va me livrer. Ça c’est un cadeau pour entretenir les bonnes relations. Tu as des bouteilles vides ? C’est drôlement pratique d’avoir une petite provision de gin chez soi quand on a beaucoup de visites. Donne-moi donc un entonnoir, je vais m’en occuper.”

Mary se mit à transvaser soigneusement l’alcool dans les bouteilles. Charlotte marmonnait à Benny des explications sur les bananes et les noix de coco. Que fais-je ici, se dit Elizabeth, je suis pourtant dans ma maison, ma cuisine. Mon mari a été sabré par des sauvages, il s’est noyé et on l’a poignardé à l’autre bout du monde et nous sommes ici à raconter des histoires et à entreposer de l’alcool. Dehors il y a du brouillard, depuis des jours, on ne peut pas voir l'extrémité du jardin. Est-ce que tout cela existe bel et bien ? On n'a pas l'impression que c'est vrai. Peut-être ne sommes-nous ici rien d'autre non plus qu'une histoire.

Mary prit une gorgée de gin pour le goûter et fit un bruit de bouche approbateur. "Tu as de la chance d'avoir des voisins pareils ! Tu devrais boire davantage, tu as l'air pâlotte."

Elle tendit un verre à Elizabeth. Le gin avait une lueur jaune pâle et dégageait des vapeurs intenses de tord-boyaux. Elle prit le verre et le posa sur la table. Il valait bien mieux dire oui à tout et ensuite ne rien faire, plutôt que de négocier et de lutter. Epargner ses forces.

La servante entra pour apporter le courrier. Des lettres, des lettres, des lettres. Douglas témoignait dans un langage raffiné, convenable, sa compassion et proposait son aide. La sœur de James, Margaret, dans une écriture furieuse presque illisible, se plaignait de la perte de ce frère célèbre qu'elle n'avait pratiquement pas connu, si peu de temps après la mort de leur père, et comme il faisait froid, elle et sa sœur avaient hâte d'en arriver à la liquidation du testament, car elles vivaient dans la pauvreté – fatiguée, Elizabeth posa la lettre de côté.

Il y avait un bref message de Nat : *Nous avons dû tous nous rendre dans l'amphithéâtre et le maître nous a parlé du capitaine Cook. Nous nous sommes assis et nous avons gardé le silence. Puis j'ai joué de la trompette. Je n'étais pas nerveux. Mais pendant le discours si. Je pensais que tout le monde me regardait et j'ai commencé à avoir très chaud. Jamie est en mer, il ne sait encore rien et ils trouvent cela triste. Maman, je ne crois pas que je vais rentrer à la maison, cela va bientôt être la période des examens et je préfère rester ici, je viendrai te voir à l'approche de l'été. Le chapeau de papa que je portais quand il neigeait, est-ce que c'est toi qui l'as ? Tu veux bien me l'envoyer ? Dis bonjour à mamie (un très grand) et à Benny. Tu m'écriras encore ?*

Le notaire envoya des condoléances formelles et l'invita, ainsi que son "représentant légal ou conseiller", à un entretien pour parler des dernières volontés de James. Un conseiller, se dit-elle, un représentant ? Est-ce que je suis dérangée, est-ce que je ne peux pas me représenter moi-même, est-ce que je ne peux pas comprendre son langage ? Quel portrait prétentieux, il va être bien étonné quand je viendrai avec mes documents et qu'il s'apercevra que je sais lire.

Dans la grande pièce, il faisait froid et le silence régnait. Elle mit de l'ordre dans la correspondance : la lettre du notaire avec le testament, Douglas sur la pile des condoléances. Il faudrait bientôt qu'elle s'en occupe, qu'elle réfléchisse à une réponse sobre et expéditive. Plus tard, se dit-elle, pas maintenant. Elle hésita, la lettre du Yorkshire à la main, et finit par la poser sur celle de Douglas. Rien ne pressait. La lettre de Nat devait rester sur la table. Chercher le chapeau. Répondre.

Dans l'armoire contenant les petites piles étaient posées des montagnes de papiers de James. Son regard passa dessus rapidement. Sa correspondance avec Sandwich, avec Douglas, avec Walker, Banks, Forster. Les listes comportant les membres de l'équipage, les vivres, les instruments, les animaux. Les quantités gigantesques de papiers d'un homme en vie avec des projets, des pensées, des idées. Il faudrait que tout passe entre ses mains, feuille à feuille, ligne par ligne. Elle avait mis les lettres qu'il lui avait adressées à part dans un tiroir, qu'elle ouvrit. Elle vit la dernière lettre préoccupante avec l'écriture chaotique et la date inexistante. Secret, se dit-elle, personne n'a le droit de la voir. Jamais. Elle eut un instant l'envie de tout détruire, finies ces informations perturbantes, accablantes, pour qu'elle n'ait que sa propre mémoire pour y garder James comme il avait été. Elle referma le tiroir et ferma l'armoire. Elle n'avait aucune idée de ce qu'il avait été. Elle devait encore étudier pendant des mois, pendant des années, tous ces témoignages, réfléchir encore des nuits entières, faire des promenades interminables pour découvrir qui était son mari. Avait été.

Rien n'a changé, se dit-elle, il est toujours absent comme il était absent ces trois dernières années et demie, rien ne devrait avoir changé et pourtant, une seule nouvelle, une seule visite ont fait que la pièce est devenue méconnaissable, que l'armoire éveille en moi des idées entièrement nouvelles et que je ne me reconnais plus. Quand Banks était assis ici dans cette pièce il y a quelques jours, avec Solander comme un chien fidèle à ses côtés, je me suis comportée comme jamais je ne l'avais fait auparavant. J'ai acquiescé en écoutant leur hymne à la gloire de James, approuvant dévotement leur élégie – leur vénération de mon mari me faisait manifestement du bien. Bienfaiteur de l'humanité. Joyau du royaume. Champion des sciences. Bon berger pour ses hommes. Sage, réfléchi, désintéressé. La perte était une plaie ouverte.

Cela n'en finissait pas. Solander serrait un mouchoir entre ses doigts boudinés. Et elle qui ne cessait d'acquiescer et d'afficher un léger sourire aux bons moments. Pas une larme, pas un mot inconvenant. Elle avait campé une parfaite veuve-d'un-grand-homme. Pratiquement sans se donner aucun mal.

Je m'égare, se dit-elle, je joue si bien une autre que je perds le chemin de l'intérieur. Il le faut. Plus je leur donne raison, à ces admirateurs, plus ils me laisseront en paix, ils me laisseront seule avec James. Je le protège de ses adorateurs. Je n'ai même pas le temps de ressentir sa perte. Ce n'est pas le plus urgent. Si quelqu'un me manque, c'est Elly. Elle aurait maintenant douze ans, peut-être treize. Jamie et Nat la connaissent encore, ils avaient huit et sept ans quand elle est morte. James l'a connue à peine un an. Qui la ramène à la vie chaque jour en pensant à elle ? Frances ? Mary ? On ne peut pas demander ce genre de choses aux gens. Il faut le faire soi-même. C'est une tâche quotidienne. Mais de qui dois-je me souvenir quand je pense à James ? Pas du James de Banks, de Sandwich, du roi. Mais alors de qui ?

Elle entendit venir encore de la visite, des voix dans le couloir, des glissements de pieds devant le portemanteau ; elle était prête, elle se transforma en une veuve publique et attendit. Personne ne vint. Il fallait s'occuper du feu dans la cheminée, il faisait bien trop froid pour recevoir quelqu'un. Elle soupira, redressa le dos et se rendit dans la cuisine.

Hugh Palliser était assis à côté de son filleul à table en train de dessiner des poules sur un bout de papier d'emballage. Mary goûtait le nouveau gin sur un tabouret à côté du poêle et Charlotte était appuyée, les bras croisés, contre le plan de travail.

“Le feu s’est éteint”, dit Elizabeth.

Palliser se leva, en s’appuyant sur le dessus de la table, il saisit sa canne et s’apprêta à dire quelque chose.

“Il fait une température glaciale, là-bas. Je ne sais pas – tu peux t’en occuper, Charlotte ?” Les mots continuaient d’affluer ; Palliser ne pouvait pas en placer un. “Il reste du bois sec dans l’arrière-cuisine, je crois. Peut-être qu’il faudrait d’abord passer la balayette, dans la cheminée je veux dire, c’est une gigantesque pagaille, à ce que je vois.”

Charlotte noua un tablier devant elle et sortit de la cuisine munie du seau à cendres.

“Poule ?” demanda l’enfant. Personne ne répondit.

“J’espère que tu ne m’en veux pas de débouler sans m’annoncer”, finit par dire Palliser. Elizabeth se taisait. Aurait-elle refusé de le recevoir ? Elle n’en savait rien. Elle le regarda. Le visage gris de cendre, les yeux larmoyants, une bouche douloureusement crispée. Que faire ? Il n’y avait aucune pièce dans la maison où elle pouvait se retirer avec lui. Le chasser n’était pas non plus une solution. Ils se tenaient de chaque côté de la table, respirant rapidement, dans l’expectative.

“Si nous sortions, dit Elizabeth. Maman, tu surveilles Benny pendant ce temps-là ?”

Mary sursauta, émergeant de ses rêveries, et acquiesça.

“Il fait un froid de canard, dit-elle. Mets-toi quelque chose sur le dos. Tu vas être trempée, rien qu’avec l’humidité dans l’air. Tiens, prends mon foulard.”

Elle arracha le tissu bariolé de ses épaules et le fourra dans les mains d’Elizabeth qui, ahurie, partit vers le couloir en serrant l’étoffe. La canne de Palliser cliquetait derrière elle sur les dalles.

Le brouillard était si épais qu'il se posa telle une peau grasse sur son visage. Les troncs des arbres luisaient comme s'ils avaient été enduits d'huile. Regardant droit devant, elle marchait à vive allure dans la rue boueuse. A ses côtés, Palliser boitait, essoufflé. Elle le savait sans toutefois en tenir compte. Pourvu qu'il n'aille pas, se dit-elle, pourvu qu'il ne se mette pas lui aussi à le vénérer et à l'idolâtrer. Elle était incapable de lui parler, mais s'il fallait qu'elle lui parle, cela devait être vrai, pas sentimental, pas selon les conventions, jamais comme elle parlait aux autres. Il haletait. La robe de satin d'Elizabeth traînait dans les flaques. La couverture de cheval à carreaux de Mary lui paraissait un joug qui pesait sur ses épaules.

"Mais arrête-toi un moment, dit Hugh, je n'y arrive plus."

Elle s'immobilisa brutalement et tourna son visage mouillé vers lui. "Ah bon ? Et comment crois-tu que moi j'y arrive ?"

Il leva son bras libre comme pour la toucher, mais il le laissa retomber le long de son corps.

"Nous pouvons aller au *Prospect of Whitby*. C'est tranquille là-bas à cette heure. Dans ce cas, il faut qu'on tourne ici au coin.

— Au bord de l'eau ! Avec vue sur ces misérables docks de l'autre côté ! Comment peux-tu avoir une idée pareille ?"

Elle poursuivit sa marche, en ralentissant un peu l'allure. Elle faisait de petits pas rapprochés, chargés d'une tension extraordinaire.

"Que veux-tu donc ?

— Je ne sais pas. C'est toi qui viens me rendre visite. Moi je ne veux rien.

— Oui, dit Hugh. Je viens te rendre visite parce que ton mari est mort, parce que des messieurs viennent t'importuner pour te présenter leurs hommages, parce que tu dois régler toutes sortes de choses et penser à tout à la fois. Je viens voir comment tu vas, où en est mon filleul, si je peux t'aider. Je viens pour te montrer que je pense à toi. Que je partage ta peine. Voilà. Et je préférerais le faire dans un café bien chauffé plutôt que dans cette rue froide.

— Ce que tu préfères ne m'intéresse pas. Si cela ne te plaît pas, tu n'as qu'à t'en aller. C'est pourtant ton fort, non ?

— Ne t'énerve pas. Nous sommes trempés. Donne-moi le bras, cela m'aidera à marcher. Nous sommes déjà venus ici dans ce quartier, quelque part, à l'époque nous nous sommes aussi disputés. Viens avec moi."

Il serra fortement le bras d'Elizabeth contre lui. Tout comme alors, se dit-elle, il y a plus de quatre ans. J'étais enceinte. Il allait faire en sorte que James reste à la maison. Je comptais sur lui.

Ils s'assirent dans le même coin. Le même aubergiste leur servit le même vin chaud. Elizabeth drapa le monstrueux foulard de sa mère sur le dos de la chaise puis regarda Hugh.

"A vrai dire, je n'arrive pas à y croire, dit-il. Je ne parviens vraiment pas à prendre conscience que James n'est plus là. Peut-être lorsque les bateaux reviendront sans lui. Je pense toujours à ce que ce doit être pour toi, ce vide auquel tu dois être habituée mais qui est soudain devenu permanent. Les garçons qui n'ont plus de père. Tout est soudain différent. Ne plus jamais travailler avec lui. Inconcevable. J'ai bien entendu déjà quitté l'Amirauté depuis des années, il n'était plus question que je collabore avec James. Ma vie avait déjà changé, après ce conseil de guerre loufoque. Je vis seul à présent, la plupart du temps à Chalfont. J'aime habiter à la campagne ; quand je suis assis devant le bow-window, j'ai vue sur le parc. De l'herbe, ici et là un charme foncé et, quand on attend patiemment, on voit un cerf. Ma femme a été placée dans une maison de repos. Elle s'y sent mieux. Tu ne le savais pas encore. J'aimerais que tu viennes me rendre visite un jour, tu pourrais peut-être te reposer chez moi. Tu as l'air harcelée."

Il se frotta le visage et la regarda furtivement, détournant toujours les yeux.

"Ils se sont débarrassés de moi, Sandwich et Stephens. Du jour au lendemain, j'ai été démis de mes fonctions, on m'a chassé de mon travail. Je n'avais plus le droit de me présenter sur le chantier et ils ont fait vider mon bureau. Ils m'ont mis un navire sous le cul et j'ai dû repartir sur l'océan, comme autrefois. Enfin, tu sais comment les choses se sont terminées. Après ces querelles juridiques, je n'en avais pas envie, même si on m'a donné raison. Ils étaient obligés de me faire une proposition, cela a été Greenwich. Cela ne me disait rien. Alors ils m'ont renvoyé avec les honneurs, comme on dit. Cela m'élance comme cette vieille blessure, tu sais ? J'avais des problèmes l'année où James préparait son voyage. Ils n'ont pas eu la moindre commisération. Renvoyé. Eliminé."

Il secoua la tête.

"Mais qu'est-ce que je fais là à parler de moi. Il fallait que je m'en débarrasse. Tu n'as pas spécialement envie d'entendre ces histoires. Je suis vraiment désolé. Tu veux bien me dire comment tu vas, comment vont tes enfants, à quoi tu penses en ce moment ? Je t'en prie. Le plus jeune a tellement grandi. Il a certains traits de James. Cela te fait plaisir ou bien est-ce tout le contraire, Elizabeth ?"

Elle s'étira et se mit à parler doucement. Elle entendait sa propre voix terne et monotone ; elle voyait ses mains reposant dans le creux de sa robe de satin comme si elles appartenaient à une autre personne.

"Nous l'appelons Benny. C'est un enfant calme. Le plus souvent, c'est Charlotte qui s'occupe de lui, la situation a évolué ainsi. J'ai toujours du mal à m'habituer à lui. Il est attaché à Jamie, en revanche, qui vient souvent à la maison entre deux voyages. Je crois que Benny le confond avec James, ou pense qu'il s'agit de la même personne. Parti sur le bateau, puis soudain de retour. Il n'y comprend rien. J'espère que Jamie va bientôt rentrer. Il n'est encore au courant de rien. Nat si, je lui ai aussitôt écrit.

— Aussi à propos des circonstances ?"

Elle tourna le visage vers lui. "Dans les grandes lignes. Un peu. Je ne voulais pas lui faire peur. A vrai dire, j'aimerais le protéger de cette maudite mer, mais je n'ai pas le droit de l'influencer. C'est à lui de décider.

— Il va rentrer, dit Hugh. Il va rentrer à la maison et il va recommencer à faire de la musique. Le sais-tu, toi, ce qui s'est passé exactement ? Que t'ont-ils raconté ? Tu as vu les journaux de bord ?

— Non. Enfin si. Il y a un journal de James, sur le voyage lui-même bien sûr. Ils ne l'avaient pas à disposition et en ont dit peu de chose. Ce n'était pas à l'ordre du jour. Après le meurtre, King a continué le journal. Son récit a lui aussi été envoyé, avec une longue lettre de Clerke, d'après ce que j'ai compris. Franchement, je ne sais pas ce qui s'est produit. Pourquoi un débarquement qui s'est bien passé des centaines de fois a échoué si lamentablement. Je sais ce qu'en a dit la presse, que James était honoré et admiré par les gens là-bas. Je n'arrive pas à comprendre pourquoi ils l'ont tué. Il avait en plus dix fusiliers marins avec lui. Imagine, avec ces tuniques rouge vif."

Le soleil, pensa-t-elle, pas encore brûlant, mais agréable. Le bruit des rames dans l'eau. Un oiseau. James observant d'un air décidé la plage, agacé par ce début ennuyeux de la journée. Ses pensées déjà préoccupées par le départ. Juste récupérer l'embarcation volée, dresser le mât réparé et hisser les voiles. Elle retint ses larmes à toute force.

"Nous avons une fausse conception des choses, entendit-elle Palliser dire comme dans le lointain. Nous avons la civilisation et nous pensons par conséquent que les indigènes sont contents de nous voir arriver. Nous leur apportons des cadeaux que nous trouvons nous-mêmes fantastiques : des chaussures en cuir, l'ordre et la régularité, des tuteurs pour aligner des haricots dans une terre bêchée. La carte maritime. Le mot écrit. Ils nous laissent dans l'erreur en se précipitant comme des enfants surexcités sur nos affaires. En risquant leur propre vie, ils volent des bas de soie cachés sous nos oreillers. Des boutons d'uniforme, des pinces en fer, une boussole, un pied-de-biche – ils veulent tout avoir. Nous ne voyons pas l'autre aspect. Nous ébranlons le pouvoir de leur chef suprême avec nos armes à feu toutes-puissantes. Nous attendons chaque jour une livraison de porcs, d'oiseaux coureurs et de bananes – nous engloutissons leurs réserves. Nous couchons avec leurs femmes et nous perturbons l'ordre social. Imagine ce que nous laissons derrière nous quand nous repartons en bateau. Des mariages brisés, des champs vides, des dirigeants détrônés, des enfants métisses. Nous n'y pensons pas. Pas étonnant qu'ils deiennent agressifs. La crainte de nos balles est la seule chose qui réfrène leur animosité. Il ne faut pas se demander pourquoi la situation devient incontrôlable. C'est plutôt un miracle lorsque tout se passe bien."

Elizabeth se balançait d'avant en arrière. Elle appuyait les doigts sur le satin lisse contre ses côtes, contenant ainsi son agacement. Pourquoi dois-je écouter ces propos ? Il vient m'aider, dit-il, mais tout ce qu'il fait c'est de se plaindre à propos de son renvoi et de se lamenter sur l'utilité des expéditions. A quoi cela m'avance-t-il ? On dirait qu'il est assis à des mètres de moi, loin, je le comprends à peine. S'il s'assoit à côté de moi, tout va changer. Je le sais. A ce moment-là je serai réconfortée.

Soudain elle se leva.

"Je m'en vais." Elle saisit le foulard et se dirigea à toutes jambes vers la sortie. Palliser se redressa, lança quelques pièces sur la table et la suivit en boitant.

Sous le crachin, elle reprit son souffle. Les pavés de la rue luisaient sous la lumière dorée qui filtrait à travers les nuages gris. En pleine rue, elle s'immobilisa. Elle se tourna vers Palliser.

"Toi, dit-elle, toi. Mon soi-disant ami. Mon protecteur, auprès de qui James laissait sa famille avec le cœur tranquille. Je comptais sur toi, il y a quatre ans. Tu m'as laissée tomber sans hésiter, tant tu cherchais à t'aplatir devant Sandwich. J'ai essayé de te comprendre, de te pardonner. Mais je ne peux pas m'adresser à mon fils en utilisant ton nom. Pourtant, je ne voulais pas te perdre. J'ai fait de mon mieux. Mais maintenant, Hugh Palliser ! Maintenant tu m'as embobinée pour la deuxième fois, nom de Dieu ! Ce n'est pas la peine de me regarder de cet air étonné. Je jure comme tes marins, oui. C'est ta faute, ce qui s'est passé. Parce que tu as été trop négligent pour surveiller le chantier, James a dû partir en mer avec un navire cassé. Il m'a écrit affolé du Cap, les provisions de denrées sont anéanties par les fuites, les cordes ont craqué, les poulies se sont fendues. Dès le début du voyage !

Parce que tu as manqué à ton devoir, il a dû rester partout trop longtemps pour rafistoler le bateau percé. Si tu t'étais débrouillé pour avoir du bon matériel, il vivrait encore aujourd'hui. Ces fichus mâts de pacotille que tu avais fait installer sur ce navire se cassaient à la moindre tempête. C'est pour cela qu'il a dû retourner là-bas ! C'est pour cela qu'ils l'ont tué à coups de gourdin ! Comment peux-tu avoir l'idée de venir te plaindre devant moi, en me racontant qu'ils t'ont malmené, et te lancer dans un mauvais discours philosophique sur les démonstrations de force. Tout cela pour m'aider ! Comment oses-tu laisser ces mots franchir tes lèvres. Je n'accepterai aucune aide de quelqu'un qui m'a si honteusement abandonnée à deux reprises. Jamais !"

Elle criait en tapant des pieds. Des larmes de colère lui coulaient sur les joues.

C'est alors que Palliser jeta sa canne par terre. L'embout en argent tinta contre les pavés. Il fit deux pas en avant, la maintint par les épaules avec une poigne de fer et la secoua.

"Il faut que tu arrêtes maintenant et que tu m'écoutes pour une fois."

Elle regarda son visage furieux et, affolée, elle retint ses mots.

"Tu as raison de me reprocher ma négligence. Je ne me suis pas acquitté de ma tâche correctement à Deptford. Ta déception lorsque James, contrairement à nos attentes, à nos espoirs, est tout de même parti est parfaitement logique et compréhensible. Mais je n'ai pas mérité une colère aussi extrême. Je ne l'accepte pas, d'ailleurs. Tu oublies une chose : James était là, lui aussi ! Tu parles comme s'il était une marionnette sans volonté, livrée aux caprices et aux désirs de l'Amirauté, du roi. Mais ce n'était pas le cas, Elizabeth. Il était là lui aussi. Compte tenu de son statut, il pouvait tout se permettre. Il aurait pu regarder plus attentivement son matériel, s'il l'avait voulu. Il aurait pu refuser de partir en mer avec un bateau dans cet état. Même au Cap, il aurait pu encore dire non. Il ne l'a pas fait. Il a poursuivi sa route. C'était sa décision."

La chaleur des paumes de ses mains lui pénétra les épaules. Elle sentit ses pouces lui caresser ses clavicules.

"Tes reproches à mon égard sont justifiés. J'en prends toute la mesure. Mais l'intensité de ta colère a une autre source. Comment peux-tu être furieuse contre quelqu'un qui a connu une fin si cruelle ? C'est impossible ; alors tu t'en prends à moi. Tu es furieuse contre ton propre mari. C'est James qui t'a abandonnée, pas moi."

Elle entendait les gouttes tomber des branches des arbres. Elle sentait l'haleine de Palliser contre son front, chaude. Il a raison, se dit-elle, c'est impossible. Elle fit demi-tour et courut, ses chaussures claquant et ses jupes flottant au vent, à la maison.

10

Stepney, le 1er novembre 1780.

Chère madame McAllister,

Je m'appelle Jane Nelson. Je vous prie de m'excuser de prendre ainsi contact avec vous. Je vous écris au nom et à propos de votre amie Elizabeth Cook. Elle est aussi mon amie. Mon mari naviguait sur le bateau de notre regretté capitaine. Les bateaux sont arrivés à Londres le mois dernier, après un voyage de plus de quatre ans. Mais ce n'est pas le propos de ma lettre. Mme Cook, Elizabeth donc, et moi, nous sommes devenues amies. Nous nous occupons depuis des années d'une petite école pour les enfants de marins nécessiteux. Peut-être vous a-t-elle écrit à ce sujet. Elle fait superbement la lecture.

Je vous demande conseil. Je dois vous annoncer un nouveau malheur. Vous savez, je crois, que Nathaniel a terminé cet été sa formation à l'école navale, avec de bonnes attestations. Il n'était pas porté vers la navigation. Il avait l'intention de rentrer à la maison et de reprendre ses études de violon. Elizabeth en était enchantée. Seulement voilà !

Nathaniel avait été affecté pour après l'été au poste de la marine qui se situe dans les Indes occidentales. Sa première nomination. Trompettiste et matelot. Par respect pour la mémoire de son père, il voulait honorer cette obligation. Il interromprait son contrat à Noël, puis la navigation serait pour lui définitivement terminée.

Avant son départ, il est venu passer quelques jours auprès de sa mère. Il était soulagé quant à son avenir. Mais aussi excité à l'idée du voyage, il n'avait encore jamais été aussi loin. Si elle le pouvait, Elizabeth vous écrirait certainement. Nous avons heureusement l'aide de Charlotte, qui s'occupe de Benny comme une mère. Il y a eu un ouragan. Le 2 octobre. Treize navires ont fait naufrage devant la côte de l'île de la Jamaïque. Tout le monde s'est noyé. Il venait d'avoir quinze ans. Je vous écris pour vous le dire. La nouvelle est arrivée il y a dix jours. Depuis, elle reste allongée là-haut. Elle ne mange plus. Elle ne veut rien. Elle ne lit pas les lettres qui lui sont distribuées. Je les ouvre et je les lui lis. On dirait qu'elle ne m'entend pas. J'espère qu'elle écoutera si une lettre vient de vous. Pardonnez-moi d'écrire de façon si désordonnée. Nous ne savons plus quoi faire ici. La mère d'Elizabeth ne peut pas venir. Elle garde le lit à Barking, où elle habite. Elle était très attachée à Nat. C'est une femme âgée, la nouvelle est plus qu'elle n'en peut supporter. Voici ce que je veux vous demander : auriez-vous l'obligeance d'écrire une lettre encourageante, en disant à Elizabeth qu'elle doit manger et se lever et sortir de chez elle ? Dois-je faire venir M. Palliser ? Pensez-vous que ce soit une bonne idée ? Les officiers des bateaux qui sont rentrés se sont présentés ici, M. Burney et M. King. Ils voulaient naturellement parler du capitaine. Mais cela ne va pas être possible maintenant, leur ai-je dit. Elle attendait impatiemment, Elizabeth je veux dire, le retour des bateaux, pour avoir plus de nouvelles sur la mort de

M. Cook. Maintenant tout a changé. Si seulement elle voulait bien manger ! Le médecin vient chaque jour. Il lui donne du laudanum contre son chagrin. Alors, elle peut dormir un peu. J'espère que vous écrirez bientôt et que vous pardonnerez ma requête. J'ai recopié votre adresse que j'ai trouvée sur une vieille enveloppe. Je vous présente mes respects et mes chaleureuses salutations,

Votre obligée,

JANE NELSON

P.-S. : J'ai oublié de vous demander si vous et votre mari allez bien. Comme la lettre doit partir maintenant, je ne peux pas la récrire. Il faut encore que je la lui lise. Je ne veux rien faire sans la consulter. C'est difficile. Je suis désolée. Ce n'est pas poli. Avec toutes mes excuses,

JANE N.

La plupart du temps, elle gardait les yeux fermés. Le vacillement de la bougie et les ombres qui se déplaçaient l'incommodaient. Elle bougeait le moins possible, elle avait étendu son corps sur le matelas, les jambes l'une contre l'autre, les bras croisés sur sa poitrine – elle laissait ainsi ses membres reposer jusqu'à ce qu'elle finisse par ne plus les sentir. Sa tête était inclinée sur le côté, contre l'oreiller, son visage tourné vers la fenêtre. Elle se plongeait en elle-même, comme si elle voulait faire l'inventaire de ce qu'elle y trouvait maintenant que son pouvoir sur les choses en dehors d'elle-même était anéanti. Elle avait l'impression de nager sous l'eau, tout en se propulsant vigoureusement vers le fond. Le menton sur la poitrine. Etait-ce un bien que Nat n'ait pas su nager, est-ce que cela lui avait épargné une longue lutte contre la mort ? Non, non, pas vers la surface de l'eau, il fallait s'éloigner de la lumière. Elle s'entendait pousser un gémissement bestial, répugnant. Alors elle replongeait, c'était l'été et elle était dans le jardin avec ses fils. Benny était assis sur les genoux de son frère aîné, qui dessinait dans un carnet de croquis. Le petit corps d'enfant était appuyé contre la poitrine de Jamie. Le jeune marin prenait sa tâche au sérieux et dessinait, l'air concentré, un choix de gallinacés pour l'enfant. Quels curieux centres d'intérêt, s'était dit Elizabeth, un petit garçon à cet âge parle pourtant de charrettes à foin, de chaises de poste, de chevaux de chasse au galop. Le journal étalé devant elle, elle avait écouté la conversation des enfants. "Coq, disait Benny. Coq de bruyère. Coq des bouleaux !

— Non, caille, grommela Jamie.

— Coq faisan ! Coq pintade !

— Benny aime le son coq, dit Nat songeur. C'est joli d'ailleurs, il a raison. Benny, t'inquiète pas, dis coq pintade si tu veux.

— Hé ! Tu ne dois pas lui apprendre des choses qui ne sont pas vraies. Je suis en train de dessiner un animal qui s'appelle une caille, pas un coq pintade.

— Mais il va bientôt aller à l'école, dit Nat. Là-bas il va pouvoir apprendre tout ce qui est vrai. Ou vont-ils se moquer de lui s'il dit coq pintade ? Il faut que tu lui dessines un paon, Jamie."

Les cheveux de Nat brillaient sous le soleil de l'après-midi. Elizabeth s'était sentie forte, pour la première fois depuis la nouvelle de la mort de James. J'ai ces enfants, s'était-elle dit, ils sont là, ils parlent entre eux, je suis leur mère.

"Papa avait des paons à bord, s'était souvenu Nat. Un couple de paons. Peut-être qu'ils marchent maintenant sur la plage. A Tahiti."

Jamie se concentrait sur une imposante queue de paon. Il avait pris une nouvelle feuille pour représenter les gigantesques plumes déployées dans toute leur splendeur. Benny suivait le crayon des yeux.

Elle avait la nausée tant il lui manquait. Ses souvenirs de Nat la rendaient vraiment malade et, pourtant, elle ne pouvait s'empêcher de les évoquer. Elle en avait d'ailleurs envie. Et elle n'en avait pas envie. Quand le médecin arrivait avec ses gouttes, elle acceptait avec reconnaissance l'oubli proposé pendant quelques heures. Au milieu de la nuit, l'anesthésie ne faisait plus effet et elle se réveillait dans le monde angoissant qui n'était plus le sien. Elle mordait très fort dans le gras de son pouce et attendait l'aube, les muscles tendus. Parfois, incapable de se maîtriser, elle hurlait. Le bruit sortait sans qu'elle s'en soit aperçue, elle ne pouvait rien y faire. Charlotte surgissait alors, ou Jane, visiblement elles se relayaient, en chemise de nuit de flanelle, avec une bougie, avec un verre d'eau, avec un linge humide pour lui essuyer le visage.

Parfois, les deux femmes, les deux amies, étaient présentes en même temps dans la chambre et Elizabeth percevait des bribes de leurs conversations. Etaient-elles vraiment amies ou était-ce une mise en scène pour dissimuler qu'elles étaient complices du monde, qu'elles se chargeaient de l'entraîner à nouveau à bord ?

“Il faudra attendre encore des semaines avant qu'une réponse n'arrive.

— Nous ne pouvons nous permettre d'attendre.

— Non, elle n'est pas croyante. Elle déteste les prêtres. Nous ne pouvons pas envisager cette solution.

— Tiens, prends-moi ce pichet des mains, je vais m'occuper de l'oreiller.

— Heureusement que Jamie arrive demain. Pauvre garçon."

De l'eau giclait dans une vasque. Une lampe à huile remplaçait la bougie crachotante. "Elizabeth ? Elizabeth !"

Elle enregistrait tous les sons, mais elle ne réagissait à rien. J'observe, se disait-elle, je suis la loi scientifique. Il y a du bruit dans la pièce, la fréquence et l'intensité des pas augmentent, le chuchotement se transforme en conversations à voix étouffées. Pour attirer mon attention, les femmes crient mon nom. Il s'agit d'une supposition, pas d'une observation. Elles me touchent le corps, d'abord mon dos enfoui sous les couvertures, puis mes mains nues, finalement mes cheveux, mon visage. Elles m'apportent plusieurs nouvelles : elles ont fait de la soupe, il est quatre heures, le facteur a apporté des lettres, mon fils aîné va arriver. L'une, avec sa voix un peu stridente, dit que cela suffit maintenant. Elle lit à haute voix une lettre qu'elle a écrite à quelqu'un. Il y est question de moi. J'entends sa voix trembler, se casser presque. Des relents de nourriture pénètrent dans la chambre. Un bol est posé sur la table de chevet. Il s'en dégage de la fumée. Elles me redressent en me tirant par les épaules. L'observateur est devenu objet.

Charlotte la nourrissait comme elle nourrissait autrefois Benny. Au bout de quelques cuillères de soupe, Elizabeth s'effondrait sans force. En soupirant, les femmes remportaient en bas leurs denrées censées apporter la guérison. Elizabeth errait dans sa mémoire confuse, où Elly et Nat, hurlant de plaisir, chantaient des chansons, deux enfants blonds, de trois et six ans. Tout ce qu'ils ont appris – les mots, les règles, la façon de dire bonjour aux gens, ce que l'on met quand il neige – n'a servi à rien. Les doigtés, les règles pour tenir son archet, le gréement d'un navire de guerre, la meilleure manière de remplir de ses affaires sa malle de bord – en vain. La malle avait aussi coulé. La pensée la frappa comme un éclair. Ses vêtements. Un cahier peut-être, où il avait écrit ses expériences. La trompette. Si seulement elle pouvait elle-même, si elle pouvait aussi, si elle pouvait sombrer en partant à sa recherche dans l'eau noire.

Quelqu'un assis à côté de son lit lisait à haute voix à côté de la lampe. La voix de Jane. A travers ses cils, elle voyait la jupe aux fines rayures, les mains tremblantes qui tenaient fermement une feuille de papier pâle. Son mari est rentré, se dit Elizabeth, et pourtant elle est ici. Il faut qu'elle rentre chez elle. Je suis incapable d'apprécier son attitude, cette amitié, cette attention, cet effort.

"J'espère que vous pourrez trouver une consolation dans l'éblouissant souvenir de notre capitaine qui nous est à tous si cher, qui était fier que ses fils aient suivi l'élan de leur cœur pour la navigation." Elizabeth fit un geste de refus. *"Soyez assurée de mon intense compassion, bien à vous, Joseph Banks"*, dit Jane, sa voix se brisant. Elle baissa la lettre. Elizabeth détourna le visage.

"Ma chère Elizabeth, recommença Jane. *Voilà que le sort effroyable t'a à nouveau frappée et tu es l'enclume sur laquelle martèle l'horrible forgeron. Comme il est difficile de croire encore au progrès quand il faut payer un tel prix. C'était un garçon si gentil, si sensible. Il me manque tant que j'en ressens une douleur au cœur et je ne peux imaginer ce que tu dois éprouver.*

J'aimerais tant" – Elizabeth se retourna brusquement et arracha la lettre des mains de Jane. Tandis que la lettre tombait sur le sol en se balançant et que la signature ferme de Palliser apparaissait distinctement, les yeux de Jane se remplirent de larmes. Elle les essuya avec la pointe de son tablier, elle se pencha pour ramasser les lettres et disparut en bas.

Elizabeth avait le vertige tant elle était épuisée. Elle ne distinguait plus le jour de la nuit, le temps était une masse sans direction. Elle entendait Nat jouer du Corelli dans l'église, elle voyait son profil disparaître derrière le bras levé qui posait l'archet sur les cordes, elle sentait la présence tendue de James à côté d'elle. Le médecin. Les gouttes. Une nouvelle bougie. Des pas bruyants pénétrèrent, décidés, dans la chambre.

"Mère, tu dois te lever !" Jamie se tenait les jambes écartées au pied du lit. Elle vit le visage mal assuré de Jane derrière les larges épaules.

Si seulement cela avait été lui, l'idée lui traversa soudain l'esprit, au lieu de Nat ? Aurait-elle eu moins de mal à le supporter ? Son esprit ne tournait pas rond. Une pensée malsaine qui avait déjà disparu avant qu'elle puisse en avoir peur. Il avait les joues tendues, Jamie. Une bouche aux lèvres étroites qui refusaient de sourire.

"Nous mangeons tous. Toi aussi tu dois manger. C'est un ordre."

Charlotte apporta une assiette avec un morceau de viande parmi de pâles filets de chou. Elle secoua la tête et s'affala sous les couvertures. L'instant d'après, le gras s'était figé, l'odeur répugnante avait disparu.

Jamie s'agenouilla à côté du lit et la regarda. La fenêtre gris clair derrière sa tête carrée. Le jour ? L'heure ?

"Il faut que je reparte. Je veux que tu manges quelque chose avant que je m'en aille."

Elle s'apprêtait à lui parler, mais aucun son ne sortit. La peau de ses lèvres était craquelée, elle en sentit les pelures effilées en essayant de lui adresser la parole. Jamie allait se lever. Elle tendit sa main vers son genou, indiqua alors le gobelet posé sur la table de chevet. Il lui tendit l'eau. Elle s'entendit avaler, un son assourdissant.

"Les affaires, Jamie, chuchota-t-elle. Où sont les affaires de Nat ?

— C'est pour cela que tu te fais du mauvais sang ? Il ne faut pas y penser. Tu dois manger. Te lever. Sortir de ton lit." Comme il avait une voix dure ! Elle emplissait la chambre ; sortir de ton lit, sortir de ton lit, résonnait comme un écho dans sa tête.

"Je vais me renseigner, dit Jamie d'un ton plus doux, mais je suis presque certain qu'il n'y a rien. On a toujours sa malle avec soi. Et dedans il y a tout."

Elle ferma les yeux et le laissa partir. Quelqu'un avait ouvert la fenêtre et elle sentait le brouillard qui entrait dans la pièce, mélangé à l'odeur de bois brûlé. Elle n'avait pas froid. Elle n'avait rien.

"Regarde, Elizabeth, dit Charlotte, on vient d'apporter cette lettre. Veux-tu que je te la lise ?" Charlotte tenait l'enveloppe dans son champ de vision. Des lettres fines, pointues, comme écrites par une main tremblante. Elle resta silencieuse. Charlotte déchira l'enveloppe et en sortit la lettre.

J'ai hésité avant de vous écrire. J'étais envahi par le chagrin. J'ai réuni les partitions des morceaux qu'il jouait. Elles sont ici devant moi et je les lis. Mon état physique m'empêche malheureusement de vous rendre visite. Depuis plusieurs mois, je ne sors plus de chez moi. Vous me feriez un grand plaisir si vous veniez me voir. Je sais que c'est beaucoup vous demander, mais votre fils a été pour moi une lumière, une lampe qui éclaire. J'aimerais me souvenir de lui avec vous. Je conserve toujours dans mes pensées sa façon de jouer.

Un vent âpre soufflait dans la rue. Des lambeaux de nuage filaient à toute vitesse. Les arbres étaient de nouveau presque dépouillés. Le seul oiseau qui avait eu l'audace de s'élancer dans le ciel fut entraîné par le vent dans un tourbillon.

Elizabeth marchait au milieu de la route, tête nue. Elle se cachait les mains sous ses aisselles et se tenait le dos droit. Après la mort d'Elly, elle n'avait plus osé sortir dans la rue et, s'il le fallait vraiment, elle dissimulait son visage derrière un voile. Elle s'était sentie difforme, défigurée, visiblement ébranlée aux yeux de tous et faible. Elle était gênée de son état, elle ne pouvait afficher sa perte car elle était scandaleuse. A présent, elle exposait son visage blême aux profondes rides à la vue de tous les passants. Dans le petit miroir rongé par le temps au-dessus de sa table de toilette, elle avait regardé les cernes gris foncé sous ses yeux. Elle avait essayé de mettre de l'ordre dans ses cheveux plats, inertes, mais elle avait vite reposé le peigne. Peu lui importaient son aspect et l'opinion qu'on avait d'elle. Elle avait dix ans de plus qu'à l'époque, une femme de quarante ans est différente d'une femme de trente ans – mais ce n'était pas la raison, pensa-t-elle tandis qu'elle avançait contre le vent, on aurait plutôt dit qu'une indifférence s'était insinuée en elle dont elle était encore loin de soupçonner l'existence à trente ans. Le fait de pouvoir éprouver un tel détachement vis-à-vis des gens de votre entourage qui s'occupaient de vous, vous faisaient la cuisine et pensaient à vous, de ne plus rien vouloir, et ce si intensément que, soudain, toutes sortes d'impulsions étranges pouvaient s'exprimer et qu'on ne se reconnaissait plus ; elle ressentait une fatigue incommensurable, certes liée au temps, mais pas vraiment à l'âge.

Sans hésiter, elle tourna dans une rue transversale après l'autre jusqu'à ce qu'elle arrive devant la porte de l'organiste. Elle frappa. Quand une jeune femme coiffée d'un foulard propret vint lui ouvrir, elle s'aperçut qu'elle avait conservé en elle l'image de la vieille bonne. Elle en fut perturbée. Ici aussi dix ans s'étaient écoulés. Elle dut faire une drôle de tête, car la jeune femme lui demanda si elle était sûre de bien être là où elle voulait aller, il n'y avait jamais de visite, disait-elle.

"Autrefois, dit Elizabeth, autrefois je venais ici. M. Hartland m'a envoyé une lettre si gentille. Je m'appelle Elizabeth Cook."

La jeune fille porta une main à sa bouche et ouvrit grande la porte.

"Naturellement, entrez, je vous en prie. Comme il va être heureux ! Ma mère travaillait ici autrefois, il lui arrivait de me parler de vous, l'an dernier encore, quand le capitaine – oh, je suis désolée, madame, permettez-moi de vous témoigner toute ma sympathie. J'ai porté la lettre hier, suivez-moi, comme c'est bien que vous soyez tout de suite venue, monsieur est assis devant la cheminée. Il dort très peu, il sera heureux de vous recevoir."

Le large couloir court aux dalles noires et blanches. Les patères au mur, où Nat suspendait son manteau quand il venait pour ses cours de violon. La porte de chêne naturel qui s'ouvrait différemment de ce qu'on attendait. La jeune femme tira la porte vers elle, fit un pas en arrière et laissa Elizabeth entrer dans la salle de musique.

Le vieil homme, assis avec une couverture posée sur les genoux, regardait fixement devant lui.

"Monsieur Hartland, regardez, il y a de la visite pour vous ! Madame est venue ! Je vais vous préparer du thé, asseyez-vous donc, ici."

La jeune femme se glissa dans la pièce en se faufilant à côté d'Elizabeth, elle secoua les coussins sur le fauteuil devant la cheminée, elle posa un instant la main sur les genoux fragiles de M. Hartland et parut avoir du mal à se retenir d'entraîner l'invitée dans la pièce.

Elizabeth resta plantée au même endroit et regarda autour d'elle. Sur les murs étaient suspendus des instruments : un violon avec un archet, un bien plus grand violon à côté. C'était un alto, se dit-elle. Une trompette, des flûtes à bec, le pavillon enroulé d'un cor aux doux reflets. Contre le mur opposé à la cheminée, aussi loin que possible du feu, se dressait un clavecin, ouvert, comme si on venait d'en jouer.

Elle vit l'armoire de partitions, des piles et des piles entassées les unes à côté des autres. Devant l'armoire, il y avait une table sur laquelle étaient posés d'autres partitions encore, du papier et une écritoire. Le regard d'Elizabeth revint lentement vers le feu. La jeune femme s'était échappée depuis longtemps de la pièce et des bruits de vaisselle retentissaient dans la cuisine.

L'homme avait une partition sur les genoux. Ses mains osseuses aux doigts longs tenaient fermement le papier. Corelli, put-elle lire. Les feuilles, qui paraissaient tachées, étaient déchirées sur les bords. Elle fit un pas en avant. Hartland leva son visage vers elle. Ses joues luisaient de larmes. Il ne reniflait pas, mais pleurait sans bruit, la bouche ouverte. Les mèches jaune-gris de ses cheveux lui pendaient dans le cou. Son bonnet avait glissé et s'était logé dans le creux de son épaule.

Elizabeth se tut. Elle se sentait calme, elle ne décelait en elle pas le moindre malaise. Elle regarda les yeux du vieillard qui pleuraient et sentit des picotements dans ses propres yeux. Elle se dirigea très lentement vers Hartland. Elle posa ses mains un instant sur les siennes et alla s'asseoir en face de lui.

Silence. L'homme lui fit un signe de la tête. Il ne souriait pas. Elle lui fit à son tour un signe puis posa la tête contre son dossier.

La jeune femme se débattit avec la porte et entra, portant un plateau en équilibre sur une main. Elle versa rapidement le thé, posa les tasses sur de petits tabourets à côté des fauteuils, babillant à propos de l'endroit où elle allait poser la théière, comme cela vous pourrez vous servir vous-même, attention, c'est encore très chaud – et elle disparut à nouveau.

Une branche dans la cheminée craqua ; des étincelles retombèrent en décrivant un arc vers le sol et s'y éteignirent, l'une après l'autre. Hartland saisit son bonnet qui avait glissé et s'en servit pour s'essuyer les joues. Il souleva la partition.

"Quand je la lis, je l'entends jouer." Sa voix était douce, mais puissante, et ne correspondait pas à son corps usé. "Il avait un timbre si beau, si chaud quand il jouait du violon. Là où vous êtes assise en ce moment, il est venu s'asseoir, cet été. Il était heureux parce que vous étiez d'accord pour qu'il renonce à naviguer afin de se consacrer à la musique. Il se réjouissait d'avance de ce qu'il pourrait faire par la suite. Mais d'abord les obligations, a-t-il dit. Il pouvait affronter facilement le voyage, parce qu'il savait que c'était pour la dernière fois. Il se sentait fort. Il m'a paru heureux."

Il caressa la partition. "Je peux me remémorer parfaitement son rire. Parfaitement. Il avait un sourire qui vous mettait de bonne humeur pour toute la journée."

Le crépitement des flammes. Le silence. Elizabeth avait fermé les yeux. Elle eut une vision d'Elly, dans sa chaise d'enfant. Quel âge avait-elle ? Un an, un an et demi tout au plus. Elle jouait avec sa bouillie dans un petit bol en bois, c'était dans la taverne de Barking. Le matin, il faisait encore sombre, l'odeur de vieille bière. Il y avait un client, alors que l'établissement n'était pas encore ouvert, un voyageur peut-être, qui avait logé là et qui à présent prenait son petit-déjeuner. Fasciné, il fixait l'enfant. Elly l'avait regardé. Un sourire rayonnant était apparu sur son petit visage rond. L'homme avait tâté la poche de sa veste et en avait sorti une pièce de monnaie qu'il avait commencé à frotter avec sa serviette après avoir craché dedans. L'argent avait brillé comme un clair de lune. Il s'était levé et avait posé la pièce devant la petite fille. Elizabeth, qui s'occupait des verres derrière le comptoir, avait levé les yeux.

"Son sourire fait pâlir sept années de deuil", avait dit l'homme. Il était allé se rasseoir derrière sa petite table. Elizabeth s'était soudain sentie angoissée. Elle était d'ailleurs enceinte, de Joseph ; James venait de repartir en voyage. Voilà, elle s'en souvenait maintenant. Elle avait soulevé Elly de la chaise haute et l'avait portée à l'arrière, dans la cuisine. L'enfant tenait fermement la pièce dans son petit poing moite. Aucune idée de ce qu'elle était devenue. Ses enfants avaient un rire qui rendait les autres heureux. Il fallait qu'elle se souvienne de ce rire, qu'elle ne perde jamais l'image de l'enfant qui sourit pour pouvoir toujours l'évoquer, tout comme Hartland avec son cerveau de vieillard. Se souvenir de tout. De la façon que Nat avait de s'asseoir sur un tabouret dans la cuisine pour qu'elle lui coupe les cheveux. Du petit creux dans son cou étroit. Elle avait encore ses cheveux, pliés dans du papier, rangés quelque part sans y réfléchir.

"C'est étonnant à quel point la nouvelle perte réveille l'ancienne, dit Hartland comme s'il avait accès à ses pensées. Quand votre fille a été enterrée, je vous ai regardée. J'avais envie de vous consoler, de même que j'en ai aussi envie maintenant. Mais le réconfort est à vrai dire bon pour les gens intacts, qui ont tout au plus subi un petit choc. Vous ne pouvez supporter aucune consolation, à mon avis."

Il se reposa un instant, frottant la partition sur ses genoux. D'épaisses veines bleu foncé sur le dos de ses mains. Nat avait craint qu'en tirant sur les cordages il ne s'abîme les mains.

"N'allez pas prendre en mauvaise part les pensées que je veux vous confier", demanda Hartland avec une certaine urgence dans la voix. Elle secoua la tête et resta calmement assise en face de lui.

“Notre chagrin n’a pas d’importance. Il occupe toutes nos heures, il nous ronge et nous épuise. En fait, il y a là quelque chose qui ne va pas. Il ne s’agit pas de nous, de ceux qui restent. Vous vous dites peut-être : pourquoi Nathaniel n’est-il pas ici, parmi nous ? Pourquoi le temps ne lui a-t-il pas été accordé de profiter de son talent ? C’est aussi ce que je pense, avec amertume. Pourtant, cela ne fait aucune différence. Il s’est trouvé parmi nous, il a existé. C’est à cela que nous devrions penser. Nos vies ont été infiniment enrichies par sa présence. Cela ressemble à une malédiction, mais je m’efforce de raisonner ainsi. D’être reconnaissant qu’il ait existé, que vers la fin de mes jours j’aie pu l’entendre jouer, entendre sa voix. Cela fait mal. Mais penser à ce qu’il était vraiment est tout ce qui compte.”

Il ne pleurait plus. Le thé ne fumait plus.

“Si peur, chuchota Elizabeth. J’ai si peur qu’il n’ait été désespéré, terrifié par la mort, abandonné de tous et de tout le monde. Qu’il n’ait crié pour nous appeler. Quand je veux penser à lui, la manière dont il est mort vient s’interposer. Des vagues noires, la tempête. Le bois qui se casse. Puis je n’arrive pas à aller plus loin. Je n’entre pas en contact avec lui, sa mort constitue un obstacle. Ce qu’il ressentait quand il est mort constitue un obstacle. Je ne peux pas le supporter.”

Hartland se pencha en avant et lui prit la main. La partition glissa par terre.

“Quand on vit avec la musique, on a une belle vie. Même si elle est courte. Nat n’a jamais été seul, il n’a jamais été perdu. Il avait toujours la musique dans sa tête. Même au moment de sa mort. Il n’a pas été abandonné. Il était empli du plus beau de ce qu’il connaissait, emporté par la seule chose qui peut apporter une délivrance.”

Elle qui se sentait assoiffée, elle avait l'impression qu'il lui donnait de l'eau pure à boire. Ce qu'il dit là, pensa-t-elle, je dois le garder à l'esprit, bientôt cela aura disparu, ce sera hors de portée. Le chagrin n'a pas d'importance, dit-il. Quand on meurt avec la musique, on n'est pas perdu, dit-il. Elle poussa une profonde expiration et sentit l'épuisement glisser de ses épaules.

"Je voudrais vous jouer quelque chose", dit Hartland. Il s'extirpa de sa chaise. Elizabeth resta assise et regarda le vieil homme se diriger vers le clavecin en traînant des pieds.

"Un air. Une aria." Il s'assit de travers sur la banquette devant l'instrument et s'appuya d'un bras sur le pupitre tout en la regardant.

"Bach. Le plus grand. Il a écrit trente variations sur cet air. C'est une œuvre complète qui contient tout. Nathaniel l'aimait. Nous l'avons encore étudiée ensemble quand il est venu ici pour la dernière fois."

Hartland s'assit en face de l'instrument et regarda les touches d'ébène. "En l'honneur de Nat. En son souvenir", dit-il en regardant devant lui.

Il releva alors la tête et suspendit ses mains au-dessus du clavier. On n'entendait encore aucun son, mais le morceau avait déjà commencé. Lentement, l'air se déploya au-dessus d'une basse qui progressait et faisait trembler les cordes épaisses par des claquements audibles. Etait-ce une complainte, se demanda Elizabeth, une cantilène ? On aurait pu le penser à entendre les courbes descendantes de la mélodie, mais les soupirs étaient sans cesse interceptés dans l'étreinte puissante des accords sous-jacents. Un jeu de questions-réponses. Une voix qui s'exprimait, qui prenait position, qui racontait tout simplement les choses telles qu'elles étaient.

L'organiste répéta la première partie et orna la mélodie de trilles et de guirlandes de sons qui tintaient et d'où émergeait le souvenir de l'air initial. Un accord chuchoté vint apporter une conclusion provisoire. Dans la deuxième partie, la basse donna elle aussi des signes de doutes. Au-dessus, la mélodie se remplissait de sanglots plaintifs et de cris à faire éclater la cadence rigoureuse de la mesure. Tout descendait, tombait, s'effondrait.

C'est là que se produisit le miracle. Des profondeurs s'éleva sans interruption la mélodie, à présent formée de sons assurés, réguliers, la basse solide qui grimpait avec elle. Elizabeth eut l'impression qu'une fenêtre s'ouvrait sur une magnificence infinie. C'est là qu'elle pourrait aller, la tête haute et sans larmes, consciente que son fils avait aimé cette musique. A chaque pas, il lui manquerait. Elle pourrait supporter cette douleur parce que cet air existait.

Après la conclusion solennelle, Hartland resta immobile pendant plusieurs minutes derrière l'instrument. Derrière les fenêtres, le crépuscule avait commencé à tomber. Le bois dans la cheminée ne brûlait plus, mais fumait doucement. Très lentement, à son propre rythme, elle rejoignit le temps à l'extérieur de la salle de musique. Elle finit par se lever, serra en silence la main de l'organiste et poussa la porte donnant sur le couloir.

Le capitaine King était, de tous les membres de l'équipage qui étaient revenus, le plus persévérant. Les officiers qui avaient navigué sous les ordres de James avaient écrit à sa veuve des lettres de condoléances en évoquant des souvenirs soigneusement formulés ; certains venaient lui présenter leurs hommages et laissaient des lettres quand Charlotte ou Jane les mettaient à la porte. King s'obstina jusqu'à ce que Charlotte le fasse entrer dans la grande pièce par une sombre journée de janvier.

Assise à la table, Elizabeth, vêtue d'une de ses robes noires, écrivait des lettres de remerciement. Elle examina le long corps au-dessus duquel la tête semblait un peu trop petite, elle réprima un élancement à la vue de l'uniforme du capitaine et tendit la main à James King. Elle pensa à l'accès de colère de son mari quand King était venu le voir.

“Mon mari parlait de vous avec beaucoup de respect”, dit-elle.

King sourit comme un enfant qui a soif de compliments. Il lui présenta ses condoléances pour la perte de son fils et se mit aussitôt à parler de James.

“Nous avions en commun un amour de l'astronomie et nous étions persuadés l'un comme l'autre de l'intérêt d'un bon compte rendu. Ces derniers temps, j'ai lu avec admiration le journal du deuxième voyage. C'est un ouvrage admirable avec des illustrations bien choisies. Il donne une image complète de la grandeur de votre mari.

— J'ai entendu dire que vous aviez repris l'écriture des journaux de bord ?”

King acquiesça. “Le capitaine Clerke a pris naturellement lui aussi des notes, après tout c'était le chef de l'expédition après la mort de votre mari. Son état de santé a énormément limité ses activités. Savez-vous qu'il est mort en août de la même année ? Nous avons pu l'enterrer à terre, au Kamtchatka. John Gore a reçu après lui le commandement. Et je suis devenu capitaine du *Discovery*. Gore n'est pas un amateur du mot écrit, donc cette tâche m'est revenue."

Gore sur le *Resolution*, comme James aurait détesté cette situation, se dit-elle. Indécis, déloyal et une tête de patate. Mieux valait ne rien dire. Un livre allait bien entendu paraître à propos de ce dernier voyage. Elle serait tenue de discuter des droits d'auteur avec ce King. Elle devait en rester aux affaires superficielles. Il ressemblait énormément à James, lui dit-elle. Il rougit.

"Savez-vous que l'on m'a parfois pris pour le fils du capitaine ? Les insulaires pensaient que nous nous livrions à un rituel religieux quand nous examinions le ciel à l'aide de nos longues-vues et de nos sextants. Lorsque nous restions plus longtemps quelque part, nous apportions la montre à terre et nous l'installions dans une tente spéciale où deux fusiliers marins montaient la garde. Le capitaine Cook et moi-même, nous pouvions naturellement y entrer librement car nous devions effectuer les observations astronomiques. Les indigènes pensaient qu'il était le grand prêtre d'un culte étrange et que j'étais son fils et successeur ! Nous voulions leur expliquer ce qu'il en était, mais c'était trop compliqué dans une langue étrangère. Je laissais parfois quelqu'un regarder dans la longue-vue. Cela suscitait une peur extrême, le fait de pouvoir rapprocher si près un objet éloigné. Un miracle. J'aimais les laisser dans l'erreur sur notre lien de parenté. Je trouvais que c'était un honneur.

— Le voyage, demanda Elizabeth. Je sais qu'on n'a pas trouvé de passage, mais que s'est-il passé concernant les autres objectifs du voyage ? Omaï ? Les animaux ?"

A vrai dire, elle ne savait pas si elle voulait vraiment entendre les réponses à ses questions, ce qu'il lui racontait l'intéressait à peine, mais il fallait que cela se produise, les heures devaient être remplies, les bonnes manières respectées et préservées.

"Le capitaine Cook se faisait beaucoup de souci pour Omaï. Il était attaché à lui, il appréciait sa gaieté et son enthousiasme, mais il avait aussi ses réserves. Pas d'armes à feu, disait le capitaine. Omaï ne serait pas capable de se maîtriser si les membres de sa tribu l'attaquaient. Par crainte de représailles inspirées par la jalousie, nous avons fini par emmener Omaï dans une île plus petite où personne ne le connaissait. Nous lui avons construit une maison, avec une porte d'entrée qui fermait au moyen d'une vraie serrure. Un jardin tout autour, planté de tout ce qu'on pouvait imaginer. Les adieux ont été émouvants ; il ne s'est pas laissé aller jusqu'au moment où il a serré le capitaine dans ses bras. Il s'est alors mis à pleurer et il s'est agrippé à lui. Le capitaine espérait qu'Omaï s'occuperait du jardin et des moutons et des chèvres laissés sur place, mais il n'en était guère convaincu. Omaï avait acheté un canoë, un bateau magnifique qu'il avait baptisé le *Royal George*. Il a appelé sa maison *Grande-Bretagne*. C'était émouvant, oui."

Une attention, pensa Elizabeth. Une attention paternelle. Pourquoi est-ce que cette idée provoquait en elle une telle colère ? James se montrait aussi attentionné à l'égard de ses propres enfants, il les aidait dans leur carrière, il pensait à eux. Ou bien non ?

"Le transport des animaux s'est avéré très contraignant. Le capitaine attachait une grande importance à ce que les bovins qui avaient été transportés soient répartis entre les différentes îles. Il avait à ce sujet des opinions tranchées. Sur l'île qu'ils appellent Tonga, nous avons laissé un taureau, une vache, un étalon et une jument. Le capitaine a été indigné quand la population, après cette offrande généreuse, a volé une chèvre, ainsi qu'un couple de dindons qu'il avait destinés aux îles plus petites autour de Tahiti. Il a pris des mesures sévères contre les voleurs. Trop sévères, d'après certains. Les voleurs contrariaient ses plans, voilà ce qui a motivé sa décision.

A Tahiti nous attendait une grande déception. Nous nous étions réjouis à l'idée des réactions incrédules et enthousiastes des insulaires à la vue de nos chevaux mais, apparemment, les Espagnols avaient déjà apporté des chevaux un an avant notre visite. Des chevaux magnifiques, très grands. Nous y avons ajouté notre cheptel. La surprise n'était pas au rendez-vous, mais tout le monde était soulagé que les animaux descendent enfin définitivement à terre. La mission confiée par le roi avait été accomplie. D'ailleurs, deux chèvres ont aussi été volées à Tahiti. Cela a mis le capitaine en grande fureur."

King se tut. Elizabeth voulait continuer de poser des questions : la colère de James avait-elle été terrible, qu'avait-il fait pour punir le vol, pourquoi King avait-il interrompu son histoire ? Elle attendait. King but son thé froid et regarda ses chaussures.

"Le capitaine avait un grand sens du devoir. Les insulaires se montraient pour la plupart gentils envers nous, mais il leur venait certainement toutes sortes d'idées et peut-être avaient-ils même des projets dont nous ne savions rien. Ils voulaient nous faire intervenir et se servir de notre pouvoir dans des querelles intérieures et se sont fâchés quand nous avons refusé ; ils étaient peut-être aussi envieux de notre richesse. Nous devions toujours tenir compte de menaces, de dangers, même quand la situation paraissait détendue. Le capitaine trouvait bon de montrer de temps en temps qui était le chef."

Un plateau entre les mains, Charlotte entra pour servir du madère. "Puis-je boire à la mémoire de notre capitaine ?" demanda King. Ils levèrent leurs verres.

Que suis-je en train de faire, se dit Elizabeth. Boire à James. Je suis folle. Je ne me sens pas vraiment d'humeur festive. Il parle certes beaucoup, ce King, mais en laissant de grands blancs. Sélectif, comme ces messieurs de l'Amirauté. Suis-je méfiante ? Peut-être est-ce impossible de raconter un voyage de quatre ans en une heure et demie. Peut-être fait-il tout simplement de son mieux et ne s'en sort-il pas.

La boisson avait visiblement redonné courage à King.

"Le passage au nord, comme vous l'avez déjà dit, cela n'a rien donné. En route vers le nord, nous avons cartographié la côte ouest de l'Amérique, si bien qu'on ne peut pas dire que le voyage a été infructueux. Nous avons été retenus par le gel, nous avons pu extraire de justesse les navires de la glace. Epuisés et déçus, nous avons mis le cap sur l'île de Hawaii, que nous avions découverte à l'aller. Vous savez comment s'est terminé notre séjour là-bas."

Désespéré, King secoua sa petite tête.

"Vous parlez de menace et je me demande s'il était bien raisonnable de prolonger pendant si longtemps le séjour sur ces îles, dit Elizabeth doucement. Peut-être les choses auraient-elles tourné autrement si –

— Il y avait une raison, madame, plusieurs raisons même.” Il l’avait interrompue et parlait à un rythme accéléré.

“Il fallait effectuer des réparations qui prenaient énormément de temps, vous le savez. Mais il y avait autre chose. Le capitaine voulait rassembler le plus de données possible susceptibles d’éclairer l’énigme de l’océan Pacifique. Comment se peut-il que, sur ces minuscules pointillés de terre, séparés par des milliers de milles d’eau de mer, on parle partout la même langue, on construise le même type de canot, on fabrique le même tissu à partir de liber ? Il voulait aller au-delà des objets, il voulait se faire une idée du gouvernement du pays, des usages, de la religion. Ce n’est possible que dans le cadre d’un séjour prolongé. Le capitaine se donnait la peine de faire la connaissance des gens et de les observer. Il se rendait aux cérémonies religieuses, il fréquentait les rois et les prêtres, il assistait à des danses sacrées et il participait à des rites secrets. Ensuite, il écrivait tout ce qu’il avait vu dans son journal.

Il essayait aussi d’expliquer nos acquis. Il avait montré à un insulaire astucieux une carte de l’île qu’il venait de dessiner. Le capitaine rayonnait quand l’homme avait reconnu aussitôt et infailliblement son île. Les indigènes parlaient de tatouage quand ils nous voyaient écrire ou dessiner. C’est le mot qu’ils emploient pour les décorations sur leur corps. Cet homme avait compris que nos tatouages avaient une signification, étaient une indication, pouvaient résumer quelque chose. Le capitaine en avait été enchanté au plus haut point. Quels dieux étaient vénérés ? Comment était organisée la succession du roi ? Quel rôle jouait sa femme ? Pourquoi le jeune fils du roi paraissait-il plus puissant que le roi lui-même ? Le capitaine cherchait une réponse à toutes ces questions. Il ne la trouvait pas, pas encore, mais il rassemblait tous les matériaux qui pouvaient lui être utiles.

— Est-ce qu'il avait plaisir à le faire ?"

King réfléchit un instant. "Il était parfois manifeste qu'il éprouvait une certaine satisfaction, oui. Mais c'était aussi une lourde tâche pour le capitaine. La langue posait un gigantesque problème. Le pire, c'était que ses bonnes intentions et préoccupations n'étaient pas toujours appréciées. La destruction de ses jardins plantés avec tant de soins, la consommation du bétail transporté si péniblement en bateau. Il avait du mal à le supporter."

Comment débarque-t-on un cheval à terre, se demanda Elizabeth. En le faisant descendre, avec un palan, dans la plus grande chaloupe ? Avec à peine de la place pour les rameurs à côté de la bête terrorisée. Les pattes attachées, car un sabot pouvait transpercer le fond facilement. Ensuite, la chaloupe risquait de rester coincée sur le sable de la plage et ils devaient inciter le cheval à sortir dans la mer. James devait se tenir avec sa longue-vue sur le pont du *Resolution*, la bouche crispée, les muscles de ses mâchoires tendus, en jurant.

"Il se mettait dans des situations que d'autres auraient sans doute préféré éviter. Sa curiosité était plus grande que sa prudence. On peut appeler cela du courage. Ou de la confiance dans le progrès."

King se tut. Elizabeth, soudain en proie à un épuisement total, le remercia de sa visite et prit congé. Le capitaine maigre, le chapeau serré contre sa poitrine, battit précipitamment en retraite vers le couloir.

Benny était debout sur un tabouret devant le plan de travail à côté de Charlotte. Il enfonçait soigneusement des noisettes dans les petits tas de pâte posés devant lui sur la plaque du four. Elizabeth vint se tenir à côté de lui et l'entendit compter en chuchotant. Je dois poser ma main sur sa tête, se dit-elle, lui caresser le cou, toucher son dos raide. Un geste extrêmement normal. Il aurait peur, donc je ne vais pas le faire. L'enfant, qui sembla deviner ses pensées, se blottit contre Charlotte. Elizabeth alla s'asseoir en silence à la table.

Quelqu'un poussa la porte de l'arrière-cuisine et racla ses semelles contre les pierres.

"Vous êtes là ?" La voix d'Isaac. Devenue un peu plus grave, se dit-elle, quel plaisir qu'il revienne nous voir. C'est maintenant un homme adulte, il donne une impression de solidité et il sent l'air du dehors.

Après s'être embrassés, ils restèrent immobiles l'un en face de l'autre. Il avait une expression grave sur son visage, qui ne cessait de rougir.

"C'est bien que tu sois redescendue, dit-il. Je n'arrive pas à m'en remettre. De l'horreur de la situation. Le capitaine, c'est une catastrophe. Mais Nat, c'est, c'est –" Des larmes se projetèrent quand il secoua violemment la tête. Elizabeth posa la main sur sa joue. Qu'elle était chaude ! Il était brûlant.

"Mary est couchée, la tête enfouie dans son tablier. Elle ne mange pas, elle ne parle pas. Ce matin seulement, elle m'a dit quelque chose, elle m'a dit : Tu dois aller voir Elizabeth. Donc elle pense à toi. Il faut que tu le saches.

— Quand tu rentreras, il faudrait que tu passes à côté, dit Elizabeth. Prends un petit tonneau de gin pour elle. Peut-être que cela lui fera du bien. Elle aimait tant Nat. Elle est âgée. Je comprends."

Charlotte avait mis les petits gâteaux dans le four et s'apprêtait à sortir avec Benny. La cuisine sentait si fort la cannelle et le sucre brûlé qu'Elizabeth en eut mal au cœur. Elle demanda à Isaac d'ouvrir la fenêtre.

"Depuis la mer polaire, je peux supporter n'importe quel froid, dit-il, mais toi tu dois faire attention.

— Je n'ai pas froid. King est venu ici. Rien que des louanges et des histoires de réussite. Je n'arrive pas à savoir dans quelle mesure tout cela est vrai. Peut-être que tu peux me le dire."

Isaac se tut. "Il ne faut pas sortir ce qu'il y a là-dedans ?" demanda-t-il au bout d'un moment en montrant le four. Elizabeth en ouvrit la porte, sortit la plaque et la posa dans l'arrière-cuisine sur une étagère. Rabattre la porte, éliminer l'odeur, refermer la fenêtre.

"J'ai demandé à King si tout se passait comme James le voulait. Il ne savait pas trop quoi me répondre. Et toi, Isaac ?"

Isaac posa les coudes sur la table et appuya la tête sur ses mains.

"On a eu un tas d'ennuis avec les bêtes. Un vrai cauchemar. Le capitaine, enfin James je veux dire, était furieux quand on volait une bête. Mais quand nous avons enfin descendu ces maudits chevaux à terre à Tahiti, il a galopé avec Clerke sur la plage. La baie là-bas a une plage noire d'au moins un kilomètre. Ils ont fait courir leurs chevaux, toujours plus vite, à la fin ils ont fait brusquement demi-tour, les chevaux se sont dressés sur leurs pattes arrière comme s'ils se mettaient debout, le sable giclait comme une fontaine et James a éclaté de rire ; ils ont laissé les chevaux repartir à toute allure sur le sable mouillé, tout près du rivage. Les insulaires les regardaient bouche bée. Et nous aussi. Nous n'avions jamais vu James aussi exubérant."

Elle voyait la scène devant elle, elle entendait les vagues s'écraser sur le rivage et le bruit étouffé des sabots des chevaux sur le sable, des chevaux montés par deux capitaines qui à présent étaient tous les deux morts.

C'est si facile, se dit-elle, de s'enfoncer dans le sentiment que tout est vain. Que rien n'a d'importance, rien ne sert à quoi que ce soit. Mon envie de faire mon enquête est un radeau auquel je m'agrippe mais je pourrais tout aussi bien me laisser glisser dans l'eau. Je m'y refuse. J'ai la mission de découvrir comment James est mort. Et pourquoi. Il le faut.

"Etait-il malade, Isaac ?"

Isaac se leva. "Chacun doit se débrouiller comme il peut pour ne pas tomber malade. Si nous allions marcher un peu ? Viens, je t'emmène, que tu le veuilles ou non. Allez, enfile quelque chose."

Elle se laissa conduire. Un champ de nuages flottait bas au-dessus du fleuve. Elle inspira l'air humide et se tint fermement au bras d'Isaac. Un pas après l'autre. Elle répéta sa question.

"Je n'en suis pas sûr, dit Isaac. Il ressentait parfois des douleurs. Des rhumatismes, de la goutte, quelque chose de ce genre. Dans ce cas, il ne pouvait pratiquement pas bouger. Les Tahitiens avaient un remède pour cela, incroyable ! Un canot rempli de femmes arrivait, elles grimpaient au bateau et se précipitaient dans la cabine, James devait s'allonger par terre, nous nous demandions s'il finirait par céder à la tentation – c'était curieux, Elizabeth, cette bande de jeunes filles et de femmes aux seins nus et aux fesses tatouées – elles grouillaient sur lui et autour de lui et commençaient à le masser énergiquement. On entendait les os craquer ! Il hurlait de douleur, mais les femmes se moquaient de lui et poursuivaient leur travail. De tout son poids, l'une d'elles s'asseyait sur sa colonne vertébrale, une autre le rouait de coups de toutes ses forces dans la hanche, deux femmes lui déboîtaient quasiment la jambe, et lui qui gémissait. Quand elles avaient fini, James se levait sans problème, comme un jeune homme. Les femmes restaient la nuit à bord et répétaient encore plusieurs fois leur manipulation. C'est ainsi qu'elles ont libéré James de ses douleurs."

Il la regardait de côté. "Je ne sais pas si elles l'ont libéré d'autre chose. Nous avions tous des compagnes, elles étaient si accueillantes, si attentionnées et gentilles, certains d'entre nous n'avaient tout simplement plus envie de partir. James y était opposé. Même quand on lui présentait une femme, c'est chez eux une forme de politesse, tu sais, il refusait en faisant une astuce et il disait qu'il était trop vieux, sans force."

Elizabeth posait un pied après l'autre. Elle aurait dû se sentir apaisée, son mari, même assailli par une douzaine de femmes nues, lui était resté fidèle, mais elle n'arrivait pas à se défaire d'une vague inquiétude qui pesait sur sa poitrine.

"Comment allait-il, Isaac, lui as-tu souvent parlé, recherchait-il ta compagnie, était-il gentil ?

— Parfois nous travaillions ensemble sur une carte, puis il m'invitait dans la grande cabine. C'était agréable. Il ne parlait pas beaucoup. Nous mesurions et nous dessinions. Mais ce n'était pas souvent. Il était sous pression, ses projets étaient sans cesse menacés par le manque de temps ou par le comportement des indigènes. Le vol. Il était très sévère, à mon avis. A notre avis à tous.

— Cruel ?”

Isaac se tut. Ils marchaient le long du fleuve d’un gris terne. Que je déteste l’eau, se dit Elizabeth, pourquoi ne vais-je pas vivre ailleurs, dans les prés et les bois, aussi loin que possible de cet affreux bras de mer préhensile.

“Il paraissait parfois hors de lui tant il était en colère, dit Isaac doucement. Quelqu’un avait volé une chèvre, et cela l’a rendu fou. Il a donné l’ordre de raser la tête du voleur et de lui couper les oreilles. King a retenu la main du barbier à la dernière minute et a laissé le pauvre homme sauter par-dessus bord. Je ne devrais peut-être pas te raconter ces histoires. Nous ne comprenions pas. Quand il était vraiment furieux, il faisait détruire les canots et brûler les huttes. Pour construire un de ces canots, les gens mettent des années. Ils sont magnifiques, en bois peint et sculpté. James les appréciait beaucoup. Et pourtant, il se livrait à ces destructions. C’était vraiment cruel, évidemment. Mais par colère, par impuissance. Il ne tirait pas de cette cruauté une sorte de plaisir. Tu comprends ?”

Elle acquiesça. “Y a-t-il eu autre chose ? Des choses qui te préoccupaient ?”

Je dois arrêter, se dit-elle. Il se sent mal à l’aise, c’est manifeste. Son capitaine, son maître, son père. Mais s’il ne raconte rien, nous aurons vite fini cette conversation, peut-être pour toujours. Ce n’est pas non plus ce que je souhaite.

“Ce que j’ai trouvé beaucoup plus cruel, ce sont les prises d’otage, dit Isaac. Je sais que beaucoup de gens trouvent que c’est une stratégie habile, car cela permet toujours d’aboutir à une solution sans effusion de sang. Mais je trouvais que c'était cruel. Ces otages n'avaient rien fait. Ils avaient peur. On punissait ceux qu'il ne fallait pas. Quand nous avons fini d'installer Omaï, nous sommes allés à Raïatéa, comme tu le sais, où Orio est roi. James et lui sont des amis. Etaient des amis. Ils avaient échangé leurs noms. C'était la dernière île de cet archipel où nous devions accoster. Beaucoup d'hommes avaient du mal à l'accepter, ils voulaient rester sur place et ils ont décampé. Deux des déserteurs étaient introuvables, James soupçonnait qu'ils étaient cachés et protégés par la population.

Il a alors pris en otage la fille d'Orio, Poetua. Cela a bien duré cinq jours. Cette magnifique princesse est restée pendant tout ce temps dans la grande cabine pendant que son père devait retrouver la trace des fuyards. En plus elle était enceinte. Webber en a fait un tableau, puisque de toute façon elle est là, a-t-il dit. Elle devait glisser des fleurs derrière ses oreilles et se tenir contre la paroi. Elle a fait tout ce qui lui était demandé, sans protester. Je l'ai vue, parce que je travaillais à une carte et que j'avais besoin de tables comportant certaines informations.

Les femmes du village se sont rassemblées autour du navire, dans d'innombrables canots. Elles étaient debout dans les embarcations à pleurer et à hurler. Elles se griffaient le visage avec des coquillages tranchants à tel point que du sang coulait sur leurs corps nus. Ces cris déchirants étaient déjà insupportables quand on était dans la cabine. Dehors ils étaient totalement assourdissants. Poetua restait calme et polie. Digne, comme une vraie princesse. Les hommes lorgnaient naturellement les seins des femmes. J'espérais pendant tout ce temps que James allait la libérer, que ces hurlements affreux finiraient par cesser. Il n'en a rien fait. Il a donné l'ordre de mettre à la voile pour sortir un peu de la baie, c'est le seul moment où j'ai pu lire la peur sur le visage de Poetua. Je crois qu'elle craignait d'être emmenée en Angleterre et de ne plus jamais revoir son père. Alors qu'elle n'avait rien fait !"

Ils continuèrent de marcher un petit moment en silence l'un à côté de l'autre.

"Tu vas sûrement avoir une promotion maintenant", dit Elizabeth.

Isaac rit. "Depuis l'entrepont sous le gaillard avant, je progresse lentement. Au prochain voyage, j'aurai le droit de dormir en abord au milieu du vaisseau, parce que je suis certain qu'ils vont maintenant me nommer lieutenant. Puis la voie sera libre pour gagner enfin le gaillard arrière en tant que capitaine. En revanche, j'appréhende terriblement cette guerre. Finis les voyages d'exploration. Si je n'ai pas de chance, il faudra au lieu de cela que j'aille me battre contre les Français.

— James avait-il de vrais amis ?"

Isaac réfléchit un instant. "Il s'entendait bien avec Clerke, qui arrivait à le mettre de bonne humeur. Mais Clerke était sur l'autre bateau, ils ne se voyaient que lorsque nous descendions à terre. Sur le *Resolution*, je pense que c'était avec Anderson que James se sentait le mieux. Le médecin, tu sais. Cet homme parlait très bien la langue, ils pouvaient donc discuter ensemble des expériences qu'ils vivaient, de ce que tout cela signifiait. Lui aussi est mort, notre médecin. Comme Clerke, de la même maladie. Ils savaient tous les deux que l'autre était aussi malade. Et que leur état se détériorerait si nous retournions vers le froid. A vrai dire, ils auraient dû demeurer à Tahiti, le climat y est favorable pour lutter contre leur affection. Ils sont tous les deux restés à leur poste, heureusement pour James. Watman, le vieux matelot que nous avons enterré à Hawaii, était aussi un ami. James était totalement inaccessible quand Watman est mort, il se reprochait d'avoir emmené une personne aussi âgée. L'homme avait renoncé à sa retraite pour venir, il était déjà à Greenwich !

James a organisé un grand enterrement dans un sanctuaire là-bas, les prêtres étaient d'accord. Son visage était tendu et dur comme un rocher. Il a lu lui-même l'extrait de la Bible.

Je crois qu'il était très attaché à King, et à moi aussi. Plutôt comme un père. Clerke et Anderson étaient pour lui de vrais amis. Et ils se sont lentement consumés de phtisie. James ne pouvait rien y changer.

— Il aurait pu les obliger à rester dans les tropiques. A y mourir."

Isaac secoua la tête. "Ils ne l'auraient jamais fait. On a tout de même son honneur, en tant qu'officier. Ils en ont discuté entre eux, mais il était hors de question qu'ils acceptent une chose pareille. Quand il a finalement fallu que nous partions vers le nord, je n'ai cessé de penser à la maladie. Je surveillais Anderson. On se glisse très lentement dans l'air froid, presque imperceptiblement, une brise fraîche, tu te dis, bientôt il fera chaud de nouveau, mais au bout de quelques jours tu grelottes dans ta chemise et un peu plus tard le maître d'équipage vient distribuer des duffel-coats et des moufles. Je trouvais ce climat agréable, à vrai dire, un temps d'hiver. Nous avons vu s'étendre la côte ouest de l'Amérique, des gigantesques chaînes de montagnes, couvertes de neige. Quand on était de quart, on avait du givre qui collait aux cheveux. On commençait à avoir hâte de manger une soupe chaude.

Sur la côte vivaient des Indiens, qui parlaient une autre langue que les habitants des îles. Nous ne les comprenions pas. Ils portaient des fourrures. Des chasseurs. Ils pensaient toujours aux animaux. C'est là que j'ai acheté l'oiseau pour Benny, contre une pipe et un mouchoir.

— Tu as fait mouche, Benny adore cet oiseau."

Elizabeth était allongée, impuissante, à l'étage quand Isaac, dès son arrivée à Londres, était venu leur rendre visite. Un homme aux cheveux en bataille et portant un gros paquet sous le bras s'était soudain planté devant la porte, avait raconté Charlotte plus tard. Un oiseau de proie, sculpté dans du bois presque noir, était devenu depuis ce jour-là le compagnon de Benny. Les ailes légèrement repliées, les griffes crispées sur une branche. Extrêmement lourd. L'enfant l'emportait tous les jours jusqu'en haut ou en bas de l'escalier. L'oiseau était posé sur la table quand Benny prenait ses repas.

"Dans la crique où nous mouillions, on était bien, malgré le froid. Nous avons étudié les fleuves pour voir si nous pouvions atteindre l'océan Arctique par l'intérieur. Je me souviens d'un jour, un de ces jours nuageux, presque anglais, où nous sommes partis en expédition dans la chaloupe. James était si détendu, si normal. Il a bavardé avec nous, il a demandé toutes sortes de choses personnelles. Dans les montagnes autour de nous, nous entendions les indigènes chanter, le son s'amplifiait puis s'atténuait, leur chant était si artistique, si beau, que les larmes nous sont montées aux yeux. Alors que c'étaient des gens si dégoûtants, couverts d'une crasse graisseuse ; et la puanteur qu'ils dégageaient !

Nous avons bien ramé ce jour-là sur trente milles, nous étions épuisés, mais nous avons eu l'impression de faire une petite excursion sur la Tamise. Nous avons cueilli des airelles quelque part sur la rive et nous avons tous eu la gueule bleue. James a découpé de la viande séchée sur son genou et nous en a proposé, l'un après l'autre, un morceau sur la pointe de son couteau. Nous mâchions en silence, en nous adossant à nos avirons. Un balbuzard a volé au-dessus de nous, pendant un instant il a suivi le fleuve en planant. Je pense que tout le monde dans la chaloupe était heureux, ce jour-là."

Ils avaient quitté les rives du fleuve et se promenaient sur une route de campagne parmi les champs en direction du petit clocher dans le lointain. Je l'interroge sur l'existence d'amis et il me nomme deux hommes très gravement malades, se dit-elle. Je l'interroge sur la satisfaction, sur le bonheur, et il me nomme deux événements insignifiants. Pourquoi James était-il si tendu, qu'est-ce qui le poussait à ces accès de fureur ? Pensait-il à nous, avait-il les enfants, moi en tête et en était-il réconforté ? Parlait-il de l'avenir, et de quelle manière ? Je ne le saurai jamais, même si j'exerce de fortes pressions sur l'homme dévoué qui marche à côté de moi.

"Tu veux bien me parler de la fin, Isaac ? Qu'as-tu vu ?"

Isaac appuya le bras d'Elizabeth fortement contre ses côtes. "Tu te tortures. Pourquoi veux-tu tout savoir avec tant de précision ? C'est pourtant déjà suffisamment horrible que cela se soit produit, non ?

— Il le faut. Je veux pouvoir y penser. Je veux me le figurer. Les faits. C'est James qui me l'a appris."

Isaac lui lâcha le bras et se gratta la tête. "Je ne sais pas si c'est bon pour toi. Je suis inquiet, tu sais ? Tu as si mauvaise mine. Tu ne manges rien. Tu as l'air d'être à des lieues d'ici.

— Personne ne peut me raconter comment Nat a fini ses jours, chuchota-t-elle, je suis livrée à mon imagination. Tu étais là quand James est mort. Tu peux me protéger contre mon imagination."

Isaac lui passa le bras autour des épaules. "Je n'ai rien vu, dit-il. J'étais tout simplement à bord, dans la cabine. J'empaquetais les cartes et les croquis dans des boîtes car nous devions partir. J'ai entendu en revanche que quelqu'un venait voir James et qu'ils descendaient ensemble le petit escalier. Je n'avais pas compris qu'il s'agissait de la chaloupe volée. James jurait. Je n'y ai pas prêté attention, il y avait souvent des problèmes. Plus tard, j'ai entendu des détonations, les coups de feu bien sûr. Je tenais à vrai dire un dessin de la côte américaine entre les mains et je trouvais qu'il était plutôt réussi. C'est là que je suis monté. Tout était déjà terminé. Je n'ai pas senti que quelque chose de grave se passait. Je rêvais à la publication des cartes. A la fierté que j'en aurais. J'en ai honte.

— Mais après, qu'est-il arrivé par la suite, tu peux me le raconter ?

— Le chaos. Tout le monde était complètement désemparé. Ils voulaient se venger, tirer sur l'île pour la réduire en miettes, ils orientaient déjà les canons. Fermer la baie et hacher menu tout le monde, voilà ce qu'ils voulaient faire. Mettre le feu à toute la colonie. Clerke a eu beaucoup de mal à tempérer un peu ce désir de vengeance. Je le vois encore monter à bord, haletant, pâle, avec de petites taches rouge vif sur les pommettes. Soudain il était devenu notre capitaine. Pourquoi faire plus de morts, disait-il, cela ne résout rien. Il portait lui-même la mort en lui, bien sûr, c'est ce qui expliquait son calme. Il n'a pas pu tout empêcher, car l'équipe qui allait chercher le mât sur l'île a tué au moins dix indigènes et le village est presque entièrement parti en fumée. King a demandé à ce qu'on l'emmène, avec un drapeau blanc dans les mains, dans un bateau à rames jusqu'à la côte pour négocier au nom de Clerke, qui était si bouleversé qu'il pouvait à peine rester sur le pont. Il a fallu encore une semaine de pourparlers et d'aller et retour avant que nous puissions enterrer James.

— Avant qu'il livre le corps, tu veux dire ?"

Isaac se pencha en avant pour resserrer la boucle de sa chaussure. La tête rouge, il se releva. "Ses restes, oui. La cérémonie a eu lieu le 21. Le soir, vers six heures. Sur le pont."

Encore ce terme idiot. D'où Isaac le tenait-il, il était plus évident de dire "James", ou éventuellement "le cadavre".

"Ils avaient déclaré toute la baie taboue, ce qui signifie que personne n'a le droit de venir. Il régnait un silence total. Pas de vent non plus. J'ai vu soudain à quel point les hautes montagnes qui se dressent là-bas ont l'air menaçantes. Nous sommes tous venus sur le pont, tout le monde dans son plus bel uniforme."

Où sont les vêtements à vrai dire, pensa-t-elle, le manteau bleu, le chapeau ? Il avait emporté au moins deux uniformes. Ils l'auront enterré dans l'un d'eux, mais l'autre ? Une troisième veste était suspendue en haut dans l'armoire, pour son retour à la maison.

"Le capitaine Clerke m'a demandé de m'avancer. Parce que je suis de la famille. J'étais debout à côté d'Anderson, le médecin. Les tambours avaient recouvert leurs instruments de tissu, ils ont joué à un rythme très lent. Le son étouffé était sinistre, comme si quelque chose d'horrible approchait inévitablement. Là-bas, derrière la balustrade, il y a la mer, me suis-je dit ; c'est là qu'il va aller, tout à l'heure. J'étais en fait totalement anesthésié. C'était inimaginable ce qui se passait. Clerke manquait de souffle pour faire la lecture de la Bible et Gore en est incapable. C'est le lieutenant King qui en a lu un passage. Le cercueil était posé sur une planche, le drapeau étalé dessus. La cornemuse a joué un air. Puis le son des tambours s'est amplifié, leurs roulements se sont accentués et accélérés jusqu'à ce qu'ils s'arrêtent tous en même temps. Au même moment, la planche s'est soulevée et a basculé, et les cordes qui retenaient le cercueil ont été lâchées. Nous avons retenu notre respiration. Le bruit n'a pas été trop fort, on aurait dit que la mer s'ouvrait facilement pour accueillir le cercueil. Nous sommes restés debout, tête baissée, jusqu'à ce que Clerke, d'un geste, donne l'ordre de rompre les rangs.

Je ne sais plus ce qui s'est passé après, ce jour-là. Nous avons sûrement dû manger. Nous préparions le départ. Je ne me souviens plus de rien."

Ils n'avaient pas fait attention au paysage environnant, ils avaient fait une longue marche et s'étaient retrouvés soudain devant l'église. C'est là que se trouvait la petite tombe d'Elly, envahie par de l'herbe d'un gris brunâtre. Elizabeth s'appuya contre le mur qui entourait le cimetière. Elle vit le pont du *Resolution*, rempli d'hommes consternés qui tenaient leur chapeau et leur bonnet dans leurs mains. Un rang de fusiliers marins en tunique rouge en face des officiers en bleu ; Isaac à côté, embarrassé. Elle voyait la scène de façon délimitée et complète, comme un tableau dans un cadre.

"Il n'aurait jamais dû partir. L'un de vous y a-t-il jamais songé ? Tu lui rends les derniers honneurs comme s'il était des vôtres. Le chef. Le père. Une évidence. Vous êtes affolés, démunis, quand il disparaît. Et nous ? Ses enfants, sa femme ? Comment devons-nous supporter ses disparitions ? Tu racontes à quel point il s'est donné du mal pour vous, il s'est démené. Il était avec une princesse nue dans la cabine, mais n'aurait-il pas dû être assis près de moi dans la cuisine ? Il ramait en longeant des collines boisées avec vous, mais pas avec ses enfants sur la Tamise. Tu me racontes comme c'était difficile de le laisser partir, mais quelle impression cela faisait de lui dire sans cesse au revoir ? Y as-tu jamais songé ?"

Isaac la regarda d'un air troublé, comme s'il ne comprenait pas de quoi elle parlait.

"Nous, répéta-t-elle, sa famille. Vivante, morte."

Il lui tourna le dos et fit quelques pas sur la route. Soudain, il fit volte-face, il tapa des pieds puis se frappa le front du plat de la main.

"C'est idiot, idiot ! Tu as raison !" Il se rapprocha d'elle. "Je n'y ai jamais songé. Comme si cela n'existait pas, tout ce qu'il y a ici. Tu sais, j'étais seulement content de pouvoir partir avec eux, fier quand je faisais un croquis dont j'étais satisfait, tendu quand nous allions descendre à terre dans une baie inconnue. J'ai seulement pensé à moi. C'est idiot."

Elizabeth avait croisé les bras et regardait par terre. Palliser avait raison, se dit-elle, il y a en moi un volcan qui sommeille fait de pure fureur, dirigée vers un inaccessible. Tout le monde à ma portée est touché de plein fouet. Ce malheureux Benny qui n'y est pour rien. Les amis fidèles de James qui veulent me soutenir et sont mis à la porte par Charlotte. Comme James n'est pas là, je m'en prends à ce pauvre Isaac. Regarde-le un peu se repentir pour des choses qu'on ne peut absolument pas lui reprocher. Il faut que j'arrête, mais comment faire ? Je vais éclater si je me mets à vraiment ressentir la réalité.

Isaac la poussa du coude. Il accrocha ses index l'un dans l'autre et bougea les mains de haut en bas.

"C'est ce que font les gens des îles pour montrer qu'ils sont sincères. Qu'ils disent la vérité. Je te fais un serment. Je vais m'occuper de toi. Et de Benny. Je te le jure, Elizabeth, je ne t'abandonnerai plus jamais."

Il la serra dans ses bras et la maintint contre lui. Elle restait immobile dans cette chaude enceinte. Elle serra les dents.

11

“Je ne m’installe jamais ici, dit Hugh Palliser. C’est trop grand, on dirait une salle de bal.”

Elizabeth balança les hanches puis fit quelques pas de danse. Ils restèrent plantés devant la gigantesque cheminée. Sur la grille brûlait une énorme bûche, un tronc d’arbre non fendu qui paraissait totalement carbonisé. Elle s’accroupit et se mit à souffler, d’abord trop fort, si bien qu’un nuage de cendre fine voltigea dans les airs, puis calmement et régulièrement. Sur le dessus du bois apparut une ligne bleue qui se divisa en innombrables flammèches dansantes. Elle se releva et ventila le feu avec ses jupes jusqu’à ce que le tronc soit dévoré par les flammes. Triomphalement, elle regarda Palliser. Il rit et posa la main sur sa joue brûlante.

“Allez viens, nous allons nous installer dans mon bureau, je vais t’y servir un café.”

Les portes-fenêtres donnaient sur la terrasse. Derrière s’étendait le parc à perte de vue, les arbres en ce début de printemps parés de différentes nuances de vert qui plus tard, quand l’été prendrait fin, se fondraient toutes dans la même teinte sombre, fatiguée. Des flaques bleues sous les cimes des arbres ; des jacinthes des bois, se dit-elle, nous en avions aussi autrefois dans le jardin, mais cela n’a jamais vraiment donné quoi que ce soit. C'est donc là qu'il observait les cerfs. Dire que je ne suis jamais venue ici auparavant, c'est affreux à vrai dire. Fallait-il que j'aie quarante-trois ans ? Fallait-il qu'il m'invite une vingtaine de fois ? Fallait-il qu'il m'enlève littéralement avec ce carrosse voyant qu'il a fait s'arrêter juste devant ma maison ?

Palliser s'enfonça dans son fauteuil et posa sa jambe sur un coussin usé. Vu son état, il n'avait pas l'air mal en point et ses yeux brillaient. Il tapota sur la chaise à sa droite.

"Cela me ferait plaisir que tu viennes t'asseoir à côté de moi. C'est mieux que l'un en face de l'autre. Je veux voir ce que tu vois."

Elle s'installa confortablement sur la chaise. Y avait-il de quoi devenir fou dans un tel silence ou était-ce justement agréable ? Visiblement, cela lui plaisait. Le livre sur le deuxième voyage de James était ouvert sur un pupitre. Dans la bibliothèque, elle vit le dos de l'ouvrage en quatre volumes de Hawkesworth.

"Quand va sortir le nouveau livre ? Il devrait être bientôt prêt, non ? As-tu des nouvelles ?"

Palliser secoua la tête. "Douglas s'en occupe, c'est tout ce que je sais. Et l'ouvrage sera en trois volumes, deux de James et un de King. Toi aussi tu es au courant, tu dois avoir un contrat normalement. Douglas ne te montre pas les épreuves ?

— Pas jusqu'à présent. Rien n'a d'ailleurs été conclu à ce sujet.

— Alors en fait, tu ne sais toujours rien, en dehors de ce que Stephens et Sandwich t'ont raconté.

— Et King, dit-elle. Et Isaac, bien sûr. Je sais tout. Mais tu as raison, en fait je ne sais rien. Je ne sais pas comment et pourquoi cela a pu se produire, je ne sais pas ce qui s'est passé avant l'enterrement ; oui, je pourrais en dire long mais, en réalité, je ne sais rien. Je ne veux pas faire pression sur Isaac. Je l'ai fait, tu sais, mais il ne sait pas grand-chose non plus. Il n'était qu'un simple matelot, à l'époque. J'ai toujours pensé que je devais attendre la publication des journaux. Maintenant je me dis : ce n'est qu'une histoire, en plus une version censurée par l'Amirauté de ce que James a écrit. Et la dernière partie ? Je ne sais pas. En tout cas c'est un récit dont ils veulent que le monde prenne connaissance sous cette forme. Quant à savoir si c'est la vérité…"

Il lui avait pris la main et lui caressait les doigts l'un après l'autre.

"Mais que cherches-tu donc ?

— Je cherche à comprendre, dit-elle sans hésiter. Si je comprenais ce qui lui a pris, je pourrais peut-être m'apaiser. J'ai toutes les nuits des conversations avec lui. Des disputes, des reproches. Je veux que cela cesse. Cela ne peut plus continuer. Je suis si fatiguée."

Il lui embrassa les doigts. Elle ne réagit pas et fixa le jardin tandis qu'elle laissait sa main entre les mains de Palliser.

"Isaac m'a raconté l'enterrement. Ou je ne sais pas quel terme on utilise quand on jette quelqu'un dans la mer. Je peux me l'imaginer. Dans tous les détails, mais cela ne suffit pas. Cela ne m'apporte pas de paix.

— On a besoin de marcher, dit Palliser. On a besoin d'emmener, d'accompagner. Pas à pas, alors que l'on sait qu'il s'agit du dernier voyage."

Elizabeth le regarda. Comme si cela allait de soi, il l'avait emmenée lors de l'enterrement d'Elly. Il avait marché à côté d'elle. Il savait ce genre de choses.

"C'est ce qu'il y a de pire, dit-elle. C'est à vrai dire une tâche impossible et pourtant on le fait.

Il faut aussi qu'il y ait une tombe, même si c'est tout aussi horrible. Je suis à la maison, et j'entends la pluie et le vent au-dessus de cette tombe. Affreux. Mais le lendemain matin je vais ramasser les branches qui ont été arrachées par le vent. Je sais où elle est. Je pourrais la déterrer. Je pourrais tenir son crâne."

Il ne faut pas aller plus loin, se dit-elle. J'exprime ici des pensées qui ont leur place dans ma tête et nulle part ailleurs. Il faut que j'arrête. Pourquoi au juste ? Il est manifestement capable de l'entendre. Il est au courant de ces choses. J'aimerais me glisser auprès d'elle dans la terre humide. Je voudrais poser mes joues contre ses os.

"Nous allons manger un morceau tout à l'heure. Tu es encore bien trop maigre. Ensuite, je voudrais te montrer quelque chose, dans le parc. Peut-être que tu trouveras cela horrible, de très mauvais goût, exagéré. J'en avais envie. Ce dont nous venons de parler, le fait qu'il n'y a pas de tombe, pas d'endroit. James était mon ami, quoi qu'il arrive. Il me manque. J'ai fait ériger un monument pour lui. D'ici on ne le voit pas, il est un peu plus loin, nous irons le voir cet après-midi, je voudrais te le montrer. C'est une colonne à quatre côtés, couverte de mots. L'histoire de sa vie. Ses réalisations. Sa signification. Il y a du texte écrit sur tous les côtés de la colonne. Le texte vient des mémoires de l'Amirauté. Je l'aurais pour ma part formulé autrement, mais je voulais quelque chose d'officiel. Dans mon propre parc, mais aussi officiel que possible. Quand nous serons morts depuis longtemps, des gens se promèneront ici et s'arrêteront un instant pour lire ce texte. Ils penseront à lui, dans plus d'une centaine d'années. J'ai choisi un marbre particulièrement résistant.

— Parfois je ne sais plus de quoi il avait l'air, dit Elizabeth. Dans ce cas, je ne me souviens que de son dos, un peu trop étroit pour sa grande taille, tu te rappelles ? Et un peu courbé. Je n'arrive plus à me représenter son visage. Quand j'essaie, je vois le tableau de Dance. Que son dos."

Ils regardèrent au-dehors. Un jardinier s'occupait de plantes dans des bacs. Une brouette à côté contenait de l'herbe et une pelle.

"Tu parles de lui à ton cadet, mon filleul ?"

Elizabeth dégagea sa main et se frotta les joues. "Tu devrais apprendre à l'appeler Benny. C'est le nom auquel il répond. Il lit. Il dévore les journaux de voyage. Quant à savoir s'il comprend qu'il s'agit de son père, je n'en sais rien. Non, je lui parle rarement de lui. A vrai dire, je ne sais pas du tout quoi lui dire. Il adore l'école, il y engloutit tout ce qu'il y entend. C'en est préoccupant. Mais je ne suis pas en position de m'y opposer, malheureusement. Peut-être que tout ce qu'on lui dit là-bas tombe dans un trou laissé ouvert que j'ai négligé de remplir quand il était petit."

Palliser leva les sourcils. Elizabeth continuait de parler, d'une voix un peu trop aiguë, elle s'en apercevait elle-même.

"Quand il est né, j'étais triste. Puis j'ai été en colère. Dès que j'ai repris des forces, je me suis occupée des enfants des matelots. Je me disais toujours que je me rapprocherais de lui quand il serait un peu plus grand. Maintenant, il s'accroche à ses professeurs et je n'ai pas ma place."

Hugh se massa la cheville.

"Est-ce que cela te fait de la peine que j'aie négligé ton filleul ? Est-ce que tu m'en veux ?"

Dans le silence, elle entendit le feu ronger le bois dans la cheminée. En fait, il y avait toujours un processus en cours durant lequel un élément détruisait l'autre ou l'assimilait. Il fallait lutter continuellement pour ne pas se laisser soi-même incorporer. Pas étonnant qu'elle soit si fatiguée.

"Qu'est-ce qui te préoccupe ? Est-ce que cette forte volonté d'apprendre ne traduit pas une sorte d'appétit de vivre ?

— Il est devenu croyant. Je l'accompagne quand il se couche, je lui souhaite une bonne nuit, je reste plantée dans le couloir et je l'épie à travers une fente dans la porte, je le vois sortir de son lit, il s'agenouille, croise les mains, ferme les yeux, marmonne des mots que je ne comprends pas, pendant plusieurs minutes ! Puis il se glisse à nouveau sous ses couvertures. Je m'éloigne sans bruit.

— Une évolution inattendue, dit Palliser. Mais il n'y a là, à mon avis, rien d'illogique. Et rien de vraiment inquiétant non plus. Un engouement d'enfant qui finira par passer, je crois."

Elizabeth souffla par le nez. "Tu ne dois pas écarter le problème comme s'il s'agissait d'une bagatelle. Tu devrais voir son petit visage sérieux. Je n'arrive pas à rassembler mon courage pour l'interroger à ce sujet. J'ai bien trop peur de ce que je risque d'entendre. Mais je crois que James s'attendrait à ce que je le corrige et que je lui montre la splendeur de la vision scientifique du monde.

— C'est pourtant bien ce que tu fais. Tu lui fais la lecture. Tu lui donnes des livres. Mais il a visiblement encore besoin, du moins en ce moment, d'une autre dimension. C'est le cas chez des millions de gens, tu le sais bien toi aussi. Tu crains de le reprendre parce que tu ne sais pas exactement ce que cela signifie pour lui.

— Je n'arrive pas à l'atteindre. Papa est auprès de Dieu, dit-il. Non, je lui dis, ton père est mort. Il n'est plus là. Mais si, papa est au ciel, il chante avec les anges et il nous regarde. Dans le ciel, il y a les étoiles, je lui dis, du vide bleu foncé avec des étoiles ; je lui montre l'étoile Polaire, Orion, la Voie lactée. Derrière, dit-il, là-bas, c'est là qu'est Dieu. C'est le maître qui le dit, parce que c'est vrai. Et là je n'ai plus rien à dire. Il chante des psaumes avant de s'endormir. D'une voix très pure. La prochaine année scolaire, il aura le droit de chanter dans le chœur de l'église. A vrai dire, je me sens exclue, impuissante. C'est ma faute. Des anges ! James ne savait pas du tout chanter."

Elle était si contrariée qu'elle en bondissait dans sa chaise. Hugh se leva lentement pour aller chercher sa canne. Il ouvrit grandes les portes, ils sortirent sur la terrasse, dans l'air vif printanier. Bras dessus bras dessous, ils descendirent l'escalier en direction du parc. Des champs ondoyants, des collines couvertes d'un réseau de murets de pierre, des groupes de charmes rouge foncé disséminés ici et là. Nulle part de l'eau, nulle part la mer.

"Laisse-le donc, dit Hugh. Il n'y a pas de mal là-dessous. Cela le réconforte. Quel âge avais-tu quand tu t'es mise à douter ?"

Elle rit et posa sa tête contre l'épaule de Palliser.

"Tu m'as manqué, dit-il. Tu m'as tellement manqué."

Une odeur d'oignons et d'ail monta des buissons, légère et mystérieuse. "C'est de l'ail des ours", dit-il en montrant un champ de petites fleurs blanches à l'ombre.

Il l'emmena voir le monument. Sur le socle pompeux était fixé un globe relativement petit. Elle vit l'océan Pacifique dans lequel, ici et là, se dressaient de petites élévations. Ce n'est rien, se dit-elle, tant de misère, tant d'excitation. Ce ne sont que des têtes d'épingle, ces théâtres du progrès. La plage de Hawaii, la baie de Tahiti.

Elle fit un mouvement animal involontaire des épaules, comme si elle voulait se secouer pour chasser de ses pensées ces lieux de malheur. Paralysée par le sentiment que tous ces efforts avaient été vains, elle ne parvenait pas à formuler un compliment sur le mémorial. Lentement, ils retournèrent vers la maison.

Elle avait trop bu, les mots et les larmes se libéraient. Palliser lui demanda des nouvelles de sa mère et Elizabeth se mit à pleurer, à sa propre surprise. Elle se moucha dans le mouchoir de Palliser.

“Pas très bien, dit-elle. Elle s'éloigne de plus en plus. Ils ont loué l'établissement et ils vivent au-dessus. Ils ont suffisamment d'espace. Les nouveaux gérants sont gentils, la femme leur fait la cuisine. C'est Isaac qui me le raconte, moi-même je n'y vais pas souvent. Elle ne peut s'empêcher de pleurer quand elle me voit. Cela lui rappelle Nat. Ce chagrin est chaque fois foudroyant. Mon père, enfin je devrais dire mon beau-père, est déformé par les rhumatismes et la vieillesse. Je ne sais pas ce qu'elle fait toute la journée et je préfère ne pas y penser. Tous les quinze jours, je lui fais livrer un tonneau de gin, elle adore ça. Au moins, elle a quelque chose qui lui fait plaisir. Un enfer, la vieillesse. Je suis une mauvaise fille.

— Suffisamment bonne, dit Hugh, aussi bonne que tu le peux.

— J'ai aussi été une mauvaise amie pour toi. Je t'ai fermé la porte, tellement j'étais fâchée.

— Nous étions en pleine tempête ces années-là. Chez toi comme chez moi.

— Tu t'étais sûrement imaginé les choses autrement. Je regrette."

Hugh se tut et regarda fixement son verre. "Ce que je me suis imaginé, dit-il après un long silence, dépasse toutes les limites. Je n'ai pas besoin de te le dire, nous n'avons jamais eu besoin de beaucoup de mots pour nous comprendre. Nous étions des âmes sœurs, Elizabeth. Je t'en suis reconnaissant.

— N'est-ce donc plus le cas ? Je suis devant ta cheminée, je te tiens la main !"

Il retira sa main et lui remplit son verre.

"Tu es encore si jeune. Je suis un vieil homme, dit-il d'une voix enrouée. Nous serions – ce serait une catastrophe, Elizabeth. Je ne suis pas l'homme qu'il te faut. Tu as encore une vie devant toi. Tu as deux fils. Tu ne dois pas t'encombrer d'un vieillard infirme. Je suis sérieux. Il est trop tard.

— Ce n'est pas du tout mon sentiment, dit-elle aussitôt. Comment peux-tu penser une chose pareille, je ne te considère jamais comme un vieil homme infirme.

— Pourtant c'est le cas. Je trouve difficile d'aborder ce sujet. Cette blessure, tu sais. Cette blessure a endommagé beaucoup de fonctions. Infirme, dis-tu. Impuissant. Oui."

Elle sursauta. "Alors c'est pour cette raison que tu n'as pas eu d'enfant, qu'elle n'a pas pu avoir d'enfant !"

Palliser se redressa. "Non, cela vient de moi. Je ne peux plus engendrer de descendants depuis cette blessure. Mais avant oui. J'ai un fils, il s'appelle George."

Elle était stupéfaite. "Un fils ? Mais avec qui ?

— La couturière de ma mère. J'avais environ seize ans. Je ne le vois jamais, mais j'ai financé son éducation. Il va hériter de tout. Que de secrets, Elizabeth. Des secrets que tu dois connaître parce qu'ils ont des conséquences pour nous. Je n'ai jamais aimé une femme aussi intensément, et avec autant d'évidence, que toi. Cela reste un fait, cela ne changera pas. Tu fais partie de moi de façon inaliénable."

Il se tut et recommença à se frotter la jambe.

"Mais je ne peux pas aller plus loin avec toi. Plus loin que cela, une visite un dimanche après-midi. Je te rendrais terriblement malheureuse, j'en suis certain. C'est impossible. Je ne le peux pas."

Elle le regarda sans le comprendre.

"Toutes ces promesses, poursuivit-il, entre nous. Ces contacts étranges, inévitables, qui n'aboutiront jamais à – enfin, à ce à quoi ils devraient aboutir.

— Qu'est-ce que cela peut me faire, s'écria-t-elle d'une voix forte. Tu es mon ami. Tu dois être mon ami."

Elle remarqua à quel point ses propos devaient paraître enfantins.

"Et les années, dit-il doucement. Je suis arrivé à la fin, tout est de plus en plus calme autour de moi et c'est ce qui convient, c'est bien. Puis toi tu arrives, tu viens remuer mon âme, je ne sais pas si je l'exprime correctement, mais c'est ce que je ressens. Quand tu me regardes, une tempête se soulève en moi. Je ne peux plus le supporter. Je vole en éclats. Je ne pourrai jamais te donner ce dont tu as besoin, ce à quoi tu as droit, ce que j'aimerais, ce que je devrais te donner."

Quelque chose ne va pas, se dit-elle. Il n'a pas le droit d'être aussi faible que ce qu'il prétend être. Je ne me laisserai pas chasser. Il a tout abandonné : renoncé à son travail, fait interner sa femme, négligé son fils inconnu. Et maintenant il se défait de moi. Il me laisse tomber dans l'eau comme une pierre.

Une vision puissante de sa petite fille lui apparut. Sur les genoux, le dos d'enfant rond dans le creux de son bras, l'odeur de foin de ses cheveux. Les points culminants, les moments iconiques se présentent puis passent. Ton chagrin et ta colère grandissent comme du lierre sur le souvenir. De sombres collines pleines d'araignées et de branches villeuses, tu as envie de rester loin de tout cela, mais ce sont les ancres de ton existence. Des cuisses d'enfant chaudes sur tes genoux. Un bras d'homme nu contre ta joue. Ne pas s'en défaire. Ne pas le nier.

"Je reste ton ami, dit-il. Bien sûr que je continue d'être associé à ta vie. Je t'aiderai pour tout ce qui pourrait nécessiter mon aide. Mais tu es trop jeune, tout juste quarante ans, tu pourrais avoir un homme jeune à tes côtés."

Je ne veux pas d'un homme jeune, se dit-elle, je le veux lui. Etait-ce vraiment le cas ? Que représentait-il pour elle ? Voulait-elle se rapprocher justement parce qu'il la repoussait si égoïstement ? Ou est-ce qu'il fallait que rien ne change, avait-elle toujours placé un secret espoir en lui et ne supportait-elle pas que cela prenne fin ?

Il a honte, c'est certain, c'est la raison première. Mais il n'y a pas qu'à l'aine qu'il est cassé. Il y a d'autres ravages auxquels il ne veut pas me confronter. Il m'éconduit et pourtant je sens que je compte pour lui. Je suis furieuse et pourtant je continue de l'écouter.

"Nous ne parviendrons ni l'un ni l'autre à nous détacher de James, dit Hugh. Il reste entre nous. Même si nous aimerions peut-être l'exclure en nous agrippant l'un à l'autre, je crois que c'est impossible. Ma conscience me fustige quotidiennement. Je vois que tu ne trouveras jamais le repos tant que tu ne comprendras pas pourquoi il est parti. Cela t'occupe l'esprit, tous les jours. Cela t'empêche d'aimer ton enfant. Tu ne sais pas ce qu'il faut faire et tu viens me voir, moi qui ne sais pas non plus ce qu'il faut faire.

Je ne t'ai jamais tant parlé. Dit ces choses. C'est horrible. Si nous allions manger ? J'ai commandé des perdrix, je les ai vues hier déjà suspendues dans l'arrière-cuisine."

Plus tard, elle ne se souvenait plus de l'humeur qui fut la sienne pendant le repas. Regardait-elle son visage tendu, torturé, avec pitié. Regardait-elle l'oiseau dépiauté dans son assiette en laissant monter en elle une muette colère. Elle avait senti des pensées confuses lui traverser l'esprit : il avait bu un peu d'elle, mangé et la rejetait maintenant que sa faim était assouvie. Tout le débat ne portait que sur les besoins de Hugh et les siens ne comptaient pas, s'était-elle dit. Elle n'avait guère mangé, elle se souvenait en revanche de ce détail.

Les adieux. Lui sur son perron, avec sa canne. Elle dans le carrosse, qui déjà prenait de la vitesse. Il avait tendu le bras vers elle, avait crié quelque chose, elle voyait sa bouche grande ouverte. Les roues crissaient sur les graviers. Brusquement, elle avait détourné le visage. Une fois en route à l'abri dans l'allée qui menait au domaine de Hugh, elle s'était tapé la tête contre la paroi du carrosse, prudemment, pour que le cocher ne se doute de rien.

Les petites phrases continuèrent de lui bourdonner dans la tête, des jours et des semaines après sa visite à Chalfont.

"Ce serait une catastrophe."

"Nous ne pourrons jamais nous détacher de James."

"Cela t'empêche d'aimer ton enfant."

Les mots tournoyaient et s'entremêlaient dans son esprit, elle ne parvenait pas à s'en libérer.

Elle observa son jeune fils avec un regard nouveau, ce grand enfant sérieux. Comme c'est triste, se dit-elle, que je n'arrive pas à ressentir d'affinité avec lui. Nous avons été abandonnés par le même homme, pourquoi existe-t-il ce fossé entre nous ? J'ai l'impression que James m'a imposé cet enfant comme pour le remplacer – l'a installé à la table de ma cuisine : tiens, voilà de quoi tu dois te satisfaire –, si bien que je ne pourrai aimer l'enfant que lorsque je me serai réconciliée avec le père. Cette pensée lui apporta une sorte de soulagement, elle voyait clairement la logique qu'elle contenait. Quelques instants plus tard, le sentiment était devenu intangible et elle se rappelait seulement que, dans ses pensées, elle avait vu une voie qui conduisait quelque part, qui offrait une issue à l'angoisse épuisante à laquelle elle était si habituée, mais elle ne trouvait plus cette voie.

Elle s'arrangeait pour être là quand Benny rentrait de l'école. Elle prenait ses repas avec lui. Elle le laissait apprendre ses leçons à la table de la cuisine et restait assise à côté de lui pendant ce temps-là, pas avec un livre, mais avec des travaux de broderie, pour qu'elle puisse aussitôt répondre à ses questions sans qu'il ait l'impression de la déranger. Ce n'est qu'une fois qu'il dormait qu'elle prenait conscience de se charger d'une tâche qui lui demandait d'immenses efforts. Elle se retirait alors dans la pièce du bas devant la cheminée, elle emportait la carafe de porto, elle s'effondrait dans le fauteuil, regardait fixement les flammes et se sentait épuisée. Charlotte, une aide devenue de plus en plus dévouée, finissait les tâches qu'elle avait à faire dans la cuisine. Elle frottait les casseroles, qu'elle posait avec un léger tintement sur le plan de travail.

C'était ce genre de soirée – avril, la fenêtre donnant sur le jardin était ouverte, il faisait doux, l'après-midi il avait plu, mais à la tombée du soir le ciel s'était dégagé – quand soudain le heurtoir fut frappé fortement contre la porte d'entrée. Elizabeth, qui commençait à se hisser de son fauteuil, entendit Charlotte traverser le couloir pour aller ouvrir la porte. Une voix d'homme à l'accent étranger gronda dans le hall.

"Je peux vous débarrasser de votre manteau ? Je vais voir si madame peut vous recevoir. Vous pouvez attendre ici."

Le banc dans le couloir craqua comme si un énorme poids y était déposé.

"Un monsieur, dit Charlotte tandis qu'elle entrebâillait la porte. Il vient apporter une lettre. Un étranger."

Derrière Charlotte apparut une large silhouette. Un ours, se dit Elizabeth, un ours brun vient me rendre visite. Elle se leva. L'homme fit un pas dans la pièce et ôta sa grande toque en fourrure. D'épais sourcils noirs lui barraient le front. Une cicatrice rouge sur la joue gauche ; des lèvres pleines, roses sous une moustache tombante. Il lui tendit sa grande main un peu sale. L'ongle de son petit doigt dépassait de plusieurs centimètres, un appendice étrange, comme du verre dépoli, qui s'enfonça dans la paume de sa main et la fit frissonner.

"Madame ! Enfin ! Que la nuit vous soit paisible !"

Elle regarda le visiteur avec étonnement. Il avait apporté dans la pièce une valise bossuée.

"Boris Afanisovitch. C'est mon nom ! rugit l'homme en s'inclinant légèrement. Khlebnikov. Marchand de peaux. De fourrures. La peau des animaux." Il montra son bagage. "Le loup. L'ours. L'otarie !"

Pourquoi voudrait-on m'obliger à acheter à une heure si tardive un manteau de fourrure, se dit-elle, que fait cet homme ici ?

"J'ai fait le tour du monde pour vous trouver. Mile End, Stepney, le long du fleuve gris. Vous voulez voir mes peaux ?"

Elizabeth secoua la tête en signe de refus. "Pourquoi m'avez-vous cherchée ?"

Il se baissa et ouvrit la valise. Son pantalon, fait d'un tissu qui rappelait le velours, s'étira sur ses cuisses. Il la vit regarder et caressa l'étoffe d'une main.

"Des bébés phoques, dit-il. Cela vous intéresse ? J'ai tout dans la valise, vous allez voir. Mais d'abord !"

Du fond de la valise, il sortit un paquet plat et carré qu'il brandissait à présent.

"Le but du voyage ! A remettre à Mme Cook ou à ses fils. De la main à la main."

Elle lui prit le paquet.

"Mission accomplie", soupira l'homme. Il se remit à fouiller dans la valise.

"Asseyez-vous, je vous en prie, dit Elizabeth. Vous voulez boire quelque chose ? De qui vient cette lettre ?"

L'homme s'installa à côté de la cheminée et Elizabeth s'effondra avec gratitude dans son fauteuil. Le paquet était enveloppé dans de la toile cirée, soigneusement fixée par de petits points en fil glacé. La toile était graisseuse et tachée de marques sombres. Le nom d'Elizabeth était écrit dessus dans une écriture élégante. Son adresse. Peinte, on aurait dit, à l'encre de Chine. Elle laissa tomber le paquet sur ses genoux et posa les mains dessus. L'homme, qui s'était servi un verre, buvait bruyamment le porto.

"Je vous raconte un conte. Vous écoutez. J'achète des peaux aux chasseurs. Ils ne savent pas faire des affaires, ils ne parlent pas la langue. Le langage. Je voyage vers le Kamtchatka avec l'argent, je rentre avec la fourrure. A cheval, sur le traîneau, à pied. J'ai vu les bateaux. Le capitaine malade n'est pas descendu à terre. Ses hommes, eux, voulaient m'acheter mes peaux ! Pour le bonnet ! Pour la chaussure même ! Ils ont parlé au malade de mon art de voyager.

— Le capitaine Clerke est mort depuis déjà plus de quatre ans, dit Elizabeth. Ses dernières lettres sont arrivées ici en 1780.

— Sa dernière lettre, c'est celle-ci, tonna l'homme en pointant un énorme doigt en direction des genoux d'Elizabeth. Les autres lettres étaient pour les messieurs de l'Amirauté. Il les a données au gouverneur. C'était public. Mais alors. Mais la nuit ! Quelque chose gratte à ma fenêtre. Un oiseau, je pense. On frappe. On chuchote. Un matelot ! Il me tire par le bras. On se glisse dans la neige. Je dois monter dans un petit bateau ! Dans le brouillard sur l'eau. Je ne vois rien, je suis aveugle ! Je vous le dis : la peur s'est emparée de moi. La mer blanche n'en finissait pas. Puis : une montagne noire. Le bateau. J'ai dû grimper à une échelle de corde, je ne voyais pas où. J'avais peur. Je suis un homme de la terre. Ils m'emmenaient auprès du malade. Mauvaise odeur. Il crachait dans un récipient. Sortez, il a dit aux serviteurs, fermez la porte, laissez-moi seul avec le célèbre négociant en fourrures ! Son visage blanc comme vieille neige. Il a fouillé sous les oreillers et a donné la lettre. Très secret, il a dit. Seulement à madame. Ou aux fils. Sinon, dans l'eau du fleuve gris. Vous partez à l'automne ? Je pars à l'automne, j'ai dit. Moscou, Varsovie, Paris. Avec les peaux. Vous pouvez être tranquille. Je m'en occupe !

— Vous avez été retardé, si je comprends bien."

L'homme a écarquillé les yeux. "Honorée madame ! Le commerce est imprévisible. Un contretemps, mais : la première crêpe est ratée ! Il faut recommencer ! Et toujours la lettre du capitaine malade sur poitrine !" Il se frappa la cage thoracique, le coup résonna comme un gong étouffé. Dans un langage imagé, il dépeignit les dangers du voyage, une attaque, une bagarre ; il fit discrètement allusion au coût du trajet sur cette eau détestée. Pour ce qui était de la vente des peaux, cela ne s'était pas bien passé non plus et il n'avait pas encore trouvé le bon accès aux dames fortunées de Londres.

Il sortit brutalement une peau grise de la valise et l'étala sur le sol.

"Pour vous ? Du vrai loup femelle ! Je vous fabriquerai une poche pour les pieds fatigués. Et ici, merveille de Sibérie, pour un manteau jusqu'à la fin des temps. Pour vous !"

Il jeta un immense tas de fourrures sur ses genoux, une peau luisante argentée qui à la lumière des bougies prenait des reflets tantôt gris-bleu, tantôt dorés. Elle passa la main sur les poils courts et lisses ; elle pensa à la beauté de l'animal qui avait possédé cette peau et comme il semblait irréel d'avoir un vestige aussi magnifique sur les genoux.

"Oui, je vous vois ! Vous champignon, vous dans un petit panier ! Vous achetez ma magnifique otarie. Je le vois."

Elle secoua la tête et essaya de plier la lourde peau et de la lui rendre. Il la regarda d'un air déçu et sembla ne pas avoir envie de reprendre ce fardeau. Elle posa la peau par terre, à côté du manteau.

"Vous connaissez les femmes de l'Amirauté. Elles vont toutes acheter mes peaux. Il fait froid à Londres. Vous donnez les noms de femmes célèbres, j'apporte la chaleur. Toutes contentes. Je vous ai apporté la lettre et maintenant je suis fatigué dans un pays lointain. L'argent est terminé. Il faut faire du commerce. Vous allez m'aider. Nous allons nous entraider ! Mais d'abord : un lit pour la nuit. Chez vous. Dans la grande maison du capitaine."

Surtout pas, se dit Elizabeth. Elle dut s'armer de tout son courage pour réfléchir à un plan astucieux face à cette intrusion. D'abord donner quelque chose, puis le renvoyer. Et pas inversement. Mais qui au nom du ciel aurait envie d'acheter ces horribles peaux ?

"Banks, dit-elle d'un ton décidé. Vous devez vous rendre dès demain matin chez Joseph Banks. C'est l'homme le plus important de Londres, un ami de notre roi. Il connaît très bien les animaux et leurs fourrures et il s'y intéresse beaucoup. A leurs peaux. Je vais vous écrire son adresse. Il sera enchanté de votre visite."

En se levant pour aller chercher une feuille de papier, elle brisa la tension de la conversation. La plume encore à la main, elle appela Charlotte.

"Monsieur vient de loin, il a besoin d'une bonne nuit de sommeil."

Charlotte regarda stupéfaite les peaux des animaux étalées ici et là.

"Un bonnet pour votre tête ? demanda le marchand plein d'espoir. Un manchon peut-être ? Du lapin des steppes ici, du lièvre des neiges. Blanc !"

Elizabeth sortit sa bourse de sous sa robe. "Nous ne pouvons malheureusement pas vous héberger ici à la maison mais, près d'ici, au bord du fleuve, vous trouverez beaucoup de bonnes auberges. A deux minutes d'ici. Charlotte va vous montrer le chemin. Ce n'est pas difficile. Puis-je participer aux frais ?"

Elle glissa l'argent dans la main de l'homme avant qu'il ait eu le temps de répondre. Elle resta debout.

Le loup disparut à nouveau dans la valise. L'otarie. Le lièvre. Boris Khlebnikov lui prit la main sur le dos de laquelle il appliqua un baiser. Elle sentit les poils étonnamment durs de sa moustache lui gratter la peau et sourit. Charlotte emmena l'homme et ses trésors de fourrure avec elle.

Avant de monter en s'éclairant du chandelier à trois branches, elle prit ses ciseaux dans le panier à broder. Dans la chambre, elle s'assit au bord du lit. Avec précaution, elle découpa les coutures noires et écarta sur le côté la toile qui avait durci. Elle libéra enfin d'un pli cacheté sur lequel était aussi écrit son nom un certain nombre de feuilles de papier recouvertes d'écriture. Elle approcha le chandelier et lut.

Très chère Elizabeth,

Permettez-moi de vous appeler ainsi. J'écris depuis le Resolution, *qui a jeté l'ancre devant la presqu'île du Kamtchatka sur la côte sibérienne. Hier, j'ai remis au gouverneur en ce lieu, le major Behm, qui est digne de foi et zélé, le précieux journal de notre regretté capitaine, ainsi que quelques cartes, les observations astronomiques de Bayly, un rapport sur les événements catastrophiques de la main du lieutenant King et une lettre de moi-même. Behm va se rendre à Saint-Pétersbourg et s'assurera que les documents parviennent rapidement, et en toute sécurité, à l'Amirauté à Londres. Vous prendrez alors connaissance, de même que vos enfants, de la terrible nouvelle et j'ai le cœur brisé en me représentant la scène.*

J'ai longtemps réfléchi avant de vous écrire une lettre distincte. La phtisie a refermé ses griffes sur mon corps et je sais que je ne rentrerai pas de ce voyage. J'aurais tellement aimé vous raconter entre quatre yeux ce qui s'est vraiment passé sur la plage de Hawaii, mais le sort ne l'a pas voulu. Pour l'instant, j'ai assez de force pour prendre moi-même la plume et m'assurer que ma lettre arrive à Mile End en dehors de toutes les voies officielles. Vous aurez alors sûrement déjà appris la version de l'Amirauté sur les circonstances.

Pourquoi alors vous écrire malgré tout ? Parce que vous avez droit à la vérité. James parlait avec le plus grand respect de votre amour de la vérité. Cela me donne le courage d'écrire cette lettre.

James a consacré sa vie à l'observation de la réalité, nous le savons l'un comme l'autre. Pour lui, jamais il n'en faisait assez. C'est un trait de son caractère que j'ai toujours admiré. A présent, en ce crépuscule douloureux de ma vie, je doute de la valeur de l'observation. Ceux qui ont assisté aux événements sur la plage ont écrit à ce sujet des témoignages, des histoires saisissantes, émouvantes. Mais : des histoires ! Ce que les sens ont observé est resté caché derrière l'histoire et ce que l'on voulait de tout son cœur croire vrai a déformé le souvenir.

Je n'ai plus aucun intérêt à travestir d'une quelconque manière la réalité. Comprenez-moi bien, je ne tiens pas à désavouer mes collègues, pas plus que je ne souhaite mettre des bâtons dans les roues à l'Amirauté ; l'histoire de l'attaque lâche, sournoise, qui a coûté la vie à James correspond au souvenir qu'il laisse d'un héros. Tout le monde aimerait l'honorer de cette façon. Il n'y a absolument rien contre – sauf que : ce n'est pas la vérité. C'est une magnifique écorce autour de la réalité cruelle, peinte par des hommes qui sont loyaux envers leur capitaine, qui le respectaient et qui pour cette raison ont préféré s'aveugler.

Je ne peux pas laisser la vérité s'éteindre avec moi et je me suis levé de ma couchette pour écrire ce que je sais. C'est la nuit et il n'y a pas un souffle de vent.

Dans quelques heures, mon ordonnance ira chercher le marchand de fourrures Boris Khlebnikov. C'est à lui que je confierai la lettre parce qu'il me donne l'impression d'être entreprenant et inventif. Il a l'air aussi très fort et intimidant.

Mais venons-en au fait. Pendant tout le voyage, les deux navires ont été infestés de voleurs dès que nous descendions à terre. James le supportait mal, surtout quand il s'agissait de biens du royaume. Le vol devait être puni, nous étions d'accord sur ce point, mais je dois dire que j'ai pu voir évoluer de mois en mois la sévérité des sanctions appliquées par James. J'avais l'impression qu'il ne pouvait prendre ses distances par rapport aux événements et qu'il était incapable d'entrevoir les conséquences de ses décisions à plus long terme. Il se peut que mon jugement soit influencé par ma maladie. Quand on souffre d'une maladie incurable, on a naturellement plus de distance. Je vous donne un exemple.

Quand sur mon bateau, le Discovery, *un voleur était surpris, le barbier lui rasait la moitié des cheveux car je suis d'avis que les moqueries de la famille et des amis vis-à-vis du vandale sont une plus grande sanction que la peur que nous, des gens avec qui il ne ressent finalement pas la moindre affinité, nous lui inspirons. Le voleur à moitié rasé était jeté par-dessus bord, il nageait jusqu'à la plage et on se moquait de lui. Cela marchait.*

James ne le comprenait pas. Il faisait rosser les voleurs comme s'il s'agissait de déserteurs en temps de guerre. La cruauté était disproportionnée par rapport au délit commis. Il a fait entailler de profonds sillons dans les bras d'un indigène, jusqu'à l'os. Il a donné l'ordre de couper les oreilles d'un autre. J'y ai beaucoup réfléchi et je n'ai toujours pas compris jusqu'à aujourd'hui les raisons de ses actes.

Cela envenimait les choses, chez les indigènes, mais aussi parmi l'équipage, qui souvent calque son comportement sur celui des officiers. La cruauté se généralisa. Du moins, ce fut mon impression.

Le séjour à Hawaii se déroula au début parfaitement bien car la population ressentait une vénération singulière pour James. Il ne pouvait rien faire de mal à leurs yeux. Peut-être en avons-nous abusé et une forte rancœur s'est-elle développée à notre insu, sous cette soumission presque servile. Les adieux furent un événement impressionnant qui attira les foules. J'étais heureux que nous partions, même en sachant que le climat polaire aurait des conséquences négatives sur ma maladie. Je me sentais mal à l'aise face à cette déification.

Un accident idiot nous contraignit à revenir au bout de quelques jours avec un mât fendu. Manifestement, l'atmosphère avait changé, les indigènes se comportaient avec raideur et distance et demandaient des prix élevés pour les denrées qu'ils avaient auparavant l'habitude de nous offrir. Il se produisait des brimades, et des vols. James appliquait des sanctions sévères et n'avait plus aucune patience. Le vol de notre chaloupe, ce matin fatal, fut la goutte qui fit déborder le vase de la fureur.

Il avait l'intention de prendre en otage le chef. Etendu sur ma couchette, j'étais incapable d'entrer en action. L'inquiétude me conduisit sur le pont. De là, j'observai les événements à l'aide d'une longue-vue.

James ramait vers la plage avec une escouade de fusiliers marins. Une fois déposés, ils coururent vers la plage en soulevant des gerbes d'eau. Le bateau resta en retrait du rivage. Le lieutenant Williamson avait le commandement. A la lisière de la forêt, à l'extrémité de la plage, il y eut une réunion. Au bout d'un certain temps, James apparut avec le chef et ses deux jeunes fils. D'innombrables Hawaïens se rapprochèrent brusquement. Je remarquai leurs gestes impatients et leurs trépignements. Ils obligèrent James et les fusiliers marins à se regrouper sur la plage.

C'est alors que James donna l'ordre de tirer, sa voix retentit au-dessus de l'eau. Les fusiliers marins épaulèrent et tirèrent, pas avec de la grenaille, comme d'habitude, mais avec des balles. James tira lui aussi. Un indigène après l'autre tombait en sang dans le sable. Ce fut un massacre.

Au beau milieu du combat, James fit demi-tour et se dirigea lentement vers la mer, tournant le dos aux indigènes. Quelqu'un le renversa.

C'en était fait de lui. Il leva le bras en direction de Williamson dans le bateau, pour inciter à tirer aussi de ce côté-là. Cinq hommes se jetèrent sur lui, il n'y avait plus moyen de le sauver. Les fusiliers marins survivants, quatre étaient déjà tombés, nagèrent vers le bateau en proie à la panique. Les corps furent abandonnés sur la plage. Atterré, j'ai baissé ma longue-vue. La haute chaîne de montagnes, qui jusqu'à ce moment-là m'avait toujours procuré un plaisir esthétique, a pris soudain un aspect sombre et réprobateur. J'ai frissonné, alors que le soleil avait déjà émergé impitoyablement du brouillard matinal.

La cruauté se répandit comme un fléau. L'équipage aurait aimé pouvoir anéantir tous les insulaires et leurs possessions. Je ne peux repenser à ces jours sans éprouver une profonde honte. Tout le village en feu. Des dizaines de meurtres sauvages lorsqu'il fallait s'approvisionner en eau. Des décapitations. On a suspendu devant le visage d'un homme fait prisonnier et amené à bord des têtes dégoulinantes et il s'est évanoui de peur. Oui, c'était une maladie.

Tout ce que je voulais, c'étaient les corps des morts. Pour cela, il fallait que les représailles cessent et que la négociation commence afin qu'une trêve puisse être conclue. Protégés par l'obscurité de la nuit, deux prêtres ont rejoint le bateau dans une embarcation. Ils ont apporté un paquet que nous avons ouvert en frémissant dans ma cabine. Un morceau de chair dans des feuilles de bananier : une fesse de James. Vidée de son sang, jaunâtre.

Nous n'avons pu parvenir à un accord que six jours après les combats. Les insulaires sont alors venus apporter des offrandes et un ballot de cette magnifique étoffe rouge flamboyant qu'ils fabriquent avec de l'écorce. Elle contenait le cuir chevelu de James, les cheveux raidis par le sang qui s'était figé. Les os des bras et des jambes. Le crâne, curieusement petit car il manquait la mâchoire. Dans un tissu séparé étaient enveloppées les mains. De la chair y était encore attachée, fendue et remplie de sel. Nous avons reconnu la cicatrice de sa main droite.

Les fusiliers marins avaient été mangés par la population. Le cadavre de James avait été découpé en morceaux et partagé entre les chefs des différentes provinces de l'île. C'est pour cette raison qu'il avait fallu tant de temps pour tout rassembler. Je ne sais pas ce qu'il est advenu des côtes et des hanches. Je n'ose écrire sur le papier ce que je crois qu'il est arrivé à sa chair, ses parties génitales et ses yeux.

Le lendemain matin, le chef s'est à nouveau présenté et il nous a apporté les pieds, les chaussures, la mâchoire avec les belles dents saines encore dedans et le canon de fusil courbé. Le lendemain, nous avons enterré tous les restes de James. Nous avons alourdi le cercueil avec des boulets de canon.

Il faut encore que je décrive un horrible incident. Je n'étais pas présent moi-même, j'étais couché, dans le lit de James qui était à présent mon lit, car j'ai déménagé dans le Resolution *quand le commandement m'est échu. Dans la nuit du 14 février, les officiers se sont réunis ; ils criaient, ils buvaient de l'eau-de-vie et du rhum en grandes quantités et, entre eux sur la table, ils avaient entassé les vêtements et les possessions de James. Ils ont joué aux dés ses chemises, son uniforme, ses bottes, sa montre, ses mouchoirs, ses couverts, sa brosse, sa perruque – tout, tout, Elizabeth, ils se sont tout partagé et se le sont approprié.*

Je ne connais pas les raisons de ce comportement irrespectueux. Plus personne n'en a jamais parlé et les affaires personnelles de James ont été maintenues cachées par tout le monde comme si elles s'étaient évaporées.

Maintenant vous savez tout. Je me sens soulagé. Peut-être que je vous ai lestée de faits que vous auriez préféré ne pas connaître. Je me rends compte que vous ne pourrez jamais plus ne pas les connaître et si mon jugement sur la nécessité de cette lettre était malvenu, je le regrette. Je vous transmets les faits. Vous êtes la seule à pouvoir décider si vous voulez les divulguer ou les garder dans votre cœur.

Je m'estime heureux d'avoir connu James. Je prends à présent, au seuil de la mort, congé de la femme qui l'aimait. Je vous salue, Elizabeth, pour toujours.

CHARLES CLERKE

Jane Nelson n'était plus elle-même. Depuis des mois déjà, se dit Elizabeth. Craintive, négligente, vite découragée. Ce matin, pendant la récréation, elle avait donné une gifle à un garçon qui avait renversé son chocolat par accident. Ensuite elle avait éclaté en sanglots. Elizabeth l'avait installée dans la salle du consistoire, dans le fauteuil du prêtre, et elle avait repris l'école en main. Quand les enfants étaient rentrés chez eux, elle était venue s'asseoir auprès de Jane.

“Ça va ?”

Jane chiffonnait un mouchoir de ses doigts effilés. “Je suis nerveuse, dit-elle. Je ne sais pas ce qui me prend. Je ne trouve pas le repos. Je n’arrive d’ailleurs pas du tout à dormir. Tu crois que je devrais arrêter de m’occuper de l’école ? Je ne suis d’aucune utilité aux enfants dans cet état. La dernière fois, quand David était en mer, cela ne me posait aucun problème d’être ici. Comment est-ce possible ?”

L’attente t’empoisonne, pensa Elizabeth. Cela ne s’arrange pas avec les années, cela s’aggrave. On s’épuise et on arrive de moins en moins à le supporter. La peau devient plus lâche autour des os et le visage se creuse de nouvelles rides. Voilà ce qui se passe.

Cela ne faisait pas même deux mois que David Nelson était parti avec le capitaine Bligh sur le navire *The Bounty*, qui allait chercher des semences et des plantules de l’arbre à pain à Tahiti. Il a emporté des milliers de pots, avait raconté Jane. Ils vont repiquer les jeunes arbres en Jamaïque. De la nourriture bon marché et saine. Grâce à James et à ses contacts dans le Pacifique, le commerce commence à se développer. Banks est derrière tout cela, il adore l’arbre à pain.

“Si nous allions marcher un peu, dit Elizabeth. Tiens, prends ton manteau. Tu ne dois surtout pas arrêter de t’occuper de l’école, tu dois, au contraire, continuer. Tu ne te souviens plus de ce que tu m’as dit quand Nat est mort, il y a sept ans ? Je n’arrivais plus à rien, je n’avais aucune idée de ce que je faisais dans ce local et je ne connaissais plus les noms des enfants. Pourtant, j’y suis allée, tous les jours. Cela m’a aidée. C’était un bon conseil.

— Je suis assise toute droite dans mon lit quand il y a une tempête. Cela n'a aucun sens, David est à l'autre bout du monde. Qu'est-ce qu'il faut faire ?

— Sortir, dit Elizabeth. Lire. Flâner un peu dans la pièce. Un petit verre de porto. C'est ma mère qui me l'a appris."

Depuis quelques années, Mary avait disparu définitivement dans le brouillard du gâtisme et elle était maintenant enterrée à côté d'Elly. Elizabeth lui avait d'ailleurs rarement rendu visite durant cette dernière période de sa vie car Mary éprouvait un chagrin inconsolable dès que sa fille entrait dans son champ de vision. Alors qu'elle ne reconnaissait plus personne, sa réaction vis-à-vis d'Elizabeth avait persisté jusqu'à la fin.

"Des gens à la maison, comme toi tu en as, cela aide", dit Jane. Elles marchaient bras dessus bras dessous, la tête au vent.

"Ils vont, ils viennent. Quand ils partent, j'ai peur qu'ils ne reviennent jamais, chaque fois. Heureusement qu'il s'agit toujours de courts voyages, pour tous les deux. Isaac est devenu premier lieutenant, tu le savais ? Jamie est réserviste. Il fait du cheval à présent, comme si, aussi à terre, il ne peut être heureux que lorsqu'il est soumis à un mouvement de tangage. Benny est toujours à la maison, bien sûr."

L'enfant allait avoir douze ans au printemps. Il fallait qu'elle le garde loin de l'eau, il était inconcevable de l'envoyer à l'école navale. Il n'y avait d'ailleurs plus personne qui y tînt.

Elle prit congé de Jane et rentra chez elle. Les vapeurs sucrées familières de la fabrique de gin, l'éternel scintillement du fleuve dans les petits espacements entre les maisons. La grille fraîchement repeinte, luisante, de son propre jardin. Juste devant, au milieu de la route, toujours le cheval se cabrant et les roues du véhicule sur la fillette immobile.

Isaac avait déplié une carte sur la table de la cuisine. Oh non, se dit-elle, je ne veux pas avoir de témoignages de la mer chez moi, ce n'est pas une cabine ici.

"Regarde", dit Isaac. Il s'agissait en fait d'un plan de Londres et des environs. La Tamise serpentait au milieu comme une veine sur la main d'un vieillard.

"Clapham ! indiqua Isaac à l'aide d'un crayon. Au bout de la grande rue, tu as vue sur des champs et des prés et, pourtant, il y a des boutiques tout près. Une grande maison, bien entretenue. Nous pouvons nous y installer dès maintenant."

J'ai quarante-sept ans à présent, se dit-elle. Suffisamment de temps pour quitter cette salle d'attente. Pour enfin aller vivre quelque part où l'eau ne joue pas le rôle principal. Pourquoi rester ici ? Parce que James a fait ici ses adieux. Parce que Nat jouait ici du violon, parce que Hugh était assis avec moi dans le jardin. Parce que Elly –

"Je suis allé me renseigner, dit Isaac. Sur les écoles et le reste. Il y a une très bonne école pour notre petit professeur. Juste à côté. Ils forment les enfants pour qu'ils aillent à l'université."

Comme si on l'avait appelé, Benny entra à ce moment-là. Il regarda la carte avec curiosité, sans toutefois rien demander.

"Nous allons déménager, Ben, dit Isaac. Ta mère va prendre un domestique à son service. Toutes les semaines, une réception pour les amis et les connaissances. Avec des cuisses de faisan et de la soupe de cerfeuil.

— Charlotte viendra avec nous ? demanda le garçon. Et Jamie ?" Il posa un regard interrogateur sur le visage de sa mère.

Maintenant, pensa Elizabeth, je dois lui montrer maintenant que des changements sont autorisés. "Isaac viendra avec nous et Jamie habitera avec nous quand il ne sera pas en mer. Charlotte s'occupera du ménage. Et toi tu iras à l'école à Clapham."

Isaac sortit de sa poche un papier, qu'il lut à haute voix. "Philosophie, lettres, logique, éloquence ! Voilà tout ce que tu vas apprendre, là-bas. Latin. Géométrie. Tu pourras commencer après l'été."

Benny acquiesça. Son visage ne trahissait aucune émotion mais il resta debout tout contre la table.

"Jamie va acheter un cheval, poursuivit Isaac. Il y a une écurie un peu plus loin dans la rue. Quand il sera à la maison, il pourra monter à cheval. Tu auras une grande chambre avec une bibliothèque. La salle à manger est une vraie salle de bal ! Dans le jardin à l'arrière, il y a un verger de pruniers. Cela va être formidable, tu vas voir."

Le cognassier, se dit Elizabeth. Il va rester ici. Isaac doit m'aider. Le grenier. Toute la pagaille de James. Les manteaux mités avec leurs plumes, les paniers d'osier et l'écorce, les pagaies – que faut-il en faire ? Peut-être pouvons-nous tout entasser dans une seule pièce, en haut de la maison, puis verrouiller la porte. Je m'occuperai moi-même des papiers. Ils sont dans le coffre aux secrets. Les bibelots peuvent être livrés aux regards du public. Cette absurde médaille d'or commémorative. Ce ridicule blason prétendument de la famille. Je mettrai ces bizarreries derrière une vitrine dans la salle à manger, avec les journaux de voyage. Est-ce que je laisserai le livre ouvert aux pages où King raconte la mort tragique de James ? Pour savoir ce qu'il en a vraiment été, il faut aller voir dans le coffre. La clé pend sous ma jupe. Je ne peux pas échapper à ce secret même si je jetais le tout dans le fleuve. Il est en moi.

Après la visite du marchand de fourrures, Elizabeth avait envisagé de prendre une voiture pour Chalfont et de montrer la lettre à Palliser, comme si rien n'avait changé. Elle avait pris le temps de réfléchir à son intention, de se demander ce qui motivait un tel déplacement. J'ai peur, s'était-elle dit, je veux être rassurée. Mais c'est absolument impossible, les faits eux-mêmes sont inquiétants et personne ne peut rien y changer.

Elle était allée se promener sur le chemin sinueux parmi les prés, seule. Je veux son aide, s'était-elle dit. Il doit parler avec moi pour que je sache ce que je dois faire. Informer l'Amirauté ? Demander à Isaac de me donner toute sa version ? Faire sauter tout ce cirque de vénération du héros ? Peut-être que je sais très bien ce que j'ai envie de faire et que je cherche simplement une excuse pour me retrouver auprès de Hugh. Elle secoua la tête et se mordit les lèvres. Le soleil brillait dans les flaques sur le chemin. Elle sautait d'une touffe d'herbe à l'autre pour garder ses chaussures sèches. Cela réclamait toute son attention.

Elle avait caché la lettre de Clerke sans en parler à personne. Le récit du troisième voyage parut, une magnifique édition en trois volumes qui avait été épuisée en quelques jours. Comme une scientifique, elle avait lu le compte rendu de la mort de James : avec distance, prenant soin que ses observations ne soient pas contaminées par une quelconque interprétation prématurée. A travers les hiatus dans l'histoire, elle voyait les événements que Clerke lui avait décrits. Les mots sur le papier blanc constituaient une vérité ; ce qui avait été omis en formait une autre.

Elle ne pouvait pas imaginer qu'il s'agissait de son propre mari. James, se dit-elle, son contact, son odeur, le bruit de sa voix. Il faut pourtant que j'en prenne conscience. Ils l'entourent de mensonges et j'y contribue. Combien de fois ne suis-je pas attablée chez un tel ou un tel à raconter à quel point il était calme, humain et inventif. Puis quelqu'un sort une fois de plus la légende de la choucroute et je me retrouve à acquiescer gentiment. Isaac raconte que James lui a fait faire le premier pas sur la grande terre du Sud et je souris un peu triste mais très satisfaite. Banks ne tarit pas d'éloges sur les plantes que James a rassemblées pour lui, par amour pour les sciences, par amour ! Mon mari éprouvait un grand respect pour tout ce qui pousse, dis-je pour confirmer ses propos, sans sourciller.

Il n'y a là rien de vrai. James est une énigme. Dans des explosions de colère il a détruit tout ce qui lui était cher. Pourquoi ? Il faut que j'en trouve la raison, je veux récupérer mon mari, bon sang, je veux pouvoir penser à lui sans m'enfoncer dans un marécage de mystère. Je veux le comprendre.

Elle avait longtemps fixé le tableau de la princesse Poetua, peinte par Webber dans la grande cabine pendant qu'elle était prise en otage. Les petits seins qui pointaient légèrement sur les côtés. Les tatouages. Le regard : résigné, méprisant ? Elle est enceinte, s'était-elle dit, son bras gauche est posé sur son ventre gonflé et cela lui donne plus de force que tous les gars dans cette cabine confinée. Qu'est-ce qui a pu bien passer par la tête de James de garder prisonnière une femme enceinte à moitié nue pour récupérer une chèvre volée ?

Isaac finit par la délivrer. Il l'obligea à étudier le plan de la nouvelle maison et à prendre des décisions à propos des tentures et des meubles. Il vivait depuis quelques mois d'une demi-solde et il avait tout le temps d'aider à faire les cartons. La décision de vivre ensemble n'avait jamais vraiment été prise, l'initiative était venue d'elle-même. Peu à peu, il s'était installé chez elle, après chaque permission il laissait un peu plus de ses affaires dans la maison d'Elizabeth. Son manteau était suspendu dans le couloir.

“Nous déménagerons dès que Benny aura fini l'école, dit Isaac. Qu'as-tu envie de faire par rapport au jardin, faut-il emporter beaucoup de choses ? Dans ce cas, nous allons bêcher.

— Seulement la mauve, dit Elizabeth. Nous allons repartir de zéro à Clapham. Plus de plantes exotiques. Nous n'avons pas à le faire pour James, tout est d'ailleurs aussi à Kew. Et en mieux.”

Le jardin de la nouvelle maison était clair et bien ordonné. Martin, le domestique, coupait l'herbe à la faux sous les pruniers. Ils regardaient la scène depuis la véranda de bois couverte.

Elizabeth se sentait exceptionnellement heureuse. Sa chambre à coucher, une grande pièce en forme de L, était meublée d'un bureau, d'une table de toilette, du grand lit et il restait encore beaucoup de place. Après de longues considérations, elle avait accordé un emplacement au coffre aux secrets dans cette chambre, tout au fond d'un placard. Parfois, la nuit, il lui semblait qu'un tremblement, un murmure hostile provenaient du placard, de sorte qu'elle devait s'asseoir et allumer une bougie pour s'assurer que tout était en ordre.

Tous les dimanches après-midi, elle organisait une réception. Une femme de Clapham venait faire la cuisine, Martin faisait entrer les invités et servait à table.

"Tu as des amis, avait dit Isaac, des gens qui aiment venir te voir. Fais quelque chose de gentil pour eux. Fais-toi confectionner une nouvelle robe. Imagine un menu. Tu en es capable."

Qui devait-elle inviter bon Dieu ! Charlotte, dans son double rôle d'amie et de femme de ménage, était toujours là. Jamie était présent pendant ses permissions. Benny mangeait avec eux, toujours près de Charlotte, silencieux à moins que quelqu'un ne lui pose une question directement. Jane Nelson venait en voiture de Stepney. Elle avait recruté des renforts pour la petite école ; Elizabeth ne s'y rendait plus qu'une fois par semaine pour faire la lecture et elle continuait de financer l'initiative. Toutes les deux ou trois semaines, Douglas venait de Windsor. A ces occasions, Benny s'épanouissait. Elizabeth les voyait chuchoter ensemble, le garçon faisait des gestes et acquiesçait, son visage prenait des couleurs.

"De quoi était-il question ? demanda-t-elle un jour après le dîner.

— De ce que l'on peut étudier, répondit son fils cadet. Ce que l'on peut devenir plus tard.

Prêtre par exemple. Je peux lui emprunter des livres."

Elle aurait aimé avoir l'organiste à sa table, mais il n'en était pas question. Elizabeth lui rendait visite les jours où elle allait à l'école. Hartland était alité. Il ne jouait plus. Sur le trottoir devant sa maison, elle avait un jour rencontré un jeune homme qui portait un instrument dans un grand étui. Il avait attaché ses cheveux bruns en une petite queue. Il était sur le point de claquer la porte quand il s'aperçut de la présence d'Elizabeth.

"Robert Hartland, dit-il en lui tendant la main. Le neveu de l'ancien. J'ai joué pour lui. Il est impatient de vous voir. Est-ce que je peux me permettre de vous inviter un jour à un concert ? Mon oncle m'a dit que vous aimez la musique."

Robert jouait du violoncelle dans un orchestre à Londres. Elle était allée en compagnie d'Isaac à un concert. On y joua des œuvres de Haydn, une symphonie et une série de morceaux lents pour orchestre à cordes, qui débouchèrent sur un immense vacarme censé reproduire un tremblement de terre.

"Alors, demanda Robert pendant l'entracte, c'est magnifique, non ? L'encre est encore humide. C'était à l'origine une œuvre chorale, il l'a adaptée. Sept adagios. Il faut oser ! Un grand musicien, le plus grand. Nous essayons de le faire venir à Londres, mais le prince hongrois qui l'a à son service le retient et l'épuise. Il doit écrire pour cet Esterházy toutes les semaines une nouvelle œuvre de musique de chambre. C'est un emprisonnement artistique. Une exploitation à outrance ! Tout à l'heure, il va y avoir le concerto pour violon, vous n'avez pas idée de ce que vous allez entendre."

Et c'est ce qui s'était passé. Le premier violon avait pris place juste devant l'orchestre et avait entraîné Elizabeth dans des hauteurs incommensurables. Elle oublia l'odeur des gens autour d'elle, les respirations audibles, les remuements sur les bancs durs. Quand le morceau fut terminé, elle se sentit triste et reconnaissante à la fois. Depuis, Robert Hartland était un hôte bienvenu à sa table.

"Il ne faudrait pas que tu invites Palliser une fois ? demanda Isaac. Il a sûrement envie de savoir comment va son filleul. Un homme aussi solitaire dans une grande maison, il doit être content de pouvoir sortir quand l'occasion se présente. Allez, fais-le. Ou veux-tu que je lui écrive ?"

Elle se voyait assise avec lui à table dans la salle à manger claire et gaie. Toutes ces loyautés, ces secrets, la trahison. Cette comédie et la colère en dessous. Elle avait trouvé à présent, grâce à Isaac, une existence vivable qu'elle pouvait supporter. Quand elle se rendait compte à quel point Palliser l'avait impitoyablement laissée tomber, tout le bénéfice de cette existence était anéanti. C'est un vieil homme, se chuchotait-elle, il a honte, il se sent raté, humilié. Il est gêné de son corps usé. Je dois faire preuve de compréhension, de commisération. Il n'a pas confiance en moi. Il m'écarte comme si j'étais une vieille chaise. Et puis cet autre aspect, difficile : James reste entre nous, avait-il dit. Je ne veux pas y songer.

"Ce n'est pas une bonne idée, dit-elle. Il vaudrait mieux que tu invites un de tes collègues. Des jeunes personnes à table, c'est bien plus amusant pour Benny."

Ce que son cadet trouvait amusant restait cependant pour elle un mystère. Il apprenait le latin, il lisait assidûment les écrits théologiques que Douglas lui avait donnés et il chantait, dans sa nouvelle école aussi, dans le chœur. Parfois, elle l'entendait s'entraîner dans sa chambre ; sa voix haut perchée avait un son métallique. "Reste près de moi, Seigneur, car le soir approche", chantait-il. Cela la terrifiait, sans qu'elle puisse s'expliquer pourquoi.

Il étudia les armoiries de la famille qui avaient été offertes à Elizabeth en 1785. Elle avait le droit d'en orner un carrosse, si elle en possédait un. Un hommage exagéré, extravagant, estimait-elle. Sur un fond bleu azur, une carte de l'océan Pacifique était prisonnière d'un filet de degrés de longitude et de latitude. Une ligne rouge montrait le trajet de James, qui se terminait à Hawaii. Benny reproduisit les armes sur une feuille de papier. Au-dessus de l'océan Pacifique était suspendu un bras détaché dans l'uniforme d'un capitaine, paré d'une couronne de lauriers.

"Il y a écrit *circa orbem*, dit Benny. Cela veut dire : autour du monde. Est-ce que j'ai des grands-parents ?"

Elizabeth alla s'asseoir en face de lui. Ses cheveux ressemblent à ceux de Nat, se dit-elle. Pourquoi est-ce que je ne les lui coupe jamais moi-même, pourquoi est-ce que je l'envoie avec Isaac chez le barbier ?

"Ils sont morts. Ta grand-mère était là quand tu es né. Elle t'a vu."

Le garçon écrivit les noms : Grace et James, Mary et John. Derrière chaque nom, il dessina une croix.

"Chez nous, c'est Jamie l'aîné. Qui vient après lui ?

— Nat, dit Elizabeth. Elly. Joseph. George. Et puis toi.”

Avec une lenteur exaspérante, sa plume forma les croix. Pourquoi ne pose-t-il pas de questions, se dit-elle, de quoi George avait-il l'air, qui était Joseph, pourquoi est-il encore en vie et pas tous les autres ? Il ne supporterait pas ma réponse. Et pourquoi est-ce que moi je ne demande rien ? Se souvient-il encore de Nat, a-t-il envie de venir avec moi quand je me rendrai à Stepney, pour Elly, quel effet cela fait d'avoir tant d'enfants morts avant soi ? Je ne pourrais pas supporter d'entendre ses réponses.

“Il faut que Jamie ait des enfants, sinon nous allons nous éteindre”, dit Benny. Il continua de dessiner avec zèle son arbre généalogique.

Poussée par sa détermination et un sens du devoir, elle venait le voir chaque soir quand il s'était couché.

“Dors bien, Benny.

— Bonne nuit, maman.”

Quand elle était partie, il se glissait hors de son lit et s'agenouillait sur le sol nu. Toc, toc. Elle écoutait, dans le couloir, en retenant sa respiration.

“Seigneur, prenez soin des morts. De Nat, d'Elly, de Joseph, de George, de papa et de tous mes grands-parents. Amen.”

Un grand feu brûlait dans la cheminée. Les fenêtres de la salle à manger, noires car la nuit était tombée tôt, reflétaient les flammes. Au-dessus de la table était suspendu un lustre de trente bougies. Martin avait emporté les assiettes et les plats à la cuisine et avait posé un plateau de porto et de verres sur la table. Elizabeth, adossée à son fauteuil, regardait les visages de ses convives. Isaac en face d'elle, avec ses traits familiers et gentils ; Charlotte ; Jamie, tout juste promu lieutenant, dans un uniforme flambant neuf ; Robert Hartland en pleine conversation. L'an prochain, j'aurai cinquante ans, se dit-elle, et je suis encore là. Je suis là plus que jamais, depuis que nous avons déménagé. Isaac m'oblige à vivre normalement, à manger des bonnes choses, à avoir des conversations, aller au concert. Je n'aurais jamais cru que j'en serais à nouveau capable. Pourquoi Benny a-t-il disparu ? Sûrement là-haut plongé dans ses livres. Un garçon de quatorze ans n'aime pas rester si longtemps à table.

Jamie avait pris la parole et tout le monde l'écoutait, passionné. Le capitaine Bligh était arrivé à Portsmouth sur un navire faisant le trajet entre les Indes et l'Angleterre. A la base navale, les rumeurs allaient bon train.

“Les mutins l'ont mis dans une chaloupe, un bateau à ciel ouvert ! Ils ne leur ont pas donné de provisions, à Bligh et aux hommes qui lui sont restés fidèles. La traversée a été une vraie descente aux enfers, mais ils y sont arrivés. Ils ont fini par débarquer sains et saufs à Java. C'est parce qu'il n'y avait pas de fusiliers marins. Dans ce cas, on n'a pas de moyens d'imposer son autorité. Ils vont tenir un conseil de guerre.”

Pauvre Jane, se dit Elizabeth. David Nelson, qui avait cultivé et soigné des milliers de boutures d'arbres à pain, avait suivi son capitaine dans la chaloupe et il avait bien résisté au voyage périlleux, mais à terre il avait vite succombé à la fièvre des marais. Demain j'irai lui rendre visite ; l'inutilité, le hasard absurde, l'impuissance.

La conversation à table portait sur l'insurrection et la révolution. Les événements de France allaient se propager en Angleterre, c'était dans l'air et peut-être la mutinerie sur le *Bounty* en était-elle un signe précurseur. Non, pensait Isaac, ce bain de sang effréné chez les Français n'allait pas se produire en Angleterre, les relations entre les différents Etats étaient différentes ici et les gens étaient plus attachés à la tradition. Les mutins seraient certainement jugés et pendus avec l'assentiment général à la vergue du grand mât. Paris ! Ils étaient fous les gens là-bas. Quel gâchis ! Quel chaos !

Robert Hartland était allé à Londres assister à un spectacle français, une pièce sur la mort de Cook ; à Paris, les représentations avaient attiré les foules. Parce que les indigènes avaient réduit en pièces leurs prospères visiteurs ? Peut-être, il n'en savait rien. Ici, en Angleterre, les gens se ruaient pour voir le spectacle, il suffisait de regarder le succès de la pièce sur Omaï quelques années auparavant. La pièce sur James passait maintenant à Covent Garden, elle était agrémentée de musique, d'un ballet et de costumes flamboyants ornés de paillettes et de plumes. Trois actes ! L'histoire était absurde, disait Robert, il était question d'une histoire d'amour et d'un amant jaloux, James défendait l'un ou l'autre et se faisait tuer. Cela n'avait aucun sens, mais la musique était magnifique, très bien jouée également. Sur scène, une imitation de volcan crachait de la vraie fumée au troisième acte.

D'un côté à l'autre de la table, Elizabeth cherchait le regard d'Isaac. Ils se regardèrent et secouèrent tous deux presque imperceptiblement la tête. Ils n'iraient pas voir ce spectacle.

La conversation sur la Révolution en France continuait de brûler en elle. Le bourreau qui coupait les cheveux dans le cou de la victime. La chute de la lame de la guillotine. La transformation soudaine d'un corps, qui n'était plus entier. Elle ne pouvait s'empêcher de penser à la fin de James ; ils l'avaient taillé en pièces au couteau et à la hache, comme un cochon que six familles ont acheté ensemble. Le boucher connaissait bien les articulations et coupait les tendons et les ligaments pour que chacun puisse avoir sa part. Elle en eut la nausée. Elle eut froid. Comment a-t-il pu laisser les choses en arriver là ? Pourquoi fallait-il qu'il renonce avec autant d'insouciance à tout ce qu'il avait obtenu ?

Elle s'obligea à écouter Isaac, qui parlait des joies de la cartographie ; le plaisir après un dessin réussi d'une côte inconnue, la satisfaction après avoir navigué autour d'une île de la cartographier entièrement.

"On peut dessiner le monde entier, et c'est d'ailleurs ce qui va se passer. Chaque voyage d'exploration livre un trésor de fragments et, grâce à un repérage précis depuis l'invention de la montre marine, nous pouvons tous les relier entre eux. Comme les petites pierres d'une mosaïque. Ce que nous avons dessiné existe bel et bien. J'étais de très mauvaise humeur quand nous devions nous éloigner de la côte, quand nous étions trop loin pour pouvoir encore distinguer quoi que ce soit. C'est exaspérant quand, derrière le brouillard et les nuages, un paysage s'étend que l'on n'arrive pas à voir. James aussi avait du mal à le supporter. Il lui arrivait parfois de revenir sur place quand le temps s'était éclairci. Cela mettait les hommes en colère, mais moi je le comprenais.

— Il faut tout faire passer entre ses mains, dit Robert. C'est la même chose avec la musique. Il faut jouer toutes les notes, on frotte son archet et la note existe, et par la suite elle a existé, même si on ne l'entend plus. C'est pour cette raison que je veux jouer entièrement les nouvelles symphonies de Haydn, dès qu'il les a écrites. Comme si je pouvais leur donner vie."

Isaac semblait à peine entendre ce que disait le musicien. Il regardait fixement Elizabeth et continua à parler de James.

"Tu aurais dû le voir quand la terre était soudain en vue ! Il pouvait s'en douter depuis très loin déjà, il le remarquait à la houle, à la couleur de l'eau. Puis il envoyait quelqu'un en haut pour regarder. Au bout d'un certain temps arrivaient les oiseaux, nous savions dans ce cas qu'il y avait sûrement une chose dans les parages sur laquelle ils pouvaient se reposer. Ou bien des branches flottaient dans l'eau, un tronc d'arbre, une noix de coco. Le matelot criait alors du haut du mât et nous allions nous tenir devant le bastingage jusqu'à ce que la côte apparaisse à l'horizon. James inventait un nom. Il baptisait l'île et l'ajoutait à ce que nous connaissions déjà. A ce moment-là, il était heureux. Du profit, me disait-il, nous avons fait du profit aujourd'hui, remporté un petit fragment de savoir sur l'ignorance ; prends tes crayons et dessine-le ! Il a instauré une norme. C'est encore comme cela que nous nous y prenons. Ou que nous devrions nous y prendre si nous n'étions pas toujours en train de faire la guerre."

Isaac avait rougi. Elizabeth se détacha de son regard et baissa les yeux. Il a tout gagné, la célébrité, la considération, l'acceptation dans des milieux où il n'avait rien à faire. Une famille. Des enfants navigateurs. La liberté de décider ou non d'entreprendre. Tout gagné, tout perdu. Il a navigué avec son temps, curieux de savoir ce qui allait apparaître chaque fois à l'horizon. A Hawaii, la dernière île, il est sorti du temps et il n'a plus écrit dans son journal de bord. N'y avait-il plus de fragments de la réalité qu'il devait ajouter à son corpus de connaissances ? La montre marine ne présentait-elle plus aucun intérêt ? Pourquoi donc ?

Je connais ce sentiment, se dit-elle, je suis moi-même sortie du temps quand les enfants sont morts ; j'étais en dehors du courant qui semblait emporter tous les autres. L'heure du jour, l'heure de la nuit, je les avais perdues et je ne savais pas si les événements avaient eu lieu peu de temps ou longtemps auparavant. Le temps s'était arrêté en moi, voilà pourquoi je ne pouvais plus l'évaluer. Cela n'avait aussi plus d'importance.

Plus tard, je me suis aperçue que tout avait continué et que j'étais à la traîne. J'ai essayé de suivre le courant, en clopinant, sur mes genoux, à contrecœur. Je suis restée en arrière, en me tournant vers le passé, vers l'époque où je voulais me trouver. Je connais ce sentiment.

La conversation était un nuage de bruits, le fond sonore clapotant de ses pensées. Elle devait faire plus attention, il s'agissait de sa table à elle, de ses hôtes, de son temps.

“Il prenait une feuille de papier vierge, disait Isaac, et nous débarrassions la table. Nous dessinions les longitudes et les latitudes, au crayon naturellement. Dans un coin, je commençais à travailler à la rose des vents, c'était merveilleux. Puis nous rassemblions tout ce que nous savions et quelque chose de nouveau apparaissait sous nos yeux, oui, l'île nous semblait totalement nouvelle, même si nous en connaissions toutes les parties, elle évoluait sous nos crayons pour devenir un tout bien ordonné, comme si nous ne connaissions ce que nous dessinions qu'une fois que c'était entièrement sur le papier.

— Je trouve toujours dommage qu'il ne s'agisse que de l'extérieur, dit Jamie. Que de la côte, parce qu'on ne peut le plus souvent pas voir plus loin. A l'intérieur de vos îles, il y a une tache blanche. Oui, une montagne de temps en temps, le cours probable d'une rivière, un volcan, on arrive tout de même à les placer. Mais pour le reste ? Il faudrait explorer méthodiquement toutes ces terres. Mesurer. Connaître."

Moi aussi, se dit-elle. Ils me disent ce que je dois faire. Rassembler des informations, établir un lien entre les choses que je sais, les poser les unes à côté des autres pour qu'il en sorte du nouveau, que je puisse comprendre. Grâce à Isaac et aux garçons, je marche de nouveau à la lisière du temps, je peux sûrement m'atteler à la tâche maintenant. Je le dois à James.

Il lui vint à l'esprit que la carte de Hawaii avait été signée par William Bligh, la malheureuse victime de la récente mutinerie. James n'avait pas été en état d'ajouter ses observations. Si lui-même n'y était pas arrivé, comment pouvait-elle y parvenir ?

Elle s'adossa à sa chaise et sentit la chaleur du feu dans la cheminée. Devant ses yeux apparurent les contours flous de l'île et toutes ses pensées furent attirées par le centre vide, un cœur qui bat d'une chaleur brûlante, blanche.

12

Elle avait laissé des futilités lui gâcher, gaspiller, les années passées. La ferme volonté de prendre en main les recherches sur la mort de James avait imperceptiblement disparu. Une tâche après l'autre se présentait, sans qu'elle puisse s'y soustraire, et il lui semblait que c'était aussi ce qu'elle voulait.

Jane Nelson avait accaparé son attention. Au début de son veuvage, Elizabeth lui avait rendu visite presque quotidiennement. Elles faisaient de longues promenades et se rendirent ensemble chez Joseph Banks afin d'obtenir une pension pour Jane. Du haut du mur, James regardait sévèrement Elizabeth.

“Cela reste un portrait magnifique, dit Banks. Dance l'a vraiment bien saisi. Très reconnaissable.”

C'est idiot, se dit-elle. Il est représenté comme il aurait éventuellement aimé être, pas comme il était. Elle se souvint douloureusement de James imitant la pose dans le jardin.

La petite école se vidait, car il s'en créait de plus en plus qui, même pour les pauvres, étaient abordables. Elizabeth avait insisté pour que le local continue encore un certain temps d'accueillir les enfants qui, après l'école, rentreraient sinon dans une maison vide, mais finalement elle décida de le fermer.

Jane se rétablissait merveilleusement bien. Elle qui avait toujours été maigre et sèche devenait à présent indéniablement grosse. “Je ne sais pas ce qui se passe, disait-elle étonnée. J’ai dû déjà acheter deux fois un lot de nouveaux vêtements. David aurait adoré cette transformation, il disait toujours que j’étais bien trop fluette.”

Continuer de s’occuper, pensait Elizabeth, il faut qu’une activité remplace celle de l’école, sinon les jours n’auront plus de forme et elle restera assise sans rien faire. Jane proposa d’organiser des après-midi pour les jeunes femmes de marin.

“Quand David est parti, je ne savais pas ce qui m’arrivait, dit-elle. Si, à l’époque, je ne t’avais pas rencontrée, les choses auraient mal tourné pour moi. Nous devons faire entrer en contact ces jeunes femmes, pour qu’elles puissent s’entraider. Garder les enfants les unes des autres, faire de petites choses les unes pour les autres, être attentives les unes aux autres. Il y en a sûrement une parmi elles qui sait bien coudre et qui peut l’enseigner aux autres. Ou une qui sait gérer l’argent. Une après-midi deux fois par semaine. Des sorties ! Nous pouvons prendre avec elles le bateau pour aller à Kew.”

Elizabeth avait aidé Jane à l’organisation, mais elle avait vite renoncé. L’idée lui plaisait davantage que l’exécution. Elle put le constater quand les femmes entrèrent la première fois dans la petite salle derrière l’église. Des enfants encore, pouffant de rire, timides, coquettes, se donnant des airs vaillants, minces, solides, enceintes. Elly, avait-elle pensé, elle aurait vingt-cinq ans, elle aurait pu être assise parmi nous. La jalousie était si forte et si amère qu’elle avait dû se lever pour aller faire un tour dehors. C’était en plein cœur de l'été, les jeunes femmes avaient les bras nus. A travers la fenêtre ouverte, elle entendit la voix de Jane puis le jacassement des femmes, un rire retentissant, une exclamation. Je ne peux pas le supporter, se dit-elle. Il ne faut pas que je le fasse, je vais tout gâcher pour les autres.

Jane avait compris et elle avait poursuivi seule le projet. Elle lui en parlait lors des dîners du jeudi et donnait une impression de satisfaction.

Le vieil organiste mourut durant la saison où Haydn, qu'il admirait, vint à Londres. Sans angoisse ni douleur, il s'en alla doucement une fois que Robert lui eut joué la sarabande de la cinquième suite de Bach. Maintenant, les souvenirs que Hartland avait de Nat sont perdus, pensa Elizabeth. Heureusement qu'il m'a beaucoup parlé, comme cela je peux y songer. Elle planta un ellébore sur sa tombe.

La saison musicale qui commença à l'automne de 1791 fut enthousiasmante. Haydn avait écrit de nouvelles symphonies pour faire plaisir au public anglais et Elizabeth alla les écouter. Une introduction lente, solennelle, qui ne laissait en rien présager de la vivacité du vrai thème un peu plus tard. Un menuet si rapide, tournoyant et voltigeant, qu'on aurait pu difficilement le danser. L'orchestre paraissait plus étoffé que d'habitude. Elle n'entendait pas seulement les cors et les hautbois, mais aussi les clarinettes, les flûtes, les bassons. Vers le centre, derrière ses collègues, était posté le timbalier, il avait droit dans son champ de vision le visage du chef d'orchestre. En entendant le son clair, insistant, des trompettes, Elizabeth fut assaillie de pensées sur l'innocence et le sérieux de son fils, si doué pour la musique.

“C’est trop pour toi, dit Isaac, nous ne viendrons plus.” Mais elle voulait tout entendre. Il lui prenait la main quand l’émotion était trop forte. Ce fut une belle saison.

L’été surprit tout le monde. La chaleur ne vint pas. Les plantes poussaient à mi-hauteur puis pourrissaient dans la boue. Des averses glaciales ravageaient les terres et les animaux se regroupaient pour se mettre à l’abri contre les murets de pierre autour des champs. Martin, qui voulait arranger joliment le jardin, ne savait plus quoi faire.

“Tant pis, dit Elizabeth. Peut-être que nous aurons un bel automne. Sinon nous attendrons l’année prochaine. Ce n’est pas grave.”

Il faisait sombre comme à la fin de l’automne. Elizabeth allumait la lampe dès l’après-midi. Elle écrivit à Frances, à Douglas, à Robert. Elle réfléchit.

Les hommes à qui elle aurait pu demander conseil pour ses recherches concernant le sort de James étaient morts les uns après les autres. Anderson et Clerke depuis longtemps déjà, puis King, récemment Burney et Gore. Elle aurait pu en être préoccupée, mais cela lui était égal, comme si sa compréhension de James ne dépendait pas des faits qu’un autre pourrait lui raconter, comme si tous les éléments étaient déjà là et qu’il ne s’agissait maintenant que de rassembler les fragments en fonction d’une nouvelle logique. Elle se concentrait, elle laissait tomber son livre sur ses genoux et fermait les yeux pour ne pas se laisser distraire. Avant même de s’en apercevoir, elle réfléchissait aux anémones noyées, au menu pour jeudi, à l’état du feu dans la cheminée. Puis elle finissait par sortir et se promenait dans le vent et sous la pluie jusqu’à ce qu’au moins elle sente quelque chose, le froid qui lui mordait les joues, une humidité glaciale sur ses épaules, une lourdeur dans ses pieds couverts de boue. Du temps, se disait-elle, il est encore temps. Tout ne doit pas forcément se faire sur-le-champ. Je peux bavarder avec Isaac, regarder Jamie trotter sur son cheval. Faire ce qu'il y a à faire. Pas davantage.

La petite phrase dite en passant par Benny sur l'extinction de la famille l'avait marquée et incitée à surveiller plus attentivement son aîné.

"J'ai vu Jamie se promener dans la grande rue, dit Charlotte. Il était avec la fille du médecin, c'est une jeune fille adorable, un peu potelée. Elle s'appelle Susanne."

A Noël, elle était venue dîner. Elle regardait Jamie avec admiration et interrogea Benny avec un intérêt sincère sur ses occupations. Maladroite et en rougissant, elle parla à Elizabeth dans le couloir : "Je trouve vraiment que c'est terrible pour vous, tout ce que vous avez perdu, je n'ose pas en parler. Il faut que vous sachiez que je trouve vraiment extraordinaire ce que vous faites, que vous en soyez capable, d'une soirée si chaleureuse."

Elizabeth avait été touchée et lui avait répondu gentiment. Isaac voulait boire au nouveau couple et Jamie avait l'air fier.

Elle pensait à Hugh Palliser, peut-être pas quotidiennement mais souvent. De temps en temps, des lettres s'échangeaient entre Chalfont et Clapham, des lettres superficielles où elle le tenait au courant de la vie de son filleul ; des lettres creuses où il parlait des animaux sur sa propriété ; des lettres avec un étrange courant sous-jacent et des allusions imprécises qui l'émouvaient. Il lui écrivait le jour anniversaire de la mort de Nat ou d'Elly. Elle appréciait ce geste. Du moins, cette intention. La distance, l'absence de courage que trahissaient les mots de Palliser mettaient Elizabeth hors d'elle.

Cela n'a pas de sens de se voir, écrivait-il, *ma vie est devenue très restreinte et c'est ce dont j'ai envie. Les souvenirs me suffisent. Nous n'avons malheureusement pas pu nous réconforter l'un l'autre comme nous en avions besoin, mais nous n'y pouvons rien. Nous devons nous y résigner.*

Cette attitude la rendait furieuse. La colère l'empêchait de dormir, elle composait des répliques incisives qu'elle écrivait en faisant crisser sa plume mais qu'elle laissait finalement dans un tiroir.

Personne ne m'a jamais soutenue aussi concrètement que lui, se dit-elle, et de mon côté je ne me suis jamais montrée aussi ouverte vis-à-vis de quelqu'un, aussi spontanée, sans arrière-pensées. Dire qu'il refuse de continuer à partager quoi que ce soit alors que nous sommes encore là, qu'il s'enfonce dans ses souvenirs alors que nous existons encore – elle grognait et jurait tant elle se sentait humiliée, indignée.

L'aube traversait alors les fenêtres et elle voyait le visage ravagé de Palliser devant elle. Ce qu'il veut, pensait-elle. Je ferai ce qu'il veut, je ne lui rendrai pas la vie plus difficile qu'elle ne l'est déjà. Je ne comprends pas bien ce qui le tourmente, mais je l'aime suffisamment pour le laisser tranquille.

Elle soupçonnait un secret dont il ne voulait pas l'encombrer et ne pouvait pas oublier sa réflexion sur James. Elle ne parvenait pas à continuer de réfléchir lucidement, trop de lignes se croisaient. Elle cachait alors ses brouillons de lettre furieux et se préparait un café dans la cuisine encore glaciale.

Benny eut seize ans. Il était plus grand qu'elle et commençait à ressembler à James quand elle l'avait rencontré pour la première fois. C'était un jeune homme calme, souple, qui parfois au grand étonnement d'Elizabeth se trouvait déjà depuis des heures dans la pièce sans qu'elle l'ait remarqué. Il ne participait jamais aux discussions animées entre Isaac et Jamie, toujours sur des ragots et des abus dans la marine. Les histoires de Robert Hartland, captivé par la nouvelle musique, le laissaient froid ; il refusait les invitations aux concerts car il avait encore envie d'apprendre. La seule occupation à laquelle il se livrait avec passion de sa propre initiative était une visite à l'église. Il pouvait parler avec enthousiasme des sujets que le prêtre avait cette fois encore abordés dans son prêche. Elizabeth ne savait réagir qu'en ignorant les contributions de Benny à la conversation. Elle se méprisait de le faire. Le jeune homme témoignait de ce qu'il ressentait, elle aurait dû manifester un certain intérêt. De quoi avait-elle peur ?

"Je ne te vois pas partir en mer quand tu auras terminé l'école, dit Isaac. Qu'as-tu envie de faire plus tard, dis-moi ?"

Benny lança un regard en biais à sa mère. "Prêtre. Je vais étudier la théologie. A Cambridge."

Il rougit et regarda son assiette vide.

Elle sentit son cœur bondir. Parce que son propre fils voulait entrer dans la confrérie qu'elle jugeait hypocrite ? Parce qu'elle n'était pas parvenue à lui procurer suffisamment de sécurité pour qu'il puisse vivre sa vie sans la foi ?

“Fantastique ! dit Jamie. Dans une vraie université. C’est tout de même autre chose que de faire des nœuds et de faire un point. Un savant dans la famille, c’est parfait.”

Nat croyait à la musique, Benny croit en Dieu. Pourquoi est-ce que je supporte une option et pas l’autre ? Je dois lui parler. Il m’échappe.

Le soir, elle était seule dans la pièce quand Benny vint lui dire bonne nuit. Isaac était sorti.

“Viens t’asseoir un moment.”

Le jeune homme marcha d’un pas hésitant vers la cheminée. “Il faut que j’aille me coucher. Demain, j’ai une interrogation à l’école.

— Viens t’asseoir un moment.”

Il s’assit précautionneusement sur un bout de la chaise droite et la regarda d’un air interrogateur.

“Tu étais sérieux, cet après-midi ?” Quelle question, il disait toujours les choses sérieusement. Tout comme James.

“Cambridge, c’est la meilleure université, dit le directeur. Pour la théologie.

— Et c’est vraiment ce que tu veux faire.”

Il acquiesça. Ce n’est pas le moment de dévier la conversation, de divaguer sur toutes sortes de matières formidables qu’on peut aller étudier, la littérature, le droit, la philosophie – non, surtout pas.

“Tu y seras certainement à ta place là-bas, dit-elle. Quelqu’un qui aime tant apprendre et réussit aussi bien que toi a raison de choisir d’aller à l’université. Mais Benny, pourquoi la théologie ?”

Se balançant d’avant en arrière, il restait silencieux.

“Le directeur te l’a-t-il conseillé ? Un enseignant ?

— Demain, j’ai une interrogation sur les temps primitifs. En latin. J’aimerais encore jeter un coup d’œil à mes cours.

— Est-ce parce que tu aimes aller à l'église ?"

Benny parut soudain se tasser, assis le dos courbé sur sa chaise. Il appuya ses coudes sur ses genoux et posa sa tête sur ses poings.

"On sait comment se comporter, dit-il, comment vivre. Ce qui est important. Ce qu'on doit faire. C'est bien. Je trouve que l'église est un lieu agréable, c'est très beau, surtout quand nous chantons. Mais c'est plutôt ce que dit le prêtre. Ce qu'il y a dans la Bible. Le fait qu'on puisse être sauvé."

Son visage avait viré au rouge foncé. Elizabeth faisait de son mieux pour ne pas le regarder et lui donner pourtant le sentiment d'écouter. Elle voyait ses propres mains crispées de tension sur les accoudoirs du fauteuil.

"Il explique des choses compliquées. Moi aussi, j'ai envie de les apprendre. Pourquoi les gens meurent. Comment on doit ensuite continuer. Il parle du réconfort et de la miséricorde. Dieu voit tout. Du fait que l'on n'est jamais seul. Jamais."

Maintenant qu'elle avait cinquante-deux ans, c'était comme si, enfin, elle avait de nouveau confiance dans la vie et pouvait profiter de sa famille réunie, de ses amis et de son jardin.

Le soir, elle se promenait au bras d'Isaac jusqu'au fond du verger. Appuyés contre le mur de pierres artistement entassées, ils portaient leur regard sur le paysage vallonné peuplé de bêtes qui paissaient.

Benny passa brillamment son examen d'entrée à l'université et Elizabeth l'aida à emballer ses livres et ses vêtements. L'oiseau en bois qu'Isaac avait rapporté du troisième voyage devait l'accompagner.

"Je crois finalement que c'est tout de même un balbuzard, dit Isaac.

— Non." Benny avait l'air décidé. "C'est un aigle."

Jamie, depuis quelque temps promu premier lieutenant, obtint le commandement d'un modeste navire. Trente ans, se dit Elizabeth. Un homme adulte. Il faudrait tout de même qu'il fasse la cour à cette jeune femme, pourquoi hésite-t-il tant ?

"Elle en a envie, dit-il. C'est de mon côté qu'il y a un problème. Est-ce que je peux lui imposer une chose pareille, me dis-je tout le temps, épouser quelqu'un qui est toujours parti ? Elle a peur quand je suis en mer. Au début, je n'y comprenais rien, je n'ai pas une nature anxieuse. Ce qui doit arriver arrive. Quand j'ai fini par comprendre, je me suis mis à réfléchir. Tu as toujours été seule, nous trouvions cela normal, mais pour toi cela a dû être difficile, non ?

— Tu ne dois pas décider à sa place. Si elle t'aime, elle pourra le supporter, tu verras."

Des petits-enfants, se dit-elle. De la vie dans la maison, des jouets, des timbales en bois avec de la bouillie collée au fond. Etonnée, elle constatait qu'elle avait plaisir à se l'imaginer.

Pour l'instant, il n'était pas question de fiançailles. Il voulait réfléchir, il n'était pas si vieux, James avait déjà largement passé la trentaine quand ils s'étaient mariés. Toujours est-il que, pendant son temps libre, Jamie ne se promenait plus avec son amie dans la grande rue. Chaussé de ses bottes luisantes, il se rendait à l'écurie ; il menait son cheval dans les collines et rentrait le soir en sueur.

"Jamie n'est pas un bileux, disait Isaac. En fait, il n'aime pas devoir réfléchir et prendre une décision. Il attend que tout soit clair, puis il fait ce qu'il a à faire. Ne t'inquiète pas."

Benny partit après l'été. Il rejeta la proposition d'Elizabeth de faire le voyage avec lui. Dieu lui suffit sûrement, se dit-elle avec amertume. En proie à des sentiments partagés, elle le vit se diriger vers la voiture en tenant sa valise et son aigle. Au dernier moment, elle lui donna des moufles et une écharpe. Elle l'embrassa maladroitement, consciente de son besoin de montrer qu'elle était une bonne mère. Isaac avait serré le garçon contre lui et lui avait fait savoir qu'il allait lui manquer. De grands gestes, des cris, des signes d'adieu. Voir l'enfant disparaître.

Des lettres arrivèrent, avec une régularité implacable. Le programme correspondait à ses attentes, les professeurs réussissaient à le passionner et l'aigle était posé sur sa bibliothèque. Il rentrerait à Noël, le bonjour à Charlotte.

Il ne rentra pas à la maison à Noël. Il était tombé malade et restait couché avec une forte fièvre. L'intendant écrivit une courte lettre, il avait fait venir le médecin et comptait que madame lui en rembourse les frais. Le jeune homme était en piètre état.

Elizabeth boucla un sac de voyage. Isaac, par hasard en permission, l'accompagna sans qu'elle le lui demande. Le soir, quand ils arrivèrent à Cambridge, abrutis par le tapage et l'agitation du voyage, quand ils se retrouvèrent perdus devant le porche de la résidence d'étudiants, quand l'intendant leur ouvrit, en silence, le visage tendu, Elizabeth sut que son cadet était mort.

Dans la chambre d'étudiant meublée de façon spartiate, Benny était étendu sur le lit, le menton maintenu fermé et les mains croisées religieusement sur la poitrine. L'intendant redescendit précipitamment l'escalier pour aller chercher le médecin. Isaac, fou de chagrin, s'assit sur le lit et embrassa le visage cireux de Benny. Elizabeth se retira près de la fenêtre. Elle avait l'impression de ne pas être là.

"De terribles fièvres, dit le médecin. Il a succombé tôt ce matin. Le prêtre était présent. Cette nuit, je lui ai encore fait une saignée, mais en vain. C'est cruel, un garçon si prometteur."

Il serra la main d'Elizabeth. Isaac sécha ses larmes avec un énorme mouchoir et proposa de servir d'interlocuteur pour régler les questions pratiques. Il paya le médecin dans le couloir, cela lui paraissait irrespectueux de le faire en présence de Benny, avait-il dit plus tard.

On chercha une auberge. Isaac prit rendez-vous pour l'enterrement, le service, l'évacuation de la chambre. Egarés, ils étaient attablés dans leur pension de famille.

"Je ne peux pas m'en empêcher, dit Isaac. Il faut tout simplement que je mange, sinon je ne vais pas me sentir bien. Je suis désolé."

Ne t'inquiète pas, mange donc, avait-elle envie de dire. Mais elle ne disait rien.

"Tu devrais monter, t'allonger une petite heure. Tu as l'air grise."

Elle était étendue sur le lit sous son manteau de voyage. Isaac était retourné dans la chambre de Benny pour lui faire encore une fois ses adieux et le veiller un petit moment.

Elle ne savait comment réagir à cette perte. Elle avait ressenti un soulagement insupportable, intolérable, et en même temps le chagrin sourd qui va de pair avec les occasions manquées. Elle s'endormit.

Un des professeurs de Benny dirigeait le service. C'est ce que Benny aurait voulu, avait dit Isaac, et nous devons faire ce qu'il aurait voulu. Charlotte vint, en pleurs et bouleversée. Palliser écrivit pour s'excuser et témoigner sa compassion. Au tout dernier moment, Jamie arriva, arraché de son navire dès l'amarrage par le capitaine du port.

Elizabeth se levait et s'agenouillait aux bons moments. Elle écoutait le chant du chœur et regardait ses genoux pendant les prières. Le prêtre, lui-même encore un jeune homme, avait choisi un texte dans la première épître de Pierre : "Car toute chair est comme de l'herbe et toute sa gloire comme une fleur d'herbe ; l'herbe a séché et sa fleur est tombée*."

Elizabeth regarda intensément son visage sérieux quand il commença le prêche en prononçant ces mots, comme s'il allait dire quelque chose qu'elle pourrait emporter, conserver, utiliser pour y rattacher le souvenir de ces journées absurdes. Bientôt, elle n'entendit plus ce qu'il disait.

Dans la nef de l'église, une tombe était creusée. Elle trouvait étrange que les survivants n'aient pas à sortir, mais Isaac dit que c'était ce qu'il y avait de mieux. Benny avait opté pour l'Eglise et, de cette manière, ils pouvaient honorer ce choix.

* Traduction empruntée à la Bible, Nouveau Testament, "Bibliothèque de La Pléiade", Gallimard, 1971, p. 803. *(N.d.T.)*

Jamie et Isaac rassemblèrent les affaires de Benny ; l'aigle revint à la maison dans la chaise de poste, sur les genoux de Charlotte, qui ne cessait de caresser le cou de l'animal.

Tu aurais dû être présent, écrivit Elizabeth à Palliser. *Ton filleul. C'était une ombre pour toi, je le sais bien. Mais tout de même. Le chagrin paraît plus lourd pour cet enfant qui m'est toujours resté étranger. Cela me pèse terriblement. Isaac et Charlotte pleurent et le regrettent. Je suis de glace. Jamie, qui a un caractère pragmatique, a posé l'oiseau sur le buffet et il est parti pour Portsmouth le premier jour du Nouvel An. Il est commandant d'un bateau de guerre, le* Spitfire.

Elle remit les livres de Benny dans la chambre du garçon. Avec une discipline de fer, elle allait tous les jours s'y asseoir un moment à son bureau. Elle jetait un coup d'œil à des écrits théologiques, elle reniflait une chemise, elle caressait la surface de la table. C'était le mois de janvier, elle regardait droit dans le vide à travers les pruniers noirs dépouillés.

Une tempête se leva, cette nuit-là. Elle s'était redressée dans le lit et sut avec certitude qu'une catastrophe allait se produire et qu'elle devrait la supporter. Le lendemain, Martin ramassa les branches arrachées dans le verger. Elizabeth attendait derrière la fenêtre. Le soir, elle refusa de se coucher.

A dix heures du matin, le carrosse de l'Amirauté arriva devant la porte. James Cook junior, commandant du *Spitfire*, noyé dans le port de Portsmouth tandis qu'il se rendait en toute hâte dans une embarcation ouverte vers son bateau alors que la tempête faisait déjà rage. La chaloupe en mille morceaux contre les rochers. Le corps de Jamie, le crâne défoncé, l'argent et la montre volés, rejeté sur la plage. Les hommes de la chaloupe en fuite. L'Amirauté accablée de regret. Le porte-parole débordant de condoléances. Le temps soudain d'un calme extraordinaire. Les rideaux tirés, la porte fermée.

Ils l'enterrèrent à côté de son plus jeune frère. Isaac, qui faisait preuve d'une énergie remarquable, organisa toute la cérémonie. Il mit ensuite tout son poids dans la balance pour enquêter auprès de la marine sur ce qui était précisément arrivé, cette nuit du 25 janvier. Il ne put le découvrir. Un vulgaire meurtre crapuleux sous couvert de la tempête qui se levait, dit-on. Ce genre de chose arrive, on peut jouer de malchance avec les rameurs, quand ils savent qu'on a de l'argent en poche ils vous assomment. Ou pas.

Isaac se brisa. Il ne sortait plus de son lit et ne mangeait plus. Quand il descendait en robe de chambre, il pleurait. Ses boucles brunes étaient plaquées par la sueur sur son crâne et il avait des cernes noirs crasseux sous les ongles.

Elizabeth insista dans sa correspondance avec l'Amirauté à propos de l'héritage de Jamie pour que l'on rappelle le plus vite possible son cousin Isaac Smith en service actif. Elle fut soulagée quand on lui assigna peu de temps après un bateau. Les obligations lui faisaient du bien. Il se sermonna, se fit confectionner un nouvel uniforme pour son corps amaigri et partit.

Elle put alors enfin se laisser aller. En relisant les lettres de Frances, des années plus tard, elle comprit que des voisines et des amies avaient écrit en désespoir de cause en Amérique pour lui parler de son état affligeant. Lui dire qu'elle ne sortait plus, qu'elle ne descendait même plus. Qu'en trois semaines elle n'avait mangé qu'un petit morceau de poisson. Que pendant des mois elle avait pleuré chaque matin et chaque après-midi une heure durant. Que rien ne pouvait l'aider.

C'était un combat contre son corps. Elle perdit. Ses os, ses muscles et ses organes de cinquante-trois ans fêtèrent la victoire, endommagés, mais intacts. Elizabeth se leva, s'habilla et sortit.

Elle s'était attendue à ce que tout soit gris, des nuances de noir et de blanc comme sur les gravures de Hodges dans le journal de voyage, mais les devantures des magasins vert foncé avec leurs lettres d'or l'éclaboussaient au passage et les rayons du soleil ricochaient brutalement sur la veste rouge d'un cocher, un panier de violettes, une brique de parement bleu ciel.

Elle s'était attendue à être, tout comme après la mort de Nat, furieuse contre tout le monde qui lui adressait la parole sans évoquer la perte – comme si rien ne s'était passé, comme si elle était la même qu'avant ! Mais elle constata que cela lui était totalement égal que les gens autour d'elle l'associent purement et simplement à la vie qui se déroulait dans le présent. Il n'y avait plus rien à échanger, ce qui lui était arrivé se dérobait aux conversations courantes et aux pensées sous-jacentes. Il était plus simple de ne pas aspirer à de la compassion.

Elle reprit les réceptions du jeudi après-midi, même quand Isaac était en mer. Elle accompagna

Robert Hartland à un concert de musique de chambre où l'on jouait des quatuors à cordes d'un jeune compositeur d'origine autrichienne, dédiés au grand maître Haydn. Elle en fut plus touchée que par le son plein de l'orchestre symphonique, elle pouvait mieux distinguer ce qui se passait, maintenant que quatre musiciens seulement tissaient entre eux la trame de la mélodie. Elle retint le nom de l'auteur : Mozart.

Elle écrivait assez régulièrement des lettres, il fallait le faire et elle le faisait. Quand Isaac était à la maison, il s'occupait d'elle fidèlement. Il ne pouvait pas parler des garçons, dès qu'il ouvrait la bouche, il était pris de sanglots. La vue de l'aigle de Benny sur l'étagère lui faisait chaque fois monter les larmes aux yeux. Une fois par mois, il louait un véhicule et accompagnait Elizabeth auprès d'Elly. Deux fois par an, ils se rendaient à Cambridge et posaient des fleurs sur la double tombe dans la nef de l'église.

Pourquoi ne couchait-elle pas avec lui, se disait-elle quand ils montaient l'escalier de la pension de famille pour se rendre dans leurs chambres respectives. N'aurait-il pas mieux valu pour tous les deux qu'ils se glissent ensemble dans un lit ? Quelle idée Isaac avait-il d'elle à vrai dire ? Quand il lui souhaitait bonne nuit, il lui serrait les épaules et les bras avec ses mains solides. Elle se laissait étreindre, trop longtemps, espérant recevoir un signal intérieur de ce qu'elle souhaitait. Tout chez lui reflétait la consolation. Cela ne provoquait en elle que de la répugnance. L'idée de son corps innocent, sain, contre le sien lui donnait la nausée. Cette chaleur. Cette sollicitude. Elle en était incapable.

“Il est très malade, dit Isaac. Je l’ai entendu dire à l’Amirauté, c’est la fin. Il a d’ailleurs déjà un âge avancé. Il n’a jamais eu une très bonne santé, avec cette blessure. C’est curieux qu’il ne t’ait pas écrit.”

Cette nuit-là, elle resta debout pour écrire dans le silence à son ami.

Quoi qu’il se soit passé entre nous, cela ne peut empêcher un adieu. Je ne demande pas grand-chose, presque tout ce que je fais, je le fais parce qu’il le faut, pas parce que j’en ai envie. Cependant l’envie de te regarder dans les yeux m’est restée. Je trouverais épouvantable que tu t’éloignes de la vie sans que je t’aie dit adieu. Sans avoir pu être auprès de toi. C’est la nuit. Charlotte et Isaac dorment. Je veille et je pense à toi.

Trois jours plus tard, la nouvelle de la mort fut apportée à Clapham. *L’amiral Hugh Palliser nous a quittés le 19 mars 1796 après avoir courageusement lutté contre la maladie. Il avait atteint l’âge de soixante-quatorze ans.*

“Le titre ira à un arrière-neveu”, dit le notaire, un petit homme au visage pointu qui rappelait à Elizabeth un oiseau. Par des mouvements rapides et saccadés, il penchait la tête au-dessus d’un document après l’autre, comme s’il picorait des grains de blé. Elizabeth, assise en face de lui devant le bureau couvert de papiers, le regardait.

“Il y avait un legs considérable pour votre fils, le filleul du défunt. Nous avons dû malheureusement revoir le testament après son trépas.” Le notaire toussa nerveusement.

“Extraordinaire. Un homme extraordinaire. Des dons à des œuvres de bienfaisance. Je ne vous fatiguerai pas avec cela. La fortune dans son ensemble, la plus grande partie je veux dire, va au fils illégitime de monsieur. George Palliser. Etonnant, si je puis me permettre. Nous sommes tenus de respecter ses dernières volontés. Naturellement. Je peux vous proposer quelque chose ? Non ? Eh bien venons-en au fait. La raison pour laquelle je vous ai invitée à paraître ici. Ce dont je vous remercie sincèrement. Le testateur m'a confié, en dehors du soin juridique de la succession, une autre tâche. Notamment. La remise d'un document à madame la veuve du célèbre capitaine Cook."

Elle se redressa brusquement. Le notaire saisit un dossier parmi ses papiers et le posa devant elle.

"J'ai été convoqué. Quelques jours avant que la mort ne s'annonce. Le testateur devait garder le lit. Il avait du mal à parler. Mais la mission était claire. Les documents cités devaient être personnellement remis entre les mains de madame. Sans être communiqués à qui que ce soit. Je me suis porté garant. Comme vous le voyez, le paquet est scellé. Quant à moi, je me suis assuré de votre identité. Rien ne constitue un obstacle à l'exécution de la volonté du défunt. Je vous remercie une fois encore d'être venue. C'est une joie pour notre corporation quand le public contribue à un traitement rapide des affaires."

Elle reçut le dossier et partit. Le notaire sautillait derrière elle dans le vestibule. Elle serra contre sa poitrine ce qu'on lui avait remis, pendant tout le trajet jusqu'à chez elle dans le véhicule qui roulait lentement.

Le paquet était composé de trois parties. Il y avait une chemise contenant des lettres écrites de la main d'Elizabeth. Elle les regarda rapidement avant de les dissimuler dans la malle où se trouvaient aussi les lettres de James. Tout était là : des nouvelles neutres des enfants, des lettres pleines d'émotion datant d'une époque ultérieure et les messages ambigus de ces dernières années. Ses derniers mots. Tout.

Il y avait une grande enveloppe distincte qui était scellée. Et il y avait une lettre, datée du 17 mars 1796, qui lui était adressée. Elle approcha le pied du chandelier et commença à lire.

Chère, très chère Elizabeth,

Cet après-midi j'ai reçu ton mot. Oui, je vais mourir, m'éloigner de la vie comme tu dis. Prendre congé de toi n'a pas de sens. Je ne veux pas que tu me voies dans mon état actuel. Je ne supporterais pas de te voir. Ce n'est pas un refus, c'est la réalité. Même si tu n'es pas physiquement présente – avec ton corps gracile, mais solide qui m'a souvent si fortement troublé – tu es toujours ici. Je pense à toi, tu formes la toile de fond de toutes mes pensées. Un adieu est impossible, je t'emmène avec moi jusqu'à la fin.

Les choses auraient dû se passer autrement entre nous. Nous avions ici – des arbres, des cerfs – ici ou ailleurs, mais ensemble, ensemble. Pardonne-moi mon incohérence. Je suis sur le point d'accomplir une chose que je n'ai jamais eu l'intention de faire.

James. Mon ami. Ton mari. Nous avons parlé de son départ et de sa fin et nous avions tous deux nos propres pensées, plus cachées. Tes reproches sur ma contribution à cette fin catastrophique ne m'ont jamais quitté et me torturent jusqu'à cette heure. Je sais que tu as continué à rechercher obstinément les faits et je pense que tu as peut-être abouti à une conclusion temporaire où figurent à la fois la négligence sur le chantier naval et la fatigue ou le vieillissement de James, mais le rôle principal a été réservé au cruel hasard. Nous n'en avons pratiquement pas parlé ces dernières années. Je m'en gardais. Je me gardais de toi. Voilà la raison.

Au début de janvier 1780, quand Sandwich a reçu l'envoi de Clerke annonçant la nouvelle du décès, il était totalement paniqué. Il fallait qu'il se rende chez toi, chez le roi, chez Banks. Sur son bureau était posée une masse de journaux de bord, de lettres et de cartes. Et le journal de James. Clerke, qui était très gravement malade, avait regroupé tous ces documents à la hâte et sans ordre quelconque, je pense sans les examiner. Tout devait être étudié et jugé aussi vite que possible. Sandwich a fait appel à moi. Il a envoyé quelqu'un me chercher, m'a poussé le journal dans les mains avec la mission de le lire rapidement mais attentivement et de prendre des notes de toutes les critiques qui y étaient formulées contre l'Amirauté. Le manuscrit devait être rapporté trois jours plus tard, avec un résumé et des commentaires. Ils m'avaient dans le temps évincé, mais ils savaient aussi que j'étais le plus au courant de tout ce qui avait précédé le voyage. Sandwich, à vrai dire, n'avait pas le choix. Je suis rentré chez moi et j'ai lu. Tu connais l'histoire, tu as lu la version de Douglas. Tu as constaté que James avait rédigé ses dernières notes le 17 janvier 1779, un mois avant sa mort. King avait pris le relais. Prématurément. Curieux, n'est-ce pas ? James était un rédacteur de journal enthousiaste, il avait posé le pied sur une île où personne d'autre n'était venu auparavant et il n'avait rien écrit à ce propos. Impossible, t'es-tu sûrement dit.

Tu avais raison. Il a continué à tenir son journal jusque tôt le matin de sa mort. Je l'ai lu. J'avais l'impression de me trouver au bord du cratère d'un volcan et que les nuages de fumée s'écartaient pour me permettre de jeter un coup d'œil dans l'inquiétante profondeur de son âme. J'étais troublé, mais j'étais persuadé que cet écrit devait rester à l'abri du regard du public. Le hasard avait fait tomber le document entre mes mains avant que qui que ce soit d'autre ne le lise, et c'était bien ainsi. J'ai fait tant d'erreurs qu'il me revient de porter un lourd fardeau.

J'ai examiné la reliure du manuscrit. Il était composé de cahiers séparés cousus ensemble. J'ai cassé le fil en le frottant avec un couteau émoussé, pour que l'on puisse attribuer les effilochures à l'usure. J'étais tenté d'ôter deux cahiers, car dans les notes de décembre je suis tombé sur un passage furieux à propos des imperfections du matériel et d'une négligence condamnable. Les voiles, les cordages, les poulies – un bric-à-brac sans valeur, utilisé par des responsables bons à rien pour retaper le bateau. Je n'ai pas retiré ce cahier. Il fallait que Sandwich le lise. Je devais l'endurer.

Je pensais emporter l'autre cahier dans la tombe. Malheureusement, il me sera impossible d'en décider le moment venu. Je n'en ai vraiment pris conscience que ces dernières semaines. Si je ne fais rien, quelqu'un trouvera un jour ces papiers et l'image de James sera pour toujours entachée. Je pourrais les détruire, dans la cheminée de ma chambre brûle un grand feu. Mais et toi alors ? J'y ai songé pendant des nuits. Si je t'avais donné le journal alors que j'étais encore en vie, ç'aurait été comme si je t'avais incitée à enjamber James – pour venir vers moi. Je n'aurais rien souhaité plus ardemment, mais je n'ai pas pu m'y résoudre. Cela n'aurait pas été correct. Il est plus sain que tu ne le lises que lorsque je ne serai plus là. Tu pourras ainsi terminer librement tes recherches sur sa mort et conclure ce que bon te semblera. Je me retire et je te laisse seule avec James. Ce n'est pas à moi de te dissimuler des informations. Si quelqu'un doit le faire, ce doit être toi-même : tu peux brûler le journal sans l'ouvrir. Libre à toi.

Et maintenant, je te quitte, Elizabeth, chère amie. Les lignes de nos vies ont serpenté l'une autour de l'autre et aux intersections il s'est toujours produit une de ces modernes décharges électriques.

Je constate que j'ai du mal à achever cette lettre. Laisse Isaac prendre bien soin de toi. J'ai entendu qu'il a obtenu une promotion pour devenir capitaine.

Ce matin, mon domestique est venu me raser. Quand il a eu terminé, il m'a montré le résultat. Je voyais ton visage dans le miroir. Tu es une partie de moi. C'est ainsi.

HUGH

Elle rangea tout dans la malle, le journal scellé également. Elle s'effondra épuisée dans son lit, où elle resta éveillée toute la nuit. Calme-toi, se dit-elle, il ne faut rien faire précipitamment, d'abord attendre que le calme soit revenu. Au milieu de la nuit, elle se leva pour traîner la malle jusque dans les profondeurs du placard. Le bois gémissait contre le bois. Elle ferma la porte de l'armoire à clé et s'endormit avec la clé dans la main.

Fin mars, Isaac partit en annonçant qu'il serait certainement absent quatre semaines. Très bien, se dit-elle, il suffit maintenant que je congédie les servantes que j'ai engagées puis j'aurai la paix. Charlotte avait pris l'initiative d'effectuer un ménage de printemps anticipé et partout dans la maison des jeunes femmes brossaient les tapis à l'aide de feuilles de thé, astiquaient les chandeliers et époussetaient les livres avec des plumes d'oie.

"Je ne peux pas le supporter, dit-elle à Charlotte. Demande-leur de revenir dans un mois, ce sera encore bien assez tôt."

Puis le silence se fit dans la maison. Dans le verger, les anémones des bois blanches fleurissaient. Les boutons des pruniers enflaient. Elizabeth s'enferma dans sa chambre, sortit le journal de la malle et le posa sur sa table. Elle brisa le sceau et tira de leur empaquetage les feuilles bien remplies. Le moment était venu.

Elle avait relu les jours passés le journal officiel. Le voyage pénible le long de la côte américaine, la vaine tentative de trouver un passage et enfin la décision de passer l'hiver dans les îles qui venaient d'être baptisées Sandwich. Elle lut les mots de son mari et essaya de se représenter comment il se sentait. Déçu et furieux quand il s'était aperçu que, durant l'année qui avait suivi le premier débarquement dans la région, la maladie vénérienne redoutée s'était répandue dans toutes les îles ; les parties génitales rouges et enflées, les indigènes venaient à bord en gémissant dans l'espoir d'un remède. James avait interdit aux membres de son équipage infectés tout contact avec les femmes indigènes en sachant qu'ils n'allaient pas tenir compte de son interdiction.

Il avait été tout aussi déçu quand les matelots avaient dédaigné la bière salutaire qu'il avait fait brasser à partir de canne à sucre fraîche. Elle lut le passage sur le voyage exaspérant autour de la grande île de Hawaii. Les hommes voulaient jeter l'ancre, aller sur la plage, se précipiter dans ce paradis. James louvoyait, restait sur place pour étudier la forme d'une côte, s'attardait pour cartographier un récif de corail, prenait tout son temps. De chaque crique approchaient des canots à rames chargés de légumes et de fruits ; des jeunes filles sautaient dans les vagues et exécutaient un ballet aquatique pour les matelots, qui se penchaient si loin au-dessus de la balustrade qu'ils manquaient de basculer par-dessus bord. Finalement, le 16 janvier 1779, James se plia à la volonté de son équipage mécontent et posta les navires dans une vaste baie, à l'ombre de gigantesques montagnes.

Je partis avec King, Anderson et Webber dans la chaloupe. Débarquement sur une plage étroite derrière laquelle se trouvait une sorte de sanctuaire comme nous en avions vu à Tahiti. Koa, le prêtre, nous attendait avec Palea. C'est notre contact pour le commerce. J'étais très attentif, car l'information que l'on obtient lors d'un premier débarquement a beaucoup d'importance. Le prêtre me prit la main et nous guida vers l'autel. Son pouce tâta ma cicatrice avant qu'il referme sa main sur la mienne. Soudain, je m'aperçus qu'il régnait un calme étrange, la plage était abandonnée et on pouvait entendre piailler les oiseaux qui ont leur nid sur le versant de la montagne. Quand nous nous éloignâmes un peu plus du rivage, je perçus une sorte de murmure. Nous nous arrêtâmes devant un ensemble de statues en bois, Koa se mit à prier et j'eus l'occasion de regarder autour de moi. A la lisière de la forêt se dissimulaient des centaines d'indigènes. Ils s'inclinèrent en nous apercevant. Pas une inclinaison ordinaire, non, ils s'étendirent sur le sol. C'est autre chose que l'accueil habituel, où ils t'arrachent les boutons de ton manteau et où ils font un bruit étourdissant. Les gens ne cessaient de chuchoter les mêmes sons que j'avais déjà entendu Koa émettre : "Lono, Lono, Lono." Comme Anderson marchait à l'arrière, je ne pouvais pas lui en demander le sens. Nous avançâmes tant bien que mal jusqu'à l'autel et, tandis que Koa m'aidait à monter dessus – il était d'une hauteur effrayante –, une procession de personnes portant des cochons et des feuilles de palmier arriva. Leur chef de file, un vieux bonhomme édenté, donna à Koa un tissu rouge. Ils me le posèrent sur les épaules. C'est une lourde tâche, la conduite d'une expédition d'exploration. La fonction de capitaine est déjà extraordinairement exigeante quand je pense au maintien de la paix et de la santé à bord, à la navigation, au fourrage et à l'entretien du bateau. Puis le reste vient se greffer là-dessus ! J'ai l'impression que ces messieurs de l'Amirauté n'en tiennent aucun compte. Les personnes que nous rencontrons, avec leurs langues, leurs coutumes et leurs parures étranges ! Les paysages, les plantes, les animaux ! Il faut faire preuve d'une curiosité constante et d'une excellente mémoire. De l'attention, il faut une attention sans relâche. Il faudra que je récrive ce passage plus tard.

Quand j'eus escaladé cet autel, je me sentis totalement épuisé. Il y avait là une statue, tout comme moi parée d'un tissu rouge sur ses bras écartés. Et un cochon qui pourrissait. Le prêtre le souleva, les intestins en tombèrent, couverts de gros asticots. De ses mains nues, il ramassa les parties puantes et les remit dans le ventre de l'animal qui se décomposait. Ils me tirèrent les bras, je dus me tenir debout comme la statue, comme le Christ sur la croix. Je les laissai faire. Koa détacha un morceau de viande d'un autre cochon, il le mâcha pour le réduire en bouillie et il le cacha dans sa main crasseuse pour me le proposer. En dehors des chuchotements, il n'y avait aucun bruit alors que les gens pullulaient autour de l'autel. J'avais les mâchoires serrées. Je bus pourtant le kawa, *bien qu'il fût là aussi composé de crachats, c'est une partie essentielle du mode de préparation. Il avait un goût plus fort et épicé que j'en avais l'habitude et cela accentua ma torpeur. Non seulement il faut tout observer et retenir, mais aussi l'écrire.*

La fatigue s'est dissipée maintenant que je suis assis dans la cabine. J'ai l'impression que les gens m'attendaient et m'ont accueilli avec une certaine vénération. Suis-je arrivé quelque part où j'ai ma place ?

18 janvier, au milieu de la nuit. *Je suis sorti de mon lit pour aller écrire au petit bureau. Soudain j'ai su à quoi me faisait penser cette côte. La sombre paroi rocheuse qui semble vouloir pousser le village dans la mer : Staithes ! Cela veut dire que l'intérieur des terres, là-bas, est mon sol natal. Je dois m'y rendre aussi vite que possible. Maintenant que je suis assis, l'image de la mer de glace que nous avons laissée derrière nous me vient à l'esprit. Mes cheveux puent l'huile de coco. Ils nous en ont enduit cet après-midi. La glace se crée en pleine mer, la présence d'une rivière n'est pas nécessaire. J'en suis maintenant persuadé. Là où l'Asie et l'Amérique se touchent presque,*

nous avons navigué vers le nord. Il n'y a pas de passage. Pas de triomphe. Pas de vingt mille livres. C'est totalement inutile de retourner là-bas avec les bateaux l'été prochain. Je rentrerai une fois de plus chez moi avec un résultat négatif. La dernière fois pas de continent du Sud, et maintenant pas de voie commerciale. En un certain sens, cela me satisfait ; une zone obscure attirante, tout ce qui n'existe pas. Pas de succès, pas de femme, pas de fille. Il s'agit là de notes de travail. Ma mémoire a besoin d'un soutien, tout comme Hugh Palliser a besoin de sa canne. Je vais consacrer les prochains jours à une étude des mœurs et des coutumes, et spécialement de la religion. Gore pourra s'occuper des corvées quotidiennes. Après mes recherches, je réunirai tout dans un nouveau chapitre intitulé "Evénements remarquables". Tel est mon projet.

20 janvier. *King a installé la tente d'observation juste à côté de l'autel. Latitude nord 19° 30', longitude ouest 155° 30'. Tout le monde peut faire tranquillement son travail car les prêtres ont déclaré la zone taboue avec leurs baguettes magiques, ornées de poils de chien. Il suffit que je montre quelque chose pour qu'ils l'apportent. Partout où je marche, les gens s'aplatissent sur le sol par vénération. Nous n'avons plus à payer le fourrage. Tout me revient. Koa, mon grand prêtre, l'a expliqué. Chaque année, les indigènes font avec une palissade couverte d'un drap blanc le tour de l'île à la rame dans le sens des aiguilles d'une montre en l'honneur de leur dieu Lono. Ils apportent des offrandes pour que Lono leur soit favorable. Ils attendent sa venue quand arrive le mois de janvier. A présent, Lono est vraiment venu, sur un gigantesque bateau auquel sont suspendues de nombreuses voiles blanches. Je ne*

savais pas que j'étais un dieu. Les insulaires possèdent une sagesse qui n'est pas corrompue par l'ostentation et l'ambition. Vis-à-vis de mon équipage, des gens méfiants et envieux, je fais comme si de rien n'était. Lono va-t-il seulement recevoir des cochons ou va-t-il avoir droit au sacrifice suprême ? Comme c'est curieux qu'au moment où l'échec m'anéantit je sois élevé au rang de dieu. Il faut que je retourne tout de cent quatre-vingts degrés pour le comprendre. Pendant des années, j'ai peiné pour posséder ces îles. Par posséder, je veux dire : dévorer.

J'ai planté dans le sol des graines de moutarde, des pépins de citrouille, des oignons de plantes. J'ai disposé à la surface des chèvres et des bovins, j'ai tout fait pour que la terre foncée soit transpercée et broutée. Pour la posséder, oui.

Mes vils matelots appellent Koa "l'évêque" et font des astuces désobligeantes sur le respect que l'on me témoigne, quand ils ne sont pas occupés à forniquer avec les femmes hawaïennes ou à se soûler. Partout où je suis allé, j'ai grimpé des montagnes pour avoir une vue du pays. Ici, je suis en proie à une hésitation, une angoisse peut-être. Faut-il que je renonce à cette idée de dominer et de posséder ? Mes pensées prennent une direction que je ne veux pas suivre.

26 janvier, du moins selon le calendrier britannique. *Aujourd'hui, le roi est apparu. King l'a qualifié de petit vieillard décharné, mais il ferait bien de faire preuve de respect vis-à-vis de ce souverain qui, spontanément, s'est défait brutalement de son manteau de roi pour me le poser sur les épaules. Au total, j'ai reçu en présent sept manteaux, tissés serrés de plumes d'oiseau les plus délicates de couleurs vives. Gore est venu geindre à propos de l'approvisionnement en bois*

à brûler, sinon il avait tout stocké pour le départ, disait-il : de l'eau, du porc saumuré et des noix de coco. Je marchais à grands pas derrière mes manteaux en direction de la chaloupe, entre deux rangées d'insulaires aplatis sur le sol, et j'ai pensé à la signification des dons. J'ai fait remarquer à Gore l'enceinte qui s'affaissait autour du temple. S'il charge les poteaux éclatés, il aura suffisamment de bois. King avait des réticences et s'en est mêlé, entre les poteaux se dressaient des statues de bois, de leurs dieux, disait-il. Mais qui est ici le dieu le plus puissant. Je me suis maîtrisé et j'ai dit qu'il devait en discuter avec Koa. Les gens se sentent flattés quand ils reçoivent un cadeau. Il est certain qu'un cadeau d'une valeur inestimable situe le bénéficiaire bien au-dessus du donateur. En essayant d'adapter mon opération secrète de réflexion qui consiste à procéder à un renversement complet, je m'aperçois que le don est aussi un attentat, une tentative de placer le bénéficiaire sous le pouvoir du donateur. Autrement, pourquoi ai-je traîné ces chevaux jusqu'à Tahiti ? Il faut que j'y réfléchisse sérieusement cette nuit. Ils veulent m'avoir, c'est clair. Je ne suis plus un spectateur. Je repense à notre séjour à Tonga, où je voulais être témoin, contre le souhait de tous, du sacrifice humain dont nous avions tant entendu parler. L'offrande suprême. J'ai dû me débarrasser de ma chemise, de mon chapeau et de ma perruque, nu, les cheveux défaits, j'étais assis parmi les prêtres et je regardais fixement l'homme étendu qui, les mains et les pieds liés à un pieu, attendait. Ils l'avaient frappé à la tête à coups de massue. Ils ont chauffé des pierres dans un grand feu et ils les ont posés avec des branches fourchues dans une fosse. C'est là que l'offrande a été descendue et recouverte de terre jusqu'à ce que la viande soit si cuite qu'elle se détache des os. De longs cochons, disent-ils. Il y a les cochons et les longs cochons. C'est ce qu'il y a de meilleur. L'ambroisie.

Une longue conversation avec Koa. Je suis furieux de si mal le comprendre. Si quelqu'un de sang royal meurt ici, ils découpent le cadavre en morceaux qu'ils partagent entre toutes les provinces de l'île pour que la terre ait une part égale de la puissance royale. Celui qui, finalement, enterre les os est ensuite solennellement tué pour qu'il ne puisse plus rien dévoiler. Qu'advient-il de la chair ? Koa ne m'a pas compris. Pas de réponse. Je ne voulais pas qu'Anderson soit présent pour intervenir comme interprète. J'avais le vertige à l'idée qu'un prince qui meurt s'étend ainsi sur l'île entière, y pénètre pour ainsi dire pour faire rayonner ses forces des profondeurs.

2 février. *A bord, ils m'obligent à mener l'existence d'un capitaine. Des chamailleries et des jérémiades à propos de ces poteaux sacrés. Comme s'ils ne me revenaient pas ! Un accident tragique m'a ramené à mes anciennes fonctions. William Watman, mon plus vieux matelot, est tombé alors qu'il soulevait un rouleau de cordages. De l'écume lui est montée aux lèvres et il a été secoué de spasmes épouvantables dans tous ses membres. Quand la crise a cessé, il ne pouvait plus utiliser la partie droite de son corps et plus parler. Nous l'avons allongé sur la couchette de King. Samwell l'a veillé. Il est mort le matin. Hier, nous l'avons enterré. A terre ! A la demande des prêtres, a pensé tout le monde. Mais les prêtres ont exécuté ce que je leur avais chuchoté de faire. Mon plus fidèle serviteur déjà enveloppé dans cette terre. Les insulaires ont jeté des noix et des bananes dans la tombe. Quand nous avons*

terminé la cérémonie, ils ont commencé à entonner un chant funèbre, qui avait nettement plus d'allure que le nôtre.

3 février. *Mes lieutenants s'impatientent. Ils veulent partir. En guise d'adieu, les insulaires entassent des montagnes de vivres sur la plage, en échange de quelques morceaux de fer insignifiants. C'est une conspiration complexe. Koa m'a pris à part et m'a demandé si je voulais bien laisser mon "fils" avec eux. Il parlait de King. Pourquoi King ?! Sa requête porte sur moi, je pense. King n'est qu'un emblème. J'ai dit que j'avais encore besoin de mon fils. Peut-être l'année prochaine. Koa a acquiescé et n'a plus posé de question. Sur cette île, on connaît l'importance du repas. Les matelots préfèrent manger ce qu'ils ont apporté de chez eux mais ce n'est pas comme cela que l'on rentre chez soi ! J'ai mangé des pingouins dans le pôle Sud, des otaries au-dessus d'Unalaska et de la viande de tortue devant les îles coralliennes. Absorber veut dire : s'agrandir, s'approprier quelque chose de nouveau. J'ai décidé de ne rien faire. Le complot va se déployer.*

6 février. *Tout le monde ému par le départ. Tout ici s'est déroulé autrement que sur les autres îles. Nous n'avons été traités nulle part ailleurs avec plus de respect. Pourtant, mes hommes semblent soulagés maintenant que nous avons repris la mer. En route pour le nord, pensent-ils. Je leur ai annoncé que nous allons d'abord étudier les plus petites îles de cet archipel. Ils se sont trouvés mal quand je le leur ai dit. Etudier ! Je sais maintenant que les recherches ne résolvent rien. Rassembler des faits, observer, rendre compte – c'est inutile. Cela vous donne un semblant de connaissances, un pagne pour votre impuissance. L'époque des recherches est révolue ! Le véritable*

entendement échappe à l'étude. Je refuse de monter sur le pont, je recherche l'épuisement que j'ai ressenti sur l'autel. A ce moment-là, l'entendement était proche, il m'a échappé à un cheveu près. Dieu, ce que je déteste ces matelots puants. Un vent fort s'est levé. Je ne vais plus m'en mêler.

9 février. *Dans un craquement retentissant, le mât de misaine s'est cassé et a déclenché un chaos complet sur le pont. J'ai fait mine d'être furieux, j'ai lancé une tirade contre la marine et j'ai injurié Bligh qui n'y était pour rien. J'ai tapé du pied sur les planches pour simuler la colère, mais la tempête faisait encore rage si bien que cela n'a guère fait impression. Ils voulaient mettre le cap sur la côte la plus proche ; un vent de terre rendait l'entreprise cependant impossible. J'ai laissé les officiers en venir eux-mêmes à la conclusion qu'il ne restait plus qu'à retourner à Hawaii. Nous connaissions là-bas l'emplacement de la terre et nous pourrions procéder sans être dérangés par des voleurs ou des fortes têtes à de rapides réparations. Dans ma cabine, je me suis couché avec le sourire. Lono revient !*

12 février. *Je suis monté sur le pont pour voir surgir le temple. O mon pays ! C'était comme si le volcan me grognait doucement un discours de bienvenue. Je m'attendais à ce que la baie se remplisse en peu de temps de canots, mais nos navires ne suscitaient aucun intérêt.*

Le soir, le roi vint à bord. Il était distant et sec. Je l'admirai de jouer cette scène. Cette nuit-là je pus dormir.

13 février. *Ils me mettent à l'épreuve. Les insulaires, menés par le roi, voient un inconvénient à la présence de notre atelier que nous avons*

naturellement installé à notre ancien endroit à côté du temple. Les charpentiers fabriquent un nouveau mât. Ils se font voler leurs pinces, leurs scies et leurs rabots alors qu'ils les tiennent encore dans leurs mains. Les prêtres sont de mon côté, mais leurs protestations sont tièdes. Je n'ai pas pu m'empêcher de débarquer et je me suis précipité dans le village, le pistolet à la main. Pas de haie d'admirateurs se prosternant avec déférence, mais seulement des scélérats qui s'éloignaient en bondissant, menaçant de lancer des pierres dans leurs mains levées ! Me suis-je trompé ? Une bagarre a éclaté dans l'eau près des rochers, à cause d'une chaloupe, des insulaires et des matelots se sont frappés à coups de pagaies et de rames sur la tête. Palea y était mêlé. J'ai ordonné aux hommes de ne débarquer qu'armés. Clerke veut me parler, il a envoyé son ordonnance me chercher. Je l'ai chassée.

C'est la nuit. Cet après-midi, un insulaire insolent m'a demandé si je savais me battre. Il voulait voir des preuves de mon courage. Je lui ai montré ma main droite avec la cicatrice. Une menace pesait dans l'air. Je me suis isolé pour réfléchir. Je dois tout traduire, tout inverser. La menace équivaut à une séduction, une invitation à se rapprocher. J'ai failli m'endormir dans mon bureau tout à l'heure. Juste avant de m'assoupir, j'ai eu une importante prise de conscience. Je dois me la remémorer. Il était question de partager des dons. Le donateur est tout-puissant. Je donne à cette île, mon île, le plus grand don possible et elle sera liée à moi pour l'éternité. Maintenant je le sais. Le don suprême.

Une paix totale depuis cette pensée. J'ai même dormi un peu, tout habillé. Je ne comprends pas que je n'y aie pas pensé plus tôt. Sur cette île on le sait déjà depuis longtemps, Palea sait que je suis revenu pour cette raison, Koa est au courant, le roi aussi. Tous les insulaires participent. Et moi qui croyais qu'ils s'étaient retournés contre moi ! Bien au contraire, tout le monde collabore à mon plan. Palea est venu hier à bord et a refusé une invitation à dîner, sous prétexte qu'il était furieux de l'attaque avec les rames. Il est passé devant moi d'un air hautain, j'ai senti dans ma niaiserie une bouffée de colère monter en moi ! Maintenant je comprends son projet ingénieux. Il portait un petit poignard qu'il a dirigé vers moi de façon quasi menaçante. Quelle excellente ruse ! King est tombé dans le panneau, Palea s'est laissé entraîner loin de moi. Le prêtre a détourné le visage avec humeur et agacement. Juste avant, il a soulevé très rapidement un sourcil. Je l'ai vu. J'ai compris.

A travers le hublot, le ciel pâle de l'aube. 14 février, faudrait-il que j'écrive si je n'avais pas coupé le lien entre le temps et moi. Parfaitement calme, j'attends le signe qui me sera donné. Je me préparerai alors à la mascarade qui annoncera ma délivrance. Le projet est engagé !

Rasé. Vêtu de mon plus bel uniforme. Le soleil lèche la crête des montagnes. L'aide-cuisinier m'a demandé si je voulais manger. Quelle proposition ridicule. Au contraire, avais-je envie de dire – je sentais monter en moi un fou rire irrépressible. Manger ! Il n'a pas été donné à ces hommes de connaître le miracle du retournement. J'ai caché mon visage derrière mon mouchoir et j'ai fait signe à cet homme de partir.

Et maintenant, vite. Le moment est venu. Clerke s'est présenté avec un air préoccupé. La grande chaloupe du Discovery *a été volée cette nuit. Pour être absolument certain, je me suis enquis de tous les détails. Finalement, j'ai entendu ce que je devais entendre : la corde à laquelle était attaché le bateau a été coupée. Je suis même allé voir : tranchée d'un seul coup sans laisser d'effilochure avec un couteau aiguisé.*

J'en sais suffisamment. Les fusiliers marins sont prêts. J'ai confié à Williamson, mon troisième lieutenant grincheux qui fait toujours tout de travers, le commandement des rameurs. J'ai saisi mon arme, chargée de balles. Je dois être encore vigilant pendant un court instant pour remplir parfaitement mon rôle dans ce magnifique spectacle. Je prends mon chapeau. Je ferme la porte de ma cabine. Je quitte mon bateau.

Elizabeth se leva avec précaution et ouvrit grands les rideaux pour laisser entrer le soleil. Elle s'agenouilla devant la grande commode et tira tant bien que mal le tiroir du bas qui coulissait difficilement. A l'intérieur était étendu l'uniforme, recouvert de papier jauni. Elle sortit précautionneusement de sa cachette le manteau bleu aux galons dorés. Elle le posa sur le lit. Puis elle prit la culotte blanche aux boutons dorés. Le gilet. La chemise, qu'elle secoua un instant avant de la reposer doucement, de sorte que les ruches des manches voletaient comme de grands papillons blancs à travers les rayons de soleil. Elle déroula les bas de soie, rassemblés en une boule brillante. Au fond du tiroir, le chapeau au bord doré était un peu cabossé. De son poing fermé, elle fit remonter l'étoffe raide.

Debout, les jambes écartées, devant le lit, elle déboutonna sa robe. Elle retira les épingles du plastron, défit le cordon autour de sa taille et enleva son jupon. En chemise et en corset, elle se dirigea vers le miroir à hauteur d'homme dans le coin de la pièce. Les bas, il fallait qu'elle ôte ses bas de coton, naturellement. Elle les jeta dans un coin. Un à un, elle enfila les bas de soie de James sur ses jambes et les fixa haut au-dessus de ses genoux à l'aide de ses propres jarretières. Par-dessus vint la culotte, dans laquelle elle rentra sa chemise en l'aplatissant le plus possible. Elle hissa la culotte bien au-dessus de sa taille et attacha le cordon autour pour la maintenir. Elle alla s'asseoir au bord du lit pour attacher les boutons au niveau des genoux. La chemise avec les ruches était encore étendue là. Oubliée. Elle l'enfila, détacha à nouveau la ceinture improvisée et recommença les manœuvres pour fixer la culotte. Patience. Elle attacha les manches pour que les ruches descendent juste au-dessus du dos de ses mains. Foulard. Il était encore dans le tiroir. Elle plia le tissu blanc autour de son cou et se glissa dans le gilet blanc crème. Il descendait bas sur ses hanches. Maintenant elle devait mettre ses propres chaussures, celles de James étaient bien trop grandes. Hésitante, elle fit des aller et retour devant le miroir jusqu'à ce qu'elle ait réuni son courage et passé le manteau sur ses épaules. Elle prit le chapeau sous son bras et partit pour la plage.

Le roi est encore endormi dans sa hutte. Les deux petits garçons jouent avec des noix de coco devant l'entrée et ont envie de réveiller leur père. Cela dure, et dure encore, les villageois sortent de leurs huttes et se pressent autour des fusiliers marins. Quand le roi finit par sortir, pas lavé, en dégageant une odeur de renfermé, les femmes commencent à tirer sur son manteau. Les garçons ont déjà couru vers la plage, l'aîné est monté dans la chaloupe et y attend son père. Une détonation retentit, des coups de feu sont tirés de l'autre côté de la baie. Les femmes hurlent, elles ne veulent pas laisser partir leur roi. Menaçants, les insulaires poussent, tout le monde bouge et se mélange, de la chaleur se dégage des corps. Un signe de tête des fusiliers marins et ils lèvent leurs armes. Les insulaires grognent, ramassent des pierres et des bâtons par terre ; ils tirent la langue, ils roulent des yeux grands ouverts. Un poignard, l'acier renvoie un éclair de lumière ; le coup est difficile à parer. C'est une invitation à tirer. Feu ! Maintenant c'est la guerre, maintenant ils se jettent de tous côtés sur nous, une pelote inextricable de fusiliers marins en veste rouge et d'insulaires en tenue de combat faite de natte de paille tournoie sur la plage noire. Nous devons fuir vers la chaloupe, dit le chef du détachement, cela ne se fera pas sans effusion de sang, échec de la mission.

Au contraire. Je fais signe à cet idiot de Williamson dans la chaloupe, il faut tirer, allez, nous avons besoin qu'ils nous couvrent pendant que nous faisons marche arrière. Marche arrière ? Oui, bien sûr, j'ordonne aux fusiliers marins de se retourner avec moi et nous voilà tous en rang le long du rivage face à une meute enragée d'insulaires. En joue ! Feu, je hurle à mes hommes. Ils hésitent, ont l'air étonnés mais finissent par obéir. Je me joins à eux. Pas du plomb, mais des balles. Un Hawaïen après l'autre tombe, nous les fauchons et ils retombent sur le sol. Quand la confusion et la colère ont atteint leur paroxysme, je sens que le moment est venu.

Je laisse tomber mes armes et me retourne. Je savais depuis tout ce temps que l'eau était derrière moi, qu'elle s'étendait, vague après vague, qu'elle était aspirée avec un soupir dans le sable volcanique. A présent je pose, lentement, avec une insouciance molle, mes pieds sur le fond humide. Les rayons du soleil scintillent sur les vaguelettes mouvantes, ils renvoient le reflet de mes boutons dorés, ils me chauffent le dos. La chaloupe est partie loin de la côte, cet imbécile de lieutenant ne veut pas comprendre mon geste, comme prévu.

Je manque de déraper sur les pierres recouvertes d'algues. Je parviens heureusement à garder mon équilibre. Il le faut, il ne sied pas de tomber de soi-même, il n'en a pas été décidé ainsi. Imperturbable, j'entre dans la mer. Dans quelques instants, la pierre me heurtera la tête, le couteau me déchirera le dos ; bientôt, je pénétrerai, libéré, dans mon avenir pour rentrer vraiment chez moi –

Pas à pas, elle monta l'escalier. Depuis la mort d'Isaac, elle se rendait rarement dans son ancienne chambre aux grandes fenêtres qui offraient une vaste vue sur le verger. Elle dormait désormais en bas, comme il convient à une femme de plus de quatre-vingt-dix ans, entre les murs qui étaient couverts des dessins et des tableaux de la collection d'Isaac. Que des icebergs et des paysages marins. Il n'avait jamais pu expliquer sa fascination pour le froid de façon satisfaisante, le gel pique les joues, disait-il, les icebergs voguent silencieusement à vos côtés jusqu'à ce que l'un d'eux bascule de façon inattendue et provoque un raz-de-marée.

Il était mort heureux, Isaac Smith, contre-amiral, l'homme qui avait été son ami et avait vécu dans la même maison.

Elle ne le pleurait presque pas ; c'était comme si tout tendait vers une fin aussi dépouillée que possible. Créer le vide était tout ce qui l'occupait.

Elle se vit dans le miroir en pied : une femme maigre, droite comme un *i*, vêtue de noir. Des bagues en or sur des doigts vigoureux, des cheveux gris enroulés et fixés sur la nuque, des sourcils pâlis. Le regard de ses yeux foncés encore vif, mais témoignant d'une certaine distance.

Elle ouvrit le placard et en sortit la malle. La clé était encore sur son trousseau, elle l'entra dans la serrure, qui s'ouvrit sans difficulté en émettant un déclic. Maintenant il faut anticiper, elle devait trouver un endroit où ranger les papiers. Une taie d'oreiller. Elle approcha un tabouret et s'assit à côté de la malle avec la taie sur les genoux. Elle sortit des piles de documents de leur cachette : la correspondance avec Hugh, les lettres de James, le récit de Clerke remis par le marchand de fourrures et enfin le journal de bord secret. Elle hésita à propos des lettres de Jamie et de Nat avant de les enfouir elles aussi dans la taie qui gonflait.

Elle laissa la veste rouge avec le fil d'argent.

Le gel n'avait pas encore quitté la terre qu'on eût dit, sous la lumière vive du soleil, que le printemps était déjà arrivé dans le verger. Au fond, devant le mur de pierres plates posées de chant, se trouvait une grille pour faire du feu sur laquelle Martin brûlait de temps en temps des branches et du bois noueux. Elizabeth marcha à grands pas dans le jardin où il n'y avait pas le moindre souffle de vent. Elle portait le chandelier à trois branches avec les bougies allumées devant elle, tirant la taie par une pointe. Une procession, se dit-elle, un cortège de souvenirs en route vers une destruction solennelle.

Elle s'assit sur le billot où le jardinier fendait le bois et sortit les papiers un à un de la taie pour les tenir devant la flamme. Les lettres en feu voltigèrent au-dessus de la grille. Des cendres gris pâle tombaient sur les pierres en dessous. Au-dessus du feu, l'air tremblait.

Je suis en train de brûler ma vie, se dit-elle, cela devrait me rendre amère, mais je me sens soulagée. Tout effacer : la curieuse histoire d'amour avec Hugh, les restes des vies des enfants, la honte de James. Tout transformer en un rien qui brûle.

Derrière le mur commençaient les terres ondoyantes. Dans les champs en forme de losanges qui s'étendaient sur les collines, des moutons et des vaches paissaient. Le paysage me souhaite-t-il la bienvenue, pensa-t-elle, me console-t-il ? Non. Toute indiscrétion est étrangère à ce paysage. Il n'est cependant pas résigné, pas docile. Il s'en dégage une impression de calme, si différente de celle de l'eau, qui est nerveuse et capricieuse et bien trop souple, presque minaudière.

Cette terre est indifférente, mais ce n'est pas le mot ; que suis-je donc en train de chercher au juste, quel est le mot qui ne cesse de m'échapper ? Ce paysage m'accepte-t-il ? Non, c'est trop fort. Il me tolère.

Les pierres pointues du mur lui appuyaient sur les hanches. Les liens avec les êtres les plus chers sont là ; puis ils sont révolus et ils ont existé. Tout ce qui reste, c'est qu'on en a fait partie. Ils s'envolent dans le vent tremblant, ils s'effritent comme de la cendre sur le sol, ils sont ensevelis sous la terre. Il est inutile de conserver quoi que ce soit. C'est la sagesse des moutons sur ces collines.

Elle voit James clairement. Il l'entraîne à travers la pluie, ils courent vers leur cachette et il embrasse son visage froid. Voilà Nat, il se dirige vers elle avec un étui à violon dans la main, un sourire timide, en coin, derrière sa mèche de cheveux blonds. Un homme qui l'aime remonte sa manche et elle pleure contre son bras nu comme si elle était enfin rentrée chez elle.

La petite fille est debout sur le sol de la cuisine, elle serre la corde grasse de son cheval de bois dans son petit poing fermé. Des étincelles de plaisir brillent dans ses yeux ; sa joie est si tangible que l'on oublie de respirer et que le moment se rive définitivement dans la mémoire, si fort que cela fait mal, une douleur évidente, bienvenue.

Elizabeth pose les bras sur le mur et regarde le paysage patient.

Elizabeth Cook, par un peintre inconnu
Mitchell Library, Sydney

POSTFACE

On connaît beaucoup de choses sur la vie et la mort de James Cook. Lors de la composition de ce roman, je me suis tenue, dans la mesure du possible, aux faits historiques. J'ai pris en compte les dates de naissance et de décès, de départ et de retour, des lettres et des réunions. Dans les interstices de ces données fixes, l'histoire a été tissée. Je renvoie le lecteur qui souhaite suivre précisément la frontière entre les faits et la fiction aux biographies figurant dans la bibliographie.

Tous les personnages du roman ont réellement existé, à l'exception de l'organiste Hartland et de son neveu Robert, de la nourrice Charlotte, du marchand de fourrures Boris Khlebnikov et de Jane, l'épouse de David Nelson.

On ne peut écrire un tel livre sans aide. Je souhaite ici citer et remercier les personnes et les institutions qui m'ont apporté leur aide.

Une visite au Captain Cook Memorial de Whitby est à la base de toute cette entreprise. J'ai beaucoup appris grâce à différentes excursions au National Maritime Museum de Greenwich, ainsi que sur le site Internet de la Captain Cook Society (WWW.CAPTAINCOOKSOCIETY.COM) et grâce à une visite à bord de la réplique de l'*Endeavour*, qui s'est arrêtée au printemps de 2004 aux Pays-Bas. J'ai répertorié les livres que j'ai utilisés dans une bibliographie distincte.

A l'automne de 1991, je me promenais avec mon amie Joan Baggerman à travers la région natale de Cook en direction de Staithes et de Whitby. Depuis, elle a soutenu mes recherches et le processus d'écriture et elle a suivi le tout avec intérêt.

Comme on ne peut plus se procurer la biographie indispensable de Beaglehole, j'ai fait passer une annonce. M. D. Greidanus a eu la gentillesse de m'offrir son exemplaire. Le livre est devenu la base de mes recherches.

Dès les prémices du projet, Roland Fagel, qui alors travaillait aux éditions De Arbeiderspers, a libéré du temps pour passer des après-midi avec moi à discuter de Cook et d'un éventuel roman. Ces conversations m'ont ouvert les yeux sur la possibilité, en tant qu'écrivain, de m'introduire dans l'histoire.

Je n'ai commencé réellement à écrire qu'à l'automne de 2003, stimulée par la rencontre avec Diederik Van Vleuten, spécialiste inspiré de Cook qui m'a toujours prêté ce que j'avais envie de lire dans sa riche bibliothèque. Nous avons entretenu une correspondance électronique qui m'a obligée à me prononcer sur la forme et le contenu du livre, ce qui a largement contribué à son achèvement.

Mon directeur de collection, Peter Nijssen, a manifesté pendant des années un intérêt sincère pour le projet, sans jamais exercer la moindre pression. J'ai beaucoup apprécié son attitude bienveillante et enthousiaste, partagée par l'éditeur Lex Jansen.

Pendant la période désagréable précédant le moment de m'installer derrière mon bureau, j'ai reçu des conseils en matière d'écriture de la part de Heleen Brokmeier ("fais-le du point de vue de sa femme"), Hugo Claus ("jamais plus et jamais moins de deux pages A4 par jour") et Marcel Möring ("il ne faut pas faire de plan, mais tout simplement s'asseoir et s'y mettre"). Cela m'a beaucoup apporté.

Les personnes suivantes m'ont envoyé au fil des années des informations importantes, qu'il s'agisse d'articles scientifiques ou de graines de cardons : Marleen Chrisstoffels-Speelman, Luc Coorevits, Roelof Van Gelder, Leo Van der Kamp, Simon Kuper, Tjark Kruiger, Harriët Mastboom, Mme I. E. Sprey, M. P. H. Spruit, Ger Van Unnik et Manfred Wolf.

Je suis reconnaissante à toutes les personnes citées de leur soutien, leur intérêt et leurs contributions à la création de ce livre. Mes remerciements s'adressent tout particulièrement à ma famille. Bengt m'a donné au propre et au figuré la place d'écrire ce livre. Wouter s'est enquis presque tous les jours des progrès du projet. Tous deux ont lu le manuscrit quand les deux premières parties ont été prêtes et ont réussi à me donner le sentiment que cela pouvait tenir la route.

Margit, que je ne peux plus remercier, m'a appelée peu de temps avant sa mort pour me dire qu'il y avait un article sur Cook dans le journal. Le fait de savoir qu'elle était au courant de mes projets et que cela éveillait sa curiosité m'a aidée à continuer.

ANNA ENQUIST,
janvier 2005.

BIBLIOGRAPHIE

Alexander, Caroline : *The Bounty*, Harper Perennial, Londres, 2004.

Beaglehole, J. C. : *The Death of Captain Cook*, Alexander Turnbull Library, Wellington, 1979.

– *The Life of Captain James Cook*, Adam et Charles Black, Londres, 1974.

Collingridge, Vanessa : *Captain Cook, a Legacy under Fire*, The Lyons Press, Guilford, Connecticut, 2002.

Cordingly, David : *Captain James Cook*, Campbell Publishing, Sydney, 1988.

Dash, Mike : *Batavia's Graveyard*, Crown Publishers, New York, 2001.

Dugard, Martin : *Farther than any Man*, International, Inc., Armonk, New York, 2001.

Hardyment, Christina : *The Housekeeping Book of Susanna Whatman*, The National Trust, Londres, 2000.

Horwitz, Tony : *Blue Latitudes. Boldly Going Where Captain Cook Has Gone*, Henry Holt and Company, New York, 2002.

Hough, Richard : *Captain James Cook, a Biography*, Hodder and Stoughton, Londres, 1994.

– *The Murder of Captain James Cook*, Mac Millan London Limited, Londres, 1979.

Leuftink, A. E. : *Chirurgijns Zee-Compas*, Het wereldvenster, Baarn, 1963.

Macintyre, captain Donald : *The Adventure of Sail 1520-1919*, Paul Elek Productions, Londres, 1970.

Moorehead, Alan : *The Fatal Impact. The Invasion of the South Pacific*, Harper and Row, New York, 1966.

Obeyesekere, Gananath : *The Apotheosis of Captain Cook*, Princeton University Press, New Jersey, 1992.
Quilley, G. et Bonehill, J. : *William Hodges, The Art of Exploration*, Yale University Press, New Haven / Londres, 2004.
Smith, Bernard : *European Vision and the South Pacific*, Yale University Press, New Haven / Londres, 1985.
Sobel, Dava : *Longitude*, Walker and Company, New York, 1995.
Thomas, Nicholas : *Discoveries, the Voyages of Captain Cook*, Allen Lane, Londres, 2003.
Van Gelder, Roelof : *Naporra's omweg. Het leven van een VOC-matroos*, Atlas, Amsterdam/Anvers, 2003.
– *Het Oost-Indisch avontuur. Duitsers in dienst van de VOC*, SUN, Nimègue, 1997.
Wain, John : *The Journals of James Boswell*, Mandarin, Londres, 1992.
White, T. H. : *The Age of Scandal*, Penguin Books, Londres, 1962.
Wilford, John Noble : *The Mapmakers*, Vintage Books, New York, 2001.
Williams, Glyndwr : *Captain Cook's Voyages*, The Folio Society, Londres, 1997.

APERÇU CHRONOLOGIQUE

1728 Naissance de James Cook.
1741 Naissance d'Elizabeth Batts.
1746 J. C. entre en apprentissage chez H. Walker à Whitby.
1755 J. C. s'engage dans la marine.
1762 Mariage de James et d'Elizabeth.
1763 Naissance de leur fils James ("Jamie").
1764 Naissance de leur fils Nathaniel ("Nat").
1767 Naissance de leur fille Elizabeth ("Elly").
1768 Début du premier voyage *(Endeavour)*.
Naissance et mort de leur fils Joseph.
1771 Mort d'Elly.
Fin du premier voyage.
J. C. est promu capitaine de vaisseau.
1772 Début du deuxième voyage (*Resolution* et *Adventure*).
Naissance et mort de leur fils George.
1775 Fin du deuxième voyage.
1776 J. C. devient membre de la Royal Society (Académie des sciences).
Naissance de leur fils Hugh ("Benny").
Début du troisième voyage (*Resolution* et *Discovery*).
1778 Renvoi de Hugh Palliser.
1779 Mort de J. C. à Hawaii.
1780 Fin du troisième voyage.
Mort de Nathaniel.
1784 Publication du compte rendu du troisième voyage.

1788 Elizabeth déménage à Clapham, avec Isaac Smith.
1793 Mort du fils Hugh.
1794 Mort du fils James.
1796 Mort de Hugh Palliser.
1831 Mort d'Isaac Smith.
1835 Mort d'Elizabeth.

TABLE

BABEL

Extrait du catalogue

891. LEENA LANDER
Vienne la tempête

892. THÉODORE MONOD
Le Fer de Dieu

893. MARC de GOUVENAIN
Un printemps en Sibérie

894. *
Le Chevalier paillard

895. VOLTAIRE
Ce qui plaît aux dames

896. DOMINIQUE PAGANELLI
Libre arbitre

897. FRÉDÉRIQUE DEGHELT
La Vie d'une autre

898. FRÉDÉRIC CHAUDIÈRE
Tribulations d'un stradivarius en Amérique

899. CHI LI
Soleil Levant

900. PAUL AUSTER
Dans le scriptorium

901. FRANS G. BENGTSSON
Orm le Rouge, t. I

902. LAURENT GAUDÉ
Dans la nuit Mozambique

903. MATHIAS ÉNARD
La Perfection du tir

904. ANTOINE PIAZZA
Les Ronces

905. ARNAUD RYKNER
Nur

906. ANNE BRAGANCE
Danseuse en rouge

907. RAYMOND JEAN
Un fantasme de Bella B.

908. ÉRIC NONN
Une question de jours

909. OMAR KHAYYÂM
Robâiyât

910. METIN ARDITI
L'Imprévisible

911. JOSÉ CARLOS SOMOZA
La Théorie des cordes

912. JULI ZEH
La Fille sans qualités

913. HELLA S. HAASSE
L'Anneau de la clé

914. TORGNY LINDGREN
Divorce

915. HODA BARAKAT
La Pierre du rire

916. FRANÇOISE DUNAND
Isis, mère des dieux

917. MARIE DE FRANCE
Lais

918. IMRE KERTÉSZ
Roman policier

919. YOKO OGAWA
Tristes revanches

920. NEIL BARTLETT
Ainsi soient-ils

921. EMILI ROSALES
La Ville invisible

922. ERWIN WAGENHOFER
Le Marché de la faim

923. ALEXIS DE TOCQUEVILLE
Sur l'esclavage

924. ALEXANDRE POUCHKINE
Eugène Onéguine

925. AKI SHIMAZAKI
Wasurenagusa

926. MURIEL CERF
L'Antivoyage

927. PERCIVAL EVERETT
Blessés

928. GÖRAN TUNSTRÖM
Le Livre d'or des gens de Sunne

929. ANNE-MARIE GARAT
Une faim de loup

930. INTERNATIONALE DE L'IMAGINAIRE N° 23
L'Internationale de l'imaginaire de Jean Duvignaud

931. FAIRFIELD OSBORN
La Planète au pillage

932. PHILIPPE DOUMENC
Contre-enquête sur la mort d'Emma Bovary

933. GUSTAVE FLAUBERT
Madame Bovary
(à paraître)

934. DENIS LACHAUD
Le vrai est au coffre

935. PAUL AUSTER
La Vie intérieure de Martin Frost

936. KUNZANG CHODEN
Le Cercle du karma

937. ALBERTO MANGUEL
La Bibliothèque, la nuit

938. MICHEL VINAVER
L'Ordinaire

939. OLIVIER PY
Théâtre complet II
(à paraître)

940. DANIEL KEHLMANN
Les Arpenteurs du monde

941. ALAA EL ASWANY
Chicago

942. NAGUIB MAHFOUZ
Miroirs

943. STEFANO BENNI
Achille au pied léger

944. CLAUDIE GALLAY
L'Office des vivants

945. *
La Trilogie de Pathelin

946. YOKO OGAWA
Amours en marge

947. ANDRÉ BRINK
L'Amour et l'Oubli

948. MADISON SMARTT BELL
Dix Indiens

949. MAHMOUD DARWICH
Anthologie poétique

950. MADELEINE BOURDOUXHE
Les Jours de la femme Louise

951. KATARINA MAZETTI
Le Mec de la tombe d'à côté

952. ANTON SHAMMAS
Arabesques

953. JØRGEN-FRANTZ JACOBSEN
Barbara

954. HANAN EL-CHEIKH
Poste restante Beyrouth

955. YU HUA
Un amour classique

956. WACINY LAREDJ
Le Livre de l'Emir

957. INTERNATIONALE DE L'IMAGINAIRE N° 24
L'Immatériel à la lumière de l'Extrême-Orient
(à paraître)

958. ETGAR KERET
Un homme sans tête

959. CLAUDE PUJADE-RENAUD
Le Désert de la grâce

COÉDITION ACTES SUD – LEMÉAC

Ouvrage réalisé
par l'Atelier graphique Actes Sud.
Achevé d'imprimer
en mai 2013
par Normandie Roto Impression s.a.s.
61250 Lonrai
sur papier fabriqué à partir de bois provenant
de forêts gérées durablement (www.fsc.org)
pour le compte
des éditions Actes Sud
Le Méjan
Place Nina-Berberova
13200 Arles.

Dépôt légal
1re édition : mai 2009
N° d'impression : 13-2137
(Imprimé en France)